芳賀 徹

桃源の水脈

東アジア詩画の比較文化史

名古屋大学出版会

口絵 1　安堅『夢遊桃源図』（部分）1447 年

口絵 2　岡本万次郎「蜜柑山の見晴らし」（『草枕絵巻』III-24）1926 年

口絵 3　小川芋銭『桃花源』（部分）1932 年

口絵 4　野口謙蔵『冬日』1937 年

桃源の水脈　目　次

I　桃源郷の詩的空間

II　桃源郷の系譜

III　桃源回廊

I　桃源郷の詩的空間

はじめに
——元日本兵と桃源郷

いまから四十年あまり前の夏のことである。田中角栄金脈問題などで騒がしい新聞の一隅に、私は次のような小さな報道を見つけて、「おや」と驚き、思いがけず詩的な夢想に誘いこまれるような気がした。それは、『毎日新聞』一九七四年八月十九日付の見だしを借りれば——

インパール作戦の元日本兵
「一二〇人が山中で集団生活」説
タイ紙報道　戦友会が確認要請

という、一見、詩とはなんの関係もない社会面の記事であった。

インパール作戦といえば、第二次世界大戦を知る日本人ならば誰しも胸が痛くなるのを感ぜずには想いおこすこともできぬ、大戦末期最大の悲劇的敗北の一つである。一九四四年三月、牟田口廉也中将麾下《きか》の日本ビルマ方面軍第十五軍は、ビルマ西北部のチンドウィン川（Chindwin）を渡って、インド領アッサム高原に進攻し、イギリス＝インド軍の守るインパールを六月末まで八十八日間にわたって包囲した。だが、補給が尽き、ウィリアム・スリム中将指揮の英軍の猛反撃に遭い、日本軍はついにモンスーン季の豪雨のなかを最悪の条件で総退却しなければならなかった。アラカン山脈（Ara-kan）の密林を敗走する間に、残存の日本将兵はつぎつぎに病死し、あるいは行方不明となり、計約六万五千の兵を失って第十五軍は壊滅した。この作戦の失敗がやがて日本のビルマ防衛戦線の全面的崩壊をもたらしたといわれる。

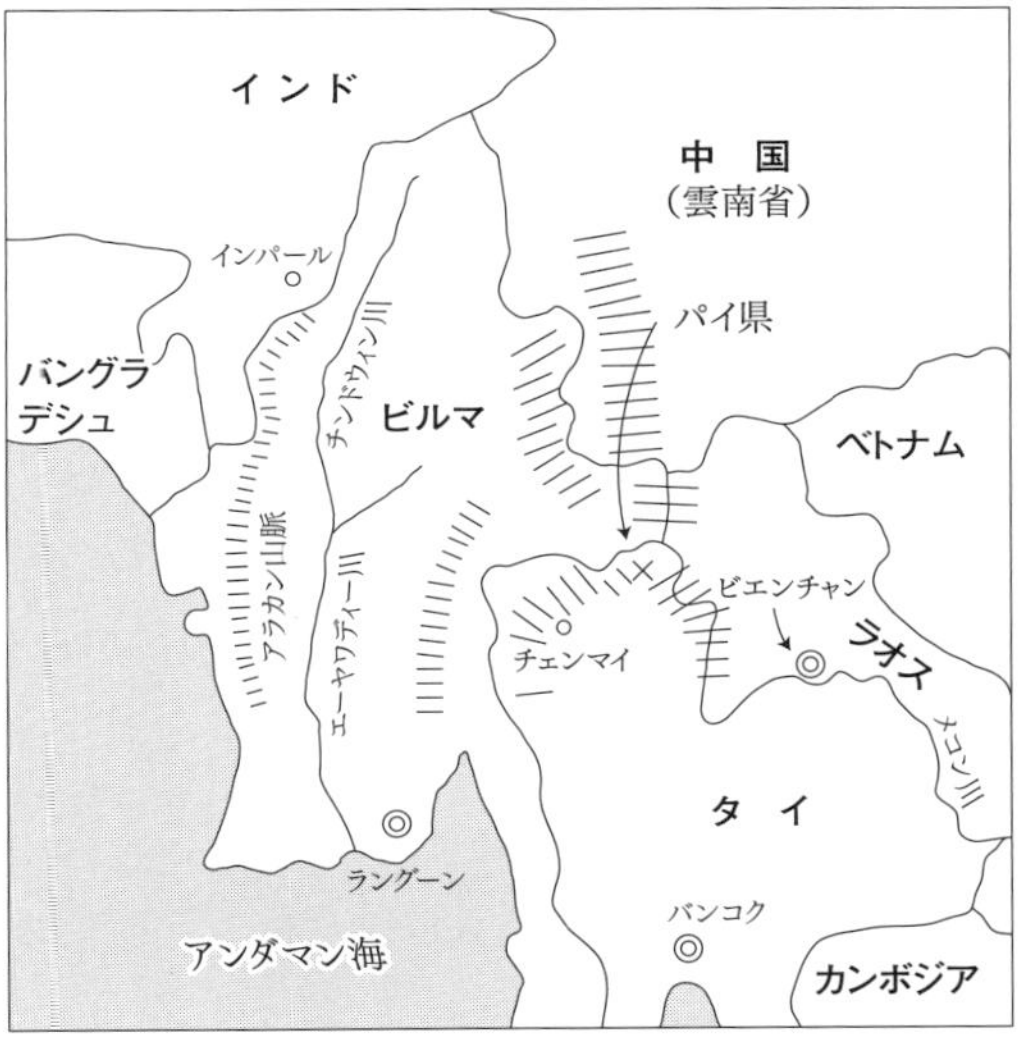

だが、そのとき、凄惨なジャングルの瘴気に打ちかって逃げのびた日本兵も、若干はいた。そして右の新聞記事によれば、一部はビルマの首都ラングーンには出ず、さらに国境地帯の山を越えてタイ北部の町チェンマイ（Chiang Mai）にむかって逃走をつづけたという。彼らの多くがチェンマイにたどりついたのは、日本の敗戦が決ってからすでに数ヵ月もたった後のことであったが、彼らははじめて敗戦を知り、さらに「日本全土が焼き払われた」「富士山も崩された」といった流言を聞かされた。日本兵に対する英軍の報復的虐待もひどかった。その結果、捕虜収容所からのグループ脱走がしばしばあ

り、脱走兵たちはチェンマイからさらに北の、タイ一番の奥地、マエ・ポン・ソーン省パイ県の山間部にまで逃げこみ、身をひそめた。そして百二十人ほどが、そこにそのまま定住するにいたったらしい、というのである。

この報道の材源となったのは、タイの有力日刊紙『バンコク・ポスト』の記事だというが、それによると、「現在、百二十人の元日本兵は同地の少数民族カレン族の女性を妻とし、安定した生活を送っており、農耕、建築、医療などで現地人の尊敬を受けているという」。同じ記事はつづけて、「同地区一帯は、海抜千メートル以上の山岳地帯で、中国、ビルマ、ラオス、タイの四国境隣接地。身をかくすのには有利なところ」と書いている。地図帳を開いてみると、なるほどそのとおりの感じがする地域である。そのあたりは「山また山の僻地で、現場へ行くのには徒歩や馬で数日間旅行しなければならないため」、この元日本兵の集団生存の噂は数年前から流れていたのに、いまだに確認できないでいる、との在バンコク特派員からの報告も、右の新聞にはあわせて載せられていた。

その後二回ほどこの記事の後日譚も出たようであったが、私がこれを読んで「おや」と驚き、いつになく強く興味をひかれたのは、実はこの話が遠い遠い昔の中国の物語、だが日本人なら誰もが知っている、あの陶淵明の「桃花源記」にあまりにもよく似ているように思われたからであった。少くとも基本の枠組においては、この西暦五世紀初めごろの中国古典の伝える説話とそっくりである。日本将兵の山間屛居《へいきょ》の説が、いままでのところもっぱら風の便りだけで、まだ誰も確認できないままになっている、という結末のつき具合までが共通しているように思われた。そのことに気がつくとともに私はもちろん、この元日本将兵の山深い「かくれ里」がどうかほんとうに桃源のようなところであってくれ、と願わずにはいられなかったのである。

そのような願いや詩への連想を抱いたりするのは、実際にインパール作戦の辛酸を嘗めた旧日本兵やその遺族に対して、あるいはいささか心づかいに欠けることであるかも知れない。しかし、人間として極限の辛酸を経た人たちのはずであればこそ、せめていまの彼らの山間の生活が桃源郷のような平和なものであってくれと祈らずにはいられなかった。また彼らが「現地人の尊敬を受けて安定した生活を送っている」との噂は、この話に横井伍長や小野田少尉の場合とはちがった明るさを与えてもいる。後日譚の一つによると、当時チェンマイ周辺に集まっていた日本将兵は、その北方奥地への入口に立ちはだかる高山を「蓬萊峠《ほうらい》」と呼んでもいたという。彼らの小集団はその峠を越えてかなたに身をかくしたのである。これはいよいよもって桃源郷物語の現代版といえるのではないか。

かなたの峯を「蓬萊峠」と名づけていたという日本兵たち自身のなかに、昔聞いた神仙譚の断片や、昔中学の漢文で習った「桃花源記」の記憶などが、かすかにせよよみがえっていなかったとも限らない。またタイ文化には古来漢文学がどれほど浸透しているものなのか、いまの私には見当がつかないが、旧日本兵の行方についてこのような噂を立てひろめたタイ人の間には、陶淵明の作品そのものではなくとも、それとよく似た型の仙郷淹留《えんりゅう》説話が伝わっていてそれが今回の話をかたちづくる根となっていたというようなことも考えられる。日本兵が屏居したというタイ山地の奥から中国雲南省の一帯を中心として、東はまさに「桃花源記」の舞台となる湖南省まで、そして西はアッサムの高原までの半月弧型の地域が、実はモチ米、大豆、小豆、シソ、茶、絹、漆、コンニャク、蕎麦など、重要な栽培植物およびそれにともなうさまざまの文化要素の発生の中心地であり、やがては日本列島にもおよぶ「東アジア文化」はこの「東亜半月弧」の照葉樹林帯にこそ成立した——とは、育種学者が力説するところでもある。[1] そのような地域一帯に相似た伝承や説話が発生し流布していないはずはない。

インパール作戦の生き残り将兵たちは、いわば彼らのなかになんらかのかたちで伝わった桃源説話の志向に衝き動かされて、その説話の古いふるさとともいうべき山地に、そうと知ってか知らないでか逃げこんでかくれたのである。たとえこの話が結局は事実無根の風聞として消えていったとしても、その風聞は、日本から華南を経てタイやビルマの北部にいたる文化圏の一つの共通の説話的思考ないし想像のパターンの存在を、証しだてたということになるかも知れない。「桃花源記」に登場する高士劉子驥《りゅうしき》のようにそこを尋ねようとした者もついに果せず、桃源の里は「旋《たちま》ちにして復《ま》た還《ま》た幽蔽《ゆうへい》す」という結末となったとしても、[2] あるいはむしろそうなればなるほど、少くとも現代日本の一読者の眼にこの報道は、遠い記憶のなかから陶淵明の作品をよびおこす契機となり、その作が私たちの別世界淹留譚の一つの原型として、意外なほど広く深く今日にまで生きていることを教えてくれる結果となったのは、たしかなことなのである。

一　トポスとしての桃源郷

　千五百五十年以上も前、中国東晋の時代の一文学作品が、右の一新聞記事によって、またにわかになまなましい現実性をおびてくるのが感じられたといおうか。

　しかし、ひるがえって考えてみれば、陶淵明（三六五～四二七）作「桃花源の詩并《なら》びに記」は、中国において詩人の歿後まもないころから唐宋元明清を経て現代にいたるまで、数えきれないほどの大小の詩人・学者・画家によって継承され、模倣され、論評され、画題としてとりあげられ、たえず繰返して愛読されてきた。その継承と変容の系譜自体をあつかって一冊の大きな研究書が書かれてしかるべきほどであり、その事情は、時代こそいささかずれても、朝鮮や日本の文学についてもほぼ同様であった。私たちは、この長くて広大な「東アジアにおける桃源郷文学」の伝統の、ほんの末端につらなる者にすぎないのである。

　それは、『ヨーロッパ文学とラテン中世』（一九四八）におけるE・R・クルティウス（Ernst Robert Curtius, 1886–1956）の言い方にならって、東アジア文学における桃源郷のトポスと呼んでよいものなのかもしれない。「トポス」（topos）とは、定義するのも訳語を見つけるのも容易ではないが、要するに、一国ないしは一文化圏の、またときには狭く一潮流（たとえばロマン主義）の文学のなかに、ある安定した布置をもってしばしば現われてくる一群のモチーフのことである。a configuration of motifs であり、修辞上の定句あるいは定式と言ってもよかろうか。クルティウスは、古代中世のヨーロッパ文学においてトポスこそその地下室または貯蔵庫をなすものであると言って、一著述の作者がその導入部で読者に対して用いる謙遜のトポスや、その著述を終えるときの結尾のトポスからはじめて、顕賞の弁論やその一亜種としての弔慰の弁論におけるトポスを論じ、さらに「物事の秩序が逆になって……昔排斥されたものがいまは称賛される」「逆さまの世界」のトポスを分析する。「老人のように円熟した少年」(puer senex) のトポスもあれば、若きバルザックの作品(『フランドルのイエス・キリスト』一八三一)にまで現われる「少女に変貌する老婆」のようなトポスもある。

これらのトポスの多くはもともとすぐれた詩文の作中に成立し、やがて修辞学のなかに移行して、ひろく普及したのだという。ホメーロスやテオクリトスやウェルギリウスの詩に由来し、中世からルネサンス、十八世紀の文学にまで伝わってゆく「類型的な装飾を配した理想の景観」や、極楽《エリジウム》、地上の楽園《パラダイス》、黄金時代、などの種々の夢幻の地や願望の時代の表現も、やはりそれぞれに詩的トポスと見なすことができる、とクルティウスは述べている。[3] この修辞的定式・詩的トポスとは、こうして文学作品における「モチーフ」よりは大きく、その複数体であり、「テーマ」(主題)というよりはやや狭く、輪郭がもっと限定されたものであるらしいが、いずれにしてもこの種の観点から、中国文学およびそれとの密接な歴史的関係のもとにあった朝鮮・日本の文学や絵画を見直してみることは、興味深いにちがいない。

桃源郷は、まさにそのような東アジアにおける詩的トポスの一つだったのではなかろうか。陶淵明の作品をその原型ないし典型として、東アジア各国文学に伝播しながらも、それぞれの地点、時点で、クルティウスの言うように、つねに「人間の魂の深層に根ざし」た始原的映像としての性格をおびていたという点でも、それはトポスと呼ぶに値しよう。たとえば、二十世紀初頭の日本でドイツの無名の小詩人カアル・ブッセの一篇が、上田敏によって「山のあなた」と題して訳され、その訳詞が最近にいたるまで原作者の国では思いもよらぬほどの親しみをもってひろく愛唱されてきたというのも、実は一つには、訳詩家が桃源郷のトポスを踏まえてこの詩を選択し、訳出したからではなかったろうか。そして読者のうちにもこの詩的トポスが根強く生きて働きつづけていたからではなかろうか。

たしかに現代の私たちのなかにまで伝わり、なおさまざまのかたちで衰えぬ生産力を示しているらしいこの桃源郷のトポスの系譜を、その一側面なりと探ってみようとするに先立って、私たちはまず陶淵明によるその原型にさかのぼってみる必要がある。淵明の作がすでにいかに深く人間の、少なくとも東アジア人の根源的な夢想と願望とに根ざして、その詩的空間をつくりあげていたかを、とらえ直しておくことが必要である。

そこで、左に「桃花源の詩并びに記」の原作とその読み下し文とをかかげ、さらに参考のためにこの第I部の註に比較的最近の英訳の一例をそえておくこととする。[4]

桃花源記

晋太元中、武陵人捕魚爲業、縁溪行、忘路之遠近、忽逢桃花林。夾岸數百歩、中無雜樹、芳草鮮美、落英繽紛。漁人甚異之、復前行、欲窮其林。

林盡水源、便得一山。山有小口、髣髴若有光。便舍船從口入。初極狹、纔通人。復行數十步、豁然開朗。

土地平曠、屋舍儼然、有良田美池桑竹之屬。阡陌交通、雞犬相聞。其中往來種作、男女衣著、悉如外人、黃髮垂髫、並怡然自樂。

見漁人、乃大驚、問所從來。具答之、便要還家、設酒殺雞作食。村中聞有此人、咸來問訊。自云先世避秦時亂、率妻子邑人來此絕境、不復出焉、遂與外人間隔。問今是何世、乃不知有漢、無論魏晉。此人一一爲具言所聞、皆歎惋。餘人各復延至其家、皆出酒食。停數日、辭去。此中人語云、不足爲外人道也。

既出、得其船、便扶向路、處處誌之。及郡下、詣太守、說如此。太守卽遣人隨其往、尋向所誌、遂迷不復得路。

南陽劉子驥、高尚士也。聞之、欣然規往。未果、尋病終。後遂無問津者。

桃花源《とうかげん》の記《き》

晋《しん》の太元《たいげん》の中《ころ》、武陵《ぶりょう》の人《ひと》の魚《うお》を捕《と》うるを業《ぎょう》と為《な》せるもの、渓《たに》に縁《そ》うて行《ゆ》き、路《みち》の遠近《えんきん》を忘《わす》るるに、忽《たちま》ち桃花《とうか》の林《はやし》に逢《あ》う。岸《きし》を夾《はさ》みて数百歩《すうひゃっぽ》、中《うち》に雑樹《ざつじゅ》なく、芳《かぐわ》しき草《くさ》は鮮《あざや》かに美《うつく》しく、落《お》つる英《はなびら》は繽粉《ひんぷん》たり。漁人《ぎょじん》、甚《はなは》だこれを異《い》とし、復《ま》た前《すす》み行《ゆ》きて、其《そ》の林《はやし》を窮《きわ》めんと欲《ほっ》す。林《はやし》は水《みず》の源《みなもと》に尽《つ》きて、便《すなわ》ち一山《いちざん》を得《え》たり。山《やま》に小《ちい》さき口《くち》あり、髣髴《ほうふつ》として光《ひかり》あるが若《ごと》し。便《すなわ》ち船《ふね》を舍《す》てて口《くち》より入《い》る。初《はじ》めは極《きわ》めて狭《せま》く、纔《わず》かに人《ひと》を通《つう》ずるのみ。復《ま》た行《ゆ》くこと数《すう》十歩《じっぽ》、豁然《かつぜん》として開朗《かいろう》す。

土地《とち》は平《たい》らかにして曠《ひろ》く、屋舎《おくしゃ》は儼然《げんぜん》として、良田《りょうでん》美池《びち》、桑竹《そうちく》の属《たぐ》いあり。阡陌《せんぱく》は交《まじ》わり通《つう》じ、鶏犬《けいけん》のこえ相《あ》い聞《き》こゆ。其《そ》の中《なか》に往《ゆ》き来《き》して種《たねま》き作《たがや》せるもの、男女《だんじょ》の衣著《いちゃく》は 悉《ことごと》く外人《がいじん》の如《ごと》く、黄《き》なる髪《かみ》せるも 髫《むすびがみ》を垂《た》れたるも、並《とも》に怡然《いぜん》として自《み》ずから楽《たの》しめり。

漁人《ぎょじん》を見《み》て、乃《すなわ》ち大《おお》いに驚《おどろ》き、従《よ》りて来《き》たりし所《ところ》を問《と》う。具《つぶさ》にこれに答《こた》うれば、便《すなわ》ち要《むか》えて家《いえ》に還《かえ》り、酒《さけ》を設《もう》け鶏《とり》を殺《ころ》して食《しょく》を作《な》せり。村中《そんちゅう》、此《こ》の人《ひと》あるを聞《き》き、咸《み》な来《き》たりて問《たず》ね訊《と》う。自《み》ずからは云《い》う。先《さき》の世《よ》のひと、秦《しん》の時《とき》の乱《らん》を避《さ》け、妻子《さいし》と邑人《むらびと》を率《ひき》いて此《こ》の絶境《ぜっきょう》に来《き》たり、復《ふたた》び焉《ここ》より出《い》でず、遂《か》くて外人《がいじん》と間隔《かんかく》せり、と。今《いま》は是《こ》れ何《なん》の世《よ》なるかと問《と》う。乃《すなわ》ち漢《かん》の有《あ》りしことを知《し》らず、魏《ぎ》と晋《しん》とは論《い》うまでも無《な》し。此《こ》の人《ひと》、一一《いちいち》ために具《つぶさ》に聞《き》ける所《ところ》を言《い》えば、皆《み》な嘆惋《たんわん》せり。余《よ》の人《ひと》も各《おの》おの復《ま》た延《まね》きて其《そ》の家《いえ》に至《いた》らしめ、皆《み》な酒食《しゅしょく》を出《い》だせり。停《とど》まること数日《すうじつ》にして、辞《じ》し去《さ》る。此《こ》の中《なか》の人《ひと》、語《つ》げ云《い》う、外人《がいじん》の為《た》めに道《い》うに足《た》らざるなり、と。既《すで》に出《い》でて、其《そ》の船《ふね》を得《え》、便《すなわ》ち向《さき》の路《みち》に扶《そ》い、処処《しょしょ》にこれを誌《しる》す。郡下《ぐんか》に及《つ》きて、太守《たいしゅ》のもとに詣《いた》り、説《と》くこと此《か》くの如《ごと》し。太守《たいしゅ》、即《すなわ》ち人《ひと》をして其《そ》の往《ゆ》くに随《したが》いて、向《さき》に誌《しる》せし所《ところ》を尋《たず》ねしむるに、遂《つい》に迷《まよ》いて復《ま》た路《みち》を得《え》ず。

南陽《なんよう》の劉子驥《りゅうしき》は、高尚《こうしょう》の士《し》なり。これを聞《き》き、欣然《きんぜん》として往《ゆ》かんと規《くわだ》つ。未《いま》だ果《は》たさざるに、尋《つ》いで病《や》み終《おわ》りぬ。後《のち》には遂《か》くて津《しん》を問《と》う者《もの》も無《な》し。

（詩）

嬴氏亂天紀
賢者避其世
黄綺之商山
伊人亦云逝
往迹浸復湮
來逕遂蕪廢
相命肆農耕
日入從所憩

桑竹垂餘蔭
菽稷隨時藝
春蠶收長絲
秋熟靡王稅
荒路曖交通
雞犬互鳴吠
俎豆猶古法
衣裳無新製

嬴氏《えいし》　天紀《てんき》を乱し
賢者《けんじゃ》　其《そ》の世《よ》を避《さ》く
黄綺《こうき》は商山《しょうざん》に之《ゆ》き
伊《こ》の人《ひと》も亦《ま》た云《ここ》に逝《ゆ》けり
往《ゆ》きし迹《あと》は浸《ようや》く復《ま》た湮《うず》もれ
来《き》たれる径《みち》も逐《か》くて蕪《あ》れ廃《すた》れぬ
相《あ》い命《めい》じて農耕《のうこう》に肆《つと》め
日《ひ》入《い》りて憩《いこ》う所《ところ》に従《まか》す

桑《くわ》と竹《たけ》とは余《ゆた》かなる蔭《かげ》を垂《た》れ
菽《まめ》と稷《あわ》とは時《とき》に随《したが》いて芸《う》う
春《はる》の蚕《かいこ》に長《なが》き糸《いと》を収《おさ》め
秋《あき》の熟《みの》りに王《おう》の税《ぜい》なし
荒路《こうろ》　曖《あい》として交《まじ》わり通《つう》じ
鶏犬《けいけん》　互《たが》いに鳴《な》き吠《ほ》ゆ
俎豆《そとう》は猶《な》お古法《こほう》にして
衣裳《いしょう》には新製《しんせい》なし

童孺縱行歌
斑白歡游詣
草榮識節和
木衰知風厲
雖無紀歷志
四時自成歲
怡然有餘樂
于何勞智慧

奇蹤隱五百
一朝敞神界
淳薄既異源
旋復還幽蔽
借問游方士
焉測塵囂外
願言躡輕風
高擧尋吾契

童孺《どうじゅ》　縦《ほ》しいままに行《ゆ》くゆく歌《うた》い
斑白《はんぱく》　歓《たの》しみつつ游《あそ》び詣《いた》る
草《くさ》の栄《はな》さきて節《せつ》の和《わ》するを識《し》り
木《き》の衰《おとろ》えて風《かぜ》の厲《つめ》たきを知《し》る
紀歴《きれき》の志《ふみ》無《な》しと雖《いえど》も
四時《しいじ》　自《お》のずから歳《とし》を成《な》す
怡然《いぜん》として余《た》らえる楽《たの》しみ有《あ》り
何《なに》に于《お》いてか智慧《ちえ》を労《ろう》せん

奇《く》しき蹤《あと》　隠《かく》ること五百《ごひゃく》
一朝《いっちょう》　神界《しんかい》を敞《あら》わせり
淳《あつ》きと薄《うす》きと　既《すで》に源《みなもと》を異《こと》にすれば
旋《たちま》ちにして復《ま》た還《ま》た幽蔽《ゆうへい》す
借問《しゃもん》す　方《ほう》に游《あそ》ぶの士《し》
焉《いずく》んぞ測《はか》らん塵囂《じんごう》の外《そと》を
願《ねが》わくは言《ここ》に軽風《けいふう》を躡《ふ》み
高挙《こうきょ》　吾《わ》が契《けい》を尋《たず》ねん

（以上、一海知義註『陶淵明』中国詩人選集4、岩波書店）

なんど読み返しても、読み返すたびに読む者の心をよろこばせずにはいない、美しい、おもしろい作品である。この作を偏愛したらしい京都の中国学者狩野直喜は、とくに散文の「桃花源記」の部分について、「文章簡潔にて、誠に好く出来て居る」と讃え、さらに「すらすらと書流したもののやうに思はるれど、筋が能《よ》く通り、又、極めて洗練されて、文字に一の無駄がない」と評した。[5] まさにその評のとおりであると思われる。

ここで狩野博士の顰にならって、この作の現代語訳を試みてみたい誘惑にも駆られるが、それは他の機会にゆずることにしよう。[6] またこの一作だけをめぐっても、中国文学史の枠内で論ぜられるべき問題は多々ありうる。たとえば、同一の主題を異なるアプローチと異なる観点で扱っている散文の「桃花源記」と、韻文の「桃花源詩」との照応の関係については、古来「詩」を主と見て「記」をその序と見なすのと、「記」を主として「詩」をその賛とするのと、二つの立場があるようだ。それは「記」の紀実性と「詩」の神仙譚的性格とのいずれを強調して読むかにかかわる問題でもあるのだが、近年の白川静氏の『中国の古代文学（二）——史記から陶淵明へ』は「記の文は詩の序にあたる」としながらも、もっぱら「記」を中心にし、「現実の契機」を強調して、一篇を論じている。[7] 私たちも「記」と「詩」とをほぼ『万葉』の長歌と反歌のような関係にあるものと見なして、主として「記」の作中の情景の展開を追いながら、詩的想像的空間としての桃源郷の構造、そのさまざまのモチーフの布置の具合を探っていってみることとしよう。「桃花源の詩并びに記」の制作年代についても、淵明が四十歳（四〇五）で「園田の居に帰」ってから六十三歳で歿する（四二七）までの間、東晋末の争乱がいよいよ激しくなった五十代初めのころの作か、と見当をつける以外にないし、この作と淵明の詩と生涯の全体とのかかわりについては、ここではなるべく立ち入らずに、もっぱら作品に即した読みを試みることとする。

二　異郷への橋がかり

（1）桃花の谷間

晋の太元の中《ころ》、武陵の人、魚を捕うるを業と為せるもの。

「桃花源記」はこの状況設定の一節で始まる。すなわち、東晋時代、孝武帝の太元年間（三七六～三九六）のころのこと、いまの湖南省、洞庭湖の西岸の武陵の山地に、漁を生業《なりわい》とする者がいた、という。物語の発生の時と所を現実にとり、その主人公の職業まで限定して「真実らしさ」を示す紀実体の効果は、「桃花源記」の短い文中にあってなかなか大きい。太元年間といえば、その末年には淵明は三十二歳であった。それほど遠い昔ではない。武陵も、いま淵明の住む鄱陽《はよう》湖畔・廬山山麓の柴《さい》桑《そう》の村からは真西に約四百キロの地であるから、はるかに望見するというわけにはゆかないが、しかし観念の上でまで隔絶した土地ではない。時も所も現実味きわめて濃厚である。
それならば、この物語の主人公はなぜ当時の神仙譚に多い猟師や薬草取り（いずれも漁師と同じく、農夫などと比べて独立性と自由度の高い職業）ではなく、漁師とされたのか。漁師も詩や説話の主人公となることは多かったのである。たとえば、近年の研究によれば、洞庭湖のほとりには日本の浦島太郎の海神宮《わだつみのみや》（竜宮）訪問譚と基本要素のほとんどすべてを同じくする「漁夫と仙魚の説話」が、古くから伝承されているとのことである。[8] その上さらに、陶淵明の曽祖父とされる東晋の猛将陶侃《とうかん》は、かつて鄱陽湖から洞庭湖にいたる間の地域に住んでいた苗《ミャオ》系の少数異民族＝渓族の貧賤の出ではないかと考えられるという。そのため陶侃は、犬首の神を奉ずる渓族の一員との意味で、いつまでも「渓狗《けいく》」との蔑称を受けていた。しかしその渓族とは実は戦上手で勇敢で、漁を特技とする一族で、秦漢の時代からは武陵一帯の山地に隠れ住んで漢人の支配に抵抗し、ために武陵蛮と呼ばれていたという。[9]
とすれば、ここに武陵の漁夫が登場し、彼が桃花源の発見者となることは、詩人陶淵明自身の遠い過去の背景ともおのずからつながりをもつことになろう。しかし、いまこの点に深く立ち入る必要はあるまい。私たちは、詩人の発想がこれらの歴史や地理の事実に根ざすところがあったらしいことを認めた上で、まず、この時とこの所にあって一人の名もない漁師が、ある春の日、いつものようにいそいそと小舟をあやつって仕事に出かけて行ったすがたを、想い浮かべればよいのである。
だが、その像が現実味をおびて具象的で平凡であるだけに、彼の行く手にひろがる状況の不思議さの感覚は一そう深い、ともいえる。現実の日常の世界に住みついている一漁師にとって、ありうべからざることが次々に展開し、読者もその漁師の驚嘆の眼をもってそれらの情景に立会ってゆくのである。

といって、漁師は一ぺんに不可思議の仙郷に落ちこんだり闖入したりするのではない。少しずつ不思議の度を増すともいえるいくつかの段階をへて、彼は異郷へと誘われ、入りこんでゆく。きわめて簡潔な語彙を用いて描かれてはいるが、この桃花源へのアプローチの部分――それを能舞台の用語を借りて橋がかりと呼ぼう――は、「桃花源記」全体の三分の一近くの長さを占めており、人間普遍の心理に深く根ざした説得力をもっている。狩野直喜の「筋が能《よ》く通」っているとの評は、この部分についてだけでもよくあてはまる。おしなべて桃源譚、桃源のトポスにおいては、この橋がかりの部分が大事なのだが、陶淵明はここにもその詩法の洗練をみごとに発揮しているのである。

その異郷への第一の橋がかりを示しているのが――

渓《たに》に縁《そ》うて行き、路《みち》の遠近を忘る

との一句であろう。簡単だが含蓄の深い句である。――春の日があまりに暖く気持がよかったからか。浦島太郎と同じく、その日ざしの下であまりに夢中になって仕事に打ちこんでいたからか。漁師はいつもの川をさかのぼって漁を続けてゆくうちに、自分がどれほどの道のりを来たのかわからなくなってしまった。ふと気がつくと、あたりは自分の縄張りの谷間のはずなのに、まるで見おぼえのない所に入りこんで来てしまっていた、というのである。

「路の遠近を忘る」は空間的な隔《へだた》りとともに、かなりの時間の経過をも含む。ただ、それがどれほど長かったのか短かったのかは、漁師自身にもよくわからぬのであろう。夢中に、あるいは無心になっていたその間《ま》に、彼はいわば即日常の次元を脱け出て、自分の乗っている小舟ごと、異境に滑りこみかかっていたのである。異次元、とまでいわなくとも非日常の世界に入りこむには、たとえほんの束の間であろうと意志と意識の空白状態を経過するか、空間ないし時間のトンネルをくぐり抜けるかせねばならぬのが、詩的想像の上での古今東西の通則だが、「忘路之遠近」はまさにそのような日常性からの離脱の過程を意味している。

この「路の遠近を忘る」の「忘る」にみごとに即応しているのが、すぐ次の——

忽ち桃花の林に逢う

の「忽逢」の措辞である。いつのまにか見なれぬ谷間の奥にさまよいこんで、「はて、ここはどこだろう」といぶかしがったところに、その漁師の心にさらに不意打ちを喰らわせるかのように、思いもかけず現われるのが、谷をはさんで両岸に一面花ざかりの桃の林だったのである。漁夫はいまやただ唖然として、桃林の谷というこの第二の橋がかりをさらに奥の不思議の世界へとたどる以外にないだろう。

それは——

岸を夾《はさ》みて数百歩、中《うち》に雑樹なく、芳草鮮かに美しく、落英繽粉《らくえいひんぷん》たり

という、詩人ならざる一漁夫の心をもそそらずにはいないような異様に美しい光景であった。「両岸に咲き誇って居る桃花林に出くはせたる所、僅かに十二字にて、其風景を写し、一幅の画図を見るの感あらしむ」とは、狩野博士の評語だが、[10] まさにそのとおりである。谷間の奥にこのような桃林があるということが、すでに不思議でないはずはない。だがさらに、それが両岸の数百歩にわたって奥ゆき深くひろがり、他の木は一本も混えることなく一面にぼうっと燃えるように咲きほこり、青々と萌えでた下草の上に音もなくひらひらと紅い花びらが散りしいている——となると、これはもはや、ルネ・マグリットの一幅を連想してもそう場違いではないような、超現実的な静謐の絵にほかならない。

この陶淵明の美しい桃花の林の背後には、おそらく中国の太古以来のさまざまな桃の映像が遠くかさなりあってひしめいているのであろう。[11] 崑崙山の西王母の庭に生えていて、三千年に一度だけ実るという長命の仙桃の神話もあった。「桃の夭夭《ようよう》たる、灼灼《しゃくしゃく》たる其の華《はな》」と、嫁ぎゆく少女の暗喩としてうたわれた『詩経』の一篇「桃夭《とうよう》」の美しい桃の花と実とのイメージも、もちろん忘れられてはいまい。邪気・災厄をはらうという桃の木の呪術的な力についての古い根強い民間信仰も、この桃の谷間に影を落としていよう。劉晨《りゅうしん》と阮肇《げんちょう》という二人の薬草取りが天台山中をさまよい、桃の木を見つけてその実で飢えを癒したあげく、谷川をさかのぼって仙境に入り、そこの女と夫婦になった——という劉義慶の『幽明録』が伝える有名な話[12]となれば、陶淵明とほぼ同時代（劉宋）の説話集のこと

でもあるし、「桃花源記」とはさらに近い因縁《えにし》をもっているにちがいない。

しかし、いうまでもなく、陶淵明の桃花林にあっては、それらの神話や古詩や伝承はすべていくつかの淵明なりのフィルターをとおして昇華されてしまっている。たとえていうなら、一枚の油絵の絵具の下にかくされた素描か、画像の背後にかすかに望まれる遠景のように、画面の奥深くに秘められてしまっている。「桃花源記」のこの箇所において一面の前景をおおいつくしているのは、もはや呪術とも仙術とも直接のかかわりをもたない、純官能的な桃花の美なのである。それが春の日ざしのあふれるなかにあまりに艶美な色と匂いとをひろげ、それに照り映える若草の緑や谷川の水のきらめきがあまりにかぐわしくあざやかなので、この官能美がかえって呪術や神仙の術以上に不思議の感覚をよびおこし、当の漁師をも、ひいてはこれを読む読者をも、一種の恍惚へと誘わずにはいないのである。

「晋の陶淵明、独り菊を愛す」(周濂渓)とさえいわれ、淵明が菊の詩人であったことは周知のとおりである。また松の孤高のすがたをしばしば讃えたこともよく知られている。ところが桃は全淵明詩中に二回しか出てこないとのことである。[13] その一つが「桃花源記」のここの数句であり、もう一つがやはり有名な「園田の居に帰る」其の一のなかの――

楡柳蔭後簷　楡《にれ》と柳は後の簷《のき》を蔭《おお》い

桃李羅堂前　桃と李《すもも》は堂の前に羅《つらな》る

の句である。としてみると、詩人はおそらく先行のどんな説話や詩作品よりも、このわが堂前のささやかな桃林の風情を核としてこそ、「芳草鮮やかに美しく、落英繽紛たり」とのあの斬新で鮮烈な、白昼夢のように妖しいヴィジョンを紡ぎだしたのではなかったろうか。堂前の桃花を眺め暮すうちに、それが「岸を夾《はさ》みて数百歩、中《うち》に雑樹なく……」との、息を呑むような豊艶な幻景へと転じていったのではなかろうか。いずれにせよ、「桃花源記」のこの桃花の谷間は、桃花の蠱惑を経験した者でなければなしえぬ表現であり、淵明流に洗練をきわめたこの十数語の句によって、陶淵明は今日にいたるまで、またひさしく桃花の詩人でもあったのである。

「落つる英《はなびら》は繽紛たり」の「繽紛」とは、花のひらひらと散る様の擬態語である。『古今集』のあの「久方のひかりのどけき春の日にしづ心なく花のちるらむ」（紀友則）も、あるいは遠くここに淵源すると思われる（桃を桜に転じて）歌だが、春の光にあでやかに匂う明るい紅《くれない》のひろがりと、そこを領する物音ひとつない静けさの不思議——ある新しい感覚的な陶酔をいいつくして、余すところのない表現なのである。私たちはその情景の一隅に、落花にまみれて、声もなく呆然としている漁師のすがたと小舟とを小さく想い浮かべてみてよいのであろう。

（2）洞奥への誘い

しかしこの散文詩は、もちろんこの華麗な不思議の絵で静止してしまうのではない。それはいわば絵巻物のように展開してゆく。その展開の動因となるのは、漁夫のなかにめざめる好奇心である。第二の橋がかりであった桃花林の光景につづくのは、これを第三の橋がかりというよりは単に第三の段階と呼んでおこうか。――

漁人、甚だこれを異とし、復《ま》た前《すす》み行きて、其の林を窮めんと欲す。

林は水の源《みなもと》に尽きて、便《すなわ》ち一山を得たり。

桃花林の圧倒的な魅惑の世界に呑みこまれたのちにも、なお漁師のなかには日常的な感覚が残存していて、それが働きだしたのであろう。彼はあの超現実の光景のなかにまぎれこんで、しばしうっとりとしながらも、そのあまりの美しさのゆえにこれが信じ切れず、その奥までさかのぼって確かめてみようとせずにはいられなかったのである。「……落英繽紛たり」の数句の、「漁人」を没しさった感覚的描写ののちに、再び主人公の存在を示す主語「漁人」が突出してくるのは、彼のこの態度の反転、その自我の能動化を伝える措辞ともとれようか。「復た前み行きて……窮めんと欲す」との行為は、一歩停滞二歩前進ともいうべきか、驚嘆と怪訝から冒険への心理の運動を的確にとらえていて、この物語のもつ真実らしさを一段と強める結果となっている。

こうして広大な桃の林の間の、桃の花びらを浮かべた渓流をさかのぼって行ってみると、「林は水の源に尽きて、便《すなわ》ち一山を得たり」という。「便」は「すぐに」「すぐそこに」の謂である。谷の源泉までのぼりつめて、ふと見ると、目の前に一つの山が控えていたのである。しかもそれは、漁師の不思議から不思議への冒険のゆきづまりを意味するものではなかった。――

山に小さき口あり、髣髴《ほうふつ》として光あるが若《ごと》し。

と、第四の段階、第四の橋がかりが待ち設けていた。水源の地の地形は漁師をさらにも奥深い世界へと誘いこまずにはいない気配だったのである。妖しく美しい桃林の谷間を閉じて眼前に立ちはだかった突兀《とっこつ》たる岩山――それはおそらく欝蒼たる森林におおわれた山というのではないだろう――その岩山の根もとのところに洞穴《ほらあな》らしい口が開いており、のぞくともなく見ればその洞奥には、「髣髴として光あるが若し」、つまり「かすかに日の光あるやと見ゆ」(狩野訳)という。これはひとり漁師のみならず、これを読む者誰しもの想像力にもっとも強く働きかけて来ずにはいない「空間の詩学」、谷間と洞窟の詩的空間である。

この種の谷間や洞窟は、陶淵明前後の他の中国説話にもよく出てくる。例えば梁の任昉《じんぼう》編という『述異記』には、「乳水」をたたえた石洞のある「桃李源」の話がある。一時は陶淵明自身の編とされていた『捜神後記』には、嵩山に大穴があって、そこに落ちた人が半年あまり穴から穴へと通歴したあげく蜀の国に出たという話が、桃花源の物語と並んでのせられている。

同じ集の話で、会稽の二猟師が仙郷に迷いこむのも、山中の洞門をくぐってのことであったし[14]、前にあげた『幽明録』の劉阮の二人は、天台山中で桃の実を食べたあと、胡麻飯を盛った杯の流れてきた谷川をさかのぼり峠を抜けて、仙女にめぐりあうのである。しかし、残念なことにというべきか、それらの神仙譚や志怪小説では、谷間や洞窟のあつかいは、大概の場合まだごく単純素朴で、事件の舞台、というよりも単に主人公の経由地というにすぎないように見うけられる。それ自体のもちうる心理的そして詩的な価値を自覚したあつかいとは、まだ評しえないものであった。

その点、「桃花源記」の記述は、桃花のイメージについてと同じく、群を抜いてソフィスティケートされている。「桃花源記」の谷間や洞窟も、桃花の場合と同じく、右のような先行ないし同時代の神異の説話とどこかでつながりをもってはいるのだろう。だがここでは、谷間も洞窟も、「落英繽紛」とか「髣髴若有光」と、いくつかの簡潔な、強く凝縮された修辞をほどこされただけでありながら、それによって明らかに、それ自体深い豊かな想像的価値を荷った詩的空間としてよみがえっている。古い説話が口から口へと語り伝えられたときにはもっていたのかもしれない、いきいきとした意識下の領分へ訴える力が、ここに自覚的にとりかえされた。そして「桃花源記」は、夢想の哲学者ガストン・バシュラールの言いかたを借りれば、まさに「大いなる夢を宿したテキスト」(texte chargé d'un grand rêve) となったのである。

「山に小さき口あり、髣髴として光あるが若し」とは、人の心を誘いこんでやまぬ、洞窟という眼ざしである。「光る暗闇」であり、その暗い光は夢に満ち満ちている。それは、バシュラールが洞窟について語る「驚嘆」と「恐怖」、「なかへ入りたい欲求」と「なかへ入ることの恐怖」とを同時に喚びおこして、[15] しかも前者を勝たせるような、やわらかで親密な暗闇に満ち、ひそかに息さえしているような小空間であるにちがいない。そのため、漁師は渓流の源に小舟を捨てて、この第四の、最後の橋がかりの奥へと、洞内へと、歩を進めてみずにはいられなかった。

便《すなわ》ち船を舍《す》てて口より入る。初めは極めて狭く、纔《わず》かに人を通ずるのみ。

復《ま》た行くこと数十歩、豁然《かつぜん》として開朗《かいろう》す。

「数十歩」というから、かなり長い洞穴だったのである。しかもそれが、はじめは身体をよじってゆかなければならぬほど狭く、やがて少し広くなり、しばらく進むとパッと明るく打ち開いたというのは、「洞門感覚」ともいうべきものをきわめてリアリスティックにとらえていて興味深い。

狩野直喜によれば、道学先生たちは代々この洞門通過の数句を、心学錬成の上の最初の苦業から大悟に至る段階を説いた寓喩《アレゴリー》と解してきたとのことだが、そのような付会にも一分の理がないことはない。さきにもあげたような中国古代の神仙譚からはじめて、末はミルテの木の花咲く晴れやかな彼方の国に憧れるミニヨンや、不思議の国に落ちこむアリス、あるいは『失われた地平線』のシャングリラの国の話や、花咲き馬走る『星の牧場』の話にいたるまで、おしなべて幸福と不思議のあふれる異郷にたどりつくには、古今東西いつもどこでも人は、困難と危険に富んだ狭隘な通路――峠や洞門や穴や荒涼の野道を、身を縮め息を凝らして越えてゆかなければならないのである。「桃花源記」のこの洞穴行の一節は、もちろん道学修業のアレゴリーなどではないが、例によって簡潔な措辞のうちにこの普遍的な、秘境への initiation（参入）の心理の力学を、その緊張と解放のリズムを、あざやかに示した一原型であったとはいうことができる。

「豁然開朗」というみごとな一句を、狩野博士は「胸すくばかりにひろびろと打開きたる処へ出でつ」と訳した上に、これに次のような註をつけ加えた。「豁然開朗は下の土地平曠と連なり、狭かりし穴より広々としたる所に出たと解する事誤りなけれども、客観的の景色を描くと共に、主観的なる漁夫の心理状態の一変したる事を含む」[16]——それは言われてみれば当然のことである。漁夫はただ「髣髴」たる洞内の光に誘われ、「復《ま》た前《すす》み行きて、其の林を窮めんと欲」したのと同じ好奇心に衝き動かされて、洞口から入りこんだのだが、身を縮め息を詰め心をおののかせてくぐってきたその狭い濃い暗闇の不安から、いまにわかに解放されて、まぶしいばかりに明るくひろびろとした眺望の前におどり出たのである。それは空間の開放であるとともに息の開放であり、心理的解放でもあった。

　映画の用語を借りていえば——だいたい、「桃花源記」はそのまま精妙な天然色映画のシナリオともなりうるような構成をもっている——それは、暗いトンネルから思いがけず朗らかに明るい村里の景観への「溶明」(fade-in)であったともいえる。そしていま「桃花源記」全体をここで仮に眺めてみるならば、この「溶明」にいたるまでに長い幾段かの谷ぞいのアプローチが前半にあり、その上で桃源の村里での見聞が詳しく述べられたあとに、作の最末尾には「遂に迷いて復《ま》た路を得ず」、「後《のち》には遂《か》くて津《しん》を問う者も無し」と、二重に念を押す「溶暗」(fade-out)が設けられている。個々の映像の内的次元の豊かさとともに、まさにこの全構成の手ぎわのみごとさのために、この谷間のかなた、洞窟のかなたの桃源郷は、単なるユートピアとか理想郷とかである以上に、人の心に深く働きかけいつまでも魅了してやまぬ詩的・想像的空間として生きつづけることとなった。その点で、散文詩「桃花源記」は、すっかり神仙詩体に仕立てられた韻文詩「桃花源詩」よりも、はるかに強く夢想を喚起する力をもち、私たちの関心を占めるのである。

　ふり返ってみれば、「渓に縁《そ》うて行き、路の遠近を忘る」との第一の橋がかりから始まって、「岸を夾みて数百歩」のひろがりをもつ第二の橋がかりたる桃花林と、第三の桃林ぞいの水源への遡行《そこう》とをへて、第四の最後の隘路たる洞穴を抜けでるまで——この長い不思議な谷間のアプローチそのものが、しだいに狭くすぼまり、暖かくかぐわしくふくらみ、また挟まってほの暗い洞穴につらなるという、おのずからなリズムをそなえていた。そこには、おそらく誰しも感じとるように、ある性愛的《エロティック》なものへの暗示が隠されているように思われる。「桃花源記」のある英訳者は、その訳に一箇の脚註をつけて、「物語は全体としてアレゴリカルであり、漁師が奇縁によってふたたび自分の青春の桃の花咲く日々に立ちかえることができた、とのことを意味している」と、これもいささか牽強付会の説をなした。[17] しかし、同じような言いかたをするなら、これはこの英訳者ジャイルズ氏のいうような「桃の花咲く少年の日」への遡行などであるよりもむしろもっとなまなましく女体への、母胎への回帰の欲求につながるものという方がよいだろう。詩的映像をなんでも性愛に結びつけ還元してゆくフロイト亜流の安易な流儀に従う必要はないが、しかし、少くとも「桃花源記」は、たしかにそのようなエロティックなものとのつながりを奥底に豊かに秘めており、そこにこの作の尽きせぬ魅力は由来しているといえるのであろう。

そしてそのように見るならば、この桃の花咲く谷間と洞窟の遡行の冒険譚の背景には、陶淵明も傾倒した老子——あるいは老子一人に限らなくとも、老子がもっともみごとに表現した中国古代の、谷間のシンボリズムが息づいて働いているらしいことに気がつく。老子はその有名な第六章に次のように説いていた。——

谷神不死。是謂玄牝。玄牝之門。是謂天地根。綿綿若存。用之不勤。

谷神《こくしん》、死せず。是《こ》れを玄牝《げんぴん》と謂《い》う。玄牝の門、是れを天地の根《こん》と謂う。
綿々《めんめん》として存するが若《ごと》く、之《これ》を用いて勤《つか》れず。[18]

谷間の凹地に宿る霊は不滅であり、それを玄妙にして大いなる牝《めす》という。この玄妙なる牝の陰門は、これこそ天地の万物を産みだす生命の根源である。太古以来ひさしきにわたって働きつづけておりながら、いささかも疲れを知らぬ、そのタフな豊かさよ。……

前記のバシュラールも「万象の母胎」としての洞窟や岩戸の神話をいくつかあげているが、それらにもましてこれはなまなましくエロティックで、原始的で壮大な谷間の生殖神話である。武陵の漁夫は、それとは知らずに、万物をおのずから生みだす神秘な牝（女、母）の門の内ぶところ深くに、豊かな水と桃花とを擁するこの「天地の根《こん》」の奥深くに、入りこんできていたことになる。その最奥の洞窟のかなたに、暖かく平和な桃源の里がひろがっていたのは、当然のこととも思われる。もちろん陶淵明は老熟した詩的洗練によって、他の多くの神仙譚についてと同様、この生殖神話についても、あからさまな言及や示唆は一切していない。しかしそれでも、中国晋代の一詩人が、桃源の谷間をさかのぼるという詩想を抱懐したとき、その奥にこの根強い性と生命にかかわる祖型《アーキタイプ》がひそんでいたことは、ほとんど疑いえないと思われる。この祖型の潜在こそが、実はこの詩篇の魅力の深さと時代をこえた普遍性とを支えており、これをして単なるユートピア譚以上のものたらしめている、と私は考えるのである。

三　平和の小共同体

（1）桃源郷の景観

不思議な桃花の谷をさかのぼり、狭い暗い洞穴をぬけでると、漁師のまぶしくしばたたく眼の前にひろがったのは、ひろびろと明るい光にあふれて安らかに豊かな農村の風景であった。エロティックな谷間の恍惚と不安ののちに、まさに母の胎内のように暖かでのびやかな空間がひろがって、彼を迎えたのである。そこには、彼を驚かせ怪しませるような神異なもの、風変りなものは、まず打ち見たところなにひとつない。むしろ、なんの変哲もないことが不思議であるような田園の眺めだったのである。ただ、谷の奥のかなたにこのような村里があるとは、漁師はいままで聞いたこともなく、期待もしていなかったから、その存在自体が不思議といえば不思議であった。彼は洞窟から出たばかりの山の端《は》に立って、まずこの秘境を眺望し、徐々にここの生活を発見してゆくのである。

土地は平らかにして曠《ひろ》く、屋舎《おくしゃ》は儼然《げんぜん》として、良田美池《びち》、桑竹《そうちく》の属《たぐ》いあり。
阡陌《せんぱく》は交わり通じ、鶏犬《けいけん》のこえ相い聞こゆ。

これがまず漁師の眼下にひろがった村落の光景である。一言でいってしまえば、ここには、華中から華南にかけての中国の、朝鮮半島の、あるいは日本列島の――つまり東アジアの、伝統的な農業集落のもっとも基本的な景観の構造があざやかに示されている。今日の日本の私たちでさえ、これを読めば、自分もいつかどこかでこれと同じようななつかしく平和な村里の光景を眺めやったことがある、と思いおこさずにはいられない。あれは敗戦後まもないころ学友たちと旅した大和盆地の隅での経験であったか。いまから数年前、城山の頂から見おろした越前大野の町なみと周辺の田園の美しさに慌惚としたのも、この淵明の句が心にあったからかもしれない。韓国の慶州や海印寺への道中でも、なんどかこの句そのままの情景を目撃したような気がする。ある中国文学者が、岡山から高梁《たかはし》川ぞいに高梁の町に入ってゆくたびに、桃花源記のこの一節を想いだす、とどこかに書いていたのを読んだおぼえもある。……

少くとも、「高度成長」以前の日本の田舎をいくらかでも知る者ならば、この詩を介して、一六〇〇年余り前、「晋の太元の中《ころ》」の湖南の一漁夫がこのとき眺め、経験したものを、ほとんどそのまま追体験することができる、といっても過言ではないだろう。

ただ、私たち山岳国日本の住民は、生活空間の感覚の根底において、山崎正和氏のいわゆる「盆地人間」[19]である傾向が強い。そのためもあって私たちは、陶淵明がここに描く桃花源の村里を、「土地平曠」といわれているにもかかわらず、なんとなく山々に囲まれた小盆地の光景――山間の平家落人部落のようなもの――として想像しがちなのではないかと思われるが、さてそれならば中国詩人にとっては、これは一体どれほどの「曠《ひろ》さ」のイメージだったのであろうか。そのような疑問に答えてくれる註釈書は、残念ながら、これまでのところまだ一つも見当らない。それは「桃花源の詩并びに記」からだけでは、もちろんいかんとも断言しがたい問題である。また地図帖で洞庭湖西部の武陵周辺の丘陵地帯や沅江上流の山岳地帯を、いくら詳しく探ってみても、かならずしも答えが出てくるわけでもないだろう。

それならば、古来、画家たちはどう表現してきたか。桃源郷のトポスを日本美術によみがえらせた画家の一人である池大雅の『武陵桃源図』を見ると、それは覆いかぶさるような岩山の下に、豊かな樹木にかくれて「屋舎儼然」たる様の見える、谷間の小空間として描かれている。[20] その系譜につらなる明治の文人画家富岡鉄斎は、何点かの『武陵桃源図』でほぼ共通して、ゆるやかな、しかしかなり高い山々に半円に囲まれた盆地の田園風景を描いている。[21] それに対し、朝鮮李朝の北宋系の画人安堅

1　池大雅『武陵桃源図』

2　富岡鉄斎『武陵桃源図』1904年

の有名な『夢遊桃源図』(一四四七)となると、これは峨峨たる巌塊のつらなりに守られて神仙の住まう幽邃の台地、といったおもむきが濃い。[22] そして中国では、数多い桃源図のなかでも、たとえば明末の南画家石濤の画巻によれば、それは漁師の立つ岩山の足もとから濛々たる雲烟にまぎれてひろがる田圃に、牛を使う農夫一人のすがたが浮かぶ余白の空間として表現されている。[23]

みなそれぞれに、自国の見なれた風土と伝統的な空間感覚とにおのずから従って、個性ゆたかに下された視覚的解釈というべきであろう。私たちはここでかならずしも、中国画人だからといって石濤の解釈に全面的に服さねばならぬということもあるまい。そして結局のところ、陶淵明がこの桃源にいくつもの村里があったようには語っていない以上、私たちはやはりゆったりと一つの村里とその外延とを収めて円環を閉じた盆地的空間を想いえがいてよい、ということになるのであろう。

さて、漁夫の眼下に、このまろやかなひろがりのなかにとらえられてゆくものは、先の洞門の出口の「豁然《かつぜん》として開朗す」との言葉によく呼応して、きわめて明快でまた整然としている。全体から部分へ、あるいは近景から遠景へと動いてゆく、一種の遠近法がそこには働いているとさえ言いたいほどである。それによってこの村里の景観は、地政学的(geopolitical)ともいうべき安定と堅確さを得ている。けっして、夢うつつのうちに垣間見られた風景といったものではない。曖昧にぼかされたところがない。これは神仙や妖精《フェアリー》が薬草や霞を喰って遊んでいる世界ではなく、人間が人為をもって構築し経営している生活共同体であるらしい。

たっぷりと広く平らで住みやすい土地に、家々は規格正しくどっしりと(「儼然」と)立ち並んでいる。いかにも肥沃そうで手のゆきとどいた田圃《たんぼ》と、満々と水をたたえて見た目にも美しい灌漑のための用水池とが、それらの家々の集落をめぐってひろがっている。その田圃のはずれや、池のほとり、また家々の蔭には、桑畑や竹林が大事に手入れされて生い茂っている。桃花林の一面の紅《くれない》の間をさかのぼってきたあとには、あらためて目に染《し》みるようにあざやかな緑の若葉と若竹の群落であったろう。もちろんここでも桃の花はあちこちに咲いているのだろう。そしてこれらの輪郭も色彩も鮮明な景物の間を縫うようにして、村道が東西にまた南北に、春の日を浴びてつらなり走っている。

これらの記述だけですでに、この村落に営まれる生活のしっかりした根拠のある安定と、すこやかな豊かさとが、十分に示唆されているといえる。その春のふくらみをおびた田園風景の美しさは、ほとんど絵画的ともいうべき調和をもって、この簡潔な表現のなかから浮かび上ってくる。しかもそれは、見なおしてみれば、さきにも触れたように、まごうことない東アジアの農耕文化圏の特徴をもった景観なのである。すなわち、ここに春の日を浴びてひろがるのは、西洋の牧歌や田園詩の前景を占めていたような羊、牛ののどかに散らばる牧場でもなければ、きらめき流れる泉の水を秘めた果樹や混樹の林でもない。稲作のための田の整然たるつらなり（良田）であり、その灌漑のための池のひろがり（美池）である。田と池には溢れんばかりに豊かな水が張り、その湿潤を好む桑と竹（おそらく孟宗竹）とがあちこちにこんもりと濃い影を宿して群生している。それが――青く乾いた空の下にポプラや楡の木や糸杉の木蔭が涼しく香ぐわしい地中海圏のアルカディアではなく、東アジア、モンスーン地帯の桃源郷のたたずまいなのであった。

たとえば、西欧文化圏における理想郷の一つの原型となった、『オデュッセイア』のなかの「アルキノオス王の園」の描写を一瞥して、桃花源とくらべてみればよい。それは宮殿の中庭の外につづく四畝《グイア》ほどの広さの果樹園なのだが――

そこには野梨やざくろ、また輝くほどな実を結ぶ林檎の木、
あるいは甘い無花果《いちじく》の木や、繁り栄えるオリーヴ樹など、
いろんな果樹が丈《せい》高く、みな勢いよく生い繁っていた。
そうした木々の実は、けして腐らず、冬といい、また夏といい、
年がら年じゅう絶えることがなく、それはもうしょっちゅう
優しい西の風が吹き寄せ、木の実をあるは実のらせ、あるは熟させてゆくもので、
梨の実は梨の実の上、林檎は林檎の上に古びてゆき、
他方ではぶどうの房《ふさ》がまた房の上に、無花果は無花果の上に月を重ねた。……[24]

（第七書、一一四〜一二一行）

この園にはさらに野菜畑があって、二筋の泉が流れてもいるのである。これはホメーロスの描くさまざまの理想郷のなかでも、もっとも多彩な景観なのだが、それにしてもなんという豊穣への渇望がここには洩らされていることだろう。同じ地には本来生育しがたいような果樹が、みな揃って繁茂し、しかも永遠の西風の支配のもとに四季の別なく実をならせるのだという。これにくらべれば陶淵明の桃源郷はまことに質朴でつつましく、しかも即現実的である。「桃花源の詩」の方には、「菽《まめ》と稷《あわ》は時に随いて芸《う》う」と、「良田」の稲以外の穀物もあわせあげられていて、いくらかの変化がつけてあるが、要するに桃源郷には、これだけあれば衣食住の基本は保証されるという植物しか示されていないのである。そのなかでも、「記」に、桃林につづいて「桑竹《そうちく》の属《たぐ》い」が、たとえ点景にせよあげられていることは、やはり興味深いといわねばならない。

思えば、東アジアの農民にとって、この桑と竹ほど古くから眼に親しく生活に大事な樹木（竹は木ではないとのことだが）は他にあまりないかもしれないのである。桑はその枝の下に十箇の太陽を宿した「扶桑」として中国古代の創世神話にも出てくるが、いうまでもなく養蚕の資源として東アジア文化の成立とともに古い昔から育成されてきた。竹もまた中国文化と不可分の植物であることはいうまでもない。華北の古代王国にも竹はあって重要な用材であったが、とくに華中から華南の高温多雨の地帯には豊かに繁殖し、その孟宗竹の根はそのまま遠くマレー半島の竹林までつながっていると、冗談まじりにもせよ言われるほどである。[25] 詩的鑑賞の対象となるのはもう少し後代のこととして、竹はまずなによりも衣食住のほとんど全側面にかかわる必需資源であった。

食べるものは竹筍《たけのこ》、庇《おお》うものは竹の瓦《かわら》、載《はこ》ぶものは竹の筏《いかだ》、爨《たく》ものは竹の薪、衣《き》るものは竹の皮、書くものは竹の紙、履くものは竹の鞋《くつ》、臥《ふ》すものは竹の床《とこ》、真に一日たりともこのもの無かるべからずと謂うべし。

とは、時代はやや下るが、蘇東坡の竹恩礼讃の言葉である。[26] 桑も竹もけっして単なる舞台の装飾としてではなく、中国＝東アジアの農村生活に文字どおり深い根をおろした不可欠にして当然の構成要素として、この桃源郷の景観に加わっていることを私たちは忘れてはならない。桑や竹にはそれだけに、古来中国でも、多くの神話や伝説や呪術的性格がまといついていたが、それらはここでは、谷間の桃花林についてと同様に払拭されてしまっている。そのかわり、桑も竹も、いっしょにあげられた「良田美池」や「阡陌交通」とともに、ホメーロスやウェルギリウスのオリーヴや榛《はん》の木や山毛欅《ぶな》に劣らぬ風土的リアリズムの重みをもって、この理想の村落の風景に深い真実らしさと調和の美とを与えているのである。

(2) 鶏犬の声

ここまでが、あの洞穴の外に立った漁師の驚きの眼に映じた桃源の里の眺望図であったとすれば、それにつづく「鶏犬のこえ相い聞こゆ」の一句は聴覚の印象である。この一句によって、眼下にひろがる村里の平和の空間はさらに新たな一次元の深まりを得る。
「桃花源の詩」の方には、同じ光景が——

荒路《こうろ》　曖《あい》として交わり通じ
鶏犬《けいけん》　互いに鳴き吠ゆ

ともいわれていた。この村里の野道がかすむあたりや、家々の蔭や木蔭から、そのすがたはまだよく見えぬが鶏が鳴き犬の吠えかわす声がここまでのどかに聞えてくるというのである。実際、静かな春の日などの真昼間や昼下り、なんの理由でか吠えたてる犬の声や、間のぬけた雄鶏のときをつくる声や雌鶏のそれに応える声が、ときおり聞えてきたりすることほど、私たちに深く濃い平和を感じさせるものが一体他にあるだろうか。

　今日の私たちでさえ、昼間思いがけず、思いがけぬ方角から、鶏の声や犬の吠え声が聞えてきたりすると、たちまちあたりに、また心裡《しんり》に、一種の甘美なエア・ポケット、意識の空白のようなものがひろがり、それがあてもなく淡い郷愁によって染められるのを感じる。その一瞬に、自分の遠い幼時の記憶がよびおこされるのか。いや、それとともに、もっと遠い私たちのなかの深層の古代人の心がよびおこされるのかもしれない。[27] 犬や鶏の声は一瞬あたりの明るい昼間の空気をひきしめ、すぐにそれを前よりも一そう弛《たる》ませて、そこにそれこそ桃の花色の平和の微粒子を散らすのだ、ともいいたい。

鶏についていうなら、それが早朝、夜明けを告げて鳴くのはあたりまえのことである。それが古来、鶏に課された彼らの大事な役割の一つでもあった。鶏は東南アジアのタイやマレー半島のあたりが原産地で、それが家禽化したのは比較的新しく、大体殷代のころに中国南部に伝わり、やがて中国北部や朝鮮半島にもひろまり、日本列島にも牛とともに縄文後期から晩期のころに渡来したのだろうと推定されている。[28]中国ではすでに『詩経』の「鄭風《ていふう》」に「女は曰《い》う鶏鳴《けいめい》、士《おのこ》は曰《い》う昧旦《まいたん》」との早起き者の夫婦の歌があり、「斉《せい》風」には「鶏は既に鳴きぬ、朝《みやい》には既にひと盈《み》ちぬ」と妻が夫を起す歌がある。日本でも『古事記』の天の岩屋戸の神話で、天照大神を誘いだすために「常世《とこよ》の長鳴鳥《ながなきどり》を集めて鳴かしめ」たことは、周知のとおりである。鶏はその息と声の長さのゆえに古代人の理想郷である常世国と早くから結びつき、日の出をうながす鳥として呪術の儀式に一役を担っていたのである。

日本ではそのため、「鶏《とり》の鳴く」として「東《あづま》の国」の枕詞となったが、同時に男女の逢瀬の邪魔物として「腐鶏《くたかけ》」と憎まれもした（「かけ」は鶏の鳴き声によるその古名）。『古事記』の大国主命は、沼《ぬま》河比売《かわひめ》への婚《よば》いを全うせぬうちに明ける朝を憎んで「……庭つ鳥、鶏《かけ》は鳴く、うれたくも、鳴くなる鳥か、この鳥も打ち止《や》めこせね」と歌ったし、『伊勢物語』には「夜も明けば狐《きつ》にはめなむくたかけの……」とあるが、同じことは中国にもあって、たとえば前野直彬氏は陶淵明晩年の劉宋のころ江南に流行したという楽府《がふ》の一つを引いている。——

打殺長鳴雞　長鳴の鶏を打ち殺せ

弾去烏臼鳥　烏臼《うきゅう》の鳥を弾《はじ》き去れ
願得連冥不復曙　願わくは冥《めい》を連ねて復《ま》た曙ならず
一年都一暁　一年都《すべ》て一暁ならんことを[29]

ところで、もう一度繰返すならば、鶏が夜明けに鳴くのは、それを歓迎するにせよ、右のように後朝《きぬぎぬ》の別れをうながすものとして憎悪するにせよ、しごくあたりまえのことである。ところが、陶淵明の桃源郷ではそれが時はずれの真昼間にあちこちで「コケコッコー」とやっていた（漁夫が桃源郷にたどりついたのは朝であるはずがない）。まさにそれゆえに、それが文字どおり間がぬけていたがゆえに、その声のひびくあたりに、明るい春の日に照らされた濃密な平和の空間が生れ出ずにはいなかったのである。そこに、喧嘩しているのか、ふざけあっているのか、犬どもの吠え声も混じって、日向《ひなた》ぼこする村里のこともないのどかさの感覚はさらに深まったのである。さきに私はこれを「聴覚の印象」と言ったが、実はこれは単なる聴覚にとどまるはずがない。少くとも東アジアの伝統的な農村を知る者にとっては、それはたちまち心理の最奥の部分にまでこだませずにはいない感覚である。陶淵明は鶏犬の声を媒体とするこの田園的平和の深層感覚の最初の発見者、少くともそれをはじめて文字に定着した詩人であったということができるのであろう。

淵明がいかによくこの鄙《ひな》びた平和の感覚を享受したかは、彼の「園田の居に帰る」其の一の次の有名な一節――

曖曖遠人村　曖々《あいあい》たり　遠人《えんじん》の村
依依墟里煙　依々《いい》たり　墟里《きょり》の煙
狗吠深巷中　狗《いぬ》は吠ゆ　深巷の中《うち》
雞鳴桑樹巓　鶏《とり》は鳴く　桑樹《そうじゅ》の 巓《いただき》30

はるかにかすむ遠い村　ぼうっとたなびく里のもや
どこかの露地裏で犬が吠え　鶏は桑の木のてっぺんで鳴いている

によっても知ることができる。鶏は朝しか鳴かないはずはなく（朝よく鳴くことはたしかだが）、それを夜明けの長鳴鳥ときめていたのは一つの社会的約束事《コンヴェンション》、また修辞上の定句にすぎまいから、鶏が昼間も鳴くことは潯陽の在郷の居住者にとっては、実は本来とりたてていうにも当らない全くの茶飯事であったろう。だが、十三年（別テキストによれば三十年）の役人生活の「塵網《じんもう》」に疲れ果てて、その柴桑《さいそう》の古里に帰ってきたとき、淵明はこのもっとも陳腐平凡なはずのものが実はもっとも深くなつかしい田園的平和の象徴たりうることを、発見したのにちがいない。彼は故郷の「邱山《きゅうざん》」のなかのわが家に帰って住みつきながら、遠くから聞えてくる鶏犬の声にいわば村暮しのエッセンスが凝結されるのを感じとり、それに対して奇異なことに一種の郷愁のごとき感情さえ湧いてくるのをおぼえたのにちがいないのである。

そのために淵明は、彼独特の澄明なリアリズムに従って、従来の修辞の約束に逆らい、昼の村に聞える鶏犬の声を「帰園田居」第一首の真中に、そしてこの「桃花源の詩并びに記」の重要な一景中に、あえて詠《よ》みこんだのであったろう。註釈書によれば楽府古辞に「鶏は鳴く高樹の巓、狗は吠ゆ深宮の中」とあり、淵明の右の句はこれによったのだという。それはそれでたしかであろう。だが、誰でもすぐに気がつくように、「高樹」が「桑樹」に、「深宮」が「深巷」に、わずか二語変えられただけで、これは別世界への転換である。そしてこうすることによって陶淵明は、田園の平和のインデクスとしての鶏犬の声という、新たな詩的・修辞的モチーフをここに創りだし、それが以後東アジア――中国・朝鮮・日本の文学に長く根強く生きつづけてゆくこととなったのである。さきに私は今日の私たちでさえ鶏犬の声に深く親密な平和感覚をおぼえると、私自身の経験をも想起しながらしるしたが、あるいはその経験自体のなかにも、この陶淵明由来の詩的イメージは隠微なかたちでにせよすでに作用していたかもしれないのである。

もう一点、「桃花源の詩并びに記」の「鶏犬のこえ相い聞こゆ」、「鶏犬互いに鳴き吠ゆ」について触れておくべきことがある。普通の淵明詩の註釈書をひもとくと、ほとんどどれもみなこの句は老子第八十章中の同表現に「もとづく」としている。なるほど、「小国寡民」の理想の政治形態を説いたこの有名な一章には、次のようにある。

小国寡民、什伯《じゅうはく》の器《き》有りて用いざらしめ、民をして死を重んじて遠く徙《うつ》らざらしむ。舟輿《しゅうよ》有りと雖《いえど》も、之《これ》に乗る所無く、甲兵《こうへい》有りと雖も、之《これ》を陳《つら》ぬる所無し。人をして復《ま》た縄《なわ》を結びて之《これ》を用い、其の食《しょく》を甘《うま》しとし、其の服を美《よし》とし、其の居《きょ》に安んじ、其の俗を楽しましむ。隣国、相い望み、鶏犬の声、相い聞こえて、民、老死に至るまで、相い往来せず。[31]

福永光司氏も示唆するように、原始的で閉鎖的な村落共同体的「小国」への復帰を説くこの老子の思想が、陶淵明の桃源郷の発想に影響しているであろうことは、疑いえない。いうまでもなく桃源郷も、山間に閉ざされて自給自足する小共同体であり、漁師がやがて気づき、また村人に教えられるように、さかしらな文明の智恵や圧政の弊を知らずに太古淳朴の風を守って暮す清静無為の小村落である。ことに理想郷論的な側面が強く出ている「桃花源の詩」の方には、「日出でて作《たがや》し、日入りて息《やす》む」との古来の「撃壌の歌」などとともにこの老子の感化が、一そう明瞭に読みとれるように思われる。だが、右の引用で傍点を付した部分の、「鶏犬之声相聞」に限っていうならば、どうであろうか。

右の読み下し文を一読しただけでもわかるように、それは「隣の国がすぐ向うに見え、鶏犬の声が互いに聞えてくるほどに近くとも、人民は（自国の生活に満ち足りているから）老いて死ぬまで隣国と往き来しようともしない」との意味で、隣国の近さを強調する修飾にすぎない。陶淵明はたしかにこれに「もとづいて」、「鶏犬のこえ相い聞こゆ」（記）とか「鶏犬互いに鳴き吠ゆ」（詩）と、老子そっくりの表現をしたのであろう。だが彼はその句の意味を全く別なものに転化させてしまっている。すなわち、「相い聞こゆ」の「相い」も、「互いに鳴き吠ゆ」の「互いに」も、ここでは隣国や隣村との関係で言われているのではもはやない。この桃花源の村里のなかで、あちらの家こちらの家の鶏同士、犬同士がこもごもに鳴きかわし吠えあっている、との意味にすりかえられてしまったのである。そして一たんそのように転化されてみると、「鶏犬のこえ相い聞こゆ」の表現は、さきに述べたように、桑畑や竹藪を点在させた家々の集落の、日を浴びていかにも豊かに安らかなたたずまいを想いおこさせ、さらにその鶏犬の声がひびきかよう真昼の空間の明るくのどかなひろがりまでを感じとらせることとなった。つまり、他国・他境との関係において平和だというのではなく、それ自体に平和を深く内在させた村落の生活空間を暗示する熟語となったのである。

(3) 老幼の楽園——西洋の牧歌またユートピアとの対比

こうして、武陵の漁夫が桃花源の洞窟から出て眺めわたし、いまそのなかに下りてゆこうとしている村里は、思えば、ギリシャ・ローマの古典詩人たちが「うるわしい場所」(locus amoenus)として讃美した島や庭園や田園の理想的な景観と、たしかにおのずから相似るところが多いようである。E・R・クルティウスによれば、「うるわしい場所」「心地よい場所」はホメーロス、テオクリトス、ウェルギリウスの詩を源泉として、「ローマ帝政時代から十六世紀にいたるまで」ラテン文学のあらゆる自然描写の主要モチーフとなり、それの修辞的トポスの一つとなったという。[32] さきには『オデュッセイア』の果樹で盛り沢山の「アルキノオスの園」の一節を引いたが、ウェルギリウスはたとえばその『農耕詩』(39–29B.C.)のなかの有名な一節で、次のように田園生活の美と徳とを歌っていた。——

But calm security and a life that will not cheat you,
Rich in its own rewards, are here : the broad ease of the farmlands,
Caves, living lakes, and combes that are cool even at midsummer,

Mooning of herds, and slumber in the tree's shade.

しかし、そこに（あるの）は愁いのない安らぎ、欺瞞を知らずに
さまざまの財産に恵まれた生活、広い土地での休息、
洞穴や生命のある湖や涼しい谷間、
牛たちの唸《うな》り声、木蔭での静かなまどろみ。
これらのものが、そこには欠けていない。……[33]

(Georgics, Book II, 467)

農民には都会の贅沢こそないが、そのかわりこれらの田園の美味に恵まれている、と讃えるのである。古代の詩人は東も西も同じようなものを求め、考えるものだと感ぜずにはいられない。それは老子の小国寡民説とプラトン対話篇の理想の共和国との類似に驚くのと同様である。

ウェルギリウスの時代、ローマは共和政の下に文明の「都市化が進み、複雑な人間社会が成立していたから……都市と田園との距離は非常に大きくなっていた」といわれる。[34] そのためローマ人は、一方で都市生活のあらゆる恩恵と便利を享受し、多くの場合、自分が所有する農園の経営を執事とその配下の奴隷にまかせながらも、他方ではギリシャ人の場合よりもはるかに熱烈に意識的に、田園の美と静穏の徳とを礼讃するようになったのである。古代中国の社会をそのままローマ帝国に対比するわけにはゆくまいが、しかし中国でも早くから同じように都市文明が進み、とくに陶淵明の属する六朝時代には政治の不安定をよそに文藝活動が貴族のサロンに集中し、いちじるしく都雅巧緻なものと

なっていたことは、よく知られているとおりである。淵明はその種の同時代文藝に反逆し、東晋末期の陰惨な政治の転変をまのあたりにして、ついに「帰去来兮《かえりなんいざ》」と故郷の直耕の生活に帰り、そのなかに人間本然のすがたを求めようとしたのであった。それはウェルギリウスにおける以上に意志的で劇的な態度であったといえるかもしれないが、しかしウェルギリウスもまた元来は貧農の出で、都会に出て詩人として活躍しつつ田園生活の静和をなつかしみつづけた人であったところに、おのずから東西両詩人の、背景の類似をこえた親近性は生じたのであったろう。

実際、ローマの詩人が農村生活の美として列挙するようなものは——安らぎも、たっぷりとした正直な収獲も、自然の快楽も、屈託のないまどろみも——陶淵明の「園田の居に帰る」の五首連作に、また桃花の谷間や洞穴まで含めて考えるなら「桃花源記」にも、ほとんどみな登場するといってよい。「牛たちの唸り声」は、私たち東アジアの民族には「鶏犬の声」ほど奥行き深く詩的なものとは感じられないかもしれない。しかし、西洋の田園詩人にとってはそれは「鶏犬の声」と同じく、「静かなまどろみ」に誘うほどの心地よいのどかさの要因だったのである。

だが、もちろん東西の差異も明らかである。すでにウェルギリウスにおいても牧場の涼しい木蔭は、牧人が横臥《よこたわ》して「うるわしのアマリリス」の牧歌を笛に奏でるような場所であったが、クルティウスはさらにこの「うるわしい場所」「心地よい場所」がもともと愛のための場所、愛の「悦楽境」(locus amoenus) の意味をもち、ウェルギリウス以後はいっそうその色を濃くしてゆくことを指摘している。それまでの樹木、その日蔭、草地、泉あるいは小川といった比較的単純な道具立てに、たちまち小鳥のさえずりとさまざまの甘美な草花が加わり、西の微風も吹きよせるようになって、「悦楽境」

の描写の修辞はいよいよ繁縟な技巧を重ねてゆくのである。そして他方、紀元前三世紀の『ダフニスとクロエー』などの例を思いかえしてみるまでもなく、家畜の飼育と増殖を生業とする牧人が主人公となる牧歌文学は、必然的にエロティックな要素が強く、「本質的に青春の文学[35]」であり、locus amoenus はもっとも頻繁に牧人の男女が恋を語らう舞台であった。クルティウスも言っている。――「牧人生活は自然と愛とに結びついている。二千年を通じて、エロティックなモチーフの大部分が牧人生活に集中したといって差支えない[36]」。

地中海の牧畜民族のこの牧歌文学の傾向に反して、東アジアの農耕民族の桃源郷文学では、老子のあの「谷神」=「玄牝」のシンボリズムをその根底にひそめているにしても、また唐初の張鷟《ちょうさく》（文成）の『遊仙窟』などまでゆけばいささか趣が変るにしても、少くとも陶淵明においては「愛の悦楽」といった要素は少しも表に出てこない。武陵の漁夫が、鶏犬の声に誘われたかのように、交わり通じる「荒路」をたどって入りこんで行った桃源の村里では、働けそうな男女はみな田畑に出て耕作や種まきにいそいそと立ち働いていたのである。野道のほとりや木蔭の草の上に寝そべって、歌を唄ったり笛を吹いたり恋を囁いたりしている者のすがたは一人も見あたらなかった。――

其の中に往来して種作《しゅさく》せるもの、男女の衣著《いちゃく》は悉《ことごと》く外人の如し。
黄髪《こうはつ》・垂髫《すいちょう》、並《とも》に、怡然《いぜん》として自《みずか》ら楽しめり。

これが、まず漁師の目に映ったこの里の村びとたちの風俗だったのである。「其の中に往来して」

の「其の中」とは、これまで眺望してきた、良田美池があり村道が四方に通い鶏犬の声が聞える村全体の光景であろう。その春の日あふれる光景のなかを、忙しげにそここに行き来しながら男も女も、この季節の田畑の仕事に打ちこんでいる。「往来」という言葉が、春の日和を迎えた農民たちの嬉々として明るい動きを伝えているように思われる。しかもその男女の群れはみな見なれぬ不思議な服装をしているのだ。「世のものと異《こと》なりて、外国人《とつくにびと》かと怪しまる計《ばか》り也」と狩野直喜氏は訳している。「外人の如し」を、この村里の外部の人と同じ、つまり漁師と同じごく普通の服装とする解釈もあるが、「桃花源詩」の方には「衣裳には新製なし」ともあるのだから、やはり異邦人のように奇異な古風な服装と受けとる方がよかろう。それに、この思いがけぬ未知の村落に入りこんできて、まず衣装が自分と同じであることに注目するというのは、漁師の心理の筋道として解せないのではなかろうか。彼はこの村民の風変りな衣服を見て、一見平凡な眺めのこの村里がどうもやはり不思議な異郷であるらしいことに気づきはじめるのである。

しかし、ギリシャ・ローマからの西洋の牧歌・田園詩と対比してみるまでもなく、この桃源の生活風景のなかでもっとも美しく、もっとも心楽しい印象を与えるのは、この「うるわしい場所」(locus amoenus) で心おきなく遊びたわむれているのが、恋する青年男女ではなく、老人と幼童たちだという点である。まことにあざやかなこの老幼の幸福の情景を、狩野博士は「怡然」という語に苦労したあげく、次のように訳している。――「又黄色の髪なす老人、もとどりたれたる小児まで、打まじり、おのがじしたのしむさま、またなく心やすらげに見ゆ」。

同じ情景は「詩」の方にも出てきて、「記」よりもさらに具象的に老幼の楽しみの様を描いている。

童孺縦行歌　童孺《どうじゅ》縦《ほ》しいままに行くゆく歌い
斑白歓游詣　斑白《はんぱく》歓《たの》しみつつ游《あそ》び詣《いた》る

子供たちは好き勝手に駆けまわりながら歌い、歌いながら遊びまわっている。ごましお頭の老人たちもこの春の日、気ままに出歩いてはお互いに訪ねあい、談笑している。——これはまさにさきの「鶏犬のこえ相い聞こゆ」にも匹敵する、桃花源の村里の平和と幸福とを集約して示す象徴なのではなかろうか。あのさかんに吠えるのが聞えていた犬どもは、実はこの幼童たちのいい遊び相手で、野道や池のほとりや家々の間を走りまわって遊ぶ彼らと追いつ追われつ、彼らの足もとにからまるようにじゃれつきながら、吠え立てているのだろう。そして老人たちが打ちつどい、身ぶり手ぶり入りで閑話を楽しんでいる日だまりには、かならずや桃の花も咲きあふれ、鶏の群れが若草をついばみながら雛を呼び、ときどきあの間のぬけたときの声をあげているのにちがいない。——それは、東洋人なら、これを読むもの誰しもの心の底にほのぼのと浮かんで来ずにはいない一幅のなつかしい春昼の絵である。

春景でありながら、前にも触れたように、ここには恋の行為にふける若者のすがたはない。春にさかる家畜の姿態も出てこない。西洋の牧歌・田園詩の世界ならば当然のエロスのイメージ、自然の生殖活動に直接に結びつくようなイメージは、なに一つないのである。そのかわりにあるのが、この屈託なげな老幼の遊楽の光景である。このことは、陶淵明だけを見ていれば、別にとりたてていうほどのことでもないかもしれない。だが、少しでも西洋側の文学をうかがった眼で見直せば、これが陶淵明の――少くともこの桃源の世界の、一つのいちじるしい特徴であることがわかる。ひろびろと豊かな田園風景のなかで、成年の村民は男も女も野に働き、その労働に支えられて、なんの憂いも気がねもなくそれぞれに遊びにふける村童と村翁の群れ――それが詩人のここに示したかった理想の小共同体の生活情景なのである。そこには誰が首唱したのでも教導したのでもないらしい、おのずからな相互扶助・社会保障の原理がこまやかに働き、年齢による自然の秩序が成り立っていた。

であるから、この桃源郷に「ユートピア」という呼び名を与えるのに、私はいつもためらいをおぼえる。「理想郷」という言葉でさえ、ときに固すぎて角張りすぎているように思われる。トマス・モアの『ユートピア』(一五一六)やトマゾ・カンパネルラの『太陽の都』(一六〇二)などを読んでみればよい。ユートピアとは、根本において老荘的ともいうべきこの桃源の平和郷とはほとんど反対物ではないかとさえ思われる。赤道直下の大平原の一角にあるらしい太陽の都にしても、ユートピア島のアモロート市にしても、それは人智と人力を尽して自然環境を支配し、厳密な幾何学的都市計画のもとに城塞か神殿のように構築された石材と煉瓦の都市である。市民の生活も禁欲主義的な自然道徳と功利的な理性とによってつねに規制され、代議制による集団的統制にすべて従わなければならない。太陽の都などでは、子孫増殖の営みさえ、「子作り会議」の指示のもとに一定年齢に達した男女が全裸での確認見合いをした上に、一定期間の星めぐりのよい時刻に、英雄偉人の像を仰ぎつつ性行為に専念するのである。そして首尾よく生れた子供は、たとえばユートピア島では世帯人数が多すぎれば少なすぎる世帯に「廻せば」よいことになっているし、いずれにしても乳離れして間もなくから一途に学問と技術を詰めこまれなければならない。要するに子供は教育フェティシズムの対象でしかないし、老人は智恵に満ちたいかめしい長老として青少年の教導にあたるか、さもなければ無用の長物として自殺でもする以外になさそうなのが、ユートピアなのである。

一人暮しの老人がアパートで猫を残して窮死するニューヨークも、子供が塾と学校で受験競争に狂奔する東京やソウルも、したがって、たしかに大いにユートピアに近づいたといえるのであろう。だがそれだけ、春の日ざしあたたかく鶏犬の声と老幼の笑い声とがひびく桃花源の里からは、遠ざかったのである。

「桃花源の詩」の方では、たとえば「春の蚕《かいこ》に長き糸を収め、秋の熟《みの》りに王の税なし」というようなこともいわれている。だから「桃花源の詩并びに記」に、陶淵明の政治・社会批判が託されたユートピア論的要素がないなどとはいえないのかもしれない。しかし、同じ「詩」でさらに詩人は——

雖無紀歴志　　紀歴《きれき》の志《ふみ》無しと雖《いえど》も
四時自成歳　　四時《しいじ》　自《お》のずから歳《とし》を成す
怡然有餘樂　　怡然《いぜん》として余《た》らえる楽しみ有り
于何勞智慧　　何に于《お》いてか智慧を労せん

とも強調する。暦などなくとも四季はうつろって一年をなし、心やすらかに生活のゆとりを味わえばよい。一体、どこにこざかしい智慧などを働かせる必要があろう、というのである。さかのぼれば老子の教えにもつながるこの反文明・反技術の自然主義の思想は、西洋近代のユートピア思想とは根本的に異質であり、むしろそれに反するものなのであった。だからこそ、桃源の村の幼童たちは、彼らを一日も早く大人に仕立てようという教育とはかかわりなく、彼らだけの遊びに一日遊び呆けておればよかったのであり、老人たちもまた子供に還ってのどかに日和ぼこしておればよかったのである。こうして、老幼の楽園ともいえる桃花源の里は、西洋牧歌のエロティックな青春の悦楽境から遠いのと同じほどに、ユートピアの合理主義的管理主義プログラムからも遠いのであった。しかしそれは、谷間の奥、山のかなたの閉ざされた空間においてしか成り立ちえない小社会であったことも、もちろん私たちは忘れてはなるまい。

四　桃源における交歓

さて、ワシントンD・Cのフリーア・ギャラリーで石濤作の『桃源図巻』を見ると、桃花源の里にさまよいこんだ漁人のすがたをまず見つけたのは、やはり耕作に忙しい大人たちではなくて、「怡然《いぜん》として自《み》ずから楽し」んでいた老人と子供たちであったらしい。自分の舟の櫓を抱えたまま洞穴の外の斜面に立つ漁師を、下から問いかけるように見あげているひげの老人と二人の少年が、そのすがたの表情も豊かに描きこまれている。なかなか面白い解釈であり、説得力がある。

3　石濤『桃源図巻』（部分）

その後に展開する漁師と桃源の村民との邂逅のドラマについては、私たちはこれまでのように一々の語句に長く立ちどまるのはもうやめて、ごく簡単に触れてゆくだけにしよう。「桃花源記」の文章自体、洞穴の「豁然開朗」以後ここまでは、この村里の景観と風俗とを静的に眺望し描写することに終始してきたといえるが、ここ「漁人を見て、乃《すなわ》ち大いに驚き」からはにわかに副詞の使用もふえ、句も短くなって、生き生きとルポルタージュのように平明になる。文体に、巧妙な、明らかな転調があり、これまで描かれたところを舞台として画面はまた動きはじめるのである。

漁人を見て、乃《すなわ》ち大いに驚き、従《よ》りて来たりし所を問う。
具《つぶさ》にこれに答うれば、便《すなわ》ち要《むか》えて家に還《かえ》り、酒を設け鶏《とり》を殺して食を作《な》せり。
村中《そんちゅう》、此の人あるを聞き、咸《み》な来たりて問訊《もんじん》す。

突然の漁師の闖入が村民のあいだに捲きおこしたセンセー

ションが、ここに髣髴としてくる。たったいままで、「鶏犬のこえ相い聞こえ」て眠くなるような平和にくるまれていた村民たちは、異様な風体の見知らぬ男のすがたを見て、はじめ呆気《あっけ》にとられて事柄の意味もわからず、それからやっと（「乃ち」）これがただごとならぬことに気づいて、仰天し、あわてた。そしてどこからどうしてやって来たのかを早口に問い、漁師が懸命になって説明するのを聞いて、さらにかさねてびっくりしたのであったろう。漁師と村民と、たがいにいぶかしがり、驚きあっている、まことに面白い情景である。それは、国も時代も一気に飛ぶが、ゴンチャロフがみごとに描いたオブローモフの桃源郷、オブローモフカの人々が、村はずれに見知らぬ行きだおれを見つけて大騒ぎをし、あるいはめずらしくもさ迷いこんだ一通の手紙を前にして何日間も何週間も動顛し煩悶したりするのと、よく似ていたかもしれない。[37]

だが、オブローモフの荘園ほどには、この桃源郷の村びとたちはかたくなでも、蒙昧でもなかったらしい。オブローモフカの村民たちは行きだおれを熊手で突っついてみたりしたあげく、さわらぬ神に祟りなしと放ったらかしにしてしまったが、桃源の漁師は最初のめぐりあいの衝撃がおさまると、さっそくに（「便《すなわ》ち」）多分村長《むらおさ》と思われる村びとの一人の家にいざなわれて行って、なにはともあれまず御馳走にあづかるのである。村びとたちの最初の反応ぶりで、漁師にはすでにここに住むのが神仙でも隠者でもなく、彼自身と同じ俗人であるらしいことに見当はついていただろう。それがいま「酒を設け、鶏を殺して食を作《な》せり」によってさらにはっきりとする。漁師が食べさせられたのは、桃李の霊果でも不老長寿の薬草でもなかった。さっきまで村里の平和の象徴としてのどかに鳴いていた鶏の一羽があわれ絞め殺されて、酒とともに卓上に供せられたのである。

考えてみれば、漁夫と桃源の村民とが同じ言葉をしゃべり、最初からすぐに話が通じたというのも、不思議でないことはないのだが、作者陶淵明としてはそのような細部の点にこだわらぬ上に、この異境の異境らしからぬなにげなさを出したかったのでもあるだろう。鶏料理のエピソードも、同じ意図から、ことごとしい神仙譚風のしつらいを忌避して、この話の真実らしさ、卑近さを強調するためにとり入れられた情景であったにちがいない。あの桃花の谷間や、髣髴たる光を宿した洞窟は、まことに不思議な魅力で人の心をそそったが、そのアプローチを経て一たんこの桃源の盆地に踏みこんでしまったなら、むしろ見聞きするものが奇異な相貌をおびず、平凡で親しみ深いものである方が、最後に残される不思議の感覚はかえって深くなる。詩人陶淵明はよくそのことを心得ていたのである。

一海知義氏が指摘するように、[38] この「設酒殺雞作食」には『論語』微子篇の植丈翁の話がわずかにせよ影を落しているのだろう。——旅上、孔子の一行に遅れた子路は、たまたま長い杖に竹籠をさげた老人に出あったので、「夫子《せんせい》」を見かけなかったかとたずねた。すると老人は、「四体勤《したいつと》めず、五穀分《わ》かたぬ」者(孔子)をなんで夫子などと呼ぶのか、と答えただけで、杖をかたわらに植《た》てて田の草とりをはじめた。子路は当惑と敬意とから手をこまねいて立っていたが、老人は彼をその晩家に泊めて、「雞を殺し黍《しょ》(黍《きび》めし)を為《つく》りて之《これ》に食《くら》わしめ」た、というのである。

土着的な農民の日常のなかに根をおろした隠逸、この植丈翁の生活態度をよしとする気持が陶淵明にあったからこそ、彼はここでも『論語』から「殺雞為黍……」の表現を借用したのであったろう。また実際にそれは、田園の隠者の生活にもどった淵明自身が、ときおりやる即席の馳走の一つでもあったらしい。「園田の居に帰る」其の五には、村暮しの一夕の気晴しとして——

漉我新熟酒　我が新たに熟《じゅく》せる酒を漉《こ》し
隻雞招近局　隻鶏《せきけい》もて近局《きんきょく》を招く

と、手づくりのどぶろくと一羽の鶏の手料理で近所の農夫を招いたりすることが詠《うた》われている。桃源の村民たちは植丈翁や陶淵明のような自覚的な隠逸ではなかったかもしれない。だが、彼らはたしかに異境の住人でありながら、同時に素朴な中国農村の生活に深く根をおろしているものであったことが、この一点景をとおしてもそれとなく強調されていたのである。

いずれにせよ、早く珍客の話を聞きたい一心で手早い馳走をする村長と、朝からの思いがけぬ冒険に腹を減らして料理にとりつく漁師と——その動作や表情までがここに浮かんでくるのではなかろうか。（ただし、桃源村の鶏料理とはどんな趣向のものであったのか。郭沫若の「中国古代の飲食論」を読んでみても不明だ。羽毛をむしりとり血を抜いた上での蒸し焼きか？）

そしてその間《ま》に、あの幼童どもが走りまわってこの大臨時ニュースを村中に伝えたのであろう、「村中《そんちゅう》、此の人あるを聞き、咸《み》な来《き》たりて問訊《もんじん》す」という。食卓の漁夫をとりかこみ、戸口や窓にも鈴なりになって、次々に挨拶する村民たちの、好奇心と驚きをあらわにした顔、顔、顔。

だが、この家の主人がまず漁夫に語ってくれた話は、やはり世の常ならぬものであった。彼の先祖は秦代のとき天子の暴政に苦しみ、ついに乱を避けて妻子と村人とをひき連れてこの山深い絶境に隠れ住み、それ以後ここから出たことはなく、外部の世界との交渉を絶ってしまった、というのである。いまの村民はその子孫なのである。この土地は、それゆえ、たしかに神仙の世界ではないのだが、また村全体にどこか普通とちがう世ばなれたところがあるのもたしかであった。そのいわれが、いまようやく漁夫にも納得されたのである。

その世ばなれぶりについて念を押すかのように、この桃源の村人たちは秦の後に漢代があったことを知らず、まして魏があり、いまは晋朝であることさえ知らなかった、との話もつけ加えられている。これによって、この桃源譚はいよいよ真実の記録にちがいないとの印象が強められる。漁夫が、外の世界のその後の王朝の有為転変について、聞き知る限りのことを語ってやると、村人たちは「皆嘆惋《たんわん》す」ともいう。外の世界の転変のはげしさに、驚きと同情のともにこもった歎息の声をあげたのである。この「嘆惋」というのも、例によって陶淵明の簡にして生彩ある用語であった。

こうして、ここに桃源郷の異境たるゆえんが、いわば種明しされたのである。この村民たちは、この山間の秘境に、外界の変遷とかかわりなしに六百年前、周代のころの淳朴な風俗をそのまま守って暮している人々だったのである。「男女の衣著はことごとく異邦人のもののごとく、老人も幼童もともに怡然《いぜん》として自ら楽しめり」というのも、つまりはそのためであった。これこそ、老子の説いた「小国寡民」の、理想の原始的共同体が、そのまま実現したかと思われる村落だったのである。また自身が有名な「農を勧む」の詩の冒頭に——

悠悠上古　　悠々たる上古

厥初生民　厥《そ》れ初めて民を生ず
傲然自足　傲然《ごうぜん》として自ら足り
抱樸含眞　樸《ぼく》を抱き真を含む

と讃え、理想化した上古の民の生活が、目前の実景としてプールされている小盆地であった。一海氏がその中国詩人選集『陶淵明』の註解に言うように、陶淵明の願望時間（上古）をそっくり収めて保った願望空間が、この桃源郷だったのである。

五　桃源の「溶暗」

しかし、桃源郷に古い時代の風俗がそのまま生きていたというだけで、外界とは異質の時間がそこに流れているのではない。その点でもこれは多くの神仙境やフェアリー・ランドとは異なる。だから漁夫は、この村里で村民たちのホスピタリティを受けて「数日」滞在したというが、その間に実は一種の陶酔のうちに加速された長年月を生きてしまい、ふたたび故郷にもどってみたらもとの家はなく、自分も白髪になっていた、というような不思議はここには生じない。天台山中の別天地に仙女とともに半年暮したが、それが実は常の世の二百年であった劉阮の話、竜宮から帰り「開くな、ゆめ」のタブーを破って玉手箱をあけると、肌しわみ髪白くなって息絶えた浦島の話、一夜過したキャッツキルの山から錆びついた鉄砲を担いで帰宅してみると、それは二十年後の世界で、恐しい悪妻は死に国は独立のアメリカとなっていたリップ・ヴァン・ウィンクルの話——これらの異境淹留譚《えんりゅうたん》が共通してもっていた異境と日常界との間の「時差」(time lag)、あるいは「超自然的な時間の経過」(supernatural lapse of time) は、「桃花源記」には存在しないのである。[39]

晋朝詩人陶淵明は、その点できわめて老巧な醒めたリアリズムをつらぬいている。漁師は桃源の村人に別れをつげ、ふたたびあの岩山の洞穴をくぐって水源に出、乗り捨てておいた自分の舟を見つけて桃花の谷間を下り、白髪に変ずることもなく無事武陵に帰りついたのである。しかも彼はその帰路、俗人ぶりを遺憾なく発揮して随所に道しるべをつけてきたし、桃源の村民に「ほかの人にこの村のことは話さないでくれ」と一種のタブーを与えられていたのに、さっそくそれを破って郡の大守(知事)に事のしだいを報告してしまう。

しかし、まさにこの反神仙譚的なリアリズムのゆえに、「桃花源記」の結末は、さきに一度用いた語をここでまた使えば、「溶暗」(fade out) の効果を一段と強めているということができる。つまり、supernatural lapse of time のある普通の仙境淹留譚とはちがって、この話では「時差」はない上に道しるべがあるのだから、当然、漁師のみならず他のどんな俗人でも、もう一度桃花源にもどろうとすればもどれてしかるべきであった。ところが、その後の二度にわたるその試みはいずれも中途で挫折し、桃源郷は二度と私たちの前に開かれることはなかった。鶏を殺して食う桃源は、神仙郷ではないはずなのに、それはなぜだったのか。誰にもその理由はうかがうことができない。神仙郷以上の不可知の理由で、桃源郷は私たちの前に閉ざされ、再訪を拒んでいるとしか思えないのである。

郡の大守は漁夫の報を聞くと、すぐに部下を彼に従わせて、道しるべをたよりに桃源への道を探らせた。だが道しるべは失せていて、一行は途中で結局道に迷い、目的を達することができなかった。また南陽の高士劉子驥も、桃源の話を伝え聞いて大いによろこび、これを探訪することを願っていた。志操の高いこの人物ならば、あるいはついに桃源にたどりつきえたかもしれない。だが彼も、遺憾ながらそれを実行しないうちに、病死してしまったというのである。狩野直喜は「之《これ》（＝再訪の挫折）を双《ふた》つ列《なら》べたる処に面白味あり」と評しているが、まさにそうである。いわば桃源郷の前に二重の幕がおろされてしまったのである。しかも、さらにそれを三たび重ねるようにして、「桃花源記」の最終行には――

後《のち》には遂《か》くて津《しん》を問う者も無し

といわれる。「その後、あの渡し場のかなたを問い尋ねようという者は絶えてない」というのである。ここに、この物語の「溶暗」は深く黒々と成り立つ。「余韻尽きざるの趣あり」と狩野博士のいうとおりであろう。

そしてこの「溶暗」が濃く巧みであるだけに、私たちの心裡には、あの春光のもと、鶏鳴き犬吠え老幼は歌い遊んでいた村里の情景が、「溶暗」のかなたにいよいよ明るいヴィジョンとして浮かび上るのである。この「溶暗」まで来てはじめて、作中ではときになんの変哲もない華南の一閑村かとも見えた桃源郷が、単なるユートピアなどではなく、もっと豊かな奥行き深い想像的空間として完結し、読者の心裡にいっそう深く根をおろす。漁師が「路の遠近を忘れて」たどった谷間の桃の林の不思議な静けさも、いっそうあざやかに明るく、やはりあれは仙郷への長い橋がかりであったのかと、思い返されてくる。

神仙郷以上に不思議な、夢と現実の境目に ambiguous に横たわる「失われた領分」として、桃源郷はいつまでも私たちの心のなかに残る。神仙郷やユートピアにノスタルジアをおぼえることはないだろう。桃源郷についてはそれがある。いまなお中国のいづこかの山間の奥には、あのなつかしい平和と幸福の村里が、「津を問う者」もないままに、春の日に熟れてひそみつづけているのではないかと、夢のごとき郷愁のごとき想いが私たちの胸中には湧いてくるのである。

【付記】

本稿の執筆にあたって、東大中国文学の前野直彬、竹田晃、戸川芳郎の諸教授にしばしばご教示を賜った。また一九七七年の東方学会の会場では吉川幸次郎博士におめにかかって、ご教示と励ましとをいただいた。ここに記して、厚く御礼申し上げる。

【註】

1 中尾佐助「照葉樹林文化と日本」、『人と国土』(国土計画協会) 一九七六年十一月号。中尾氏にはこの問題をさらに詳しくあつかった上山春平、佐々木高明氏との鼎談『続・照葉樹林文化』中公新書、一九七六年、の好著がある。

2　一九七五年二月、たまたまバンコクに立ち寄る機会をえた筆者は、同地の日本大使館でこの旧日本兵についての情報を確めてみようと思った。だが、この話は筆者が切りだすや否やあっさりと一笑に附されて終った。なお、私はこの話の部分を前に小文にして発表したことがある（『新潮』昭和五十年二月号）ことを、おことわりしておく。

3　E・R・クルティウス『ヨーロッパ文学とラテン中世』南大路振一他訳、みすず書房、一九七一年、一一二～一五二頁。

4　The Peach Blossom Spring

（記）During the T'ai-yuan period of the Chin dynasty a fisherman of Wuling once rowed upstream, unmindful of the distance he had gone, when he suddenly came to a grove of peach trees in bloom. For several hundred paces on both banks of the stream there was no other kind of tree. The wild flowers growing under them were fresh and lovely, and fallen petals covered the ground—it made a great impression on the fisherman. He went on for a way with the idea of finding out how far the grove extended. It came to an end at the foot of a mountain whence issued the spring that supplied the stream. There was a small opening in the mountain and it seemed as though light was coming through it. The fisherman left his boat and entered the cave, which at first was extremely narrow, barely admitting his body, after a few dozen steps it suddenly opened out onto a broad and level plain where well-built houses were surrounded by rich fields and pretty ponds. Mulberry, bamboo and other trees and plants grew there, and criss-cross paths skirted the fields. The sounds of cocks crowing and dogs barking could be heard from one courtyard to the next. Men and women were coming and going about their work in the fields. The clothes they wore were like those of ordinary people. Old men and boys were carefree and happy. When they caught sight of the fisherman, they asked in surprise how he had got there. The fisherman told the whole story, and was invited to go to their house, where he was served wine while they killed a chicken for a feast. When the other villagers heard about the fisherman's arrival they all came to pay him a visit. They told him that their ancestors had fled the disorders of Ch 'in times and, having taken refuge here with wives and children and neighbors, had never ventured out again; consequently they had lost all contact with the outside world. They asked what the present ruling dynasty was, for they had never heard of the Han, let alone the Wei and the Chin. They sighed

unhappy as the fisherman enumerated the dynasties one by one and recounted the vicissitudes of each. The visitors all asked him to come to their houses in turn, and at every house he had wine and food. He stayed several days. As he was about to go away, the people said, 'There's no need to mention our existence to outsiders.'
After the fisherman had gone out and recovered his boat, he carefully marked the route. On reaching the city, he reported what he had found to the magistrate, who at once sent a man to follow him back to the place. They proceeded according to the marks he had made, but went astray and were unable to find the cave again. A high-minded gentleman of Nan-yang named Liu Tzu-chi heard the story and happily made preparations to go there, but before he could leave he fell sick and died. Since then there has been no one interested in trying to find such a place.

（詩）The Ying clan disrupted Heaven's ordinance/And good men withdrew from such a world./Huang and Ch'i went off to Shang Mountain/And these people too fled into hiding,/Little by little their tracks were obliterated/The paths they followed overgrown at last./By agreement they set about farming the land/When the sun went down each rested from his toil./Bamboo and mulberry provided shade enough,/They planted beans and millet, each in season./From spring silkworms came the long silk thread/Oo the fall harvest no king's tax was paid./No sign of traffic on overgrown roads,/Cockcrow and dogsbark within each other's earshot,/Their ritual vessels were of old design,/And no new fashions in the clothes they wore./Children wandered about singing songs,/Greybeards went paying one another calls./When grass grew thick they saw the time was mild,/As trees went bare they knew the wind was sharp./Although they had no calendar to tell,/The four seasons still filled out a year./Joyous in their ample happiness/They had no need of clever contrivance,/Five hundred years this rare deed stayed hid,/Then one fine day the fay retreat was found./The pure and the shallow belong to separate worlds： /In a little while they were hidden again./Let me ask you who are convention-bound,/Can you fathom those outside the dirt and noise?/I want to tread upon the thin thin air/And rise up high to find my own kind.

（James R. Hightower, *The Poetry of T'ao Ch'ien*, Clarendon Press, Oxford, 1970）

5　狩野直喜『魏晋学術考』（大正十五年四月より昭和三年二月、定年退官までの講義）吉川幸次郎編、筑摩書房、一九六八年、二三九頁。

6　私はこれを思いきり平易な、たっぷりとした現代日本語に訳し、というよりも現代日本語で「再話」して、少年むけの絵本を作ってみたいと考えている。桃源を描く画家には誰を選んだらよいだろうか。
7　白川静『中国の古代文学（二）——史記から陶淵明へ』中央公論社、一九七六年、三二九〜三四〇頁。
8　伊藤清司『かぐや姫の誕生』講談社現代新書、一九七三年、一八三頁。君島久子氏の研究によるという。
9　李長之『陶淵明』松枝茂夫・和田武司訳、筑摩叢書、一九六六年、一九頁。および白川、前掲『中国の古代文学（二）』三二〇、三三六頁。
10　狩野、前掲『魏晋学術考』二三九頁。
11　この桃も含めて、中国文学における草木、鳥獣のイメージについては、前野直彬『風月無尽——中国の古典と自然』東大出版会、UP選書、一九七二年、が簡にして要をえて、面白い。なお『古事記』『万葉』における中国からの桃渡来の痕跡については、前川文夫『日本人と植物』岩波新書、一九七三年、にはなはだ興味深い一章がある。
12　前野直彬・尾上兼英訳編『幽明録・遊仙窟』東洋文庫、平凡社、一九六五年、七〜九頁。
13　都留春雄『陶淵明』中国詩文選11、筑摩書房、一九七四年、一〇頁。
14　これらの説話は、前野直彬編訳『六朝・唐・宋小説選』中国古典文学大系24、平凡社、一九六八年に収められている。
15　以上、Gaston Bachelard, *La Terre et les Rêveries du Repos*, José Corti, 1948, pp. 200–203. バシュラールはペルーの神話やイザヤ書から Henri de Régnier や Ludwig Tieck にいたる「洞窟」の夢想の例をたくさん挙げて興味深い分析をしてみせるが、一つ注意しなければならないのは、それらの洞窟（グロット）は「桃花源記」のそれとちがって向う側に抜けることのできるトンネル型ではない、という点である。
16　狩野、前掲『魏晋学術考』二四四頁。
17　Herbert A. Giles, *Gems of Chinese Literature*, Pargon Book Reprint, New York, 1965, p. 105.
18　福永光司『老子』中国古典選6、朝日新聞社、一九六八年、三八〜四一頁、による。
19　山崎正和『生存のための表現』構想社、一九七七年、一二五〜一三一頁。
20　池大雅四十歳代の作とされている（吉川英治氏旧蔵）。もう一つ、三幅対の一つとしての『武陵桃源図』もある

（富山、米沢氏蔵）。いずれも、『池大雅作品集』中央公論美術出版、一九六〇年、所載。

21　富岡鉄斎作『武陵桃源、蓬莱僊境《せんきょう》図』六曲一双、一九〇四年。同『武陵桃源図』一幅、一九一九年。同『武陵桃源・瀛洲《えいしゅう》神境図』二幅、一九二三年（宮内庁蔵）など。参照、京都国立博物館・朝日新聞社主催特別展「鉄斎」図録、一九七三年、また小高根太郎編『富岡鉄斎』日本の名画3、中央公論社、一九七五年。

22　安堅の作品については内藤湖南『支那美術史研究』弘文堂、一九三八年、参照。

23　米国ワシントン、Freer Gallery蔵、紙本淡彩、一巻、年代不詳。

24　呉茂一訳『オデュッセイア』上、岩波文庫、二〇四頁。

25　京都大学名誉教授故上田弘一氏の直話。同博士は竹とその文化について多くの書物をあらわし、「日本の竹を守る会」の理事長もつとめた。

26　伊藤、前掲『かぐや姫の誕生』一一三頁、所引。

27　少くとも本稿の筆者にとっては、鶏犬の声が幼少時の記憶と深く結びついていることは疑いえない。私は日本の東北の都市の郊外の、祖父母の屋敷で、日々に鶏の声を聞き「桑竹の属」の間を馳せ、春には桃李の花の林に恍惚として、幼少の日々を過した。

28　木原均他『黎明期日本の生物史』養賢堂、一九七二年、参照。

29　前野、前掲『風月無尽』一八一頁。高杉晋作作と伝えられる例の小唄、「三千世界の烏を殺し、ぬしと朝寝がしてみたい」はこの楽府のもじりであったか。

30　「鶏は鳴く桑樹の巓」とは、バッテリー鶏舎の鶏ばかり見なれたいまの私たちにはやや奇異に思われる。鶏はそのように高いところまで飛び上って止まったりするものなのか。私の見た限りの註釈書は、これを当然のことと見なしてか、なんの説明も加えていない。楽府古辞に、本文中にも引いた「鶏は鳴く高樹の巓、狗は吠ゆ深宮の中」の句があり、また晋初の詩人陸機には「虎は嘯《ほ》ゆ深谷の底、鶏は鳴く高樹の巓」と、同様の表現がある（小尾郊一『中国文学に現われた自然と自然観』岩波書店、一九六二年、一四二頁）。昔の鶏はより多くの野性を残していて、野獣の攻撃から身を守るため、ずいぶん高い梢まで羽ばたいて飛び上ったらしい。そういえば、いまでも伊勢神宮境内などで見かけるような、放し飼いになっている矮鶏《チャボ》その他の鶏は、かなり高い木の枝にとまったりしている。

31　福永、前掲『老子』三九七頁。

32 クルティウス、前掲『ヨーロッパ文学とラテン中世』二六七〜二九三頁（「理想的景観」の章）。
33 Virgil, *The Eclogue, Georgics...*, trans. by C. Day Lewis, Oxford Paperbacks, 1966. 日本語訳は藤縄謙三『ギリシア文化と日本文化』平凡社、一九七四年、二二九頁、による。
34 藤縄、同右、二二八頁。
35 同右、二七三頁。
36 クルティウス、前掲『ヨーロッパ文学とラテン中世』二七二頁。
37 ゴンチャロフ『オブローモフ』上、米川正夫訳、岩波文庫、二一六、二七二頁。
38 一海知義「陶淵明の孔子批判」、『文学』四五—四、一九七七年四月号。
39 日本、中国、および諸外国の異郷淹留譚における supernatural lapse of time や taboo の問題については、出石誠彦『支那神話伝説の研究』中央公論社、一九四三年、所載「浦島の説話とその類例について」などを参照。

II　桃源郷の系譜

はじめに

一六〇〇年前という遠い昔の詩人陶淵明の傑作「桃花源の詩并びに記」は、こうしていまなお私たちの心に深く訴えかけ、美しくもゆたかな想像をよびおこし、あの谷間のかなたの村里への郷愁のごときものを胸の奥に抱かせる。

ことにも「桃花源の記」の散文詩は、その紀実風の物語りとしての面白さ、簡潔であるゆえにいっそう喚起力に富むその詩句と措辞の巧みさ、さまざまな情景の細部がもつ田園詩的な味わいの濃密さ、西洋のユートピアという都市国家とはまったく異質だがしかしたしかに理想郷的な小世界の体験を語るものとしての思想的内容の奥ゆかしさ、そしてそれらすべてを擁して完結した詩的・想像的空間としてのひろがりと深さ、それらの美質のゆえに、その後の東アジア——中国、朝鮮、日本の文学と美術に長く影響をおよぼすこととなった。

陶淵明の作品は、それらの美質の渾然たる働きによって、本書第Ⅰ部の冒頭にも述べたように、東アジア諸国の文化のなかに「桃源郷」という一つのトポスをつくりあげ、流布させるにいたったのである。それは西洋文学におけるウェルギリウスの田園牧歌詩（農耕詩）の役割と、質においても量においても匹敵するほどのものとも言えるかもしれない。しかもこの桃源のトポスは、東アジアにおいて今日なお生命力をもって、幾多の詩的創造をうながしているかに見える。近代的ユートピアの正の部分はほぼみな私たちの身辺に実現し、むしろ負の部分の全体主義的・合理主義的統制の脅威が未来を暗雲で閉ざすかに思われるとき、古代アジアの桃花源への郷愁は、かえっていよいよ私たちのなかに強くなっているのであろう。

一　中国詩画における桃源郷

(1) 唐詩のなかの桃源郷——李白、王維、韓偓

唐代以降の中国詩画における陶淵明の影響には、汲めども尽きせぬものがあるらしい。陶淵明研究の書もまた中国・日本両国においておびただしくあらわされている。だがそのなかでも、とくに一貫して桃源詩の系譜をたどり、時代と詩画人による解釈の変遷を追ってみせた研究があるのかどうか、私は寡聞にして知らない。桃源詩のみならず桃源画も含めて、アンソロジーを編みギャラリーを編成するようなつもりで集成し、それらの一篇一篇について論評をほどこしてゆくのは、さぞかし楽しい仕事であろう。だがここでは、大矢根文次郎氏の大著『陶淵明研究』(早稲田大学出版部、一九六七初版)などをたよりに、ただいくつかの作品を垣間見てみることとしよう。

陶淵明が東晋の後の宋の文帝の時代、元嘉四年（四二七）に六十三歳で歿してから唐代まで、約二百年の長い南北朝の間、彼の名は江南の田舎詩人としてわずかに知られるのみだったという。なかでは梁の武帝の皇太子で、詩と学問を好んだ昭明太子（五〇一〜五三一）が、さすがに淵明の「詞采精拔……独り衆類を超」えることを知り、その「大賢篤志」ぶりを慕って『陶淵明集』を編み、これにみずから序を寄せたというようなこともあった。だが淵明の詩をよく読み、高く評価し、とくに桃花源の記や詩を面白がって、これに感化されるような詩人たちが随所に出てくるようになるのは、なんといっても中国の文明がさらに多様化し、自由になり、円熟した唐、宋の時代になってからだった。

たとえば、李白（七〇一〜七六二）の詩集を繰ってゆくと、たちまち次のような一篇にめぐりあう。詩人が少年青年時代を過した蜀の国（四川省）の北寄りにある戴天山《たいてんざん》——少年李白はその山中の一寺でよく読書をしたと伝えられる——に、久しぶりに知りあいの一道士を訪ねたときの詩である。

　訪戴天山
　道士不遇
犬吠水聲中
桃花帶雨濃
樹深時見鹿
溪午不聞鐘

　　戴天山《たいてんざん》の道士を
　　訪《と》うて遇《あ》わず
犬は吠ゆ　水声《すいせい》の中《うち》
桃花《とうか》　雨を帯びて濃《こま》やかなり
樹《き》深くして　時に鹿を見
渓午《たにひる》にして　鐘を聞かず

野竹分青靄　野竹《やちく》　青靄《せいあい》を分《わか》ち
飛泉挂碧峰　飛泉　碧峰《へきほう》に挂《かか》る
無人知所去　人の去る所を知る無し
愁倚兩三松　愁えて倚る　両三《りょうさん》の松

（武部利男註『李白』上、中国詩人選集7、岩波書店）

鶏の鳴く声こそ聞こえてこないが、この戴天山の山中の谷間はすでに一つの桃花源ではなかろうか。下のほうから谷川の音だけがひびいてくる静かな昼さがり、寺の鐘を鳴らすものもなく、ただどこかで水音にまじって犬が吠えている。犬の吠えるあたりには誰か村人もいるのだろうか。さきほどまでは雨がそぼ降っていたが、それもいまは上がって、谷に向かう斜面は桃花爛漫、それが雨のうるおいをおびてひときわ色もあざやかだという。谷間に残る青いもやの流れを縫って野生の竹林が梢をそよがせ、その奥にそびえる緑の美しい峰からは瀧が一筋落ちている。間近な樹林のなかにはちらと鹿のすがたも見えた。——まるで後代の董其昌か仇英の青緑山水を思わせるような桃花源図の小幅である。

詩人がここにわざわざ訪ねてきた道士は、この日たまたまどこかに出かけて留守だったのか。この山中を去ってさらに遠くに旅立ってしまったのか。おそらく後者だろうと思うが、彼の消息を知る者さえもうこのあたりにはいない。詩人は悲しく愁えて、かたわらに二、三本かたまって立つ松の木の幹によりかかった——と詩は語るのだが、それにしても詩人はなにをそれほどに「愁」えたのであったろうか。道士が留守で失望した、あてがはずれたというだけとは思えない。自分が少年の日に親しく教えをうけた道士――それは「桃花源記」の末尾にいう「南陽の劉子驥」のような「高尚の士」、あるいは李白が別の詩「雍尊師《ようそんし》の隠居を尋《たず》ぬ」に語る「雲を撥《ひら》いて古道を尋ね／樹に倚《よ》って流泉《りゅうせん》を聴く」というような山中の法師であったかもしれない――道教の師と仰いだその人がいまはいづこかに去ってしまった。ただ山中のこの小桃源の風光のみが、谷川の音も犬の声も桃の花の紅も、昔ここに籠った少年の日そのままになつかしく残されていて、というのではなかろうか。

結句の「愁えて倚る両三の松」は、陶淵明「帰去来兮辞」のなかの――

景翳翳以將入　景《ひ》は翳翳《えいえい》として以て将《まさ》に入らんとし、
撫孤松而盤桓　孤松を撫でて盤桓《ばんかん》す（たちもとおる）

に遠く応えているかもしれない。そして「愁」という美しい言葉は、さらに遠く十八世紀京都の與謝蕪村の一句――

愁ひつゝ岡にのぼれば花いばら

にまで響きを寄せているかもしれないではないか。

「戴天山の道士を訪う」の詩が、その題名のとおり「桃花源記」の道学的解釈の要素をすでに若干含んでいたとすれば、李白のもう一つの有名な桃源詩「山中問答」（「山中答俗人」）にも少々の神仙境的な桃源解釈が入っていた。

山中問答
問余何意棲碧山　余に問う　何の意か　碧山《へきざん》に棲《す》むと
笑而不答心自閑　笑って答えず　心 自《おのずか》ら閑《かん》なり
桃花流水窅然去　桃花　流水　窅然《ようぜん》として去る
別有天地非人間　別に天地の人間《じんかん》に非《あら》ざる有り

（松浦友久編訳『李白詩選』岩波文庫）

「あなたはどんな気持でこんな緑深い山のなかに住んでいるのですか」との俗人の問いに応待しているのは、世俗を離れてここに住みついた神仙に近い詩人である。詩人は問いに対して答えず、ただ笑うのみ。笑いのうちに自分のとらわれのないのびやかな心事を伝える。かたわらを行く谷川には桃の花がひらひらと散りつづけ、はるか遠くに（窅然として）流れ去ってゆく。そのことが、この山中にこそ人々の俗世界とは別な天地があることを教えてもいる、という。

武陵の漁夫が立ち去った後にふたたび閉ざされた桃花源の、「人間《じんかん》に非《あら》ざる」仙境としての消息を伝える名篇といえよう。十九世紀日本の文人画家田能村竹田の『桃花流水図』は、「桃花源記」よりはこの李白の詩意を受けとめた美しい一幅であった。さらに下って、韓国近代詩人金尚鎔《キムサンヨン》（一九〇二～一九五二）は、陶淵明以来の田園閑適の詩の伝統を背景にしながら、まことに美しい小品「南に窓を切りませう」を書いたが、その最後の二行を――

なぜここで暮すかって？
そんな問いには　笑うだけ
なぜ生きてるかって、
さあね——。

（金思燁訳）

とし、さらに詩人金素雲がこれを——

（金素雲訳編『朝鮮詩集』岩波文庫）

と日本語訳したとき、彼らの背後には当然のこととしてこの李白の「笑って答えず心自ら閑なり」が自覚されていたのである。

唐代中国では、李白よりも王維（六九九～七六一）のほうが一歩早く陶淵明を読み、とくにその「桃花源の詩并びに記」を評価していたらしい。王維が楽府《がふ》の一篇として「桃源行」（桃源の行《うた》）を書いたのは十九歳のとき、と伝えられるからだ。三十二行におよぶこの物語風の詩篇は、第一行に「漁舟水を逐《お》い　山の春を愛す」と言いながら、途中から主人公が「樵客《しょうかく》」（木こり）と変ったりしているが、前半はほぼ忠実に陶淵明「桃花源記」の展開を再話している。だが後半に入ると、「記」よりは「桃花源詩」に近づいて、神仙譚の色を深くしてゆく。やや長いが、ここに全篇を引いておこう。

桃源行

桃源の行《うた》

漁舟逐水愛山春
兩岸桃花夾古津
坐看紅樹不知遠
行盡青溪忽値人
山口潜行始隈隩
山開曠望旋平陸
遙看一處攢雲樹
近入千家散花竹
樵客初傳漢姓名
居人未改秦衣服
居人並住武陵源
還從物外起田園
月明松下房櫳靜
日出雲中鷄犬喧
驚聞俗客爭來集
競引還家問都邑
平明閭巷掃花開
薄暮漁樵乘水入

漁舟《ぎょしゅう》水を逐《お》い　山の春を愛す
両岸の桃花　古津《こしん》を夾《さしはさ》む
坐《そぞ》ろに紅樹を看て遠きを知らず
青渓を行き尽くして忽《たちま》ち人に値《あ》う
山口より潜行すれば　始めは隈隩《わいいく》
山開け曠望《こうぼう》旋《たちま》ち平陸
遙《はる》かに看る　一処　雲樹攢《むら》がるを
近づいて入《い》れば　千家　花竹《かちく》散ず
樵客《しょうかく》初めて伝う　漢の姓名
居人未だ改めず　秦の衣服
居人並《とも》に住む　武陵源
還《また》物外に従って田園を起こす
月明《あき》らかにして　松下　房櫳《ぼうろう》静かに
日《ひ》出《い》でて　雲中　鶏犬《けいけん》喧《かまびす》し
俗客《ぞくかく》ありと驚き聞いて　争って来たり集まり
競《きそ》い引いて家に還って都邑を問う
平明　閭巷《りょこう》　花を掃《はら》って開き
薄暮《はくぼ》　漁樵《ぎょしょう》　水に乗って入《い》る

初因避地去人間
更問神仙遂不還
峽裏誰知有人事
世中遙望空雲山
不疑靈境難聞見
塵心未盡思鄉縣
出洞無論隔山水
辭家終擬長遊衍
自謂經過舊不迷
安知峯壑今來變
當時只記入山深
青谿幾度到雲林
春來遍是桃花水
不辨仙源何處尋

初め地を避くるに因《よ》って人間《じんかん》を去り
更《さら》に神仙を問うて遂《つい》に還らず
峡裏《きょうり》誰か知らん　人事《じんじ》有《あ》るを
世中《せちゅう》遥かに望めば　雲山空《むな》し
霊境の聞見し難きを疑わざるも
塵心未《じんしんいま》だ尽《つ》きずして郷県を思う
洞を出でて山水を隔つるを論ずる無く
家を辞して終《つい》に長く遊衍《ゆうえん》せんと擬《ほっ》す
自《みずか》ら謂《おも》う　経過旧迷《もとまよ》わずと
安《いずく》んぞ知らん　峯壑《ほうがく》の今《いま》や変ぜるを
当時只《ただ》記す　山に入ること深く
青谿幾度《いくたび》か雲林に到りしを
春来たれば遍《あまね》く是《こ》れ桃花の水
仙源を辨《べん》ぜず　何処《いずこ》にか尋《たず》ねん

（蘅塘退士編・目加田誠訳註『唐詩三百首』Ⅰ、東洋文庫、平凡社）

青年王維が「桃花源の詩并びに記」を読んで大いに心を動かされ、これに興じたことがよくわかる。桃源郷での漁夫の最初の夜の経験として――

月明松下房櫳静　夜は月明るく松林を照らし部屋の窓は静かに閉ざされ
日出雲中鶏犬喧　日が出ると白雲かかる間に鶏犬の声が聞こえる　（目加田訳、以下同）

などというのは、異郷での一夜の感覚を伝えて、さすがに新鮮である。さらに同じく――

平明閭巷掃花開　夜が明けると落花を掃いて閭巷《むらざと》の門を開き
薄暮漁樵乗水入　日が暮れると漁父《すなどり》樵夫《きこり》が水路に沿って帰ってくる

との桃源の朝夕の景は、王維が後年、四十歳代になって営む広大な理想郷的な所領（エステート）輞《もう》川《せん》荘を詠んだ「集」の一隅を、すでに思わせないではいない（輞川荘はまさに桃源郷のような地形にひろがる風光明媚の別業であった）。だが、右の詩句にすぐにつづけて――

初因避地去人間　彼らは初め秦の乱をさけて人の世をのがれてきたが
更問神仙遂不還　ここに来てさらに神仙の生活を求めて還るを忘れた
峡裏誰知有人事　この山かげに人が住んでいようとは誰が知ろう
世中遙望空雲山　世間の人は遥かに雲かかる山を眺めるばかりだ

と詠まれれば、王維の桃源郷もやはり陶淵明の記事をはなれて神仙郷へと遠ざかってゆかずにはいなかった。そして結句の二行「春来たれば遍《あまね》く是れ桃花の水／仙源を辨ぜず何処《いずこ》にか尋ねん」が、二度と帰れぬこの不思議の異界をかなたへと封じて終るのである。

李白、王維、杜甫よりも年長で、彼らとともに「盛唐四大家」の一人とされた孟浩然《こうねん》（六八九～七四〇）にも桃源詩はある。だが、それも桃源を仙郷と見なした詠詩であったのに対し、晩唐の詩人韓《かん》偓《あく》（八四四?～九二三）には、意外にもすでに桃源の滅亡を目のあたりにするという印象深い一篇があった。十世紀初めの唐末五代初期の戦乱あいつぐさなか、当時閩《びん》の国（福建省）の有力者のもとに身を寄せていた韓偓が、同地方の尤渓《ゆうけい》という県に向かって旅をしていたときに、軍隊によって蹂躙され荒廃しつくした村々を通りすぎたのである。七言絶句の詩はその人影もない無慚な様をつぎのように詠んでいた。

尤溪道中
水自潺湲日自斜
盡無雞犬有鳴鴉
千村萬落如寒食
不見人煙空見花

尤渓《ゆうけい》道中
水は自ら潺湲《せんかん》　日は自ら斜めなり
尽《ことごと》く鶏犬無くして　鳴鴉《めいあ》あり
千村万落　寒食《かんしょく》の如し
人煙《じんえん》を見ずして空しく花を見る

（石川忠久他編『漢詩』IV、昌平社）

もとはこのあたりも陶淵明の「桃花源記」や「園田の居に帰る」の詩にいうような、のどやかに鶏が鳴き犬が吠える平和で豊かな村々だった。それがいまでは、どこまで行っても鶏犬の声ひとつ聞こえない。なにを狙っているのか、黒い鴉《からす》どもが鳴いているばかり。川の水はかわりもなく音立てて流れ、日はいつものように西に傾いてこの惨状を照らしている。どの村にもかまどを焚く煙のあがることはなく、まるで春さきに火を禁じて冷たいものだけを食べる寒食《かんしょく》の日々のような光景だ。この荒涼たるなかに春の花も咲きはじめているが、それも空しく、もはや見る人もいない、という。

「尽《ことごと》く鶏犬無くして鳴鴉あり」とは、まことに痛切な表現である。「逆ユートピア」というのとは少々違う意味で「逆桃源」の景である。桃源の記憶をよびおこすことによって、軍隊による殺戮と掠奪のあとの村々の惨状がひときわ暗澹として浮かびあがる。私たちも大戦敗北直後の日本列島各地で、これに近い光景を目のあたりにしていた。だがそれでも、犬や鶏がみな殺され食べられてしまって、ただ「鳴鴉あり」の荒廃にまではいたらなかったことも思いおこすのである。

(2) 宋詩のなかの桃花源——王安石、蘇軾

ここには陶淵明の大古典につらなる中国詩人とその作品をすべて網羅しようとの意図はない。ただいくつかとくに興味をひく桃源詩をとりあげて、その展開の系譜を眺めてみるというだけの試みである。

宋代に入っても桃花源を詩題とする作品はつぎつぎに書かれ、そのなかから桃源的田園を礼讃する新しい流れも始まってゆく。なかでも政治批判を含む詠史と田園即興と両面にわたって面白い桃源詩を残したのが、北宋の大政治家王安石(一〇二一~一〇八六)であった。

一つは王維と同じく「桃源行」と題した七言古詩の楽府体で、陶淵明の作中にひそめられていたか

もしれぬ同時代社会に対する批判を、王維と違って鋭く露骨に打ちだしている。

桃源行
望夷宮中鹿爲馬
秦人半死長城下
避時不獨商山翁
亦有桃源種桃者
此來種桃經幾春
採花食實枝爲薪
兒孫生長與世隔
雖有父子無君臣
漁郎漾舟迷遠近
花間相見因相問
世上那知古有秦
山中豈料今爲晉
聞道長安吹戰塵
春風回首一霑巾
重華一去寧復得

桃源行《こう》
望夷宮中《ぼういきゅうちゅう》　鹿を馬と為《な》し
秦人《しんひと》　半《なか》ば死す　長城《ちょうじょう》の下《もと》
時を避《さ》くるは独《ひと》り商山《しょうざん》の翁《おう》のみならず
亦た桃源に桃を種《う》うる者有り
此こに来《き》たって桃を種《う》え幾春を経し
花を採《と》り実を食らい枝《え》だを薪《たきぎ》と為す
児孫《じそん》生まれ長じて世と隔たり
父子《ふし》有りと雖《いえど》も君臣《くんしん》無し
漁郎　舟を漾《ただよ》わせて遠近に迷《まよ》い
花の間《あいだ》に相い見て因《よ》りて相い問う
世上　那《な》んぞ知らん　古《いにしえ》に秦有ることを
山中《さんちゅう》　豈料《あにはか》らんや今は晉《しん》たることを
聞道《きくなら》く　長安は戦塵を吹くと
春風《しゅんぷう》に首《こうべ》を回《めぐ》らせば一《いささ》か巾《きん》を霑《ぬ》らす
重華《ちょうか》一たび去って寧《なん》ぞ復《ま》た得んや

天下紛紛經幾秦　天下紛紛《ふんぷん》として幾つの秦を経《へ》たる

（清水茂註『王安石』中国詩人選集二集4、岩波書店）

詩の前半は桃花源成立の由来を一挙に強烈な言葉で語る。「鹿を馬と爲す」は、秦の二世皇帝のときにその居城望夷宮で宦官趙高が宮廷官僚たちの自分への忠誠心を試すために行ったという問答の故事だ。「秦人半ば死す長城の下」とは、もちろん始皇帝の長城建設のための強制労働による人民の犠牲のこと。ともに「桃花源記」では「秦の時の乱を避け」とのみ暗示されていた秦代の禍乱を、露骨に列挙した句である。その暴政をのがれて商山に隠れたのは四人の白髪の老賢人だったが、彼らばかりではない。この桃源の村びとたちもあのときこの山中に逃げこんで、それ以来幾十世代、ここに桃を植えて暮し、外の世界と隔絶してきた、という。桃源郷には「父子有りと雖も君臣無し」とは、またきわめて興味深い発言だ。陶淵明の「桃花源記」には、「妻子、邑人《ゆうじん》（同郷人）を率《ひき》いて此の絶境に来たり」と、たしかに村長《むらおさ》の存在を示唆し、その村長の下の農村協同体の営みを語っていたが、「君臣無し」との一種の共和思想まで述べてはいなかった。改革派の政治家詩人王安石の面目躍如たるところであろう。

詩の後半についても同様である。「漁郎」が「路の遠近を忘れる」点は陶淵明と同じだが、こちらには淵明詩のあの異境入りの不思議はいささかもない。いま外の世間では秦代のことなど忘れられているが、この桃源の山中では外の世が晋朝となっていることは思いもよらないでいる、と述べた上で、すぐに政治談義に移るのである。うわさによれば、首都の方ではまた戦乱が生じ、春風がその戦塵を吹きあげているとのことではないか。古代の聖天子帝舜重華はもはや二度とあらわれることなく、それ以来天下はいったいいくたびの秦を繰返してきたことであろうか。まことに慨嘆すべき人の世の歴史だ、と理想家の詩人は強く歎いて、神仙詩でもなければ田園農耕詩でもないこの「桃源行」を結ぶのである。

だがその政治家詩人が、他方ではつぎの「即事」のような春の山村散策の快楽、桃源再発見のよろこびを語る詩も書いた。王安石の詩人としての度量のひろさを伝え、彼が陶淵明をいかに深く心に宿していたかを示す証《あかし》ともいえよう。

即事

徑暖草如積
山晴花更繁
縱橫一川水
高下數家村
靜憩雞鳴午
荒尋犬吠昏
歸來向人說
疑是武陵源

即事

径《みち》暖かくして草は積むが如く
山晴れて花は更に繁《しげ》し
縦横　一川《いっせん》の水
高下《こうげ》　数家《すうか》の村
静かに憩《いこ》えば　鶏《にわとり》は午《ひる》に鳴き
荒《くさむら》を尋ぬれば犬は　昏《たそがれ》に吠ゆ
帰り来たって人に向かって説《と》く
疑がうらくは是れ武陵源ならんと

（清水、前掲書）

これは王安石のいつ、どこでの経験ともわからない。五十九歳の年（一〇七九）に政界を辞し、やがて南京に近い長江南岸の鐘山に住むようになってからの一種の閑適詩であろうか。

「草は積むが如く」というのも新奇で面白い。春日麗朗のもとに道ばたの草むらがもう青々とこんもりと伸び、草も木々もいっぱいに花を咲かせているのだ。「花」にはおそらく桃の花も含まれているのだろう。ここは山あいの小さな盆地らしい。その真中を川がまがりくねりながら縦横に流れている。その川をはさんで、山ぎわに何軒かずつの農家の集落が見える。このどこにでもありそうな平凡な山村の春のながめこそが、詩人の心をなぐさめるのだろう。

「静かに憩えば鶏は午に鳴き／荒を尋ぬれば犬は昏に吠ゆ」の鶏犬の対句は、ここの場合、もちろん「桃花源記」の「鶏犬のこえ相い聞こゆ」から学んでいる。これは宋詩になれば桃花源というトポスの欠くべからざるモチーフとして、すでに定着していたのであろう。しかもその村里の鶏が「午《ひる》に鳴く」とは、陶淵明のまだ言っていなかったことで、この王安石が最初か否かはつまびらかにしないが、もっともよく原桃源詩の真意をとらえた解釈といわなければならない。前述のように、桃源の鶏は昼に鳴くからこそ、その村落の平和の濃密さを象徴するのである。詩人はこの「心地よい場所」がよほど気に入ったのか、村はずれの草むらで犬が吠えていたりする夕暮れ近くまで、ここにたちもとおっていた。そして家に帰ってから、あの山間の集落こそが武陵桃源なのではなかろうかと、家の者に語ったという。

「即事」、つまり自己の見聞に即した即興的詩篇といいながら、王安石は「桃源行」よりもはるかに円熟した詩境をここにとらえていたと言えよう。ここから振り返ってみれば、おおよそ日本の詩人や画家たちもむしろこのような郊外田園における桃源的感覚の発見をこそ好んでいたのではなかろうか。この王安石を読んですぐに思いおこすのは、十九世紀日本の武人画家渡辺崋山の旅日記の一節である。崋山が王安石を読んでいたか否かはわからない。だが、天保二年（一八三一）、崋山三十九歳の年に、自分の仕える田原藩の主三宅友信の生母お銀さまの所在を尋ねて、相模の国厚木の在に徒歩の旅をしたときの記録、『游相日記』にはつぎのような文章がある。それは秋日和の九月二十二日、小園《こその》村という草深い片田舎でのことだった。

（日なたぼこする老翁に道を教えて貰って）いと〳〵喜び、すゝみて細径をたどり行《ゆく》、誠によはなれたる片いなかにて、都の空もおもひ出《いで》られて、何となう物かなしく、たゞ木くさの香《にお》ひたかく、冷風人をうつ。かくしつゝゆくほどに、鶏犬の声遙かに聞え、めしたく煙、麦搗《つく》音、都にめづらかなるこゝちして、又よろこばしうなりにたり。唯先いそがれて、はしり行《ゆく》。……

（芳賀徹『渡辺崋山——優しい旅びと』朝日選書）

こうして、いまはただ「まち」という名の老農婦となったお銀さまの家をついに見つけて、前庭に踏み入ると、そこにはむしろいっぱいに栗が干してあり、犬が寝そべり、鶏が餌をついばんでいた。「犬鶏ゐ守りて、かの武陵ともいふべし」と崋山は書いている。まさに王安石「即事」的小世界の追体験であった。

渡辺崋山は儒教的教養を身につけた武士として、田原藩の行政官として、洋風の南画家として、また世界の中の日本の現状を熟知し批判する洋学者として、十九世紀日本においてもっとも卓越した見識をもつ知識人の一人であった。北宋中国における王安石の位置に似ていないこともないのだが、その一方で彼は右の日記記事に見るように陶淵明「桃花源記」の世界を一つの平和自立の理想像としてつねに心に抱き、それが徳川民衆の生活のなかになお垣間見られることをなによりも喜んだのである。

『游相日記』の翌年、天保三年（一八三二）の夏に、主家三宅家の起源を探って熊谷の在の三ヶ尻村を調査したときの日記、「訪瓺録《ほうちょうろく》」には、この村の物産が「民間有余不足の患《わずらい》なく」、「桃源聚落《ヨキイナカ》の如し」（片仮名読み、崋山）と、また桃源を引合いに出している。さらに翌天保四年初夏、田原領伊良湖岬の対岸、神島《かみしま》に、海防策調査のために渡ったときには、この島の住民たちの鷹揚さに心底感服し、「まめやかに素朴なれば、いにしへのみたからといふべし」と日記に書いた（「参海雑志《さんかいざっし》」）。そして網元の家に泊ったこの「外人」を珍しがって村びとが集まってくると、「かの桃源に入りし漁夫もかくやと思ひ出《いで》しなり」と書き添える（以上、芳賀前掲書）。崋山が王維にも王安石にも劣らず、あるいは與謝蕪村や夏目漱石にも劣らず、陶淵明をよく読みこんで、桃源的理想郷を日本の地上に求めつづけた人であったことが、よく伝わってくるのではなかろうか。ただ惜しいのは、この武士画人が、生涯に中国伝来の画題をいくつも取り上げているのに、ついに一幅あるいは一巻の桃花源図を描き残してはくれなかったことである。

北宋十一世紀の王安石から、連想によって、一気に十九世紀徳川日本の渡辺崋山に筆がおよんでしまったが、それは日本における桃花源の系譜が、かならずしも陶淵明の原作のみを源とするのではなく、淵明以後の中国詩人のさまざまな桃源解釈からも感化を受けていることへの配慮ともなろう。その点で、王安石の後輩で政治上のライヴァルであり、作詩においても競いあった大詩人蘇軾（東坡、一〇三六〜一一〇一）の桃源詩はどうであったろうか。蘇軾は陶淵明を敬愛すること深く、詩において李白、杜甫にさえ上まさる中国第一等の人と彼を仰ぎ、その詩の伝える人物の大きさにも傾倒していた（大矢根前掲書、三二九頁）。波瀾万丈の生涯の最晩年、海南島に流刑中には、和陶詩百篇余りを作ったという。つまり淵明の「帰去来兮辞」や「飲酒」や「園田の居に帰る」などの作の韻脚の字をそのまま使って「次韻」するという放れ業を試みたのである。そのなかの一つに「陶の桃花源に和す」の作がある。これは明らかに陶淵明の「桃花源記」ではなくて「桃花源詩」の韻字を自在に使って、これに「和」した作だが、その詩の前に長い序が附されていて議論好きな蘇軾の面目をよく示している。

その序はまず、桃花源を一種の神仙郷と見なしてきた唐代以来の諸説を批判するものだった。すなわち「淵明の記するところを考《かんが》ふるに、止《た》だ言ふ、〈先世、秦の乱を避けて、此《ここ》に来る〉と。すなわち、漁人の見るところは、是れ其の子孫たるに似たり、秦人《しんぴと》の死せざるものに非ざるなり」。――つまり、桃花源に住んでいたのは、秦朝以来「晋の太元」のころまで六百年近くも生きてきた不老不死の神仙などではない。秦代の亡命者たちの子孫にすぎないのだ、とのリアリズムからの批判である。「桃花源記」を素直に読めば当然の論だった。

右にすぐつづけて、「又云ふ、鶏《にわとり》を殺して食を作ると、豈に仙にして殺すものあらむや」というのも愉快だ。たしかに、「桃花源記」を読めば、さきほどまで田園平和の象徴として鳴いていた鶏が、いまやあっさりと締め殺されて漁師のために料理されて出る、というのはかなりショッキングな一件である。しかもこれはその後漁師が村人の家に招かれるたびに繰返されたらしい。神仙郷でこのようなことはあるはずがない、という蘇軾の説は至極もっともである。桃花源についてこの点を指摘したのは、おそらく蘇軾がはじめてだったのではなかろうか（ついでに言えば、前にも触れたように、この「桃源の鶏料理」とはどのような調理法であったのか、興味津々のこの問題にも蘇先生には答えて貰いたかった）。

蘇軾はさらに右の後に、桃源人はやはり長寿の人であったかもしれぬとして、南陽（「桃花源記」の末尾に登場する「高尚の士」劉子驥の故郷、河南省南陽市）でその地に出る菊花水を飲んで百二三十歳の長寿を保つ村人のことを挙げる。また蜀の国（四川省）の遠い険しい山奥の青城山《せいじょうざん》には老人村があり、そこには五代後の孫を見る者もあるとの話も挙げる。さすが北宋の大陸を東奔西走し、世情に通じた蘇軾である。そして、これらの秘境も文明の進展とともに衰えて凡俗に堕しつつあり、桃源にしても、もし武陵の太守がそこに至っていたならば、かならずや「争奪の場」となっていたにちがいないと述べる。これも詩人政治家蘇軾の見識を示す言であったろう。

このようになかなかのリアリストとして桃花源を位置づけながらも、蘇軾の陶淵明に和した桃源詩そのものは佶屈な文字を多く用いて、まことに難解である。以下に引用しよう。

凡聖無異居　清濁共此世
凡聖《ぼんせい》、居《きょ》を異《こと》にするなく、清濁《せいだく》、この世《よ》を共《とも》にす。
心閒偶自見　念起忽已逝
心閒《かん》にして偶《たま》たま自《みずか》ら見る、念起《ねんおこ》るも、忽ち已《すで》に逝《ゆ》く。

欲知眞一處　要使六用廢
桃源信不遠　杖藜可小憩
躬耕任地力　絶學抱天藝
臂雞有時鳴　尻駕無可稅
苓龜亦晨吸　杞狗或夜吠
耘樵得甘芳　齕齧謝炮製
子驥雖形隔　淵明已心詣
高山不難越　淺水何足厲
不如我仇池　高擧復幾歲
從來一生死　近又等癡慧
蒲澗安期境　羅浮稚川界
夢往從之游　神交發吾蔽
桃花滿庭下　流水在戸外
却笑逃秦人　有畏非眞契

眞一《しんいつ》の處《ところ》を知らむと欲すれば、六用《よう》をして廢《はい》せしむるを要す。
桃源、信《まこと》に遠からず、杖藜《ぢやうれい》、小憩《せうけい》すべし。
躬耕《きうかう》、地力《ちりよく》に任《ま》かせ、絶學《ぜつがく》、天藝《てんげい》を抱《いだ》く。
臂鷄《ひけい》、時《とき》あつて鳴《な》く、尻駕《かうが》、稅すべきなし。
苓龜《れいき》、亦た晨《あした》に吸ひ、杞狗《きく》、或《あるひ》は夜吠《よるほ》ゆ。
耘樵《うんせう》、甘芳《かんほう》を得、齕齧《こつげつ》、炮製《はうせい》を謝《しや》す。
子驥《しき》、形《かたち》隔つと雖も、淵明《えんめい》、すでに心詣《いた》る。
高山、越《こ》え難《がた》からず、淺水《せんすゐ》、何《なん》ぞ厲《れい》するに足《た》らむ。
如《し》かず我が仇池《きうち》、高擧《かうきよ》、復《ま》た幾歲《いくさい》。
從來、一生死《せいし》、近《ちか》ごろ、又癡慧《ちけい》を等《ひと》しうす。
蒲澗《ほかん》、安期《あんき》の境、羅浮《らふ》、稚川《ちせん》の界。
夢に、往《ゆ》いて之《これ》に從つて游《あそ》ぶ、神交《しんまじは》つて吾が蔽《へい》を發《はつ》す。
桃花《たうくわ》、庭下《ていか》に滿《み》ち、流水《りゆうすゐ》、戸外《こぐわい》に在《あ》り。
却《かえ》つて笑《わら》ふ、秦を逃《のが》るるの人、畏るるあるは、眞契《しんけい》に非《あら》ず。

（久保天随訳解『続国訳漢文大成　蘇東坡詩集』第六巻、国民文庫。
『漢詩大観』下、蘇東坡詩集巻43、鳳出版）

要するに、この詩においても蘇軾は桃源を現実生活とまったく隔絶した神仙の別世界とは考えていないらしい。「心閒《かん》にして偶《たま》ま自ら見る」と述べるように、心身静寂のうちに悟脱して到達しうる「聖」ないし「清」の領分ととらえているようだ。六根の作用を停止すれば知りうる「真一の処」ともいうから、たしかに禅の悟りのうちに開朗する新境涯というようなものらしい。その境地を獲得しさえすれば桃源は藜《あかざ》の杖をついて行けるほどに近い。そこで一休みすることもできる。その上で、園田の居に帰った淵明自身がそうしたように、みずから農耕につとめて、あとは天然の力にまかせる。学問などという余計なものは廃して、天が与えてくれた才藝に従いさえすればよい。この主張は陶淵明の桃花源詩に「何に干《お》いてか智慧を労《ろう》せん」といわれていたのを承けているのだろう。

このあとに「臂鶏《ひけい》」とか「尻駕《かうが》」、あるいは「苓亀《れいき》」とか「杞狗《きく》」と、ひどく衒学的な熟語がつらねられるが、これも要するに生活に余計な雑具を持ちこまぬことをいう。自分の左の臂《ひじ》が鶏に化けて時を告げて鳴いてくれ（荘子）、自分の尻を乗物としておれば、「桃花源詩」に「秋の実りに王の税なし」といわれていたごとく、これらに税がかけられるはずもない、とのことか。蓮の葉の上に棲む亀が夜明けの空気を吸い、枸杞《くこ》の木から生まれる赤犬が夜に吠えることがある、というのは、淵明の「鶏犬のこえ相い聞こゆ」にくらべれば、すでに蘇軾の序の言に反して相当に神仙境的である。「桃花源記」では、桃源には「良田美池、桑竹の属《たぐ》い」まであって、村の男女がその田畑に出て種をまき耕作に励んでいたが、蘇軾の詩では、住民たちが野生の草木を入手して、これを煮たり焼いたりせず生のままでかじる（齕齧）というから、陶淵明以上に過激に反文明的である。

劉子驥はついにこの桃源の境涯に至らずに死んだが、陶淵明は飄々としてそこに入りえた。私も、序に述べたように、かつて夢の中に「仇地《きゅうち》」という山川清遠の地に遊んだことがあったが、あれからすでに何年経ったことか。あのころから私は生と死を同一視してきたが、いまではさらに癡と慧とを区別なしに見ることができるようになった。安期生《あんきせい》の菖蒲澗《しょうぶかん》とか、葛稚川《かっちせん》の羅浮《らふ》などの先達たちの至った別世界に、私も夢のうちに往来するうちに、わが神霊を蔽っていた汚れは払われたのである。

このように思いめぐらしてきて、ふと気がつくと、桃の花がわが庭に咲きあふれている。家の外には水の流れが音たてている。実はこの閑寂こそがすでに桃源なのではないか。陶淵明の説く桃源の村人たちは、秦の難を逃れてあの山奥に隠れたのであったが、あれでは桃源という「真一の処」と真の契りを結んだとはいえないのではないか。その畏怖の念などはむしろ笑うべきものであったろう。

蘇軾晩年のこの桃花源詩は屈折に屈折を重ねて、たしかに十分に意を把えるのが難しい。だが、序に述べていたように、桃源神仙境説は否定しながらも、淵明原作のもっていた異郷淹留譚の面白さや王安石「即事」のような田園詩的解釈をもすべて排除して、結局は「六用（六根）を廃すれば、桃源まことに遠からず」、「吾が蔽《へい》を発すれば、桃源庭前にあり」といった、禅家風の透体脱落境としての桃源であったらしい。桃源詩の系譜の上ではきわめて特異な、北宋の形而上学的桃源解釈ともいうべき作であった。

（3）田園詩としての桃源郷——陸游、范成大

蘇軾の歿後二十五年、徽宗皇帝の最末年に現在の浙江省紹興県の一隅に生まれた南宋の詩人陸游（放翁、一一二五〜一二一〇）も、少年時代のある日、たまたま陶淵明詩集を手にして読み耽って以来、

深く淵明を敬愛し、これを生涯の伴侶としたという人である。宋がたえず北方からの金の勢力に脅やかされつづけた時代、彼もまた秀才の官僚、憂国の詩人として波瀾に富んだ生涯を送ったが、その数多い詩作のなかにはまるでエア・ポケットのように明るく美しい淵明風の田園詩がある。そのなかの一篇「山西の村に遊ぶ」は、陸游が対金抗戦派として免官され、紹興の南の故郷に帰って三山というところに居を定めた四十三歳の年の作という。「山西の村」とはその三山の西にあった村のことである。

遊山西村
莫笑農家臘酒渾
豐年留客足雞豚
山重水複疑無路
柳暗花明又一村
簫鼓追隨春社近
衣冠簡朴古風存
從今若許閑乘月
拄杖無時夜叩門

山西《さんせい》の村《むら》に遊《あそ》ぶ
笑《わら》う莫《な》かれ　農家《のうか》の臘酒《ろうしゅ》　渾《にご》れるを
豊年《ほうねん》　客《きゃく》を留《とど》むるに　鶏豚《けいとん》　足《た》れり
山重水複《さんちょうすいふく》　路《みち》無《な》きかと　疑《うたが》い
柳暗花明《りょうあんかめい》　又《ま》た一村《いっそん》
簫鼓《しょうこ》　追随《ついずい》して　春社《しゅんしゃ》　近《ちか》く
衣冠《いかん》　簡朴《かんぼく》にして　古風《こふう》　存《そん》す
今《いま》より若《も》し閑《かん》に月《つき》に乗《じょう》ずるを許《ゆる》さば
杖《つえ》を拄《つ》き　時《とき》無《な》くして　夜門《よるもん》を叩《たた》かん

（一海知義編『陸游詩選』岩波文庫）

この詩に「桃源」あるいは「武陵源」の言葉はない。しかし一読してただちに濃厚な桃花源的情趣の伝わる佳品である。詩人陸游の江南の故郷での実際の経験を詠んでいるのだろう。冒頭の一聯、この村の地主クラスの農民からの誘《いざな》いの言葉である。土地の酒が濁酒《どぶろく》だからといって笑わないで下さいよ、とごく親しげな呼びかけだ。詩人はこの村の人たちに対し、彼の方からもくつろいでつきあっているのだろう。年の暮れに仕込んだ酒のさかなには、去年が豊年だったから鶏や豚の料理もたっぷりありますよ、どうぞごゆるりと、とのいかにも鄙びて愉しげな誘いである。詩人はよろこんで出かけたのだろう。そういえば「桃花源記」で村人たちが漁夫に馳走してくれたのも、酒と鶏料理だった。あの酒も歳末につくったどぶろくだったのかもしれない。

そしてつぎの聯の有名な対句は、さらに一段と桃源的である。この江南の田舎は、山々がそう高くはないが幾重にもかさなり、その間を幾筋もの川が入りくんで流れる。そのほとりをたどって来て、ついに路が途絶えたかと思う。するとそのとき、大きな柳の樹がすでにこんもりと葉を繁らせて枝垂れるかなたに、ぽうっと明るく桃の林が花咲き、そこにまた一つ村があった、という。これが詩人の尋ねてきた村だったのだろう。「柳暗花明」とはまことに美しい表現だが、この「花」は梅でも桜でもなく、一海知義氏の解のとおり桃花でしかありえない。

まさに春風駘蕩たる江南の村である。ちょうど春分に近い土地の氏神の祭が近づいていたころで、笛や太鼓の音がこもごもにひびき、ゆきかう村人たちは簡単素朴な衣冠をつけて、いまはすたれてしまった古い風俗をここに残している。自分の故郷から意外にもそう遠くはないところに、このような古風簡朴の桃源の村里がかくれていたのである。こんどはいつか月のよい晩に、ぜひまたここを訪ねて、あなたの家の門を叩きますよ、と、結びの一聯は詩人から村長《むらおさ》への挨拶であろう。

陸游のこの「山西の村に遊ぶ」の一篇は、王安石の「即事」の桃源再発見のよろこびの詩に似て、さらにも具象濃厚な桃花源再遊の田園詩であった。この陸游の絶好の詩友となり、官途の上でも彼を助けることのあったのが、一歳年少の詩人范《はん》成大（石湖、一一二六〜一一九三）である。范成大も南宋皇帝の使者として国書を携えて金の国に赴くというような大役を果したことがあったが、晩年十年ほどは病いもあって故郷蘇州郊外の石湖の別荘に暮した。彼の代表作「四時《しいじ》田園雑興」は、淳熙十三年（一一八六）、病いが少しよくなったときにその石湖での作、とみずから序にいう。その六十篇のなかの「春日田園雑興」其の一や「晩春田園雑興」其の三などは、これまた明らかに陶淵明の流れを汲む桃源的田園詩の佳篇である。

春日田園雑興十二絶　其の一

柳花深巷午雞聲　　柳花の深巷《しんこう》　午鶏《ごけい》の声
桑葉尖新綠未成　　桑葉は尖新《せんしん》　緑未《いま》だ成らず
坐睡覺來無一事　　坐睡《ざすい》　覚め来れば　一事無し
滿窗晴日看蠶生　　満窓《まんそう》の晴日　蚕の生まるるを看《み》る

晩春田園雑興十二絶　其の三

胡蝶雙雙入菜花　　胡蝶　双双《そうそう》　菜花《さいか》に入る
日長無客到田家　　日長くして　客の田家に到る無し

鶏飛過籬犬吠竇　鶏飛んで籬《まがき》を過ぎ　犬は竇《あな》（穴、潜り戸）に吠ゆ
知有行商來買茶　知んぬ　行商の来たりて茶を買うあるを

（前野直彬編『宋詩鑑賞辞典』東京堂）

陸游の「遊山西村」にくらべても、さらに平明清新な田園情景の写生詩である。十二世紀後半の江南蘇州の郊外に、すでにこのようなのどかな、私たちにとってさえなつかしいような、春の日だまりの農村の光景があった。そしてそれを散策の道すがら淡彩でスケッチしてゆく詩人がいた。王維や蘇軾からの大きな急展開に私たちはむしろ驚く。

「柳花深巷」、柳の実の綿毛（柳絮《りゅうじょ》）の舞い飛ぶ村里のなかの路地、といえばすぐに想いおこされるのは、陶淵明「園田の居に帰る」其の一の「狗《いぬ》は吠ゆ深巷《しんこう》の中《うち》」であり、「午鶏の声」といえば、淵明の右の句の対をなす「鶏は鳴く桑樹の巓《いただき》」である。あるいは「桃花源記」のあの「鶏犬のこえ相い聞こゆ」であって、その陶淵明の田園平和の象徴としての鶏声が、ここでついに「午雞《ごけい》」という熟語となって登場しているのが興味深い。王安石の「即事」では「鶏《とり》は午《ひる》に鳴き」とはいわれたが、まだ熟語にまではなっていなかった。

のどかに間ぬけたその鶏の声が聞こえる昼さがりの村里で、桑畑の桑の木はまだようやくとんがった葉の芽を出したばかり。しかしそれもすぐ緑の葉にひろがって、蚕棚で孵化したばかりの毛蚕《けご》の餌となるのだろう。居眠りからさめてみても、世に事はなく、ただ窓いっぱいに春の日ざしは溢れて、その日ざしのなかに黒い毛蚕がうごめきはじめているばかり。――ここまで読めば、陸游や范成大の

田園詩は、そして彼らを介して陶淵明の桃花源詩は、ほとんどそのまま十八世紀後半、「徳川の平和《パクス・トクガワーナ》」の春光の下にひろがる日本列島の風景となるのではなかろうか。漢詩人六如《りくにょ》上人（一七三四〜一八〇一）や菅茶山（一七四八〜一八二七）、また俳諧の與謝蕪村（一七一六〜一七八三）らの写生詩、田園詩にとらえられた日本の都市郊外や農村の平和の点景である。

たとえば、蕪村が、藪入りで淀川の堤の春風のなかを故郷の母のもとに帰る若い娘に託して「懐旧の情」を洩らした有名な新体詩「春風馬堤曲」（一七七二）。その中ほどの一節には娘の嘱目としてこんな鄙びてなつかしい小景があった。

呼雛籬外鶏　籬外草満地　雛を呼ぶ籬外《りがい》の鶏《とり》　籬外　草地《くさ》に満つ
雛飛欲越籬　籬高堕三四　雛飛びて籬《まがき》を越えんと欲す　籬高うして堕《お》つること三四

これこそ范成大の「晩春田園雑興」の

鶏飛んで籬を過ぎ……

の蕪村流応用版にほかなるまい。そしてこの句につづく「犬は竇《とう》に吠《ほ》ゆ／知んぬ行商の来りて茶を買う有るを」は、蕪村によって俳句に翻訳されて――

商人《あきんど》を吼《ほゆ》る犬ありもゝの花

となった。街道からはずれて、めったによそ者の訪ねてくることもない村落の一隅で、しきりに犬が吠えている。それは村に小間物や薬などを売りに来たのか、あるいは範成大の句にいうような村の産の茶を買いに来たのか、見なれぬ行商の男がうろうろするのを怪しんで、犬が吠えかかっているのであった。そのあたりには、いまを盛りと桃の紅の花が咲きあふれ、他に人影もない春の昼さがり……。

範成大の「行商」も、蕪村の「商人」も、洞穴を出て桃源の村に入りこんでいった漁夫の近世版であったろう。陶淵明の桃花源でも、見なれぬ漁夫のすがたを一番早く見つけて吠えかかったのは、犬であったろうから。

範成大は前の陸游、また進士合格同期の楊万里《ばんり》（誠斎、一一二七～一二〇六）と合わせて、「南宋三大詩人」と称された一人であったが、蕪村から菅茶山にいたる時代、つまり十八世紀後半以降の徳川日本では、彼ら南宋詩人が大いに称揚され、広く愛読されていたのである。荻生徂徠や新井白石、服部南郭までは、もっぱら盛唐の詩を範とし、格調の高さを求めていたのに対し、蕪村前後のころからは宋詩の詩句の平明と写実の清新こそが尊重されるようになった。この一種のプレ・ロマンティシズムを主導したのは、反徂徠派の詩人山本北山（一七五二～一八一二）とされるが、蕪村らはそれに先んじてすでに陸游や範成大を知り、彼らを通じて田園詩人、桃源詩人としての陶淵明を再発見し、身近な都市近郊に新たな桃源的詩情を発見していったのであったろう。

(4) 蕪村『武陵桃源図』と明詩人袁中郎

この與謝蕪村が文人画家として晩年に『武陵桃源図』の双幅(一七八一)を描いたことはよく知られている。右幅に、櫂を左手に携えた老漁夫が桃源の里に入りかけて、二人の桃源老人に誰何《すいか》されているところ、左幅に、無帽の漁夫がいま桃源を去ろうとして四人の村人に見送られ、「外人の為に道《い》うに足らざるなり」とタブーを与えられているところ。桃源への入り口と桃源からの出口の場面のみを描いた、画人蕪村のきわめて独特な桃源解釈を示す興味津々の傑作である。

この戦筆・擦筆による水墨淡彩の双幅については、私もかつてかなり詳細に論じたことがあるから(『與謝蕪村の小さな世界』中央公論社、一九八六)、ここではあまり立ち入らないことにする。だが、それにしても、漁夫の桃源への入場と桃源からの退場のみを描いて、肝心の桃源の村里の平和の情景をいっさい捨象するというのは、実に思い切って大胆な構想ではなかろうか。中国では、すでに唐代の大詩人韓愈(七六八〜八二四)に、朗州刺史《しし》長官竇常《とうじょう》から送られた絵図を見て作った「桃源図の詩」という作があり、さらに同代の舒元興《じょげんこう》には「録桃源画記」と題する評論もあるというから(小川裕充『臥遊——中国山水画、その世界』中央公論美術出版)、桃源郷はすでに早くから一つの好画題として定着していたらしい。しかしそれらの詩に詠まれ論じられる絵画作品を発見することはいまはできない。

いま私たちが直接に眼にするのは、北宋末南宋初期、十二世紀の趙伯駒《はっく》に倣ったという明の仇英作と伝える『桃花源図巻』であり(セントルイス美術館)、清の石濤(一六四二〜一七〇七)作の『桃源図巻』(フリーア・ギャラリー)や査士標《さしひょう》(一六一五〜一六九八)の『桃源図巻』(カンザス市、ネルソン＝

4　与謝蕪村『武陵桃源図』1781 年

アトキンズ美術館）などである。伝仇英の青緑体の長巻には、桃花源の里の「屋舎儼然」のさまも「良田美池」もこまごまと描きこまれ、むしろ湖水とも呼ぶべき大きな「美池」のかなた、二三里もあろうかと思われる遠方には、連山がこの村里の境をなして描かれている。査士標の三メートルをこす墨画淡彩の長巻は、「桃源図」の傑作であり、画家自身の画業を代表する名品と評される（小川、前掲書）。これは陶淵明の記述を仇英ほどに「逐語的」に画図化していないにしても、この大空間の鳥瞰のなかには、桃源の村里を囲む山々も村の田畑や村民や鶏犬のすがたも、まことにゆるやかにたっぷりと展開していって、見る者の眼と心を吸いこむ。そして石濤の淡彩桃源図となれば、漁夫が櫂をかかえて立っている岩山の麓から濛々たる雲烟につつまれた田野がひろがり、その霧のなかに水牛を使う農夫のすがたが一つ見えるばかりだ。

5　伝仇英『桃花源図巻』（部分）17 世紀

これらの図巻に、明の董其昌《とうきしょう》（一五五五〜一六三六）や清の袁江《えんこう》（十八世紀前半）の桃源の画幅を加え、さらにさかのぼって、李朝朝鮮の名品、宮廷画家安堅《アンギョン》作の『夢遊桃源

6　呉春『武陵桃源図』（部分）18 世紀

図』（一四四七、天理図書館蔵）を思いおこしてみてもよい。安堅画中の桃源の集落は、峩々たる巌山に囲まれた山上の幽邃の台地といったおもむきである。その台地には臙脂を点じて繊細きわまる桃花の木々が描かれ、奥に窓をあけた家屋が一二軒見えるのみ。寂《せき》として人影もない。

蕪村と同時代のライヴァル池大雅（一七二三～一七七六）の淡彩画幅『武陵桃源図』（現在、所在不明）では、樹木の緑もゆたかな谷間の奥に、「屋舎儼然」の家々が垣間見え、蕪村の門弟、円山四条派の呉春（松村月渓、一七五二～一八一一）の長巻はほとんどそのまま京都郊外の春色うららの田園風景かと見まがう。

さて、このように中国明代、朝鮮李朝から徳川中期までの桃源図をここに急いで概観してみても、蕪村の双幅のように漁夫の桃源出入の景のみを描いた桃源図というのは、他にまったく見当らない。それでも勉強家の蕪村は、このような解釈をするなんらかの先行作品をいつかどこかで見ていたのか。それともこれはやはり桃源画史上他に例のない、まさにユニークな構想であったのか。それは今後、美術史の専門家の調査に俟つ以外にない問題である。

しかも、もう一つ、この蕪村双幅において注目すべきことがある。両幅の上方に画家自身の手で賛として書き入れられているのが、「袁中郎入桃花源詩」、其の一から其の四までだということである。蕪村が愛読し熟読していたにちがいない陶淵明自身、あるいは王維や王安石や、陸游、范成大などの詩ではなくて、なぜこの明末万暦の詩人袁中郎（宏道、一五六八〜一六一〇）の五言律詩の連作であったのだろうか。たしかに袁中郎も、同時代の他の多くの詩画の人と同じく、陶淵明の桃花源には格別の関心を寄せつづけた人だった。万暦三十二年（一六〇四）にはついに桃源の実地踏査を思い立ち、湖北の家郷から旅して湖南の沅江に沿って徳山、桃源にまで至ったのだという。その探訪の途上に「夜、桃源県中に月に乗じて入る」「桃源県に題す」などを作詩し、右の連作もすぐつづいて作られたものだった。ここに煩をいとわず、中国桃源詩の最後の一例として、この「桃花源に入るの詩」を其の四まで引いてみよう。読めばわかるように、これは桃源の実地探訪の作といいながら、洞庭湖西方の桃源県桃源の町（現存）に赴いたというだけで、内容は王維の「桃源の行《うた》」ともあまり変りないような仙境の詩である。

其一

溪雨濯雲根　　渓雨　雲根を濯《あら》い
花林水氣溫　　花林　水気温かなり
睡鸞常守月　　睡鸞《すいらん》　常に月を守り

仙犬欲遮門
緑壁紅霞宅
丹砂石髓村
人中幾甲子
洞裏一黄昏

仙犬　門に遮《さえぎ》らんと欲す
緑壁紅霞の宅
丹砂《たんさ》石髄《せきずい》の村
人中の幾甲子《こうし》（干支＝歳月）ぞ
洞裏の一黄昏

其二

白頭了髻子
花裏去如仙
鳥哢雲霞柵
人耕芝朮田
庚年看紅蘂
生死在蒼煙
認着爐香去
瞿童火尚然

白頭の了髻子《りょうけいし》（もとどりを結った老人）
花裏《かり》に去って仙の如し
鳥は雲霞の柵《さく》に哢《さえず》り
人は芝朮《しじゅつ》（薬草）の田を耕す
庚年《こうねん》　紅蘂《こうずい》を看《み》
生死　蒼煙に在り
炉香を認着し去れば
瞿童《くどう》の火なお然《も》ゆ

其三

花戸當雲闢
驛門臨水關

花戸　雲に当って闢《ひら》き
駅門　水に臨《のぞ》んで関《と》づ

何年騎馬客
踏斷採芝山
古井沉煙霧
空潭洗面顏
丘陵一變海
一度到人間

其四

洞外一長揖
人仙從此分
看君如水影
要我似溪雲
花氣熏崖戸
霞光繞茜裙
往來江海上
鸞雀冀相聞

何《いず》れの年か騎馬の客
踏断せん採芝《さいし》の山
古井《こせい》　煙霧に沉《しず》み
空潭　面顔を洗う
丘陵一たび海に変じ
一たび度《わた》って人間《じんかん》に到る

洞外に一たび長揖《ちょうゆう》（別離の礼）して
人、仙此《ここ》より分る
君を看れば水影の如く
我を要《むか》えて渓雲に似たり
花気　崖戸に熏じ
霞光　茜裙《せんくん》を繞《めぐ》る
往来す　江海の上《ほとり》
鸞鶴《らんかく》　冀《こいねが》わくは相聞かん

（中田勇次郎註解『文人画粋編13　與謝蕪村』中央公論社）

この詩は淵明の「桃花源記」よりも「桃花源詩」に寄りそって書かれているようで、あまりにも高踏的で、これを賛とする蕪村の画ともほとんど呼応していない（画賛とは本来そのようなものだともいえようが）。強いて連関させてみれば、「其の一」の「渓雨雲根《うんこん》（岩）を濯《あら》い／花林水気温かなり」が、蕪村の右幅の岩や桃樹の描写につらなり、「其の二」冒頭の「白頭の了髻子《りょうけいし》／花裏に去って仙の如し」が、画中に漁夫を迎える二老人のすがたともいえようか。そして「其の四」の「洞外に一たび長揖《ちょうゆう》（別離の礼）して／人、仙此《ここ》より分る」が、左幅左端の人物（これは村人）のしぐさに対応する、という程度であろうか。

しかし蕪村は単なる衒学趣味やスノビスムからここに袁中郎を筆写していたのではないだろう。彼はおそらく元禄九年（一六九六）京都版の和刻本『梨雲館類定袁中郎全集』によって読んでいたと思われるが、袁中郎が前世代の擬古派の唐詩模擬を批判して蘇軾らの宋詩をひたすら推重し、師李卓吾の「性命の学」に学んで詩における「性霊」（純真なパトス）の発現を求めたことなどに、おのずからひそかに共鳴していたのではなかろうか。先にふれた山本北山が『作詩志彀《しこう》』を江戸で刊行して、大いにこの袁中郎の「性霊」説を吹聴するのは天明三年（一七八三）、蕪村の死の年で、その二年前にすでに蕪村は自分の『武陵桃源図』に袁中郎を掲げていたのである。

六十六歳の老詩画人は意外にもなかなかの前衛知識人だったということになろうか。だがそれよりも、蕪村が陶淵明、王維から范成大、そしてこの袁中郎にまでおよんで桃源詩を読み、桃源のトポスを詩画に探って、一貫してみずからの桃花源のヴィジョンをつちかっていた、ということのほうが、ここでは大切である。

ここまで私たちは、陶淵明以後の中国詩画における桃源郷のトポスを李白、王維から陸游、袁中郎にいたるまで、仇英、石濤、査士標などの画業も織りこみ、ときに日本の田能村竹田や渡辺崋山、また與謝蕪村、さらに近代韓国詩人金尚鎔とさえ連想によってからませながら、たどってきた。中国詩文のなかの桃花源の流れはもちろんこの後もつづき、魯迅（一八八一〜一九三六）の散文詩集『野草』（一九二七）のなかの、水面にかがよう桃源の残影を拾ってひときわ美しい「美しい物語」などを経て、なお今日にまで流れつづけているのであろう。だがそれを追いつづけてゆけばきりがない。終りに、日本詩画史における桃源の系譜を大まかに鳥瞰しておくこととしよう。

二　日本詩画における桃源のトポス

（1）『懐風藻』から五山禅詩へ

日本における陶淵明の受容はすでに奈良朝に始まる。九世紀末（八九〇年代）の藤原佐世の「日本国見在書目録」に「陶潜集十（巻）」とあるのが、確実な記録のもっとも古いものとされるが、それよりも前から淵明詩は『文選』や「藝文類聚《げいもんるいじゅう》」など中国詩文のアンソロジーによって奈良朝知識人たちに知られていた。「桃花源の詩并びに記」一篇に限ってみても、その日本化の歴史は古く、右のアンソロジーの類以外にも、遣隋・遣唐の留学生、留学僧がすでにおそらく「陶潜集」を求めて帰っていたのにちがいないといわれる（大矢根『陶淵明研究』）。
すなわち、日本最古の漢詩集『懐風藻《かいふうそう》』（七五一）には、早くも「桃源」のトポスがその幾篇かに登場するのである。いま、煩を避けて、直接に「桃源」を言う句のみを読み下しであげてみると、たとえば——

天高くして槎路《さろ》遠く、河廻《めぐ》りて桃源深し　（式部卿《しきぶのかみ》藤原宇合《うまかひ》「遊吉野川」）

此《こ》れの地《ところ》は即ち方丈　誰か説《い》はむ桃源の賓《ひん》　（左中弁兼神祇伯中臣《なかとみの》朝臣人足《あそんひとたり》「遊吉野宮」）

心を佳野《よしの》の域《さかひ》に栖《す》まはしめ　尋ね問ふ美稲《うましね》が津《わたり》　（中納言丹墀真人広成《たじひのまひとひろなり》「遊吉野山」）

（小島憲之校註『懐風藻　文華秀麗集他』日本古典文学大系69、岩波書店）

みな懸命に中国詩についての新知識を誇示したペダンティックな作品である。だがまた、いずれも、応神天皇がそこに離宮を営んで以来、一種日本の聖地と見なされてきた吉野・宮瀧《みやたき》の地域を「桃源」に見立てている。（それは同時代の万葉歌人山部赤人が、神亀二年（七二五）の夏五月に、聖武天皇の行幸に供奉《ぐぶ》して逗留し、あの古今の絶唱をよんだのと同じ場所だった。——「ぬばたまの夜のふけゆけば久木生ふる清き河原に千鳥しば鳴く」。深まりゆく夜の底の清浄をとらえた秀歌に比べれば、奈良の貴族詩人たちの漢詩はまだぎこちない借り衣である。）

陶淵明からの借用もまだ断片的といえるが、一方、細い径を谷川沿いに踏み入り、狭い深秘な別天地にたどりつくという「桃花源記」の基本構造はとらえられている。そこにはあるいは、王維以後の唐詩風の、桃源すなわち神仙境との解釈がすでに作用していたかもしれない。

それと同時に興味深いのは、右の最後の例（これは陶淵明「桃花源記」末尾の「後遂無問津者」の語を借用している）がはっきりと示しているように、吉野には天女柘枝《つみのえ》姫と漁師味稲《うましね》（美稲）との結婚の説話が古くから伝わっており、それがみずからを味稲と見立てたい宮廷詩人たちの脳裡で、吉野と桃花源との重ねあわせをうながしたにちがいないということである。この柘枝説話はもともとは素朴な白鳥伝説の一形態にすぎなかったのに、「桃花源記」や、それの恋愛版ともいうべき『遊仙窟』を歓迎した当時の貴族知識人によって、さっそく艶麗な中国神仙譚風に仕立て直されたのであろう。そのため柘枝伝説は中国直訳調に観念化されて、かえって本来の素朴な生命を失い、やがては民族の伝承のなかから消え失せてゆくこととなる。とすると、浦島説話の徐々の神仙譚化などとともに、そこにすでに比較文化史上の興味深い問題がいくつか提示されていることに気がつく。

『懐風藻』以後、平安朝の『経国集』（八二七）や『本朝文粋』（一〇六〇頃）、また『本朝続文粋』などの漢詩人たちも、陶淵明とあわせて『遊仙窟』を愛読したらしく、美しくて心たのしい仙郷としての桃源郷を一種の知的ファッションとして詠ずることが多かった。ある詩からは、当時桃源郷の図が宮殿の壁画にまで描かれていたことのあるのがうかがわれる。だが、それらはまだ依然として断片的な言及という程度にすぎなかったのに対し、下って鎌倉室町期の五山の詩僧になると、彼らは日本に渡来する中国の僧について学び、またみずから宋、元の大陸に留学するものも多く、陶淵明をもよく読んだ。だが、彼らには淵明を風流の夢想に遊ぶ人としてよりは真理求道の隠逸詩人、五柳先生と見る傾きが強かったために、「桃花源の詩并びに記」への関心はまださほど目立たないようである。それでも厖大な五山漢詩のなかからほんのいくつか、「桃花源記」に触発された作品を眼にとまった限りで拾ってみると、建仁寺の鱸雪鷹灞《ろせつようは》（?～一五五八）という禅僧の七言絶句は「漁人桃花洞に入るの図」と題して――

岸〻皆桃紅似霞
漁郎不識是仙家
洞中亦可虎狼國
留得秦人老却花

晋代漁郎沂水濱
桃源名到此時新
洞中藏得春千歳
人不避秦花避秦

岸々は皆桃にして紅は霞に似たり
漁郎《ぎょろう》は識らず　是れ仙家なるを
洞中もまた虎狼《ころう》の国なる可し
秦人《しんぴと》を留め得て花を老却す

晋代の漁郎　沂水の濱《ひん》
桃源の名は此の時に到りて新たなり
洞中蔵し得たり　春千歳
人は秦を避けざるも花は秦を避く

（玉村竹二編『五山文学新集』別巻二、東京大学出版会）

と詠んで、もっぱら「虎狼の国」秦を避けえたのは桃花の辟邪の力によると説いていた。同じく建仁寺の禅僧江西龍派《こうせいりゅうは》（一三七四〜一四四六）は、「淵明の桃花源記を読む」と題して——

洞自晋時聞世間　洞は晋の時より世間に聞こえ
桃花春老雨斑々　桃花春老いて　雨斑々《はんはん》
白頭只効避秦客　白頭只《ただ》効《なら》ふ　秦を避くるの客
五柳先生不出山　五柳先生山を出でず

（「翰林五鳳集」巻第八）

と、陶淵明も隠れ籠ったままの、淵明以後の桃花源の消息を想像しているらしい。そして同じく東福寺の岐陽方秀《きようほうしゅう》（一三六一〜一四二四）は、門弟の桃渓が職を終えて帰郷する際に一詩を与えたようで、「桃渓號」と題して——

満林春色侶仙園　満林の春色は　仙園を侶《とも》とし
両岸風吹紅雨飜　両岸に風吹きて　紅雨　飜《ひるがえ》る
多少漁舟迷遠近　多少の漁舟　遠近に迷い
竟無人到武陵源　竟《つい》に人の武陵源に到る無し

（上村観光編『五山文学全集』第三巻「不二遺稿」、思文閣出版（複刻））

と、なかなか巧みに「桃花源記」を要約してみせもした。禅の修業をかさねても迷いは多く、なかなか悟脱の境には到りえぬことを説いたのであったろうか。だがやはり、これらの五山禅詩は(読み下しには揖斐高氏の御教示に負うところが多い)、なおあまりに書籍臭が強く、知識の遊びという面がおおいがたい。

(2) 桃源の国　徳川日本

ところが、それが徳川時代、とくに徳川中期に入ると、鎖国下の社会の長い平和と文化の内的熟成に応じてか、桃花源のトポスはまるでこの期を待っていたかのように、日本の文藝に絵画にまさに桃花のごとき花ざかりの季節を迎える。前にもしばしば言及したように、十八世紀半ばごろから日本詩壇に流行しはじめる宋詩の側面からの影響もあって、淵明の桃源詩を単なる神仙譚や理想郷論としてではなく、「帰園田居」などとともに一種の田園嘱目ないし田園平和への郷愁の詩として読み、同様の桃源的和楽の情景を現実の日本の都市郊外や農村にふと垣間見る印象主義的な詩や絵画——俳諧や小漢詩や文人画がつぎつぎに生みだされてゆくのである。

作者たちは主に京阪や江戸などの大都市の住人であり、桃源のトポスの要因としてはとくに真昼間の鶏犬の声や桃の花、また小径や渡し舟が好んでとりあげられて、彼らの深い詩的郷愁の触媒となってゆく。

たとえば一代の経世家新井白石(一六五七〜一七二五)は、失意の晩年(一七二一)に江戸近郊の内藤新宿に居を移したとき、そこにふと桃花源の安らぎを見いだした。

青麥阡阡秀　　青麦《せいばく》　阡阡《せんせん》として秀いで
紅桃樹樹春　　紅桃は樹樹の春
烟中聴犬吠　　烟《えん》中に犬の吠ゆるを聴けば
似有避秦人　　秦を避くる人有るに似たり

それでも、みずからを「秦を避くるの人」に擬しているあたりに、白石らしい負けず嫌いが出ているといえよう。

荻生徂徠（一六六六～一七二八）は古文辞学を唱導し、治国安民の術としての「先王（聖王）の道」を説いて、白石に代って幕政にも参与した大儒であったが、この蘐園《けんえん》の詩人にさえも「武陵に舟を泛《うか》ぶ」との五言律詩があった。

武陵泛舟　　武陵泛舟《はんしゅう》
云是武陵地　　云うならく是《ここ》は武陵の地
桃花兩岸林　　桃花　両岸に林をなす
冀逢黄髪宿　　冀《こいねが》わくは黄髪に逢うて宿せんと
行訪白雲深　　行きて白雲の深きを訪《たづ》ぬ
灼灼霞成綺　　灼灼《しゃくしゃく》として　霞は綺を成し
蓁蓁山自陰　　蓁々《しんしん》として　山はおのずから陰《くら》し

停舟猿叫斷　舟を停《とど》むれば　猿は断を叫び
寂寞古人心　寂莫《せきばく》たり　古人の心

（富士川英郎他編『詩集日本漢詩』第三巻「徂徠集」巻之二、汲古書院）

「桃花源記」では「後《のち》には遂《か》くて津《しん》を問う者も無し」、その後は桃源への渡し場（津）を尋ねる者さえいない、といわれていた。だが自分はあえてそこを訪ねて、桃源の老人のもとに宿を求めようと、桃花の林の間を榜《こ》いでいった。谷間の花霞はあかあかと綾をなし、鬱蒼たる山々は暗い影をなす。その奥にいたって舟をとめると、猿の叫び声は腸を断つかのごとく聞こえた。あたりは寂莫として、ここに来たった古人の心の寂寥を思わずにはいられない、というのであろう。ここで「古人」というのは、はじめて桃源に分け入った秦の人たちのことではなく、大矢根氏の推定するように、舟の主漁夫のほうだろう。徂徠はみずからを漁夫に擬して桃源遡行を追体験したのである。白石といい、徂徠といい、後代の山本北山の批判とはかかわりなく、なかなか新奇な詩作を試みていたのではなかろうか。

元禄の俳人松尾芭蕉（一六四四〜一六九四）は、周知のように李白、杜甫も蘇軾も陶淵明もひろく読んでいた。だが淵明の桃花源につらなるような句作は見あたらない。強いていえば「おくのほそ道」の旅で、奥羽山脈を越えて出羽の国に入り、さらに険しい山刀伐峠《なたぎり》をようやく越えて最上領の尾花沢にたどりついたあたりが、桃源遡行と古俗発見にも通じようか。芭蕉はこの鄙びた山間の町で

涼しさを我宿にしてねまる也
這出《はいいで》よかひやが下のひきの声

と、古い方言「ねまる」を用いて涼風のなかでのくつろぎと安らぎを言い、万葉の古歌を思いおこして蚕の飼屋《かいや》の床下のひき蛙に呼びかけたのである。この師に対して随行の曽良はもっと露骨に、あの桃源の漁夫の「男女の衣著《いちゃく》は悉《ことごと》く外人の如し」の驚きを述べた。

蚕飼《こがい》する人は古代のすがた哉

さきに徂徠の一詩をめぐって、「桃花源記」末尾の「後遂無問津者」に言及したが、この渡し場(津)の語を踏まえてまことに面白い発句がある。芭蕉の門弟、蕉門十哲の一人、美濃派の人各務支《かがみし》考(一六六五〜一七三一)のなにげない一句である。

船頭の耳の遠さよ桃のはな

川の岸辺には春の日を浴びて「落英繽紛」たる桃の花が咲きあふれているのだろう。その駘蕩たる景のなかの渡し場の舟なのだが、むかし竹西寛子氏がこの句をほめつつ評したように(「詩華抄」)、肝心の船頭のいる位置がよくわからない。自分がいま乗っている舟の船頭に声をかけたのに、彼は耳が遠いらしくてろくに反応しないのか。それとも川の対岸にいる船頭に「おーい」と呼びかけているのに、知らん顔なのか。どちらともとれよう。だが竹西氏のいうように、水上の舟のなかでの客と船頭との関係と見るほうが、より自然である。それでこそ「耳の遠さ」が生きてくる。こんな耳の遠い老船頭が榜いでいるからこそ、春の日のひとときはいっそうのどかなのである。そして同じ理由で、この渡し舟がはたして向こう岸の桃源に連れていってくれるのかどうかもわからない。いや、春の水の上のこの心もとなさのままで、すでに舟も客も桃源に入りかけているのかもしれない。

桃源郷のトポスをわずかに借りることによって、この十七文字のうちに深い蕩々たる春の遠景を打ちひろげたといえよう。

(3) 桃源の詩画人與謝蕪村

ここでもう一度、詩画の人與謝蕪村に帰らなければならない。蕪村については、南宋の范成大の「四時田園雑興」や、蕪村が自作の画中に賛とした明の袁中郎(宏道)とのかかわりで、すでにいくたびか触れてきた。だが、日本の、徳川日本の、桃源の詩画史となれば、どうしてももう一度、彼の作品に立ち入って吟味しなければならない。蕪村こそ、桃花源という想像空間をついにわがものとして内在化し、これに新しい意味を与えて日本に定着させた詩人であったからである。

ところで、戦前の「岩波講座日本文学」の中の一冊(一九三一)だから、ずいぶん古い研究であって、ここに引合いに出すのもいささか気がひけるが、岩田九郎氏の『蕪村』という論稿がある。その中で岩田氏はもっぱら蕪村と漢文学とのかかわりを論じ、李白・杜甫・白楽天から王維・蘇軾などの詩句や映像を蕪村がいかに借用し、借景したかを、例を挙げて手ぎわよく説明している。ところが、陶淵明との関係については――

花に暮《くれ》ぬ我《わが》すむ京に帰去来《かえりなん》
川狩《かわがり》や帰去来《ききょらい》といふ声すなり
三径の十歩に尽《つき》て蓼《たで》の花
　かの東皐《とうこう》にのぼれば
花いばら故郷の路に似たる哉

など、きわめて明白かつ直接に淵明の「帰去来兮辞」に結びつくもののみをあげ、あとは淵明の「四時」の詩「春水満四沢《したく》、夏雲多奇峯……」に語句を借りた「雲の峯四沢の水の涸《かれ》てより」の一句に触れただけであった。そして「大体陶淵明の影響は以上のやうにさして多いとはいひ難いのである」と結論したのである。

ここで岩田氏が「桃花源の詩并びに記」の作者としての陶淵明を失念していたらしいのは、一体どうしたわけだったのだろう。そして蕪村の次の名句は、たまたまこれを見落したのであったろうか。それは、同氏について何も知らぬ私には問いようもないことだが、いずれにせよ――

桃源の路次《ろし》の細さよ冬ごもり

は、直接にせよ間接にせよ、明らかに淵明の桃源郷につながる一句であった。句中の「路次《ろし》」は、本来、たどりゆく道筋、あるいは途次の意味であって、かならずしもすぐに町なかの狭い路地を言うものではない。だが、いずれにしても自分の冬籠りする陋居までの道すじを意味する。その道すじの細さを「細さよ」の語で強調し、強調することによってその籠り居《こもい》を「桃源」に転じてしまったのである。その点で、まことによく桃源の夢想の心理学をとらえた卓抜の作であった。この点について私はすでに別のところで論じたことがあるので(『與謝蕪村の小さな世界』)、ここでは詳しくは触れない。

いまはただあの「桃花源記」の武陵の漁夫の冒険をもう一度想いおこしてみさえすればよい。彼はある日「渓《たに》に縁《そ》うて行き、路の遠近を忘」れてしまった上に、渓の両岸に一面にひろがって花咲く桃の林に誘われてついに水源にまでさかのぼった。冒険行はそこで行きどまりになるのではなかった。目の前に立ちはだかる山に洞口らしきものがあり、「髣髴として光有るが若《ごと》」き気配に誘われてその中に入りこんでみると、「初めは極めて狭く、纔《わず》かに人を通ずるのみ」。そして「復《ま》た行くこと数十歩」で、その洞門のかなたに桃源の村里が「豁然《かつぜん》として開朗《かいろう》」したのである。

この谷間と洞門をたどっての、しだいに狭まる長いアプローチこそが、人間の普遍な深層の心理に強く訴えるものをもち、桃花源をして単なるユートピア以上の桃源郷、魂のふるさとたらしめている重要な一要因であることは、繰返すまでもない。蕪村はその想像の力学を誰よりも鋭く感じとり、右の一句にそれを巧みに使いこなしたのである。その当時、京の蕪村の実際の住《すま》いがあったのは、室町通綾小路下町であろうと、仏光寺烏丸西へ入ル町であろうと、かわりはない。そのささやかな住いは、まさにそこにいたる路がくねくねと細いことによって、市井のただなかにありながら桃源となり、冬籠りにふさわしい安らぎの巣となることができたのである。外の世界からその籠り居への路は途絶えてしまってはならないのだろう。つづいていなければならないが、その路は細ければ細いほど、その奥にぽっかりと開ける住いの空間は深く暖かく、まさに巣籠りという言葉にふさわしく親密な小さな別天地となる。そのことが右の句の「路次の細さよ」にさりげなく強調されていたのである。

7　與謝蕪村「宜晴」

同じことは池大雅との競作『十便十宜図』の中の「宜晴」や「宜冬」に描かれた、山かげや木の間の住居に導く径とも見えぬ小径にも、『竹溪訪隠図』や『柳蔭騎路図』や『山野行楽図』の、土橋や竹林や柳を配して、いずれも心誘うようになつかしくうねってゆく野道や山路にも、みごとにとらえられ、表現されつくしていた。とくに、門弟寺村百池旧蔵という『四季山水図』四面の中の冬の一図などは、流れのほとりをくねる小径をゆくと、文字どおり山懐に抱かれ木々に囲まれた小空間の中に、平べったく安らかに坐りこんだ家々の集落にたどりつく――たとえその賛には桃源への言及はなくと

8　與謝蕪村『四季山水図（冬）』1772 年

も、そのまま右の「路次の細さよ」の一句を、そして一般に桃源への夢想というものを、図示《イラストレート》したかとさえ思われる、まことに魅力に富んだ小品であった。

南画の山水においては描かれた径《こみち》が画の内面へと見る者を誘う暗号となるのは常としても、蕪村がことのほかに「細径《ほそみち》の心理学」ともいうべきものに敏感な画人であったことはたしかであろう。そのために彼は「桃花源記」のあの谷間と洞門のアプローチに心を惹かれたのか、あるいはその逆に「桃花源記」の叙述からの刺激がどこかに働いて、彼にあのような細径の魅力を描かせるにいたったのか、それはどちらとも定め難い。だが、画俳いずれにおいても、彼には「径《こみち》」とその「細さ」への独特の愛着があったことだけは、動かし難い。だから、蕪村の――

茶畑に細道つけて冬ごもり
細道を埋《うづ》みもやらぬ落葉哉

のような句でも、陶淵明の影響下にあるとまではいわなくとも、同じ桃源詩の圏内にある句といってさしつかえないのだろう。そして――

これきりに径《こみち》尽《つき》たり芹《せり》の中
路絶《たえ》て香にせまり咲く茨《いばら》かな

というときも、実はその行きどまりの小径《こみち》の先に、芹や野いばらのさわやかに鼻をつく香りの中に、いっそう切なくもなつかしく、失われた桃源の時空は予感されていたのである。桃源とは、結局、すべての人が長い彷徨の後に最後にはそこに帰っていって、ほっと安堵の息をついて籠り住みたいと願う暖かな古巣のことにほかならない。少なくとも東アジアの人間にとっては、陶淵明の昔から、あるいは陶淵明以前からすでに、そうであった。

花いばら故郷の路に似たる哉
わが帰る路いく筋ぞ春の艸《くさ》

との蕪村の句も、単に「帰去来兮辞」や唐の温庭筠の詩に学んだという以上に、そのような、萩原朔太郎風にいえば魂のふるさとへの帰路をたどり、たしかに帰れるというあてもないままにその方角をまさぐる者のすがたを示す作であった。桃源は、武陵の漁師がそこから帰ってきて以来、誰に対しても二度と開かれることがなかった。桃源は、一度そこから出てきてしまった者の誰もふたたび帰ることのできない「故郷」、失われた幼少の日々の緑なす楽園にほかならなかったのである。これが、十八世紀日本の近代詩人蕪村が桃花源解釈に与えた新しい次元、新しい奥ゆきであった。

このように考えてくれば、六十二歳の老蕪村が「懐旧のやるかたなきよりうめき出たる」とみずからいう（書簡）「春風馬堤曲」、前に范成大とのかかわりで一部分を引いた俳体詩「春風馬堤曲」が、老俳諧師と「容姿嬋娟《せんけん》」たる一少女との道行という体をとりながらも、大坂郊外の土堤の道を舞台として日本化された一篇の桃源遡行の詩と見えてくるのは、当然である。つまりこれは、同じ書簡に「馬堤ハ毛馬塘《けまつつみ》也。則余が故園也」といい、「余幼童之時、春日清和の日ニハ、必《かならずや》友どちと此堤上ニのぼりて遊び候」と切々として回顧する、「幼童」の春の日の、母在《いま》せしふるさとへの想像上の帰郷の詩にほかならなかった。

春風や堤長うして家遠し

と、ゆるやかな春風の吹きめぐる淀川堤の長い遠い道のりを、さまざまの道草を喰いながらたどりつづけてきた藪入り娘は、日も少し傾いた昼下り、いよいよ故郷の部落に直行する分れ道に入りこむ。

春艸路三叉《さんさ》中に捷径あり我を迎ふ
たんぽゝ花咲《さけ》り三ゝ五ゝ五ゝは黄に

三ゝは白し記得《きとく》す去年此路よりす

洞門の中の暗闇がほのかな光をにじませて漁師を誘ったように、この「捷径」はたんぽぽの群生を合図に娘を招き入れるのである。「捷径あり我を迎ふ」との擬人法は、「桃花源記」の記憶の上に、あの「細径の心理学」を心得た詩画両道の人にしてはじめてなしうる表現であろう。しかも、「愁ひつゝ岡にのぼれば花いばら」の名句もあったように、花いばらや芹はどちらかといえば青春の日の回想に導くものであったのに反し、たんぽぽこそ、その幼児語風の名からいっても、その寸づまりの姿と鮮やかな花の色からいっても、少なくとも日本人にとってはもっとも深く「春色清和」の幼童の日の記憶と結びついている植物にほかならなかった。たんぽぽは、梅よりも、菫よりも、薔薇やワーヅワース風の daffodils（水仙）よりも、さらに桜にさえまして、日本人には心なつかしい無垢の日の花なのである。その花が黄に白に群れ咲くからこそ、ここは母在《いま》す方《かた》への「捷径」なのであった。

こうして、「慈母の懐袍」へと川ぞいにさかのぼってきた道も、いよいよ故郷間近となればおのずから下り道となる。

故郷春深し行ゝ《ゆきゆき》て又行ゝ《ゆきゆく》
楊柳長堤道漸くくだれり

岩山の洞門をくぐりぬけた漁人も、眼下に「開朗」した桃源の村里へと下りて入っていったのにちがいない。夢想の領分において、故郷とは、安息の地とは、けっして上《のぼ》ってたどりつくべき場所ではなく、つねに下降して入りこんでゆくべき「深く」まろやかな盆地状の空間なのである。「桃源の路次」は細いだけでなく、また最後にはゆるやかに下ってゆくものでもあった。蕪村の右の一句はその夢想の心理学を教えてくれてあますところない、みごとな措辞というべきであろう。藪入り娘は長い半日の道のりの疲れもあってか、いつのまにか首さえうなだれて、深い春の中へ中へとその最後の下り道をたどった。首をあげてはじめて彼女は、黄昏《たそがれ》の中に「故園の家」と、その戸口の前に弟を抱いてわれを待つ白髪の母のすがたとを認めるのである。

（4）花ざかりの桃源郷

もちろん蕪村ひとりではない。徳川日本の詩人・画人で桃源郷を愛した人は数多かった。彼らはなにかといえばすぐに桃源へと連想を走らせたかとさえ思われるほどだ。蕪村と同時代の俳人たちの、次のような犬や鶏や桃の花の句にも、前述の王安石や陸游や范成大などの宋詩の刺戟を介して、桃源郷のトポスはまた新たに花咲きつづけていたに相違ないのである——

やぶ入や桃の小みちの雨に逢《あう》
家あるまで桃の中みちふりいりぬ
永き日や鶏はついばみ犬は寝る　　加舎白雄《かやしろお》（一七三八〜一七九一）

薬つく水碓《からうす》やもゝのはな
飛々に高低《たかひく》の家や桃のはな
買足せる在郷酒《ざいごうざけ》や桃のはな
遅き日や土に腹つく犬の伸び

三宅嘯山《しょうざん》（一七一八～一八〇一）

春風や犬の寝聳《そべ》るわたし舟
本堂の上に鶏な（鳴）く雪げ哉
鶏の坐敷を歩く日永哉

小林一茶（一七六三～一八二七）

陶淵明の「桃花源記」や「帰園田居」は、六朝中国から徳川日本に長い時空を経て伝わるうちに、このように大和ぶりに矮小化され、楽天的に日常化されてしまったと評してもよいのかもしれない。しかしそれでも、蕪村の作も含めてこれらの一連の俳諧は、同じく同時代ながら加藤暁台《きょうたい》の「関守はくいづこもゝのはな」や「桃つらく花尽《つく》る処水長し」、あるいは黒柳召波の「劉阮《りゅうげん》の桃に泊るや撞木町《しゅもくまち》」など、あまりに直接に「桃花源記」や『幽明録』に想を得て知的趣向の勝った作例よりも、むしろ奥ゆき深くこまやかに日本田園の桃源的平和の実感を伝える点ですぐれていた、というべきであろう。

これに備後の国神辺《かんなべ》の儒者菅茶山《かんちゃざん》（一七四八～一八二七）の詩集『黄葉夕陽村舎詩《こうようせきようそんしゃし》』中の幾篇もの田園風物詩、また大窪詩佛（一七六七～一八三七）や村瀬栲亭《こうてい》（一七四六～一八一八）や頼山陽（一七八〇～一八三二）などの詩人たちがそれぞれに桃源図に賛した詩篇をも考えあわせれば、徳川日本は十九世紀に入ってもなお桃源の花ざかりであった様子が髣髴とする。茶山の詩友で山陽の叔父であった安藝国竹原の医にして詩人頼春風（一七五三～一八二五）の、江戸来遊の折の一篇「目黒に赴く路上」を読めば、大都市江戸でも一歩いまの駒場あたりの郊外に出れば、あたりはたちまちにして桃源の景であったことがよくわかる。

赴目黒路上
城外薫風十里餘
午雞聲近入田閭
會集蠻童何事業
主翁凭几寫村書

目黒に赴く路上
城外　薫風　十里余
午鶏《ごけい》の声近くして　田閭《でんりょ》に入る
蛮童を会集して　何の事業ぞ
主翁　几《き》に凭《よ》りて　村書を写す

（富士川英郎『江戸後期の詩人たち』筑摩叢書）

ここにも范成大以来なじみの「午鶏の声」、昼さがりにまぬけて鳴く鶏の声が出てきた。この新緑の村里（田閭）の寺子屋の様子は、村童たちが手習いなどそっちのけで騒いでいて、まるで渡辺崋山の作『一掃百態』（一八一八）のなかの寺子屋の景そのままである。この蛮童どものかたわらで、老先生は平然としてなにか村の古文書を筆写している、という。作者春風自身がこの桃源平和の初夏の景をよろこび、なつかしんでいるのだ。

詩人、俳人のかたわらには、彼らと交友しながら桃源の画幅や画巻や屏風を描く文人画家がまた大勢いた。大雅、蕪村のほかに、谷文晁（一七六三～一八四一）や呉春や田能村竹田、岡田米山人（一七四四～一八二〇）、山本梅逸（一七八三～一八五六）、また春木南溟（一七九五～一八七八）といった文人画家たちの作の数々を加えて眺めてゆくならば、「春の海終日《ひねもす》のたり〳〵哉」「高麗舟のよらで過《すぎ》ゆく霞かな」と蕪村の讃えた四海波静かの徳川日本の列島は、まるでいたるところ桃花源であったかのごとくに錯覚されてくる。そしてそう考えるのはさほど錯覚でもなかったろう。しかし、桃源の住人がその地の桃源たることを自覚し愛惜しはじめていたのだから、実はその終焉ももはやそれほど遠い先のことではなかったのである。

(5) ほころびゆく桃花源——芋銭、漱石

はたして、開国、明治維新とともに、「文明開化」「富国強兵」のスローガンのもとに、十九世紀後半の日本列島は急速にその西洋化、近代化、つまり都市化と産業革命を進めていった。桃源への志向からの急激な逆転である。

この社会変動のなかで、一時勤皇派として国事に奔走したこともある南画家富岡鉄斎（一八三六～一九二四）は、むしろ時流に抗するかのように悠然として、おそらく仇英や石濤の作にも学びながら『蓬萊仙境図・武陵桃源図』の六曲一双の大画面を制作したし（一九〇四）、その後も幾多の桃源図を描きつづけた。この鉄斎に対して、同じく六曲一双の屏風に陶淵明の「桃花源の詩」を奔放な書風で書きこみ、その書のすきまに桃源の村民の生活を描いた小川芋銭（一八六八～一九三八）の大作はど

うか。私はこの絵に茶々を入れて、

親父ヘソ出し
母さんまるまる
子ども桃喰い
犬ワンワン

などと書いたが、まさにそのようにここには、農民画家芋銭の農民生活の豊饒への礼讃と田園の平和への祈願とがこめられている。芋銭は生涯の大半を故郷常陸の牛久沼のほとりで農耕に従い河童を友として過したが、二十代、三十代初めの一時期は東京で尾崎行雄や幸徳秋水、堺利彦とつきあい、彼らの新聞に漫画やコマ絵を寄稿して暮していたこともあった。その間に触れた自由民権や初期社会主義の思想が、彼の敬愛する陶淵明の老荘的平和主義といつのまにか一つになって、この桃源礼讃を生みだしたのでもあろう。桃花源への一種農本主義的解釈の登場ともいえよう。芋銭が描く水郷の農民生活の情景や、会津の山村の風景はみな桃源の風韻をおびていた。そして芋銭と同じく洋画から日本画に転じた小杉放庵（一八八一〜一九六四）の二曲一双の『桃源漁郎絵巻』（一九一六）では、最後の場面で、漁師が首をうなだれてうづくまっている。まるで桃源喪失を悲しむ近代哲人の姿ではないか。

芋銭と同世代の英文学者にして作家夏目漱石（一八六七〜一九一六）も、実はまた桃源志向の強い近代人であった。

漱石が大正に入ってからの晩年にしきりに南画山水を描いたことは、よく知られている。絵の師匠津田青楓や門弟の寺田寅彦や小宮豊隆などに、その下手さをからかわれたりしながらも、むしろ彼らとの応酬を楽しみながら、絵事に耽った。画筆を動かしつづけるうちに、彼の心身の苦痛はいつも少しづつ癒されたらしい。

今日に遺されたその十数点の南画山水のうちに、『青嶂紅花図』と題された軸物がある。「大正四年十月下浣写於漾虚碧堂漱石山人」との落款がある。青い険しい山塊が画面奥に高く聳え、その手前の幾重もの丘陵を縫う径ぞいには、数軒の村屋と無数の桃の紅花満開の景がつらなる。この丘陵地帯の片側にはかなり大きな川が流れていて、そこには漁師一人が乗った軽舟が見える。

これは画中のモチーフから言って桃花源図の一種にちがいない。桃源図にしては潤いに乏しく、私はかつてこの山水を「アリゾナ的高原」と呼んだこともあった（芳賀『絵画の領分』）。山の襞《ひだ》や丘陵の陵線なども、革の鞭をしつっこく打ちつけたような筆致で、漱石の神経症をおのずからあらわにし

9　夏目漱石『青嶂紅花図』1915 年

てしまっている。それでも、この絵が、五世紀初めの陶淵明以来の桃源郷のトポスを受けつぐ作であることには、かわりがない。この絵の前後には、いまは失われた山水図に賛した「自画に題す」との五言絶句の漢詩もあった。

十里桃花發　　十里　桃花発《ひら》き
春溪一路通　　春渓《しゅんけい》　一路通ず
潺湲聴欲近　　潺湲《せんかん》　聴けば近からんと欲し
家在斷橋東　　家は断橋《だんきょう》の東に在り

（吉川幸次郎『漱石詩注』岩波新書）

また、死の年大正五年（一九一六）の八月二十九日の作という「無題」の七言律詩には、陶淵明「飲酒」其の五の語句を借りながら、同じく桃源郷の村への帰郷の願いが切にこまやかに洩らされていた。

不愛帝城車馬喧　　愛《あい》せず帝城車馬《ていじょうしゃば》の喧《かまびす》しきを
故山帰臥掩柴門　　故山《こざん》に帰臥《きが》して柴門《さいもん》を掩《おお》わん
紅桃碧水春雲寺　　紅桃《こうとう》　碧水《へきすい》　春雲《しゅんうん》の寺《てら》
暖日和風野靄村　　暖日《だんじつ》　和風《わふう》　野靄《やあい》の村《むら》
人到渡頭垂柳盡　　人《ひと》は渡頭《ととう》に到《いた》りて垂柳《すいりゅう》尽《つ》き

鳥来樹杪落花繁
前塘昨夜蕭蕭雨
促得細鱗入小園

鳥《とり》は樹杪《じゅびょう》に来《き》たりて落花繁《らっかしげ》し
前塘《ぜんとう》　昨夜《さくや》　蕭蕭《しょうしょう》の雨《あめ》
細鱗《さいりん》を促《うなが》し得《え》て小園《しょうえん》に入《い》らしむ　（同右）

当時の漱石漢詩には他にも桃源的別世界への憧憬を、あるいは郷愁を、詠んだ作が多い。桃源郷は、日本近代の先端に立ちつつ近代化を批判しつづけた文人漱石の、その心底に宿って働きをやめない深い強い郷愁の対象であった。さかのぼれば明治三十九年（一九〇六）の『草枕』も、画工小説、東西比較藝術論小説であると同時に、明治随一の桃源郷小説であったと言えるのではなかろうか。

画工は絵の具箱を肩にかけたまま岩につまづき、春雨に襲われながら山路をたどる。淵明、王維の詩境に近づき、「非人情の天地を逍遙する」気分をたのしんで行くうちに、菜の花と雲雀の声の谷間は遠ざかり、濛々たる薄墨色の雨のなかに、自分がどこ迄どれほど来たのかもわからなくなる。それまでには話者自身「呑気《のんき》な扁舟《へんしゅう》を泛《うか》べて桃源に遡《さかのぼ》る」とも語っていたが、まさに陶淵明の作のなかで武陵の漁師が舟を榜ぐうちに、その日に限って「路の遠近を忘れ」たのと同じ、異次元への橋がかりの体験を語っているのだろう。桃花の谷をさかのぼると、山がたちはだかり、その根もとに口を開いていた洞穴に不安ながらも身をよじらせて入ってゆくというのとも、共通の冒険の過程である。

つまり漱石は蕪村と同じく、大古典「桃花源記」のなかでも、とくに桃源へのアプローチの意味の深さをよく会得していたのだ。ようやく峠の茶屋にたどりつくと、そこには長沢蘆雪の山姥を思わせる老婆がおり、放し飼いの鶏も遊んでいる。そして那古井の温泉宿に下りてゆけば、春の夕風が空しく吹きぬける空しき家の森閑として空しき一室に画工は座す。あたりには奇異な振舞いを見せる女と、泰平の春そのままの床屋の親父や寺の和尚と小僧がいるばかり。

だが、近代の桃源郷は、陶淵明におけるように完全な円環を描いて再び閉じて秘境として完結することができなかった。それは、一筋の川を破れ目として、向こう側の富国強兵の現実につながらざるをえなかった。画工は那美さんらとともに、これから満洲に出征する村の青年を見送って舟でその川を下り、海辺の町に出る。するとそこには轟音をたてて近代化・産業革命の権化、蒸気列車が大陸への出征兵士を満載してやってくる。

この綻びの結末まで含めて、『草枕』はやはり近代日本のもっとも意味深い桃源小説と評さざるをえない。漱石は陶淵明作「桃花源記」の構造をさすがに鋭く把握し、そのトポスをいきいきと近代に蘇生させた。李白の言葉でいえば「別に天地の人間《じんかん》に非《あら》ざる有」ることを語りつつ、痛切に日本の近代化、西洋化を批判したのである。

この小説を三巻の『草枕絵』（一九二六）に仕立てたのが、松岡映丘（一八八一～一九三八）一門の新興大和絵の画家たちだった。この絵巻を繰りひろげてゆくと、そこには精緻華麗な近代桃源の世界が立ちあらわれてくる。そして、大正の作家佐藤春夫（一八九二～一九六四）の短篇「西班牙《スペイン》犬の家」（一九一八）となれば、桃源郷のトポスはエドガー・ポオの「ランダー山荘」と結びついてハイカラなフェアリー譚と転じ、同人の「美しき町」（一九一九）ではゲーテの『ファウスト』やウィリアム・モリスの『ユートピアだより』も登場して、楽しくもロマンティックなユートピア小説に傾いてゆく。

その後も詩、小説、絵画、あるいは映画に、桃源のトポスはさまざまにすがたを変えつつ日本列島に生きつづけてきているのだろう。そのなかで、最後に、ちょっと珍しいものだけをあげれば、十八歳の一高生福永武彦（一九一八〜一九七九）は、一高の漢文の授業で習ったばかりだったのか、水城哲男の名で『一高同窓会雑誌』（一九三七・二）に、陶淵明「桃花源記」の一節を枕にして「桃源」という桃源喪失の悲哀の長詩を書いたことがあった。そしてごく近年では漫画の諸星大二郎が、陶淵明の諸作をなかなかよく読んで怪奇劇画「桃源記」（一九八〇）をあらわせば、歌手さだまさしは揚子江上流まで取材して、「桃花源」（一九八四）なる歌を作詞して歌っている。

作家辻原登が中篇小説『村の名前』で芥川賞を受賞したのは一九九〇年である。藺草買いつけの日本人商社員を主人公にして、現代中国の共産党独裁下の桃源県桃源村の不思議な生活を語り、その村の底にひそむ古代の桃花源を徐々にあらわにしてゆくという、きわめて精緻な現代桃源譚の傑作であった。そして、哲学詩人多田智満子は詩集『川のほとりに』（一九九八）に「桃源再訪」という、これも幼き日の桃源への挽歌を書いて、やがて惜しまれつつ歿くなった。

陶淵明の「桃花源記」という大きな美しい古典の泉は、いまなお滾々として噴きつづけ、私たちの想像力をさらなる別乾坤へとうながしてやまないようである。（これら近・現代日本の詩画における桃源郷のトポスについては、本書第III部の「桃源回廊」にもっと詳しく触れてゆくこととする。）

III

桃源回廊

一　悲劇の桃源画巻
――李朝安堅作『夢遊桃源図』

　十五世紀朝鮮の山水画家安堅《アンギョン》の名は、李朝美術史上のみならず、近現代の韓国においても「我が国随一の山水画家の名を得」ていると評される（安輝濬『韓国絵画史』藤本・吉田訳）。しかも、この安堅の作品は今日なお韓国や日本に伝えられているものがけっして数少なくはないが、そのほとんどが「伝安堅」とされ、唯一「確実な真作」として現存するのは『夢遊桃源図』（夢に桃源に遊ぶの図）のみであるという（同上書）。

　そのことに加えて、もとは扁額仕立てであったこの名作は、制作依頼者安平大君（一四一八～一四五三）つまり李朝第四代の国王世宗の第三王子自身による自序や、当代の廷臣学者詩人二十一名自作自筆の跋文・跋詩を収めた長大な一巻を添えたまま、いつの頃からか――文禄・慶長の役の頃か、もっと後年か――日本に渡来し、長い間薩摩の「島津家の分家」や鹿児島の名士、画商の手もとを経めぐった後、戦後の昭和二十五年（一九五〇）の頃に奈良の天理図書館が購入し、同館所蔵となって今日に伝わったのである。すでに戦前に朝鮮総督府や李王家からしばしば本作譲渡の交渉があったが、鹿児島側はすべてこれを断ってきたともいう（鈴木治「本館所蔵・安堅『夢遊桃源図』について」（二）『ビブリア』No.67）。

昭和初年には、当時の所蔵者鹿児島の園田才治氏が本図を京都に持参し、同地の中国史や美術史の学者たちの供覧に提したことがあったが、そのなかの一人内藤湖南が「朝鮮安堅の夢遊桃源図」と題する小論文を書き、これを昭和四年（一九二九）四月号の『東洋美術』第三号に寄せたのも、おそらくはこのときの賞玩と研究によるものだろう、と鈴木治氏は書いている。湖南は同論文の末尾に、足利将軍義政の東山文化の時代に、画家たちは南宋画院の画風のもとにあったのに、同時代の朝鮮にこの安堅のような北宋画風の卓抜な山水画家があったとは「意想外のこと」であり、その力量においても室町の周文に優ると思われ、雪舟ならば或いはこれに対抗できるかも知れぬが、雪舟は明代の浙派の影響をも受けているので、「品格に於ては或は安堅に一歩を譲るかとも思はれる」と書いて、この李朝画員の作を格別に高く評価していた（内藤湖南『支那絵画史』所収）。

なおこの安堅作品は内藤論文より三十五年余り前に、帝室博物館総長九鬼隆一を委員長とする臨時全国宝物調査会編の「鑑査証」（明治26年11月、一八九三）において、すでに「美術上ノ参攷トナルベキモノ」と認定され、その評価はそのまま一九〇〇年（明治33）のパリ万博に際して、同万博事務局の委嘱により編纂された『日本帝国美術略史・帝室博物館編』（大正7）にも記されたのであった。この作が国の重要美術品に指定されたのは昭和八年（一九三三）、国宝となったのは昭和十四年（一九三九）、あらためて重要文化財に指定されたのは昭和二十五年（一九五〇）である。

ここでいささか筆者自身の安堅体験についても記しておこう。

私が安堅作の桃源図のことをはじめて知ったのは、一九七五年前後のことか、東大駒場の教養学科図書室でたまたま眼にとめた前記内藤湖南の『支那絵画史』によってであった。当時すでに陶淵明の

「桃花源記」および中国・日本の詩画における「桃花源のトポス」の研究に執心していた私は、当然隣国韓国での同問題にも好奇心を向けていた。大学院比較文学比較文化の演習で何年かにわたって続行中であった「桃源郷研究」の演習では、韓国詩文における桃花源の探索を同国からの留学生崔博光君や、少し遅れて来た李応寿君らに重い宿題として託していた。彼らのその後の断片的な報告によると、どうも朝鮮詩史上の桃花源は、陶淵明や與謝蕪村のあの匂やかな農村平和のエロスや不思議さの魅力に欠けて、みな桃花源からは遠い道教的神仙境としか思われなかった。そこに湖南論文によって、李朝朝鮮第一の画家の作のことを知ったのである。同時代日本の周文や雪舟にもまさると言われ、しかも「夢に桃源に遊ぶ」とのまことに魅惑的な作品名であった。

私はぜひとも、数奇なる運命をたどっていま天理にあるというこの安堅の桃源図を見てみたいと願いつづけた。ちょうどその頃のことである。或る日たまたま私は某新聞社会面の一隅に、この安堅作『夢遊桃源図』が韓国政府から返還を要求されるかもしれない、との記事を目にした。いわゆる「日帝」時代（日本帝国主義による朝鮮支配時代）、あるいはさかのぼって豊臣秀吉の朝鮮攻略の時代に、朝鮮半島から日本に持ち出された韓国文化財の同国への無償返却の要求である。ロンドンの「大英」博物館やパリのルーヴル美術館に対してもしきりに行われ始めていた、旧植民地国からの収奪文化財に対する返還要求に呼応する動きである。私はその要求の是非よりもなによりもまず、奈良の天理でこの安堅の名作に触れることができなくなるかもしれないことに戦慄した。

一九七五年であったか、七六年であったか、私は旅費を工面して急遽天理に向かった。あらかじめ拝観許可を願い出ていたからか、天理図書館ではたいへん丁寧な応対を受けた。担当の学藝員らしい

10　安堅『夢遊桃源図』1447 年

人が私を迎えてくれ、さっそく館内の小さな一室に案内してくれた。しばらく待つと彼はこの五三〇年ほど前の安堅作の重要文化財を両手に運んできて、室内の仕事机の上にひろげてくれ、「どうぞ、ごゆっくり」と私に言った。そして私を一人にして出ていった。

私は窓からの穏やかな秋の光のもとにひろげられた絹本着彩のこの画巻の、思いもかけずひそやかな第一印象をいまもなお忘れることができない。

さすが五百年余りの波乱万丈の歴史をくぐりぬけてきた画巻は、縦三八・六×横一〇六 cmというこまやかな絹地のひろがりに織りの細《こまか》い筋あとを見せ、画面全体が薄い茶色にくすんでいた。内藤湖南の小論文中に掲げられていた白黒の写真版では、大樹のようにそそり立つ険峻な岩山が近く遠く幾重にも連なるのがわかるだけで、この画面がどうして桃源図なのか見当もつかない感じだった。それが横幅一メートルをこえるこの原作では、峨々たる山嶺が縦に三列も並ぶのに阻まれた奥に、さらに高い近景と遠景の岩山に囲まれた山頂の平地があり、そこにたしかに何十本もの桃の林が美しい蘇芳色の花を満開にさせて、奥にゆくほどに濃くなる靄の漂うなかにつらなっている。さらにこの桃花林の右上方に二棟の人家が見えるが、その一軒の段を踏んで上った縁の奥にも、もう一軒の押し上げた窓の幕の奥にも、どこにもいっさい人影は見えない。

そう言えば、普通の横長の画巻では、山水画でも風俗画でも、巻の右端から景は展開して左へと進行する。ところがこの安堅作では逆に画幅の左から右へと山景は高くなりながら展開している。しかも安堅は李朝初期の画家のなかではもっともよく中国北宋の大家郭熙《かくき》の作について学んだといわれるとおり、郭熙の画論「林泉高致」の説いた「三遠」の法、高遠（山麓から山頂を仰ぐ）・深遠（山の手前から後方を窺う）・平遠（近山から遠山を望む）の遠近の法を、筆遣いの強弱、墨の濃淡と合わせて、実に巧みに精緻に画中に生かして使いわけた。画面左端の一番低い部分はかなり幅広くひろがるのは谷川らしく、河岸に群立する木々は紅色の剥落してしまった桃花の林らしい。その遠方は画面上縁にとどく巌の屹立を一つ見せただけの縹渺たる煙霧のなかである。

この渓谷からもっとも険峻な、まるで一匹の獣が前脚を挙げて立ち上りかけたような岩山の連なりを道とも見えぬ道をたどって経めぐると、画面中央よりやや左寄りにまたもう一つの谷川がある。水音高いその流れには両岸から掩いかぶさるように岩壁が並ぶ。この渓流は最初の谷川よりも一段高いところを手前に流れ下るから、最初の川の上流に当るのだろう。この急流をようやく越えると、画面中央部分を占めてさらにも幅広い、重畳たる険峻の群れが画面を縦に立ちはだかる。この山水の景のただなかを、夢のなかにもせよ潜りぬけねばならなかった主人公安平大君は、どれほどの歩行の苦しさを味わわねばならなかったのだろう。

だが幸いにも、この山塊の一番下方には丸く開いた洞門らしいものが暗い影を宿して見えている。そのなかをなお漁舟でか、徒渉でか、潜《くぐ》って流れをさかのぼれば、小さな上下二段の瀧の下に早くも桃の花の群木がある。その木立ちの根もとにようやく小舟らしきものを舫《もや》って、大きな岩塊の間から奥をうかがえば、やや上方に、ついにあの山巓の平地の桃花爛漫の林がひろがり、そのかなたには人の住むらしい茅葺きの家二軒も見えたはずなのである。

だが、ようやくここまでたどりついて、この絵を見る者はまたあらためて愕然として気がつく。この「夢遊桃源」の画中には、陶淵明原作の主人公武陵の漁夫はもちろんのこと、安堅作の「夢」の主人公であるはずの王子安平大君自身の姿も、大君が共に馬に乗って夢遊に出立したと言う仁叟、すなわち大君がもっとも信をおいた廷臣朴彭年の姿も、まったく描きこまれてはいない。途中でたまたま出会って桃源の方角を教えてくれたという「山冠野服」の男の姿もない。私たちが陶淵明の「桃花源記」を読んで以来心を離れたことのない、あの勤勉で平和で豊かな農村共同体の面影など、この画中のどこにもないのだ。明の仇英や清の査士標、また明治の富岡鉄斎の画中で眺めて親しんだ、この村里で「並《とも》に怡然《いぜん》として自《みづか》ら楽しむ」老爺老媼のすがたも、村道を走りまわって遊ぶ幼童たちのすがたも、この安堅の作中には影さえない。彼らの声と交じって聞こえていた鶏ののどかな鳴き声も犬どもの吠え声も、もちろん聞こえてはこない。人影や人声は一切なく、鶏犬の声もない。この画中から聞こえてくるのは、ただ幾たびも踰え遡《こ》ってきた渓流の、岩にあたって流れ落ちる遠いひびきと、この桃花林中に致ってもなお「四山壁立」するその山巓を吹きわたってゆく風の、あたりにこだまする音ばかりであったろう。

英語で一言 desolate と言いたくなるような山中の景である。実はこの最初の天理訪問の折にはまだよく読むこともできなかったのだが、『夢遊桃源図』の巻頭には、安平大君みずからが当代第一とも称されたその筆を揮って題字を書き、その後に、この画題の由来を語るかなり長文の直筆の「記文」を添えた。これは桃源遡行の夢を見たりした大君の心情を伝えるところがあって、きわめて興味深いのだが、その中段の一節に大君は「情境蕭條、若仙府然、於是踟《ち》躕《ちゅう》瞻《せん》眺《ちょう》者久之」(ここの情景はもの淋しく、まるで仙郷のような感じだ。私たちはここに足をとどめて去りがたく、長い間あたりを眺めていた)と書いている。ここに言うように、たしかに大君が夢にさまよいこんだ桃源は「蕭條」としていた。深閑としてわびしい山間の谷間であった。

　しかし、だからと言って、これは晩唐の詩人韓偓の述べたような(「尤渓道中」)、戦乱の後に荒廃し、鶏犬のかわりにただ鴉《からす》しか鳴いていないような村里ではなかった。北宋の王安石の詠んだような(「桃源行」)、外の世界は相変わらず秦代と異ならぬ暴政がつづくというのにこの桃花源だけは世俗に無縁の別天地、というほどでもないようだ。まして蘇軾が「和陶桃花源」に詠んだような、一種の老荘的・禅的悟脱の後に身辺に自覚しうる閑寂自在の世界、というものでもなかった。

　安平大君もこれらの唐宋の大詩人の作はみずからの教養として広く熟読し、十分に身につけていたろう。彼は「東方の堯舜と云はれた程の名君」(内藤湖南)、前にも触れたように、李朝第四代の国王世宗の第三王子であった。世宗王は治世第二十五年(一四四三)に、宮廷の学者たちとともに「訓民正音」(ハングル)を創制して朝鮮民族に文字を与えたことで世界文化史に名を残し(グーテンベルクの活字印刷術の発明とほぼ同時代)、それのみならず「学問藝術すべて」(内藤)の分野でその絶頂期をもたらしたとさえ言われる。安平大君もまたその父に似つかわしい秀才で、満十二歳の年（一四三〇）には王子としては初めて国立の高等教育機関成均館に入学し、当代の名儒また多くの秀才たちと生涯におよぶ親交を深めたのだという。

この王子が「桃源に遊ぶ」夢を見たというのは前記記文によれば「丁卯四月二十日夜」のことであったという。すなわち世宗王朝第二十九年、西暦一四四七年、安平大君満二十九歳の年の晩春の夜のことだった。その夢のすぐ後に大君は宮廷画員安堅にこれを詳しく語って作画することを命じ、それから三日目には早くも画幅が完成して、これを宮廷内で廷臣たちに観賞させたのだという。

夢見の夜の日付けと作画完成の日にちをこれだけ明確に書き残されると、後代の私たちはもはやこれをただの夢物語だとか、あるいは書物上《ブッキッシュ》の知識による虚構だとかは言えなくなる。前引の「記文」の一節に安平大君みずから「昼の為すところは、夜の夢みるところ」と述べていたように、この桃源遊行はほんとうに彼が日頃ひそかに願っていたことで、それを晩春、王都にも桃の花咲く頃の一夜の夢のなかでついに果したのであったにちがいない。

安平大君は同じく「記文」の上段に、この夢に見た桃源の谷間の光景を「ひろびろと明るく開けて、二、三里（およそ二、三十段）におよぶだろう。四方には山が壁のように立ちつらなり、雲や霧は靄《もや》の上にひろがってこれを掩う。遠く近く桃の林があって、その花が照り映えてあたりの霞をも蒸《む》すようにぼうっと明るくしている」と語った。陶淵明のあの「忽ち桃花の林に逢《あ》う。岸を夾《はさ》みて数百歩、中に雑樹なく、芳《かぐわ》しき草は鮮やかに美しく、落つる英《はなびら》は繽紛たり」に劣らぬほどに、なまなましくも美しい表現であろう。三十歳の王子のこの語り口にうながされてか、宮廷画員安堅はこの桃花林の景を画巻右端の上方にとくに広く大きく念入りに描いた。大君の語るとおり、何十本もの桃の木が、高く低く濃く薄く漂よう靄の上に幹を伸ばし、曲りくねる枝を四方にひろげる。そしてその枝々にはいっぱいの花が臙脂《えんじ》で紅く蘇芳の色に、あるいは胡粉で白く、まことにこまやかな筆遣いで描きそえられていった。ところところでは、まさにたなびく靄までがその桃花の紅《くれない》をにじませている。

天理図書館の一室で、机上にひろげられたこの画幅の桃花の景を虫眼鏡まで使って見つめるうちに、この繊細な花々の花びらの臙脂の色がやがて眼の前ではらはらと剝落してゆくのではないかと恐れたほどだった。そしてそこに画家の筆遣いの息を詰めたこまやかさばかりでなく、彼に心底の想念を託した王子の張りつめた切なさまでを感じとらずにはいられなかったのである。

「記文」の末尾に安平大君は「昼の為すとこは、夜に夢みるところ」と書いたのにつづけて、「私は身をこの禁裏に托して、日々朝から夜まで宮廷の仕事に従っている。(それなのに)どうしてその夜の夢は山林に入りこんでゆくのだろう。また山林に到って、どうしてさらに桃源にまで至るのだろう。桃源に遊ぶ折にどうして必ず幾人かの友をこれに従わせるのだろう。考えてみれば、私の性として幽僻の地を好むところがある。もともと泉水が岩間をゆくようなところを慕う心がある。それゆえに幾人かの人士とはとくに交わりを厚くし、彼らとともにここを尋ねるまでに至ったのだ」と告白している。

まさにそうなのであったろう。若い安平大君には、古典書画に深く親しんだ文人としてのその卓抜な素質からいっても、世宗大王の第三子という高貴の身分からいっても、いまの「夙夜」(朝から夜まで）の宮廷生活の煩瑣から抜け出して山水の清境に遊びたいとの想いが、ひそかに募らずにはいなかったのであろう。政治の理想郷、あるいは道学的悟脱の理想郷としての桃源への願望などという陳腐凡庸な夢想ではない。もっと大君自身の生命と心底の情にかかわる現状脱出への切望が、この貴公子の言動をうながしていたのであったろう。

ここで、やはり、世宗治世末期の宮廷内紛の悲劇が『夢遊桃源図』の世界にも迫り、これを暗く蔽ってこざるをえない。この図が制作された一四四七年といえば、現王世宗はすでに五十歳、王位に就いて幾多の赫々たる事蹟を積んできてすでに三十年近くになろうとしていた（在位一四一八～五〇）。王の健康の不安も生じはじめていた。王位継承の問題も内々に萌しはじめていた。そして安平大君が『夢遊桃源図』完成後三年の一四五〇年正月の一夜、特別の用紙に朱筆でこれに跋文を付して間もなく、同年の四月に世宗王は死去したのである。

その跋文に大君はこう記していた。

世間何處夢桃源　　この世の何処《いずこ》に桃源を夢見うるのか
野服山冠尙宛然　　彼地に導いてくれた山人の姿だけはいまも目に浮かぶ
著畫看來定好事　　画が描かれて以来これを見てきて良いことがつづいた
自多千載擬相傳　　これから数千年後にもこの画が伝えられんことを

安堅の名作は安平大君の依嘱後わずか数日で完成されたと伝えられるが、さらにその三年後に大君はなぜこのような跋詩をこれに加えたのか。あの夢の一夜に桃源への路を教えてくれた山男の姿はいまも目に見える。この絵を見つづけている間はいいことがあった……と書く大君の心中にはすでに痛切な不安があり、その身辺には危険が現実のものとして迫っていたのではないか。世宗歿後にはその晩年に摂政をつとめた世子（太子）が三十六歳で第五代国王文宗となったのは順当であったが、この文宗が在位二年（一四五〇～五二）で病歿すると、その世子がわずか十一歳で即位して第六代端宗となった。ここで王位継承の内紛は一挙に爆発して宮廷臣下のすべてを捲きこむ権力闘争と化したのである。

その経緯はすでに内藤湖南が概略を述べ、天理図書館の鈴木治氏も記した（『ビブリア』No.65、67）。さらに最近では韓国美術史専門の才媛宣承慧《ソンスンヘ》氏（米国クリーヴランド美術館日本韓国美術担当主任学藝員）もその東大博士論文中の安堅の章でかなり詳しく論じた（『東アジア絵画における陶淵明像――韓国と日本の近世を中心に』二〇一〇年、未刊）。私がここでそれをたどり直す必要はない。要するに私たちがＮＨＫテレビなどで「チャングム」以来十数年見つづけてきた、朝鮮宮廷内の両班《やんばん》派閥の、国王・王妃の地位をめぐる陰謀と殺戮の血腥い争いの劇である。

それは、少年の第六代端宗を正統の継承者として守ろうとする大臣廷臣たちと、これに対抗してみずから王位を求めた世宗の第二子（安平大君の次兄）首陽大君一派との権力争奪戦であった。しかも端宗派の廷臣たちは安平大君を擁立して、その兄の首陽大君の野望を抑止しようとしたのである。その結果は野心家首陽大君側の勝利で、王側近の大臣ら数名は殺害され、安平大君自身も王位簒奪を謀ったとの罪で江華島に配流され、あの『夢遊桃源図』の跋文からわずか三年後の一四五三年に死を賜った。そして首陽大君は二年後の一四五五年に第七代国王世祖として即位したのである。

惨劇はこれにとどまらなかった。前に一言触れたように安平大君は『夢遊桃源図』が描かれると、これとみずからの「記文」を主に宮廷内の学問所集賢殿に属する当時最高の廷臣学者たちと一名の僧に示して、それぞれに鑑賞と批評の詩文を寄せることを命じた。それら二十一篇の作が各自さまざまの楷書行書の筆致で特製の用紙に揮毫されて、今日なお『夢遊桃源図』の画跋として上巻から下巻におよぶ全一五・三メートルの長巻となって、天理図書館に所蔵されている。壮観というべきか、悲痛ともいうべきか。安平大君は彼ら二十一名の詩篇によって、実はこの学者たちが、萌しはじめた宮廷内紛のいずれの派に内心与《くみ》しているかを推しはかりえたにちがいない。その目的のために安平大君は彼らの絵図読解を求めた、とまでは言えまいが、結果は安平大君にとっても王位簒奪者首陽大君にとっても、そうなったのである。

宣承慧女史は前記論文中に次のように明快に断じていた。——この学者たちは「朝鮮（李朝）時代の最高の官僚として、国家哲学としての儒学（朱子学）を行動原理としてい（て）、安平大君と政治的な運命を共にできるか否かという意思表明を、この題跋の中で行ったのである。このように、絵画作品を儒学的・政治的に解釈できるというのが、中国や日本のそれとは異なる韓国の桃花源図の特徴である」（一〇七頁）。

このように興味津々の見解を述べた上で、宣氏は二十一名の学者の作詩を、内藤湖南や鈴木治氏よりもさらに詳細に分析して、これを①安平大君が端宗を守ることを望んだ学者、②首陽大君を支持した学者、③安平大君を支持した学者、の三グループに分類して論じ、彼らの業績と生涯についても触れた。いずれも相当に長大な二十一篇の詩をここに引いて解し、宣氏の評を紹介する余裕はいまはない。

この詩人学者たちはいずれも李朝初期の俊才名士として漢詩文の歴史に今日なお名を残すような人たちであった（例えば金東旭『朝鮮文学史』日本放送出版協会、一九七四）。なかでも申叔舟（一四一四～一四七五）や成三問（一四一八～一四五六）などは、世宗王下の集賢殿の実力者として国字ハングルの創制に中心的な貢献をしたといわれる。この申叔舟は中国語・日本語にも通じる外交官で、世宗の命で一四四三年（嘉吉三年）には日本に第六代足利将軍義教《よしのり》弔問の使節として遣わされ、その見聞を『海東諸国紀』にまとめたという。安平大君の「夢遊桃源」の記文にも、もう一人の学者崔恒とともに大君の友として登場するのだが、王位争奪では、首陽大君側についてさらに同政権内で立身した。これに反し成三問は、朴彭年（?～一四五六）、李塏（?～一四五六）などと同じくハングル創制にたずさわった後、内紛では正統主義者として第六代端宗擁護を安平大君にも求め、世祖の後に端宗の復権を企てたとしてついに死罪に処せられた。当時これらの廷臣学者の処遇は「生六臣、死六臣」と称されて、いずれも気概高邁な儒士として世の崇敬をあつめることとなったのである。

要するに『夢遊桃源図』に付された全長十五メートル余りのこれら二十一名の学者の跋詩は、首陽・安平両大君の二派への共鳴と異議とを秘めたまま、彼らの生死をも分けることとなったのであった。本章の冒頭にこの安堅筆の『夢遊桃源図』は波乱万丈のうちに日本に伝来し、重要文化財として保存されることとなったと述べた。だがそれよりもさらに深刻な波瀾をすでにその成立のうちに宿していたのである。このような運命の詩画巻の例はスターリンやヒットラーの時代をのぞけば、西洋の歴史にも東洋の歴史にも他にあっただろうか。

なお、この悲劇の名作を残した宮廷画家安堅自身は、乱後「うまく立廻って安平大君との関係を断ち、辛うじて命を保って世祖年間まで活動することができた」と、この画家の画業についてもっとも詳しい美術史家安輝濬氏は書いている（『韓国絵画史』）。また天理図書館蔵の本画巻は一九八六年、はじめて韓国に里帰りして国立中央博物館で五百年ぶりに同国民に展示された。そして無事に天理に帰還したが、近年はその画面の傷みに配慮してか、めったに公開されていないらしい。その代りともいうべきか、韓国では右の安輝濬博士の研究論文を中心として、本画巻全編の原寸カラー写真版と伝安堅の他の作の写真を含む重厚な大冊画集が刊行されている（ソウル、藝耕産業社、一九八七）。

二　春風駘蕩の田園風景
――清朝查士標の名品

李朝十五世紀の画人安堅が安平大君の語るままに描いたという桃源郷は、さきに繰返し述べてきたように、峻厳突兀たる岩塊の間を渓流にそって遡ってきてようやくたどりついた、高い谷間にひろがる桃林の台地であった。桃の花は美しく咲きつらなっていても、まったく人影のない別乾坤であった。遠ざかった下の渓谷から水音のひびきが聞こえているだけの静寂の境地であるらしかった。だがそれでもそこは、ただの神仙境、道学や新儒学の修行の後についにたどりついた空気の薄い悟脱の境涯、などというものでもないようだった。桃林の台地のなかの水のほとりに一艘の細い小舟が櫓を立てかけたまま乗り捨てられている。桃林の奥の大小二軒の茅葺きの住まいは、一方は戸口も板敷きの縁もみな開かれたままであり、もう一方は廂の下の窓が一種のカーテンを絞って開けっぱなしになっている。――この桃源の家や桃花の台地は、さきほどまで、つい今しがたまでは、人がいて、いまはただちょっとどこかに場をはずしているだけ、という気配《けはい》なのである。

前章では、ここには人影もなく人声もないと書いたが、人の気配だけはたしかにあるのだ。そしてその気配と臙脂の桃の花の色と香りが、巌間遡行の長い道のりの苦業から、それを眼でたどってきた私たちまでを解き放ってくれ、ほっと安堵の息をつかせてくれる。そしてこの郭煕風の山水のかなたの夢のなかの桃花源へと、私たちの郷愁と愛着とをよびおこしつづけるのである。

それでもやはり、この李朝世宗大王末期の宮廷画人安堅の名作から(一四四七)、時と所を一挙に二百五十年後の清朝中国に移して、文人画家査士標《さしひょう》(Zhā Shi-biāo 一六一五〜一六九八)の『桃源図巻』を手もとに繰りひろげていって見ればどうか。

私たちは久々に、あるいは生まれてはじめてのように、深々と安らかな息をつく。まさに駘蕩たる桃源の里の春を描いてゆく、軽やかに曲折し濃淡自在に起伏する墨線に淡彩をまじえた筆遣いの自由さ、美しさに、心を奪われ、全感覚を誘《さそ》いこまれて、ただひそかに感嘆の声をあげる。そしてふたたび尽きることのない郷愁の思いに身をゆだねるのである。

私はそれまで名も知らなかった安徽省南部の黄山出身というこの画家の作品を、一九八二年秋十月〜十一月に上野の国立博物館で開かれた展覧会ではじめて見た。オハイオ州のクリーヴランド美術館と、カンザス州のネルソン＝アトキンズ美術館と、二つのコレクションによる「特別展・米国二大美術館所蔵中国の絵画」という催しだった。縦三五・二×横三二一・九cmという査士標の紙本墨画淡彩の長巻は、ガラスのケースのなかに全巻をひろげて展示してあったと思う。私はそれまでに明の画家仇英の濃彩の『桃花源図巻』をアメリカの友人が送ってくれたスライドで繰返し眺め、富岡鉄斎の『蓬萊仙境図』と対になった『武陵桃源図』(一九〇四)の屏風絵はいくつかの展覧会で見、前記安堅の『夢遊桃源図』は天理図書館で見せてもらっていた。蕪村や呉春の桃源図もあちこちで見て、これを論じたりもしていた。だがこの査士標の桃源図巻は、それらのなかでももっとものびやかで自由で、

11　査士標『桃源図巻』1665年

春風駘蕩の気を湛《たた》え、私をたちまちに魅了したのである。

南宋の趙伯駒に仿《なら》ったという仇英の桃源図巻は評判がよくて、さらに何点かの「伝仇英」が作られたようだが、陶淵明の「桃花源記」の展開をあまりにも忠実になぞったような作で、その分わかりやすいが、いまにして思えば雅致に欠ける。富岡鉄斎もいづこかでこの伝仇英の一種を見たことがあるのかもしれない。その屏風絵も丹念ではあるが教科書的で、しかも明治京都画人のこれ見よがしの文人癖をどこかにおびてさえいる。

それに対し査士標は、これを「臥遊」して眺めた中国美術専門の小川裕充氏が『図絵宝鑑続纂』という書物から引用して言うように「其の画は天眞・幽淡を以つて宗と爲す」のである（同氏『臥遊』）。ことにこの『桃源図巻』については、小川氏自身「（その）大きな墨面ないし色面の処理は、（元末の）呉鎮《ごちん》、倪瓚《げいさん》の筆墨法、黄公望《こうこうぼう》、王蒙《おうもう》の着色法を両《ふた》つながら消化したものであり、抑制的な水墨に艶麗な彩色を際だたせ、古典的な主題の表象をなす「桃源図」の傑作であり、画家自身の画業を代表する名品である」とまで高く評価している。

まさにそう評されてよい査士標の長巻である。右から始まる三メートル余りの画巻の前半約一メートルは、高くも険しくもない山の麓の雲煙

に霞むなかを、すでにかなり幅広い谷川がゆったりと曲って流れてくる。その両岸には言うまでもなく、半ば靄に隠れて薄紅《くれない》の美しい桃花の林がつづく。谷川が高い岸壁に触れるあたりには、幌のついた小舟が一艘すでに舫っている。そこから、松樹などを点じた大きな岩山を抜けて向こう側の村里に下り立つと、垣根をめぐらした家々の前の広場には、すでに六、七人の男女の村人が出て漁師を迎えている。相変わらず櫓を抱えたままの漁師にむかって、村人たちはそれぞれに袖を掲げて慇懃に挨拶をしている。彼らのかたわらには早くも黒い犬が一匹駆せてきて、好奇心いっぱいの風で首を漁師にむけて上げている。

漁師と村民とのこの邂逅の場面は、大概の桃源図の冒頭に描かれる定番の一景である。だが査士標作では、この犬一匹がなにげなく描きこまれることで、平和な村をあげてのこれからの漁師への歓迎ぶりがすでに予感される。漁師の姿はここに一回描かれるだけで、あとは出てこない。

ここから画巻の左半分はすべて桃源の村民たちの田畑に出ての、あるいは住まいのなかでの、のどかな日々の暮しぶり、働きぶりの眺めである。すべてやや上方から等距離で俯瞰されており、ほかのどの桃源図にも四季耕作図にも見ないほどのこまやかな、やわらかなそして自由自在

同上（部分）

の筆遣いである。なんと親しみ深い、なつかしい、戦前日本の農村のすがたをそのまま思いおこさせもするような、田園平和の風景であろう！

天秤の前後に桶のようなものを提《さ》げて、少し腰をかがめて畦道を遠ざかる農夫がいる。同じように天秤棒の両側にもっと軽い籠を提げて、村のなかの川の橋を軽い足どりで渡ってゆく男もいる。その両者の間にひろがる畑の道を、畑で働く夫のためにお茶を運ぶらしい女と、その母親を振りかえって何か話しかけながら両手を振って前を行く男の子がいる。と思うと、彼らより手前には、村長《むらおさ》の住まいであろうか、立派な門構えに板塀をめぐらした屋敷の広い前庭があり、高い楊柳や松や桃らしい木々に囲まれたなかで、一匹の犬に語りかけている男もいる。長衣を着て、手には長い杖のようなものを構えて犬と話しているところを見ると、この人が村長さんと思われるのだ。

その屋敷から一本の川を距てた岸の岩かげには、高い柳の木の下に家が一軒あり、その広い窓の内では詩人か、学者か、読書に耽っているらしい。そしてその隣の家の室内では男女が差し向かいでさかんに何かを談じている。こういった人物の顔や手足には薄い肌色が点じられ、衣類にも茶や藍の色が軽く施されている。

　さらに左に眼をやれば、細い畦道を一人の男が少年を後に従えて行き、さらに後には若い男が何か包みを抱えて追ってゆく。その主人らしい男が左手にちらと眺めやっているのは、角の長い水牛を手綱と鞭で使って田起こしをしている農夫である。水牛はもう一頭描かれていて、幅広いでこぼこの野道をたどり、棒を担いだ農夫の前をゆっくりと柳の陰の家へと向かって行く。この農夫の左手の農家の前におかれた丸いものは、牛に挽かせる石臼でもあろうか。

　画面を見つめていて今気づいたが、画面一番左手の大きな屋敷の外には、客人を見送るらしい男が三人、彼に挨拶をし、その門の下には箒で掃除をする男がおり、邸内の小屋ではまた別な男が杵で臼を搗き、その小屋の戸口の外には鶏が雌雄二羽、こぼれた穀物をついばんでいる。――

　このひろびろとしてゆったりとした農村風景は、画人査士標みずからが安徽省や江蘇省のあちこちを旅してまわるうちに眺め、経験してきたものであったろう。南宋時代の陸游や范成大以来、好んで詠まれてきた四時田園詩の教養も、この文人画家にはたっぷりと伝わっていたのだろう。そして何よりもこれは、陶淵明の「桃花源記」そのものに描かれた農村平和の光景に他ならなかった。――「土地は平らかにして曠《ひろ》く、屋舎は儼然《げんぜん》として、良田美池、桑竹《そうちく》の属《たぐ》いあり。阡陌（村道）は交わり通じ、鶏犬のこえ相い聞こゆ。其の中に往《ゆ》き来して種《たねま》き作《たがや》せるもの、男女の衣著《いちゃく》は悉《ことごと》く外人の如く、黄なる髪《かみ》せるも（老人）髫《むすびがみ》を垂れたるも（幼童）、並《とも》に怡然《いぜん》として（何の気がねもなく）自《み》ずから楽しめり。……」

この美しい光景を、清朝前半の康熙帝の御代に、さらに一段と豊かに平和なものとして描き讃えた作であり、歴代の桃源画のなかでもまたとくにすぐれた「名品」だったのである。この画巻制作の年は康熙三十四年、西暦一六九五年、徳川の日本でいえば松尾芭蕉が「奥の細道」の旅をしてから六年、そして彼の死の翌年の元禄八年であったことを想いあわせると、東アジアの平和が清朝中国から李朝朝鮮、そして徳川日本へとわたって、久しぶりに本ものの安定と豊かさをもたらした時代であったことも浮かび上がってくる。

小川裕充氏の引くところによると、この画家査士標という人は、「性、疎懶《ものぐさ》にして臥《ふ》するを嗜《この》む。或いは日晡《ひくれ》て起き、賓客《ひんきゃく》に接するを畏《おそ》る。蓋し託して逃るる有ればなり」（『国朝画徴録』巻上）という自由気儘なひととなりであったらしい。そんな人柄もあるいはこの画中ののどやかさに反映しているのかもしれないではないか。

前述のように、一九八二年秋、上野ではじめてこの名品に出会ってから、桃花源研究の一学徒として私はこれを忘れることができなかった。そしてそれから三十年後の二〇一一年（平成23）、私は再び査士標にめぐりあう機会を得た。その年の春、私は十三年も勤めた岡崎市美術博物館（愛知県）の館長の職を辞することにきめていた。ただし、その最後には「桃源画展」を私の企画として実現する、というのが同館同僚たちとの最初からの約束であった。陶淵明が西暦四二七年に六十三歳で歿して以来一六〇〇年近く、いまだに北京でも台北でも日本でもパリでも、一度も催されたことのない絵画と文藝における桃源郷表象の展覧会を、この岡崎で初めて試みるのだ、と私は語り、私たちは意気込んだ。

準備は二年ほど前から着々と進んだ。日本国内所在の桃源画については私たちの希望はほとんどみな出品の承諾を得た。天理の重文、安堅の『夢遊桃源図』だけはその傷み具合を知る館長としては遠慮せざるをえなかったが、それならばなおいっそうあの査士標の『桃源図巻』は展示の目玉の一つとして陳《なら》べたかった。私は所蔵者のアメリカ・カンザスシティのネルソン＝アトキンズ美術館あてに、展示の趣旨と私たちの美術館の作品管理の諸条件とを詳しく述べた手紙を書いた。それに対するカンザス側からの正式の返信がまだ来ないうちだった。同二〇一一年三月十一日、あの東北大地震・大津波と福島原発の大災害が突発したのである。

その被害のニュースはたちまち世界中に伝わった。その結果、日本国内の公立美術館で海外から作品借用を含む展示計画がいくつもキャンセルされたとの不運の報道も相ついで聞かされた。岡崎の学藝員たちは暗澹たる気持になり、私は必死になって岡崎は完全な安全圏にあること、私たちの志は一向に変らぬことを訴える英文の手紙を書いて、カンザスの館長あてに、また伝仇英を借用予定のセントルイス美術館あてに、清の袁江作を予定するプリンストン大学美術館あてに急送した。

異常な不安のうちに数週間は過ぎて、半ばあきらめかけていたところに、カンザスから快報がとどいた。何回かの会議に諮《はか》った上でＯＫになったと、しかもセントルイス、プリンストンからの借出しも別々に実行するのでは費用がかかりすぎるだろうから、カンザスシティで一まとめにして発送してくれるとのこと。館内は会計担当の職員まで含めて喝采で湧いた。

四月九日開会の数日前になって、アメリカからの梱包は名古屋国際空港に安着し、ガーランド夫人というネルソン＝アトキンズの優雅な中年のキュレーターが附添員《クーリエ》として作品に同行して来てくれた。

他の作品の展示はほとんどすべて完了しているなかに、私たちは査士標も仇英も袁江も予定どおりにきちんと並べた。ただ査士標だけは、横三一二・七五cmと文献には記されていたのに、実際に用意した台の上にひろげてゆくと、巻末が約三〇cmほどさらに長く、それがはみ出してしまう。本展主担当の学藝員千葉眞智子さんはすぐさま白木の台を補ってくれたが、沈着な彼女でも忘れてしまったことがあった。それは、その巻末部分に査士標自身が淵明の「桃花源記」を書き写し、結びに康熙乙亥（一六九五）、揚州にて、査士標という風に自署してあった。しかもその「桃花源記」の引用中に、一、二箇所の誤記があって、私にとってはそれも愉快だった。私は今回ここにその誤記についても触れようと思って、あらためて千葉女史に問い合わせると、その部分は白黒写真にさえ撮ってなかったというのである。あの展示完了のときの歓喜のあまり、彼女までが記録することを忘れてしまっていたのである。

三　泉湧くほとりの不思議
——上田秋成のメルヘン『背振翁伝』

「雲水にたぐへて、筑紫によき師おはすと聞きて、はろ〴〵出でたつ。春山《はるやま》の岨《そば》づたひ、日影ほがらくと温かなるに、汗こき性《さが》の渇きをおもへど、谷遙かなり。……」

上田秋成晩年の作『背振《せぶり》翁伝』、またの名『茶神物語』の書きだしの一節である。なんと簡潔な、そして喚起力のつよい文章だろう。これを読みだすたびごとに、いつも一種の恍惚をおぼえながらそう思う。

すでに長い旅をへてきた、おそらくまだ若い精悍な感じの遍歴の僧がひとり、今日もまたけわしい山越えにかかって、崖際の細い山道を旅なれた足どりでのぼってゆく。春の日ざしは彼ののぼる山腹にも下の谷間にもいっぱいに溢れ、頭上に枝をのばし脚下にひしめく木々は、花から若葉へと所によってかわりながらも、みなさわやかな息吹きを放ち、明るく煙のように匂っている。この春光のなかを、求道の僧らしくひたすらに、汗ばみながらずいぶん長い間のぼりつづけて、喉のかわきをおぼえたころには、谷川はもうはるか下にかすかな水音をひびかせている。

こんな風に読みなおしてみれば、この物語は、ほんの三、四ページの小品ながら、すでに冒頭からはなはだハイカラな、ドイツ・ロマン派風といってもよいようなメルヘンの一篇ではなかろうか。ノヴァリスやホフマンやクレメンス・ブレンターノの物語のなかのどこかで、ちょうどこんな遍歴の情景に出会ったことがあるような気がする。だが彼らもこの老秋成ほど巧みに、短いなかに無技巧の技巧によって、世俗的日常的現実から仙境への、不思議の領分への道行きをえがいてはいなかった。「春山の岨づたひ」「日影ほがら〳〵と温か」――わずかそれだけの言葉で、日常的次元からの想像裡におけるへだたり、別世界への橋がかりはつくりあげられ、保証されている。ここに挿まれた「汗こき性」とか「渇《かわ》き」という、なまな肉体臭さえ感じさせるような言葉も効果的である。それは、このすぐ後に出てくる「手をくぼかにして（水を受ける）」とか「（清水に）笠もぬがで立ちよる」とかの肉体的挙措を示す言葉とともに、仙境への径をそれとも知らずに深入りするもののすがたを具体的にあざやかにえがき、それによってかえって仙境の実在感・真実らしさをつよめるのである。

　この『背振翁伝』が、その神仙譚的発想においても、茶法や茶事の叙述の細部においても、唐の陸羽の『茶経』を遠い原拠としており、また秋成自身の『清風瑣言』のしるすさまざまの茶規からもはずれる点がないことは、すでに堺光一氏によって考証されている（日本比較文学会『比較文学』第二号、一九五九）。だがこれを単に煎茶道の精神や作法の寓話として読むのではつまらない。第一そう読むにはこれはあまりにいきいきとした詩的想像と感興に満ちあふれている。さわやかな、ゆかしい香気をたたえたメルヘン、ないしコント・ファンタスティックとして読むのがこの作にもっともふさわしい。そしてそう思って読めば『雨月』『春雨』の作者は、ここでもまた、千年前の陸羽の『茶経』などよりは、同時代西欧のロマン派作家たちにはるかに近しい。秋成の熱愛者佐藤春夫がこの十八・九世紀日欧ロマン主義の平行現象を指摘して、「古典主義に対する個性的反撥が世界の一風潮になって東海の孤島まで無線電波風に影響したのではなかったか」（『上田秋成』）などと言ってみたくなったのも、無理はなかった。いや、詩人春夫の直感は凡百の講壇国文学史を蹴飛ばして、一気に事の真相を衝いているとさえ言える。

とくに、右のヨーロッパ・ロマン派の子であり、秋成の亡くなった年（文化六年、一八〇九）にその生まれ代りのようにボストンに生まれたエドガー・ポオとの文学的親近性は、すでにしばしば指摘されてはいるが、この『背振翁伝』についてもそれはある程度言える。たとえばポオの最晩年（一八四九）の小品に、詩人の美しい住まいへの夢想を凝らせたような『ランダー山荘』(Landor's cottage)という一篇がある。ここでも、徒歩の旅人が日常の現実からランダー家の谷間に、美しい別次元の世界にさまよいこむのは、谷あいをうねりくねり上り下りする小径をたどってである。旅人は犬を一匹おともにしながらも方角を見失ってしまわなければならない。そして知らぬ間に俗界と仙境の境を踏みこえてしまうためのもう一つの条件は、ここでも、「春の日ほがら」ではなくても、それによく似た、頭がぼうっとなるような「妙になまあたたかい」日ざしである。小春日和《インディアン・サマー》の日のような、煙のような靄があたりにただようような一日なのである。陶淵明の『桃花源記』以来佐藤春夫の『西班牙《スペイン》犬の家』にいたるまで、桃源郷に、あるいはフェアリー・ランドにたどりつくには、このように一様にただよう日の光のなかを、このような谷間や林間の細径をたどり、夢遊の時間をいわばトンネルのようにくぐりぬけてゆかねばならない――それが古今東西共通のルールであるらしい。ポオの旅人も、不思議な林道の曲折に誘われてゆくうちに、ふと彼をよびさますような遠いせせらぎの音を耳にする。そしてそれまでにない急な曲りかどを曲った直後、眼下の谷間の夕もやの晴れ間に、木々にかこまれた一軒のコテージらしきものを認めるのである。

だがポオの主人公は、その谷間に下りてランダー家の戸口に立つまでに、そこの地形の細部から一本一本の樹木の藝術的形姿にいたるまでを観察し、さらにコテージの外観の建築学的特徴について偏執狂のような饒舌をくりひろげる。そしてようやくドアがあいて、若いほっそりとしたランダー夫人があらわれて、内部の間どりや家具を垣間見たところで、作品はふっつりと（未完のままに）終わってしまう。

それに反し秋成のメルヘンでは、なんという老巧な省筆法によって、しかも一本一本の線描はなんというたしかな具象的現実性（graphic actuality）をおびて、茶の精の住まいとすがたと生活がえがかれていることか。七十数歳の老秋成は晩年のポオにはもはやなかった一種の根源的な生命感ともいうべきものを、この小品のなかにみなぎらせている。喉のかわいた遍歴僧がようやく見つけた岩間のしたたりを、「まづ嬉しくて」一所懸命手にうけてすすっているところに、背後から声をかけて六十歳余りと見える老人が登場する。僧は、喉のかわきという、山中ではごくあたりまえな、そしてごくプリミティヴな生理的欲求にとらわれて夢中になり、しばし他事が念頭になかった。それが、この修行僧が茶神に導かれて仙境に入ることを可能にした機縁である。水を飲ませてくれるなら「いづ方にも参らん」と、翁のあとについていってみると、「おし伏せたる庵の門に岩井の玉をはしらせて流るゝ」。

ランダーの家でも、同じポオのアーンハイムの所領でも、あるいはスペイン犬の家でも、夢想の住《すま》居《い》に水の流れは不可欠の要素であるらしいが、それらが主に眼に見るための水であったのに反し、ここは茶精の庵であり、ことに渇した遍歴僧の眼にうつるのだから、この岩井の水はいのちの源そのもののように勢いよく湧く水である。フランス語の美しい表現でいえば eau vive（活《い》き水）であり、昭和の歌人が「湧きいづる泉の水の盛りあがりくづるとすれやなほ盛りあがる」（窪田空穂）とうたったような清水である。それは翁が汲んで瓦の釜で煮ればさらに勢いよく「浪を躍らせ」る水だ。

遍歴僧は「笠もぬがで」、この岩間からきらめき流れる泉に走りより、口をつけようとする。その不様を笑うように翁は「さあこれで」と純白の茶碗を貸してくれる。僧は「むすぶ手のしづくににごる山の井のあかでも人に……」の古歌のように何杯飲んでもあきぬ思いだ。——白磁の碗に汲まれていっそう冷たくさわやかな水の、眼、手、舌に触れる感覚までを想わせる表現である。そしてなんとなく立ち去りかねているのを、さらに茶に誘われると、僧は現金にも、「今は汗も忘れ、咽湿《うるほ》ひしかど、しばし足休め」ぐらいのつもりで、それに応じるというのも面白い。彼の日常的感覚はこの段階にきてもまだ、この翁やこの場所の神仙性に気づいていないのである。翁の方にももちろんそれを気づかせるような素振りはない。だが、ランダーやアーンハイムの館にくらべるまでもなく、あまりに簡潔な庵の様子（地べたに敷いた山菅《すげ》のむしろ二枚と茶竈一つに若干の茶道具しかない）、そのなかで小柴を折り、湯を湧かし、茶一つまみを投げ入れ、「よし」と独言してそれをあの白磁の碗に汲んでくれる翁の手ばやい仕ぐさと真剣な表情——そこになにか超俗的なものがあることに読者の方は気がつく。「よしと独《ひとり》ごとして」などという表現は、老秋成ならではの妙技であろう。そして、あの水がいまは色も香も味も絶妙の茶となったのを三杯喫して、遍歴僧ははじめて目がさめたように老翁の顔を見、庵のまわりを見まわすのである。

「色黒く、目鼻口あざやか」でいかにもすこやかな感じの翁のすがた。その翁を指さして「唖五郎《おしごろ》」

などと笑いながら里人が通りすぎることもあるというから、ここはけっして人跡稀な深山幽谷ではない。木立ちも茂くなく、白雲幽石を抱くということもなく、日当りのよいなかに庵をめぐって茶の木が自生している。そして門辺の噴井《ふきい》はひねもすさわやかな水音をひびかせているのであろう。——これはすっかり日本化された神仙境であり、フェアリー・ランドではなかろうか。人間と自然がすこやかに調和した、楽天主義の日だまりのような小別天地だ。秋成の同時代のロマン派画家たち、大雅と蕪村がともにえがいたあの『十便十宜図』のなかの一小景そのままである。

しかも神仙めかさず気楽に問答に応ずる翁の話を聞けば、彼はやはり日常の時空を超えた神仙の一種にちがいなく、宋代に海のかなたから茶をもって日本に帰化した一族の一人であるという。人の世の名利を遠く離れていることはいうまでもなく、仏教のわずらわしさ、儒教の空しさを批判してそのいずれも信奉することなく、「たゞ此門の岩井に心澄まされて、生きんとも死なんとも思はねば、寒くも熱くもあらず」という境涯である。——それは、この短篇のあとがきに秋成みずからいうように、「愚に物狂ほしきさが」のままに苦しみと憂いのみ多かった生涯の終幕にのぞみ、自由人秋成がようやく達したかに思う心境なのか。いや、やはり結局こうして「心をやる」以外になかった、深い最後の憧憬の対象たる世界だったのであろう。

遍歴の僧はここまで聞いてはじめてこの翁がただ人ならぬことを悟り、入門を乞う。だが「いなく〳〵無益《むやく》なり」とことわられ、心を残してこの仙境を立ち去る。そして後年、「またこゝを尋ね入りて見れば、ありし岩井の湧きかへりて、庵ありしと見し跡は老いたる茶の木の花をさかりと咲きしより外に物もなし」と結ばれる。

なんという趣深い結末であろう。佐藤春夫がこの作を「珠玉」とも「神品」とも呼んだゆえんだが、春夫自身の『西班牙犬の家』も、春夫の先達のポオのロマンスも、ついにこのような時空の次元の無限の深さには達しえなかった。この小メルヘンを閉じたあともわれわれの脳裡には、あの岩間の泉がいつまでも爽やかに冷たく、音たてて溢れている。茶の群生が日だまりのなかに花と葉の色を光らせ、あたりにうすい香りさえただよわせている。

四　桃源小説としての『草枕』
──松岡映丘一門によるその解釈

（1）『草枕絵巻』の再出現

川口久雄氏といえば、知る人ぞ知る古代日中比較文学研究の大家で、『平安朝日本漢文学の研究』というライフワークがある。氏は早くから「絵は物語りするもの」との見とおしを抱いていたそうで、王朝物語文学と物語絵とのかかわりを探り、視野を広げて敦煌さらに西域にまで研究の旅をつづけた。その川口氏が一九八〇年代前半の頃か、東京の某デパートの古書古画の売立て目録をなにげなく眺めるうちに、「絹本着色金彩、全三巻、新興大和絵『草枕絵巻』、二重箱入」との項目とそのカラー写真版数葉を見つけた。驚いて、もう駄目だろうと思いながらも、なじみの古書店にその場で電話してみると、「まだ売れてません。お届けしましょう」との返事だったのである。

こうして松岡映丘とその一門計二十七名の新興大和絵派による全三巻、縦二十六・五cm、全長二十三mの、夏目漱石『草枕』(明治39)の華麗絢爛たる絵巻物が金沢大学の川口教授のものとなった。この作が大正十五年（一九二六）七月に発表されて、画壇の一部に大いに評判になったことは知られていたが、その後沓として行方不明のまま昭和の戦乱と戦禍の中を伝えられて、忽然として再び姿をあらわしたのである。この絵巻は昭和六十一年（一九八六）に岩波書店信山社から復刻版全三巻が出版され、その翌年には復刻版にそえた解説に全図のカラー写真版を加えて、同じ岩波から川口久雄著『漱石世界と草枕絵』として刊行された（昭和62年）。

私自身はその五、六年前から夏目漱石における「絵画の領分」というのを論じていた。中でも『草枕』は生来「絵好き」の作者による画工小説であり、さらには東西画論小説として読むのが面白い、と書いた。西洋近代藝術の余りに人間臭濃厚な作品群にうんざりして、「非人情」の世界を求めて旅する主人公、三十歳の一画家の脳裡には、ひっきりなしに伊藤若冲とターナーが、長沢蘆雪とJ・E・ミレエが、池大雅とレッシングが、あるいは陶淵明や王維とシェリーやスウィンバーンが、また芭蕉やオスカー・ワイルドが、連鎖しつつ同時に浮かび、考察されていた。このような小説というのは、世界広しといえども二十世紀初頭においてはただこの日本においてしか、それも一人夏目漱石によってしかありえないことだったろう。同時代の欧米にも、まだこれほど自在に古今東西を往復する「空想の美術館」を持ち合わせた人はいなかった。私はそう論じたのである（『絵画の領分——近代日本比較文化史研究』）。この画工小説、東西比較画論小説を松岡映丘一門は新興大和絵の絵巻に解釈し、いわば再絵画化してみせたのである。

他方、同じ一九八〇年代から私は『草枕』の旅を、漱石最愛の中国詩人の一人陶淵明の名作「桃花源記」を構想の根もとに借りた「桃源小説」として解釈するようにもなっていた。川口氏の本のカラー写真版によると、私のこの新解釈も十分に説得力があると思われた。「画文交響」を研究主題の一つとする一学徒としては、どうしても一度はこの『草枕絵巻』の実物を拝見してみたかった。

その機会は幸いにも二回相ついで訪れた。川口先生の八十三歳での歿後（一九九三）か、所蔵が奈良国立博物館に移っていた同絵巻を借り出すことができたのである。最初は岡崎市美術博物館（愛知県）で館長みずからの最後の企画として実現した「桃源万歳！」展（二〇一一年四～五月）で、二回目は静岡県立美術館の「夏目漱石の美術世界」展（二〇一三年七～八月）である。どちらのときも出勤のたびに私は毎回何十分ずつもこの絵巻を見つめてたのしんだ。

（2）画中の桃源的風景

絵巻の要所要所には『草枕』からの抜萃引用が平安朝風の美しい行書で書きこまれている。それに前後して、例えば画工が蘆雪の『山姥』や能『高砂』の老媼を連想したという「峠の茶屋」の婆さんが頭に手拭いをかぶった姿で描かれている（臼井剛夫、木嶋柳鷗画、第I巻―3・4面）。那古井の宿の床の間の、「卵のやうな」若冲の鶴一羽の軸物も、若冲そっくりに描かれて掛かっている（高木保之助II―8）。ジョン・エヴァレット・ミレエの『オフェリア』は、英国世紀末のこの画家の絵よりももっと簡素で美しい両岸の草花の間の流れに、椿の花数輪の落花とともに、青い着物すがたで、よりあわれによりなまめかしく浮かんでゆく（山本麻佐之＝山本丘人II―14）。夫のもとから逃れようとするヴェニスの女は、森鷗外訳『即興詩人』風の、そしてジョージ・メレディスの小説『ビーチャムの生涯』の一節風の、満月の下に霞むラグーナ風景を背に、茫然として手摺りに腰をかけている（秀島英磨II―17）。

そしてまた一方では、陶淵明「桃花源記」の主人公武陵の漁夫が「路の遠近を忘れて」小舟で榜《こ》ぎ上《のぼ》る「落英繽紛《ひんぷん》」たる美しい桃花の谷間、その果てに立ちはだかる岩山の洞窟などは、漱石作中では

12　狩野光雅「春の山路（一）」（『草枕絵巻』I-序）

13　山口蓬春「那古井の温泉場」（同上，I-7）

14　永井武雄「那古井の浜」（同上，II–11）

山桜や木瓜《ぼけ》の花を点じ、遠くの菜の花畑の広がりを見せる幾つもの春の山々の連なりに転じて、描かれている。そこに山の方から迫ってにわかに降りそそぐ春雨の雲も美しく青々と描きつくされる（狩野光雅、春木一郎、岩田正巳I―序・1・2）。洞窟の薄闇を辛うじて抜け出た漁夫の眼下に「豁然《かつぜん》開朗」する桃源の村里の景は、「壺中の天地」ともいうべき那古井の村の、丘の斜面に添った温泉宿の湯煙りと、その彼方の浜辺のひなびきった漁村として登場する（山口蓬春I―7、永井武雄II―11）。青年壮年の男女はみな田畑に出て働き、老人と幼童たちはみな「怡然《いぜん》として自《みず》から楽しむ」という桃源的平和の光景は、村の床屋から頭を青々と剃られて出てくる観海寺の小僧了然の姿や、宿の主の茶席の景や、若い娘が赤い腰巻を見せて菜の花の間を歩いてくる春日うららの「蜜柑山の見晴らし」などに、十分に表現されていると言えるだろう（高柳淳II―12、山田秋衛II―16、岡本万次郎III―24）。

しかし、漱石『草枕』についてもう一つ明白なのは、この桃花源的小世界が、遠く陶淵明に由来しながらも、二十世紀初頭の近代小説である以上、もはや平和・共和・反文明の古代的農耕共同体として秘密裡に閉鎖し完結して孤立することはできなかったということである。円環は閉じることなく、綻《ほころ》びて、「非人情」の対極の近代社会に通じてしまわなければならなかった。そのことを最後にあからさまに物語ったことが、実はこの漱石の近代桃源小説の大きな、もっとも斬新な手柄だったのである。

(3) 女のいない桃源郷

そしてもう一点、四十年近い昔、私が陶淵明「桃花源記」解読に夢中になっていたとき、その私をしきりに冷やかしたのがカナダ、ブリティッシュ・コロンビア大学で長年日本文学を教えていた友人の鶴田欣也であった。彼に言わせれば陶淵明の桃花源には「女」がいないではないか。浦島太郎の竜宮城での乙姫さまのもてなしの説話でも、長いトンネルを出るとそこは白い雪に埋もれた別世界で、そこには性愛をともに享受する美しい女性が待っていたという川端康成の『雪国』でも、みなエロスに満ちた桃源的小世界だ。その魅力的な系譜に比べると陶淵明の理想郷はピューリタンにすぎる、とこのカナダの教授は面白がって言いつのったのである。

旧友のこの挑発を私も面白がって、つぎのように答えたものだった。いや、陶淵明と同じ中国六朝時代に流行した「志怪《しかい》」(怪異)の物語には、薬草取りに入った山中で谷川を胡麻飯の椀が流れてくるのを見つけて遡ると、世にも美しい女人だけの住まいがあって、劉晨《りゅうしん》と阮肇《げんちょう》の二人はそこで夜ごとのもてなしを受けた。その女たちの家で半年余り過ごしたつもりでようやく故郷に帰ると、実は七世代も経っていて村も家もまるで様子が変っていた、という劉義慶作『幽明録』の、日本でもよく知られた有名な一篇があった。それに唐代張鷟《ちょうさく》の作と伝える『遊仙窟』となれば、これは「桃花源」

と同じく桃花の渓流を遡って見つけた好色桃源郷の物語で、日本の平安朝の貴族詩人たちは陶淵明の作以上にこちらをひそかに愛読したようだ。このような風潮のなかで、むしろこれを頽廃と感じて、「帰去来《かえり》なんいざ、田園まさに蕪《あ》れなんとす」と「園田の居に帰」った陶淵明には、もはや好色的仙郷譚はかかわりなかったのだ、と私は鶴田氏に応じたのであった。

　そしてもう一点、私が彼に向かって反駁し、当時論文中にも強調した私なりの重要な読みがあった。それは淵明の「桃花源記」の構造そのものが、根源的にきわめてエロティック（性愛的）な性格をもつのではないか、との解釈である。——「芳草鮮美《ほうそうせんび》、落英繽紛《らくえいひんぷん》」たる桃花の林が両岸を彩る未知の谷間を、不思議と好奇の想いで遡りつづける漁師の小舟。その行きどまりの岩山にあった「髣髴《ほうふつ》として光有るが若《ごと》き」細い洞穴。その狭い穴の中かを手さぐりで進むと、「豁然《かつぜん》」として明るく開けて広がった、暖かく平和な「鶏犬《けいけん》の声」のみひびくなつかしげな村里……。

　これらはまるで、淵明最愛の一書『老子』第六章に語られる「谷神《こくしん》、死せず。是れを玄牝《げんぴん》と謂《い》う」の谷神、つまり玄妙にして大いなる牝《めす》の陰門そのものの様態と働きを言う言葉ではないか。「玄牝の門、是れを天地の根《こん》と謂う。綿々《めんめん》として存するが如く、之《これ》を用いて勤《つか》れず」とつづく、老子の谷神神話のシンボリズム。それを淵明が桃花の谷と暗い狭い洞門にひそかに託して（「桃花源記」全文の前半三分の一にわたって）美しく語りつくした以上、そこに重ねて妖艶の女性を登場させる必要はまったくなかった。女性の姿などなかったからこそこの作は、いまなおなにかなまめかしく、その点でも普遍性をもつ世界文学史上の大古典ともなったのであろう（しかも漁夫がここに滞在の後、もとの洞窟と谷間を下って武陵に帰ると、桃花源は再び閉じられ隠されて、誰も二度とこの仙郷に遡ることはできなかった）。

(4) 桃源への迷路、そしてさらに奥へ

ところで、『草枕』の画工は那古井の温泉宿への長い春の山路をたどりつつ、愛唱する陶淵明の「飲酒」其の五の「心遠ければ地も自《おの》ずから偏《へん》なり／菊を采る東《と》籬《とうり》の下／悠然として南山を見る」を想い起こしていた。そして近代というものの制度を「凡《すべ》て忘却して」、「独り坐す幽篁《ゆうこう》の裏《うち》／琴《きん》を弾じて復長嘯《またちょうしょう》す」をも口ずさんでいた。王維「竹里館」の「淵明、王維の詩境を直接に自然から吸収して、すこしの間《ま》でも非人情の天地に逍遙したいからの願《ねがい》」この山中の独り旅は「一つの酔興だ」と自分に言い聞かせながら、足もとの悪い路を上り下りしていた。

そのうちに雲雀が空に鳴きつづけ、菜の花畑を裾にひろげていた前方の山の頂きから雲が迫ってきて、濃《こま》やかな雨があたりを閉ざしはじめた。「雨が動くのか、木が動くのか、夢が動くのか、」画工は「何とも不思議な心持ち」になって、ただ自分の足の甲ばかりを見つめながら「満目の樹梢《じゅしょう》を揺《うご》かして四方より孤客に逼《せま》る」この雨のなかを歩きつづけた。それは前にも触れたように、桃源への洞穴の暗闇のなかを手さぐりで進んだ漁夫のすがたそのものだった。

夜になってようやく山を下りて温泉宿にたどりついた。だが、ひっそりとして他の客もいないらしいこの宿でも、この迷路の感覚はつづき、いっそう深まりさえした。小女一人の紙燭《しそく》に案内されて、廊下とも階段ともつかぬところをぐるぐると何回も曲って部屋に入り、またその迷路を下って風呂に案内された。いまや桃源のなかの桃源に深入りしたような気配であった。

だが、この桃源のなかの桃源の感覚がさらに深まって、陶淵明の境遇さえこえて一種の仙境的世界、あるいは夢幻郷にまで転じゆくのは、この那古井の宿で最初の一日を終えた夕暮に自室にもどっ

たときの画工の心境であろう。『草枕』第六章の冒頭の一節である。

夕暮の机に向ふ。障子も襖《ふすま》も開《あ》け放《はな》つ。宿の人は多くもあらぬ上に、家は割合に廣い。余が住む部屋は、多くもあらぬ人の、人らしく振舞《ふるま》ふ境《きやう》を、幾曲《いくまがり》の廊下に隔てたれば、物の音さへ思索の煩《わづら》ひにはならぬ。今日は一層《ひとしほ》靜かである。主人も、娘も、下女も下男も、知らぬ間《ま》に、われを殘して、立ち退《の》いたかと思はれる。立ち退いたとすれば唯の所へ立ち退きはせぬ。霞の國か、雲の國かであらう。(中略)或は雲雀《ひばり》に化して、菜の花の黄《き》を鳴き盡したる後《のち》、夕暮深き紫のたなびくほとりへ行つたかも知れぬ。又は永き日を、かつ永くする虻《あぶ》のつとめを果したる後、蕋《ずゐ》に凝る甘き露を吸ひ損《そこ》ねて、落椿の下に、伏せられ乍ら、世を香《かん》ばしく眠つて居るかも知れぬ。とにかく靜かなものだ。

空しき家を、空しく抜ける春風《はるかぜ》の、抜けて行くは迎へる人への義理でもない。拒《こば》むものへの面當《つらあて》でもない。自《おのづ》から來《きた》りて、自《おのづ》から去る、公平なる宇宙の意《こゝろ》である。掌《たなごゝろ》に顎《あご》を支《さゝ》へたる余の心も、わが住む部屋の如く空しければ、春風《はるかぜ》は招かぬに、遠慮もなく行き抜けるであらう。

『草枕』のなかでもまたとくにきわだつ美文の一節である。画工がこの小説の随所に引く日漢古往の禅僧たちの詩句や語録を溶かし合わせて語る悟脱の境涯かとさえ思われる。一種東洋的フェアリー・ランドの「冲融《ちゅうゆう》」(杜甫)「澹蕩《たんとう》」(李白)の世界とも言えるだろう。

（5） 桃源のフェアリー

ところが、このフェアリー・ランドには、陶淵明の「桃花源」とはまったく異なって、明らかな確かな一人のフェアリーが住んでいて、青年画工をしきりに挑発さえしてくるのである。それがこの温泉宿の出戻り娘、小説のヒロイン那美さんであることは言うまでもない。

松岡映丘一門の華麗な新興大和絵にはたしかに禅宗的「非人情」への解脱の世界は描きにくかったかもしれない。だが、峠の茶屋での話に聞いたオフェリア風の那美さんの馬上の花嫁姿は、まことに楚々として美しく表現することができた（服部有恒Ⅰ―5）。画工の部屋から古庭をへだてた向こうの二階の廊下を、桜咲く夕暮れに、長い青い振袖を着て幾たびも往き来して画工を驚かせ不思議がらせる那美さんの艶然たる姿も、大きな障子を背景にしてみごとに描かれた（長山はくⅡ―13）。鏡ヶ池の対岸の大きな岩の上ににわかに姿をあらわして夕日を背に、池に入水するかの素振りを見せる那美さんの奇矯なふるまいも、濃密に描きこまれた（木村宗一Ⅲ―21）。

15　服部有恒「馬上の花嫁」（同上，Ⅰ-5）

さらには、作中もっとも有名なのが風呂場の場面だ。画工がゆっくりと浸って少年時代のことまで思い

16　松岡映丘「湯煙りの女」（同上，II–15）

出している風呂場に、その「漲《みなぎ》ぎり渡る湯烟《ゆけむ》りの、やはらかな光線を一分子毎《ごと》に含んで、薄紅《うすぐれない》の暖かに見える奥に、漾《ただよ》はす黒髪を雲とながして、あらん限りの背丈《せたけ》を、すらりと伸《の》した女」が真裸の姿を見せて段を下りてきたときの様子――それが大和絵一派の総師松岡映丘自身によって描かれているのだ（II―15）。これこそ、旧友鶴田欣也の願っていた「女のいる桃源郷」、いや「エロスの湯源郷」の絵であろう。これは、川口久雄教授の解説によると、映丘の制作した唯一の裸婦像だというが、彼には二年後、昭和三年（一九二八）にこれよりも大きいが構図はそっくりの『湯煙』という作もあった。しかし白い胡粉の湯気がもっと濃くもうもうとこめるなかに、両の乳房だけを見せて前は手拭に隠して立つ「絵巻」の那美さんのほうが、もっと「朦朧」としていて「幽玄」髣髴として美しい。

村の床屋の親父に言わせれば「あの人は〈狂印《きじるし》〉だ」とさえ評されるこの奇矯な麗人那美さんと画工は、宿のなかで、また小さな村のはずれの畑や寺で、いつも思いがけず顔をあわせる。そのたびに男女二人の間には、コケティッシュな口を利いたと思うとたちまち飜って斬りこむような、丁々発矢の禅機と風流の応酬があって痛快なのだが、『草枕』最終章では、二人は那美さんの甥久一《きゅういち》の日露戦戦場への出征を見送るために、一族の男三人とともに小舟で川を下る。これが春たけなわになろうとする山間の桃源の村の綻びの目から、明治日本という文明の野蛮のただなかに再び出てゆく道筋となる。

松岡映丘一門による草枕絵巻の第三巻の最後の三面は、漱石の文章の激越さに比べれば静かで優しいが、それだけに桃源への別離の名残り惜しさは十分によく伝えている。

17　小村雪岱「出征青年を見送る川舟」（同上，III-25）

（6）桃源への名ごり

夏目漱石にとっての橋口五葉や津田青楓のように、小村雪岱《せったい》は泉鏡花の作品の挿画や装幀でよく知られ、この絵巻のなかでは映丘はもとより山口蓬春、山本丘人などとともに今日まで名を残す才筆の画家である。だが雪岱はここ（III―25）では小説を読み違えたのだろうか。温泉宿の老主人（つまり久一青年の祖父で茶人）と、久一と、久一の父（つまり那美さんの兄）は舟の舳《みよし》（へさき）に、源爺さんは「荷物と共に独り離れて」、そして那美さんと画工は「艫《とも》」（舟の後尾）に坐ったと原作には書かれているのだが、船上には男が一人足りない。つまり

18 山田義夫「水の上に響く機織り歌」（同上，III-26）

肝心の画工の姿が見えない（船頭は別）。このような誤ちはあるが、さすが雪岱、両岸に葭が生え、そう深くはなさそうなゆるやかな流れを、停車場《ステーション》のある吉田の町までいま下ってゆく船上の、いつにはなく緊張した男たちの面持ちがよくとらえられている。むしろで包みしっかりと縄をかけた四角い大きな荷物は久一のものだろうが、それを背にして坐り、地味な着物で船尾に面している那美さんは、傍に画工がいないからか、それよりもやはり、舷《ふなばた》に坐って泣きそうな顔を見せている久一青年がこれから運命によって「暗き、物凄き北の国に」引かれてゆき、その糸が「ふつと音」をたてて切れてしまうかもしれぬことを思ったりしているからか、いつもの才気煥発とは違って、いささかしゅんとして両手を膝に載せている。別れた元《もと》の夫が、多分同じ汽車で満洲行きの船の港に向かうことも彼女はもう知っていて、さすがにいつもの禅機は抑えていたのか。

そして次の画面「水の上に響く機織《はたおり》歌」（山田義夫III—26）は、まさに桃源の里への郷愁と惜別の情をこもごもに表わしていてまた美しい。舟上の者はみな、国運を賭けた北辺の激戦の地に、この愛すべき好青年久一を送り出そうとしている切なさを自覚しているから、土堤の向こうの山里の平和な鄙びた風景が、ひとしおなつかしく尊く見えているのであろう。『草枕』の文章もよくこの景と情とを伝えている。

舟は面白い程やすらかに流れる。左右の岸には土筆《つくし》でも生えて居りさうな。土堤《どて》の上には柳が多く見える。まばらに、低い家が其間から藁屋根を出し。煤けた窓を出し。時によると白い家鴨《あひる》を出す。家鴨はがあ〳〵と鳴いて川の中迄出て來《く》る。

柳と柳の間に的皪《てきれき》と光るのは白桃らしい。とんかたんと機《はた》を織る音が聞える。とんかたんの絶間から女の唄が、はあゝい、いようう―と水の上迄響く。何を唄ふのやら一向分らぬ。

(7) 桃源の綻び――近代の野蛮へ

那美さんと画工と久一一家の舟は吉田の町に着いて、一行は舟を捨ててやがて来る汽車の停車場に向かう。この後につづく漱石の激昂した文章は、約二十行にわたって段落もなく、汽車に象徴される近代文明の悪の大きさ、その野蛮さ、獰猛さを口を極めて批判し非難する。長くなるが、これを最後に引用しないでいるわけにはいかない。

愈《いよいよ》現実世界へ引きずり出された。汽車の見える所を現実世界と云ふ。汽車程二十世紀の文明を代表するものはあるまい。何百と云ふ人間を同じ箱へ詰めて轟《ぐわう》と通る。情け容赦はない。詰め込まれた人間は皆同程度の速力で、同一の停車場《ステーション》へとまつてさうして、同様に蒸滊の恩沢に浴さねばならぬ。人は汽車へ乗ると云ふ。余は積み込まれると云ふ。人は汽車で行くと云ふ。余は運搬されると云ふ。汽車程個性を軽蔑したものはない。文明はあらゆる限りの手段を尽くして、個性を発達せしめたる後、あらゆる限りの方法によつて此個性を踏み付け様とする。(中略) 文明は個人に自由を与へて虎の如く猛《たけ》からしめたる後、之《これ》を檻穽《かんせい》の内に投げ込んで、天下の平和を維持しつゝある。此平和は真の平和ではない。動物園の虎が見物人を睨《にら》めて、寐転んで居ると同様な平和である。檻の鉄棒が一本でも抜けたら——世は滅茶々々になる。(中略) 余は汽車の猛烈に、見界《みさかひ》なく、凡ての人を貨物同様に心得て走る様《さま》を見る度に、客車のうちに閉ぢ籠められたる個人と、個人の個性に寸毫の注意をだに払はざる此鉄車とを比較して、——あぶない、あぶない。気をつけなければあぶないと思ふ。現代の文明は此あぶないで鼻を衝《つ》かれる位充満してゐる。おさき真闇《まつくら》に盲動する汽車はあぶない標本の一つである。

十九世紀初頭以来の欧米と、明治維新以来の日本とに、火力による産業革命、つまり殖産興業と、各国民衆の生活の便とその向上、つまり文明開化と、さらにそれらを拡張するための各国間の競争と戦争とをもたらした基本動力としての鉄道を、これだけ激しく辛辣に批判する文章というのは、明治日本においてもこの夏目漱石と岡倉天心という最幕末生まれの二人の徳川人によってぐらいしか書けなかったかもしれない。二人とも、同時代日本人のなかではおそらく誰よりもよく蒸気船や汽車を利用して世界への視野を広め、深めた知識人だったではないか、などといま逆らってみても意味がない。彼らはこうして世界を知り、近代日本の行方を洞察することによって、いっそう鋭く近代文明が一方では人間本来の人間性を抑圧し、管理し、ユートピア的・反桃源的統制とさらなる野蛮へと促すものであることを、感知していたのである。

そして漱石はこの最後の一節に来て、画工が雲雀の声を聞き春雨に濡れながらたどった山路と、那古井温泉の閑静のなかでの那美さんやその周辺の人々との応酬の日々と、この日の小舟での桃の花咲く里のなかの川下り、それらのすべてが、実は陶淵明につながる桃花源の体験であったことを、いっそうくっきりと浮かび上らせ、総括したのである。

19　石井新一郎「見送りの吉田の停車場」（同上，III–27）

それにしては『草枕絵巻』最後の「見送りの吉田の停車場」（石井新一郎III—27）の一葉は、あまりに柔和で美しい。遠く春の山々を望む田園の駅をいま発車した汽車は、むしろ可愛らしく、まるで桃源列車だ。漱石の一節の迫力とはほとんど無縁だ。だがこれは、那美さんが甥を戦場に見送った上に、汽車の窓から顔を出した髭面の元夫《もと》と最後の目ざしを交わしたとき、茫然とした彼女の面にふと表われた、「憐《あわ》れ」の情に、画工のみならず新興大和絵の画家もつい心動かされ、同情してしまったからだ、と解しておこう。

五　「向う側」への夢想譚
——佐藤春夫作『西班牙犬の家』

「西班牙《スペイン》犬の家」は、佐藤春夫の処女作といってよい短篇である。春夫（一八九二〜一九六四）満二十四歳の大正五年秋十月、『田園の憂鬱』の舞台となった神奈川県都築郡中里村の田舎家で、或る日ありあわせの紙に一気に書きおろした作だ、と作者みずから語っている。翌大正六年正月創刊の、江口渙らとの同人雑誌『星座』に、アナトール・フランスの翻訳などとともに発表された。

文庫本（角川文庫）で十ページ、四百字詰め原稿用紙にして二十枚ほどの小品である。わざわざ「夢見心地になることの好きな人々の為めの短篇」と、英文和訳風の長めの副題がそえてある。「夢見心地」とはなにであろうか。当時流行の竹久夢二のえがく眼の大きい少女のように、草原などに坐ってうつろに雲を眺めることだろうか。この短篇発表の翌年（大正7）から創刊される『赤い鳥』がひろめてゆくような、中流家庭の子女むけの童謡や童話のような気分になることだろうか。

そのような思春期的感傷のニュアンスはまったく含まないようである。「ドリイミイ」（dreamy）とは佐藤春夫が大正期に好んで使った言葉だが（『美しき町』大正8、など）、それは夢と現実《うつつ》との境がさだかではなくなる心理の蕩揺の状態であり、いわゆる白昼夢を見ることである。「西班牙犬の家」というのは、当時の文壇では題名からして一風変った、異国趣味的なものに映ったにちがいないが、その題名や副題にたがわずこの短篇は、処女作とも思えぬ一見ゆきあたりばったりの、しかし実はなかなか熟した巧みな話法で、読者をこの白昼夢の世界、つまり現実のすぐ「向う側」にある不思議の小世界へと誘いこんでゆく。これはその種の幻想小説あるいはフェアリー・テイルの一珠玉であった。

(1)「フラテ」のスタイル

この短篇でも話者の「私」に同伴し、彼を「向う側」に連れこんでゆくのは、一匹の犬である。その犬が物語の冒頭から飛びだしてくる。

フラテ(犬の名)は急に駆け出して、蹄鍛冶屋の横に折れる岐路のところで、私を待つて居る。この犬は非常に賢い犬で、私の年来の友達であるが、私の妻などは勿論大多数の人間などよりよほど賢い、と私は信じて居る。で、いつでも散歩に出る時には、きつとフラテを連れて出る。奴は時々、思いもかけぬやうなところへ自分をつれてゆく。で近頃では私は散歩といへば、自分でどこへ行かうなどと考へずに、この犬の行く方へだまつてついて行くことに決めて居るやうなわけなのである。蹄鍛冶屋の横道は、私は未だ一度も歩かない。よし、犬の案内に任せて今日はそこを歩かう。そこで私はそこを曲る。

作者春夫の犬好きは有名で、実際に中里村 鉄《くろがね》の田舎家にも「愛犬二頭、愛猫二匹」を連れていって住んでいた。その二頭の愛犬が、『田園の憂鬱』に登場して主人公をなぐさめたり、事件を起しては彼の「憂鬱」をつのらせたりするフラテとレオであったらしいが、この日も快活なフラテのほうが「私」の散歩の相手である。大体、近代日本では犬の名前はポチとかジョンとかシロ、クロとかにきまっているのに、レオ（ライオン）はともかくも、フラテとは耳慣れない。一体なんの謂いであろうか。それはフランス革命のスローガン「自由、平等、博愛」のフランス語「博愛《フラテルニテ》」から来ているとしか考えられない。大正初年の春夫青年はゴールズワージーやワイルドを訳したり論じたりはしても、フランス語はできず、アナトール・フランスの翻訳にしても英訳からの重訳だった。とするところは、大正二年四月メキシコから帰国して、またすぐ同年八月には外交官の父親についてベルギーに行ってしまった盟友、堀口大学あたりからの入れ智慧であったろうか。

フラテという犬の名一つについても、さまざまのことが連想されるのだが、この犬が作中にいつのどこの話とも知れぬエキゾティックな雰囲気をもちこみ、あわせて「私」の歩調、つまり文章の運びを定めていっていることは確かである。

そもそも、冒頭第一行の「蹄鍛冶屋」にしても、これは「ひづめかぢや」と読ませるつもりなのか。そう読む以外にないとしても、これが正統の日本語かどうかは大変あやしい。そのあやしいところが実はすでに作者の狙いなのだろう。つまりこれは、ハイドン原曲という文部省唱歌の「村の鍛冶屋」（大正元）——

あるじは名高き　いつこく老爺《おやぢ》
早起早寝の　病《やまひ》知らず

（中略）

平和のうち物　休まずうちて
日毎《ひごと》に戦う　懶惰《らんだ》の敵と

が、快活な曲調によっても、日本農村の村はずれの伝統的な鍛冶屋などより、むしろ西洋鍛冶屋を思わせるのに近い。このあやしげな日本語はあえていえば英語の horseshoer（蹄鉄工）の直訳なのであって、そのような鍛冶屋が存在する場所は中里村鉄部落であるどころか、すでにいささか日本離れ、現実離れさえしている（ついでにいえば、本作品中に物語の舞台を特定させるような語は一つも出てこない。しいていえば、末尾近くに「K村」という言葉が二回出てくるだけだが、それはけっして現実の鉄村のイニシャルなどではなくて、別次元に異化された、どこか遠いK村にすぎないのである。『田園の憂鬱』のなかで横浜や川崎や八王子を、みなY市、K市、H市と故意に非現実化して、物語に一種ハイカラな普遍性を与えようとしているのと同じ手口であろう）。そして「蹄鍛冶屋」などという奇妙な言葉を口にする「私」自身も、「フラテ」の主人たるにふさわしく、すでにかなり日本人離れしていることとなる。

作中の日本語の奇妙さは、そのほかにも右に引用の第一節の随所ではやくも読者の目をひかずにはいないだろう。「で、」「で」と繰返す、文章語としては同時代『白樺』の武者小路実篤でさえ使わなかったような思いきりくだけた口語体の接続詞。それに、「決めて居るやうなわけなのである」、「そこで私はそこを曲る」など、いくら当時の作者が武者小路流に「しゃべるように書く」をモットーにしていたにしても、しゃべる以上にぎくしゃくとした、非古典的というよりは反古典的なブロークン・ジャパニーズ。

だがそれらも、作者春夫が若すぎて、まだ古典的な日本語を知らなかったから、などというのではけっしてなさそうだ（春夫はすでに三年前（大正2）、二十二歳であの流麗にして清新な文語詩、「紀の国の五月なかばは……」の「ためいき」を発表していた）。それはむしろ、先導するフラテが進んでは止り、止っては進む、その犬の歩調を文体にも髣髴させてみようとの工夫だったのであり、犬に従う「私」の半異国人風のかたこと、故意に翻訳調の、春夫のいわゆる「大日本語」の実験だったのである。

(2) ポオの「向う側」小説

このような犬に導かれて、このような「私」が「二時間近くも」歩いてゆけば、しだいに現実の「向う側」に入りこんでいってしまうのは、当然のなりゆきであろう。作者はこの作の第一行からすでに無駄なく「向う側」へのアプローチを準備していたといえる。

本章冒頭に私が「この短篇でも、「私」の同伴者は犬だ」と書いたのは、フラテやレオが『田園の憂鬱』で重要な脇役を演じ、同じ作者の三年後のユートピア童話『美しき町』（大正8）でも、美しい町の住人の資格として「必ず一匹の犬を愛育すること」の一条があったりするからだけではない。犬は人間にとってもっとも古い、もっとも忠実な家畜でありながら、なお野性を残す動物であるためか、他でもしばしばその主人を日常の現実から意外な「向う側」の発見へと誘なう媒介者の役割を果しているからである。

春夫も少年の頃に歌ったかもしれない言文一致の幼年唱歌――

うらのはたけで、ぽちがなく、
しょーじきぢいさん、ほつたれば、
おほばん、こばんが、ザク〳〵ザク〳〵。

の「はなさかぢぢい」（明治34）の話にまでは、ここでは触れなくてもよいだろう（この歌で犬の名が当代風の「ぽち」であるのは愉快だ）。むしろ、「西班牙犬」執筆の前後の頃から彼が気ままに読みだしていたエドガー・アラン・ポオの「向う側」の物語、たとえば「ランダー山荘」（Landor's Cottage, ca. 1848）や「鋸山奇譚」（A Tale of the Ragged Mountains, 1844）などに出てくる犬の方が、「西班牙犬の家」のフラテに近いといえる。

「鋸山奇譚」ではモルヒネ常用者の若い紳士ベドロウ氏が、毎朝「ひとりか、あるいは犬を伴につれて」、自分の住むシャーロッツヴィル郊外の「鋸山」と呼ばれる丘陵地帯に散策に出るのを日課にしていたところ、十一月末のある「小春日和《インディアン・サマー》」の日、濃いもやのかかった谷間の道の奥で思いもかけずインドのベナレスに似た東洋風の町にさまよいこみ、そこで住民の反乱にまきこまれたという。「ランダー山荘」でも、同じように「小春日和《インディアン・サマー》」に似た、もやのかかった生暖かい一日、「私」は「ポント」という猟犬をお伴に、犬の背中に銃をくくりつけてハドソン河畔の丘陵地帯を上り下りし、うねうねと山道をたどってゆくうちに、その夜の泊りに予定したB村は一体どの方向にあるのかもわからなくなってしまった。ポントに番をさせて今夜は野宿でもいいと思いはじめた頃、妙にきれいにととのった庭園のような林のなかの小径に入りこみ、やがて水の音が聞えたと思うと、にわかに眼下に谷間が開けて、その夕もやのなかに一軒の美しい山荘が立っていたのである。

どちらも「西班牙犬の家」に大変似かよった物語である。「向う側」への誘導者としての犬の果す役割は、こうして読みなおしてみると、春夫の作品においての方がはるかに大きい。「鋸山奇譚」では「あるいは犬を伴につれて」といわれているだけだし、「ランダー山荘」でも作者ポオはすぐにせっかくの犬の存在を忘れてしまって、林間の小径の藝術性を語るのに夢中になってしまう。それにくらべれば春夫の方がほんとうの愛犬家らしく、小説の最後まで巧みに犬を使う。その犬フラテが西班牙犬という犬の住む家への誘導者となるとともに、この「向う側」体験譚にたえず真実らしさを保証する立会い人ともなるのである。

だが、いずれにしても、犬をお伴に或る暖かい日の昼間、丘陵地帯の林のなかに入りこんでゆくという、「向う側」の物語でもっとも大切なアプローチの状況設定において、春夫の短篇がポオの作品と深い親近性をもっているのは明らかである。「鋸山奇譚」の方は、一七八〇年にベナレスで実際にあった暴動事件の犠牲者オルデブ氏（Oldeb）とまったく同じ経験を、その四十七年後にベドロウ氏（Bedlo）がヴァージニア州の山中で白昼夢のうちにするという話になって、「西班牙犬の家」とは世界が違いすぎるかもしれない。だが、有名な「アーンハイムの所領」（The Domain of Arnheim, 1848）の「付録」とされ、未完のままに終った「ランダー山荘」の方は、おそらく「田園」逗留時代に佐藤春夫がポオの他の作品とともに読み、それが未完であるだけに一層それによって創作的想像を刺戟されたのではなかったかと思われる。

（3）「向う側」へのアプローチ

元気なフラテとともに「こんな風にして……二時間近くも歩いた」あとに、「私」はいつのまにか見なれぬ場所に登ってきていた。そのあたりから「私」とフラテはすでに「向う側」に入りかけているのだが、その徐々のアプローチ、ないしは夢幻への橋がかりの部分を、少し注意深く読み直してみよう。

歩いてゐるうちに我々はひどく高くへ登つたものと見える。そこはちよつとした見晴《みはらし》で、打開けた一面の畑の下に、遠くどこの町とも知れない町が、雲と霞との間からぼんやりと見える。しばらくそれを見て居たが、たしかに町に相違ない。それにしてもあんな方角に、あれほどの人家のある場所があるとすれば、一たい何処なのであらう。私は少し腑に落ちぬ気持がする。しかし私はこの辺一帯の地理は一向に知らないのだから、解らないのも無理ではないが、それはそれとして、さて後《うしろ》の方はと注意して見ると、そこは極くなだらかな傾斜で、遠くへ行けば行くほど低くなつて居るらしく、何でも一面の雑木林のやうである。その雑木林は可なり深いやうだ。さうしてさほど太くもない沢山の木の幹の半面を照して、正午に間もない優しい春の日ざしが、楡や樫や栗や白樺などの芽生《めばへ》したばかりの爽やかな葉の透間から、煙のやうに、また匂《にほひ》のやうに流れ込んで、その幹や地面やの日かげと日向との加減が、ちよつと口では言へない種類の美しさである。おれはこの雑木林の奥へ入つて行きたい気もちになつた。その林のなかは、かき別けねばならぬといふほどの深い草原でもなく、行かうと思へばわけもないからだ。

ポオの物語では、「向う側」にさまよいこむのは、いつも秋の、あるいは秋近い頃の「小春日和《インディアン・サマー》」の日に起ることだったようである。だが、ここではそれは「正午に間もない優しい春の日ざし」があたりに溢れるような日のことである。そのことが右の引用の一節でわかる。

佐藤春夫のうちにはその点で、東アジアの「向う側」の文学の伝統がおのずから働いていたのかもしれない。その伝統の源流にある陶淵明の「桃花源記」では、武陵の漁夫が「渓《たに》に縁《そ》うて行き」、「路の遠近」がわからなくなって「忽ち桃花の林に逢う」のは、もちろん、鮮やかに美しい下草の上に桃の花びらが一面にひらひらと散りつづける春たけなわの昼のころだった。同じく漁師の浦島の子《こ》が、鰹《かつお》や鯛がむやみに釣れるのに夢中になって（あるいは「丹後国風土記」では一尾も釣れないので）、海界《うなさか》の果てまでも漕ぎ出て「神の女《をとめ》」にめぐりあうのも、高橋虫麻呂の歌によれば「春の日の霞める時」だったようである。下って上田秋成の「雲水にたぐへ」た修道者が、「汗こき性《さが》」のため渇きをおぼえていたとき、一人の老翁（茶神、背振翁）に出会うのは、これも遙か下方に谷川の鳴る「春山の岨《そば》づたひ、日影ほがらく〳〵と温かなる」時と所においてであった。そして漱石『草枕』の画工が峠をよじ登り、やがて峠を下って桃源のような温泉場に入ってゆくのは、いうまでもなく、春雨が降り、春のもやがかかり、やがて雲雀が高く囀る春の一日である。

「こちら側」の日常の次元から「向う側」にふとさまよいこむには、その境目のあたりで、主人公がなにかに夢中になっていたり、夢うつつの状態にあったりして、陶淵明の古典的表現でいえば「路の遠近を忘」れなければならない。ほんのしばらく、束の間にしても、意識の空白の時間を経なければならない。その間に彼は多くの場合、うねうねと曲折する道をたどって「向う側」に入りこむのだが、その空白をうながすのにポオの作品ではぼうっと生暖かくもやのかかった小春日和の日、陶淵明以来の東アジアの文学ではぽかぽかと暖かい春の日が、もっとも有利な、もっともふさわしい時として選ばれてきたのである。

もっとも、佐藤春夫の主人公はそう簡単に意識の空白に陥りはしない。すぐになめらかに「向う側」に滑りこんでしまう様子ではない。「私」はいま自分の入りこんできた場所について、しきりに疑い、自問自答をかさねる。それが右に引用した一節の特徴だといってもよいほどである。


「ひどく高くへ登ったものと見える。」

「遠くどこの町とも知れない町が、」

「たしかに町に相違ない。」

「一たい何処なのであらう。」

「私は少し腑に落ちぬ気持がする。」

「遠くへ行けば行くほど低くなつて居るらしく、何でも一面の雑木林のやうである。」

「その雑木林は可なり深いやうだ。」


わずか十数行の間に右のように何度も繰返して、われとわが所在を疑い、あたりを見まわしては確かめる。つまり「私」は簡単に白昼夢に入りこんだのではない、しきりに自分の頬をつねって自分が夢みているのではないことを確かめながら、雑木林に入っていったのだと主張する。それは読者に対して、これから展開する夢幻の小世界、「向う側」の体験の真実らしさを保証するための、いわば常套の手法といってよいのだが、作者佐藤春夫はそれをおそらくポオの作品に学んでいるのだろう。「鋸山」のベドロウ氏はしだいに異様さを増す谷間の様相に、いま自分は夢を見ているにちがいないと考え、目をさまそうとわざと活発に歩いてみたり、声をあげてみたり、泉で手や顔を洗ってみたりする。「ランダー山荘」の「私」も、いま自分のたどる径にはなんの不思議もないのだと、眼を大きく見ひらいて、径に残された轍《わだち》や、径に生えたビロードのような草や石の配置を、一つ一つ確認し、こまごまと語ってゆく。それらの確認の手続きが事態の不思議さを一層疑いえないものとし、濃密にしてゆく効果をもつことは、いうまでもない。

繰返しいぶかり、確かめながらも、「西班牙犬の家」の「私」は、しだいにこの春の日ざしに暖められた丘の美しさと不思議さのなかにとりこまれてゆく。巧みにその推移を語るのが、右の自問自答の繰返しのあとにつづく、雑木林の美しさを描く、『全集』版で六行もある長い一センテンスであろう。「正午に間もない優しい春の日ざしが、楡や樫や栗や白樺などの芽生したばかりの爽やかな葉の透間から、煙のやうに、また匂のやうに流れこんで」という叙述は、同じ林に生えているはずもない樹木を平気で並べたてるなど、若い作者の無造作ぶりをあらわにはしているが（後の版ではさすがに「楡」を「櫟」に、「樫」を「楢」に代えている）、しかしたしかに雑木林というもののもつハイカラな魅力、なにか秘密を隠しながら半ばはそれを垣間見させているような誘惑を、よくとらえていると評すべきだろう。

作者はこれを二葉亭四迷訳ツルゲーネフの「あひゞき」（明治21）の、樺の林の描写に学んでいるのか。あるいは国木田独歩『武蔵野』（明治31）の読書の記憶に導かれているのか。それらもあろうが、むしろここには陶淵明「桃花源記」の、あの妖しくも美しい桃花の林が遠い記憶のなかからよみがえっていると考える方が正しいのではなかろうか。

（武陵の漁夫は）渓《たに》に縁《そ》うて行き、路の遠近を忘るるに、忽ち桃花の林に逢う。岸を夾《はさ》みて数百歩、中に雑樹なく、芳《かぐは》しき草は鮮《あざや》かに美しく、落つる英《はなびら》は繽紛《ひんぷん》たり。

桃源郷のトポスの重要な一モチーフをなす「桃花の林」が、「正午に間もない春の日ざし」のなかの雑木林となって、この大正日本のK村のはずれの丘陵地帯に移植されたといってよい。少なくとも「桃花の林」と同じ作用を雑木林は「私」におよぼす。すなわち、「桃花源記」で両岸を埋める桃花の林の間に入りこんだ漁夫が、「甚だこれを異《い》とし、復《ま》た前《すす》み行きて、其の林を窮めんと欲」したように、「西班牙犬の家」では「おれはこの雑木林の奥へ入つて行きたい気もちになつた」。そして同じ気持であったらしいフラテとともについに林のなかに踏みこんでゆく。「向う側」の世界へのアプローチには、地勢学上、また季節の上での諸条件とともに、主人公からするいささかの好奇心もまた不可欠の要因だったのである。

（4）草屋根の小洋館

雑木林のなかに入りこんでからは、まったく愛犬フラテの先導まかせである。前引の部分につづくパラグラフには、その犬の「織るやうないそがしさに足を動かす」働きぶりが克明に描かれる。夢のなかを行くのではないことを強調するための、「擬似精密」(quasi-précision) ともいうべきポオ流の手法がしきりに使われている。


「斯うした早足で行くこと三十分ばかりで、犬は急に立ちどまつた。」

「犬は耳を癇性らしく動かして二三間ひきかへして、再び地面を嗅ぐや、今度は左の方へ折れて歩み出した。」

「この林は二三百町歩もあるかも知れない。」

「かうしてまた二三十分間ほど行くうちに、」

「さて、わつ、わつ！といふ風に短く二声吠えた。」


なにか林の奥の秘密を嗅ぎとったらしい犬の活発な行動が、愛犬家ならではの巧みな筆致で描かれている。ポオの「黄金虫」などにおけるような暗号解読の過程の、スリルに富んだ面白味をも、それとなく加えているらしい。佐藤春夫はこの作の二年後（大正7）に、長崎を舞台にしてだが、濃密な異国趣味の雰囲気をもつポオ風の推理短篇「指紋」を書いたりもするのである。

犬の吠え声で気がつくと、「直ぐ目の前に」、「唐突にその林のなかに雑《まじ》つて」一軒の家が立っていた。それがこの作品における「向う側」の家である。「私」はこのような雑木林の奥の、このようなところに、炭焼き小屋でも、林の番小屋でもないらしい、まともな一軒家が不意にあらわれたことを最初はもちろん不思議がる。だが、この家が林のなかに埋れるようにして立っているため遠くからは見つからぬこと、それに別段風変りでもない、一見「質朴」な造りと見えさえすることなどを順々に考え合わせて、最初の驚きを鎮め、番小屋ではないのかとの最初の「認定」をも「否定」する。そしていわば安心して、この家をちょうど出喰わしたその背後から正面へと廻りつつ観察してゆくのである。それは一体どんな家か。「私」の語るその特徴をあげていってみよう。

まず「草屋根」である。普通の百姓家ならばそれはなんでもないことだが、これは土壁に小さな明り窓が一つなどという伝統的な農家とは違う。背後と側面の壁を半分ほど覆って蔦をはわせ、その残りの部分にはガラス窓がしつらえてあるという、「西洋風」の建築なのである。しかも正面である南側に廻ってみると、そこも雑木林に面しているが、同じようにガラス窓が並び、その窓の下には四季咲きとも見える「紅い小さな薔薇の花が、わがもの顔に乱れ咲」き、その薔薇の茂みの下からは水がきらきらと光り、潺湲《せんかん》たる音をたてながら一筋の帯となって流れ出ている。家全体がかなり床を高くしてあるらしく、その正面の真中にか、あるいは左右どちらかの側に寄せてか、「ひどく贅沢にも立派な石の階段が丁度四級もついて」いて、所々苔の生えたその石段を上ったところに「西洋風の扉」があった。

こうしてこの家の外観をまとめ直してみると、これは「一見極く質朴」かもしれないが、実はなかなか凝った小別荘風の住宅、イングランドの田舎などにあっても不思議ではないようなハイカラなコテージ風の小洋館ではなかろうか。これが作者春夫の頭のなかで描かれ、設計された田舎家であることはいうまでもない。春夫は「西班牙犬の家」執筆の頃は洋画家でもあって、大正四、五、六年と連年二科会展に入選しつづけたが、他方また一種の建築マニア、そして熱烈な夢想の建築家であったこともよく知られている。

「西班牙犬の家」にわずかに遅れて執筆された『田園の憂欝』（大正6〜8）でも、主人公は「何時、建てるものとも的《あて》のない家の図面の、而も実用的といふやうな分子などは一つも無いものを何枚も何十枚も、それは細かく細かく描いて居る」ことが多い詩人だった。彼が夢中になって設計を楽しむ家というのは、たとえば同じ『田園の憂鬱』の別な一節では次のようなものだった。

家の図面を引くことを、彼は再び初めた。彼は非常に複雑な迷宮のやうな構へを想像することがあつた。さうかと思ふと、コルシカの家がさうであるといふやうに、客間としても台所としても唯大きな一室より無い家を考へることもあつた。それの外形や、間どりや、窓などの部分の意匠のデテイルなどが、殆んど毎夜のやうに、彼のノオトブックの上へ縦横に描き出された。（中略）その無意味な一つ一つの直線に対して、彼は無限の空想を持つことが出来た。

やがては、そのような自分の設計した家々が一つのミニアチュアの市街をなして、灯をともし並木路もある美しい夜景となって、眼の前にありありと浮かんで見えてくる幻視の体験をもつにもいたる。そしてそのような一戸一戸よく工夫された住宅だけで一つの美しい理想の市街区域を東京のなかに建設するという夢の話が、山師テオドル・ブレンタノを主人公とする小ユートピア譚の傑作『美しき町』である。

佐藤春夫のこのような建築好きは他の短篇にもよく顔を出し(たとえば「指紋」)、『田園の憂鬱』の主人公はほとんどそのまま春夫自身ととって差支えないのだが、その作中建築ともいうべきものの最初の例が、雑木林のなかのこの草屋根のコテージだったのである。

その家のなかはやがて覗き見してみると、大き目の広間一つだけらしいから、その発想の源は右の『田園の憂鬱』の一節に出てきたコルシカ島の農家、つまりメリメの「マテオ・ファルコーネ」の舞台などにあると考えてよいのかもしれない(牛山百合子氏)。薔薇の植えこみや水の流れがあるところから見ると、ポオの「ランダー」のコテージももちろん依然として作用しているらしい。だが、ポオの山荘の描写はあまりに偏執狂的に精密にすぎて、かえってこの「西班牙犬の家」ほどの明度をもって家屋の像を浮かび上らせるにはいたらない。それらの外国文学作品を種とする以上に、やはり作者自身の夢がたっぷりと注がれてこそ、この雑木林のなかの一軒家はでき上がっている。

それにしても、論はやや「向う側」から逸脱するが、蔦を這わせた壁にガラス窓やドアのある洋風建築でありながら、屋根は草屋根というのは、同時代日本の建築史に照らし合わせてみても、なかなか斬新なアイデアである。大正初年の頃から普通の住宅にも部分的に洋風をとり入れることが広まるのはよく知られている。和洋折衷で中廊下があり、応接間や居間に洋式家具を入れたいわゆる「文化住宅」が流行しはじめる。しかし、当時の住宅設計図集や、大正十一年の平和記念東京博覧会に展示された十四棟の模範的文化住宅の写真を見ても、茅葺きや藁葺きの草屋根というのは見当らない。

日本で、洋式住宅でしかも茅葺き屋根にして成功した最初の美しい一例は、佐藤春夫の夢のコテージよりも八年後のことになるが、大正十四年、洋行帰りの「分離派《セセッション》」の新進建築家堀口捨己(一八

20　堀口捨己「紫烟荘」

九五～一九八四）が、或る人に求められて埼玉県の蕨《わらび》に作った紫烟荘という小別邸、ということになるのではなかろうか。その注文主は堀口の著『現代オランダ建築』（大正14）を読んで、「茅葺き屋根の洋館を」と望んだのだという。堀口自身その『紫烟荘図集』（大正15）にそえたきわめて興味深いエッセイ「建築の非都市的なものについて」で、草の屋根、木の柱、土の壁など、伝統的建築素材が、近代住宅においてもいかに「平凡な日常生活のそことなき心宜《こころよろ》しさ」、つまり人間が住まいに求める田園的な安らぎ、を満たしてくれるものとして尊重さるべきであるかを説いて、次のように語っている。

それ等は環境たる自然とそれだけで融合し調和するし、またそれ自身柔らかで、刺激なく、特に厚い茅の屋根のごとく多くの気孔の重なったものの円やかなふくよかさは、何物にも換え難い感じで、なお近代的な感覚にも、たとえばビロードの持つごとき不思議なファクトラ（仕上り、質感――引用者註）を与えるところに愛着がある。

（『堀口捨己作品・家と庭の空間構成』鹿島研究所出版会）

詩人佐藤春夫は、いくら建築好きとはいっても、もちろんそのようなところまで知り、考えて、この「向う側」のコテージを草屋根にしたのではなかったろう。『田園の憂鬱』の主人公が、いつも縁側から眺めやっては心を楽しませていたあの「フェアリイ・ランド」のような丘、その頂きの雑木林のなかに見えていて、ときに白い一筋の煙をあげたりしていたというう「草屋根」——おそらく現実の鉄村（K村）からも見えていた丘の上の、そのまことに好ましい草屋根の風情が、結局はこの「西班牙犬の家」の映像の核となっていたのだろう。だが、彼はこうして雑木林のなかの小洋館が草屋根であることにいささかなりと執着することによって、意外にも、当時英国やオランダの田舎や田園都市で近代的住宅にもよく使われるようになっていたと堀口のいう、「非都市的」要素としての茅葺屋根の流行を言いあて、大正日本におけるその前衛的な試みにさえ先駆けることとなったのである。

（5）「向う側」のなかの「向う側」

「嗟、こんな晩には、何処でもいい、しつとりとした草葺の田舎家のなかで、暗い赤いランプの陰で、手も足も思ふ存分に延ばして、前後も忘れる深い眠に陥入つて見たい」といふ心持が、華やかな白熱燈の下を、石甃の路の上を、疲れ切つた流浪人のやうな足どりで歩いて居る彼の心のなかへ、切なく込上げて来ることが、まことに屢《しばしば》であつた。

『田園の憂鬱』の主人公はそのような切実な願いから、東京を去って、「世紀からは置きつ放しにされ、世界からは忘れられ、文明から押流されて、しょんぼりと置かれて居る」ような、この武蔵野の尽きるところの「丘つづき、空と、雑木原と、田と、畑と、雲雀との村」にやって来たのであった。彼の願いは、堀口捨己の語る同時代ヨーロッパの田園への逃避者たちの、「非都市的」な安息への願いとたしかに深く呼応するものをもっていたのである。だが、彼の心の渇きは、その村の「草葺の田舎家」に暮してもかならずしも満たされず、あの「フェアリイ・ランド」の丘という、さらなる「向う側」へと繰返し投げかけられずにはいなかった。

　そのような日々の間に、おそらくは同じ主人公が「友人フラテ」を先導に、その「丘」の雑木林のなかに偶然見つけたのが、草屋根のコテージだったのである。それならば「西班牙犬の家」の物語のなかの「向う側」は、その小洋館を発見したところで終点となってしまうのか。そうではない。その「向う側」の家は、当然のことながら、屋内というもう一つの「向う側」をそのなかに宿していた。

　主人公の「私」は、「おれは今、隠者か、でなければ魔法使の家を訪問して居るのだぞ」と、わざと戯れて自分に言い聞かせながら、「こつこつと西洋風の扉を西洋風にたたいて見た」。だが、なんの返事もない。そこで彼は、まずあの薔薇の群れ咲く南側の窓に寄って、屋内をのぞきこむ。やがてはついに扉をあけて、家のなかにまで入りこんでみるのである。

　それは、この家の所在や外観にもまして、のぞきこめばのぞきこむほど一層不思議さが濃くなってゆくような、完全に西洋風の屋内だった。まことにハイカラな異国風の桃花山荘、いや薔薇《そうび》館とでも呼ぼうか。

　窓には雨戸も障子もはまっていない。代りに、「黒ずんだ海老茶にところどころ青い線の見えるどつしりとした窓かけ」がある。それが半分ほどしぼってあるので、中がのぞけるのだが、驚いたことに室内の床《ゆか》には、大谷石（やがてフランク・ロイド・ライトが帝国ホテルに使用する）かとも思われる「青白いやうな石」が切り出したままで敷きつめてある。だが、なによりも「私」を驚かしたのは、その床の真中に設けられた高さ二尺弱の大きな石の水盤だった。その真中から水が湧き上って、水盤に溢れ、床をも濡らして外に流れ出て、あの薔薇の下からきらめく潺湲となっていたのである。スペインのアンダルシアの町、コルドバやセビリヤの瀟洒な住まいのなかに設けられている、噴泉を中心にした石や色タイル敷きの美しい中庭《パチオ》——まさにそれがこの草屋根のコテージのなかに設けられていた。

作者は一体どこからこのアイデアを得てきたのだろうか。小洋館を草屋根で覆った以上の奇想天外というべきだろう。建築好きの作者が内外の建築図集や画集をめくり、外国の絵はがきなどを見るうちに得た着想なのか。親友堀口大学の話や手紙からでもヒントを得たのか。いまの私には推測もつかない。この「向う側」の家のなかには、また大小さまざまの不思議な、意外な「向う側」がかくされていたのであって、作者＝「私」はまるで手品師さながらに次々にそれらの不思議の扉を開けて見せていってくれるのである。

それはここに一々列挙しきれないほどである。床と同じく石組みのファイヤプレイス（暖炉）、その隣にある三段の飾り棚、南面の奥の窓ぎわには素木《しらき》のままの大きなデスク。——そこまでは、室内のデザインにも夢想を凝らす作者の癖と好みのあらわれにすぎないかもしれない。だが、その卓上に「静かに二尺ほど」煙の糸を立ちのぼらせている吸いさしの煙草、そしていよいよ家のなかに入ってみると、床の日向に寝そべっていた大きな黒い、かなり齢とった西班牙犬が一匹——となると、しだいになにか異様な雰囲気が漂いはじめる。

しかし、右に作者は手品師さながらと書いたように、彼はなかなか種を明かさない。それら室内の目につくものを、次々に「種もしかけもありません」と挙げて誇示し、西班牙犬については滔々と犬類概論まで展開したりして、観衆＝読者の眼をそちらに向けさせながら、しだいに雰囲気を濃く盛り上げてゆき、最後のどんでん返しに持ちこむのである。

その目つぶしの、読者を煙にまくための小道具として、もう一つ効果的に使われるのが、この一部屋造りの室内に分秒を刻む音をひびかせていた、デスクの上の置時計である。それは実際に、この種の道具が好きな作者春夫が、どこかの西洋骨董店で買うか、堀口大学にみやげにでも貰うかして持っていたのではないかと思われるような、いまでいう「アンティーク趣味」の、川上澄生風の時計である。その文字板には「玩具のやうな趣向」の絵が描いてあって、長い裾を曳く貴婦人と頬ひげのあるシルクハットの紳士がおり、もう一人の男がその紳士の左の靴を毎秒一回みがく仕掛けになっているのだという。

さて可哀想なのはこの靴磨きだ。彼はこの平静な家のなかの、その又なかの小さな別世界で夜も昼も斯うして一つの靴ばかり磨いて居るのだ。

『田園の憂鬱』でも『美しき町』でも繰返される、微細なもののなかにさらに微細な別世界の映像を追ってゆく、ミニアチュア的想像力の一つの典型的なあらわれといえよう。ここでも、雑木林のなかの小さな洋館に、もう一つの小さな「向う側」が入子《いれこ》細工に仕込まれていたのであり、作者がこの小品を意識的に入子作りにしていることを、右の一節はちらりとながら示している。

　同じ机の上に積み重ねてあったり、散らばっていたりする本は、「絵の本か、建築のかそれとも地図と言ひたい様子の大冊な本ばかり」、それも「私」には読めない「独逸語らしい」。そして壁にはホイスラーの絵と思われる「原色刷の海の額」。——どれも、「はたして」といっていいほどに、「向う側」のなかの「向う側」を指し示す小道具ばかりである。

　その本の冊数が五、六十冊と、別に四、五冊、また室内の椅子は一つ、二つ、と数えて計三脚と、またポオ風の「擬似精密」をよそおって、「私」はいま夢うつつの間《かん》にいるのではないことを誇示するが、それならば一体この室内の時刻は何時なのか？

　卓上のあの骨董時計は、少なくともその時計のなかの時間では、（午後）「一時十五分」を指していた。時計が古いだけでなく、「時間も遅れて居さうだつた」と作者は書くが、それならばなおさらのこと、それは（深夜の丑三刻とともに）まさに「向う側」の世界の時間ではなかろうか。桃源郷では、洞窟をやっとくぐりぬけた漁師の眼下に「豁然」と開けた村里で、犬が吠え、鶏たちが文字どおり間のぬけたときの声をひびかせたりしていた頃合である（そこから「鶏犬の声」は田園平和の象徴となり、「午鶏《ごけい》」という熟語さえ派生した）。與謝蕪村の「春風馬堤曲」（一七七七。佐藤春夫も後年（昭和2）シナリオ化する）では、藪入り娘が少しくたびれて歩いてゆく早春の土堤ぎわのひっそりとした農家で、猫が妻を呼び、黄色いひよこが親鶏を追って若草の上に転《まろ》んだりしている時刻。一日のなかで、時計の針の動きも遅くなるかと思われるような、都会以外の地ではにわかにあたりにエア・ポケットないしタイム・ポケットが生じて、「向う側」が開けかかってくるような、昼さがりの一刻である。——現代俳人もこの一刻の気配を巧みにとらえて、次のように詠んでいた。

春昼《しゅんちゅう》や催して鳴る午後一時　渡辺白泉

(6) 水の音のいざない

朝、愛犬フラテとともに散歩に出て、フラテの導くままに三時間近くも丘の雑木林のなかをさまよって、黒い西班牙犬しかいない不思議な草葺きのコテージのなかに入りこんで、いま午後一時すぎ。それも外には「優しい春の日ざし」の溢れているその時刻——これでは「私」が、いままでいくら物の箇数や大きさを確かめ、自分の頬をつねるようにして目がさめていることを言い張ってきても、しだいに夢うつつの間に入り、自分自身の身もとがあやふやになってくるのは、無理もない。

作品の終りに近づいた次の一節は、いよいよ「向う側」のなかの「向う側」へとたゆたいはじめた「私」のすがたを、文体のおもむきまで変えてよく描いている。——

私は帰らうと思つた、この家の主人には何れまた会ひに来るとして。それでも人の居ないうちに入込んで、人の居ないうちに帰るのは何だか気になつた。そこで一層のこと主人の帰宅を待たうといふ気にもなる。それで水盤から水の湧立つのを見ながら、一服吸ひつけた。さうして私はその湧き立つ水をしばらく見つめて居た。かうして一心にそれを見つづけて居ると、何だか遠くの音楽に聞き入つて居るやうな心持がする。うつとりとなる。ひよつとするとこの不断にたぎり出る水の底から、ほんたうに音楽が聞えて来たのかも知れない。あんな不思議な家のことだから。何しろこの家の主人といふのはよほど変者《かはりもの》に相違ない。……待てよおれは、リップ・ヴァン・ヰンクルではないか知ら。……帰つて見ると妻は婆になつて居る。……ひよつとこの林を出て、「K村はどこでしたかね」と百姓に尋ねると、「え？　K村そんなところはこの辺にありませんぜ」と言はれさうだぞ。さう思ふと私はふと早く家へ帰つて見やうと、変な気持になつた。そこで私は扉口のところへ歩いて行つて、口笛でフラテを呼ぶ。

ここまで来ると、ついに「私」も、目がさめたまま夢を見はじめている。いぶかしがり、疑う自分自身を、いぶかしがり、疑いはじめている。

この作品の冒頭の部分、丘の高みに出て春日のなかの雑木原を見晴らしたあの部分と同じように、また再び不確実さを示す副詞が急増し、故意に冗慢な接続詞も頻用されて、「私」の夢とうつつの間のたゆたいを伝えるのである。

「何だか気になつた。」
「そこで一層《いつそ》のこと」
「それで水盤から水の湧立つのを」

「さうして私はその湧き立つ水を」

「かうして一心にそれを見つづけて居ると、何だか遠くの音楽に聞き入つて居るやうな心持がする。」

「うつとりとなる。」

「ひよつとすると」

「ほんたうに音楽が聞えて来たのかも知れない。」

「よほど変者《かはりもの》に相違ない。」

「……待てよおれは（中略）ではないか知ら。」

「ひよつとこの林を出て、」

「そこで私は扉口のところへ」


要するに、引用の一節のほとんど毎行に、右に言ったような語彙が用いられている。各行のセンテンスも、とくに工夫を凝らしたとは見えずに自由自在に伸縮し、あるいは「大日本語」式の倒置法も巧みに使いこなして、いよいよ「向う側」の家のなかの「向う側」へとたゆたいつつ滑りこんでゆく「私」の心理をあらわしている。

彼をその夢のなかの夢へと誘いこんでゆくのは、室内の水盤に湧き立つ水の音である。それも、最初はただその水の湧くすがたを見ていたはずなのに、いつのまにかその単調な音の方にひきこまれ、それに耳を傾けはじめていた。そのあたりから、前引の一節のなかの文章が客観的な過去形から現在形に転じ、いわゆる「内的独白」の体となってゆくのも興味深い。単調に、しかし或るリズムをもってつづく水の音が、人を夢想に、そして内的独白に導きやすいのは、ルソーの『孤独なる散歩者の夢想』の有名なサン・ピエール島の湖畔の夕ぐれの一節以来、ことによく知られたことだが、佐藤春夫はそれをおそらく別に学んだわけでもなく、ほんの数行の間ながらここに実演してみせたことになる。

エドガー・アラン・ポオも、たとえば「ランダー山荘」で、「私」がそのコテージのある谷間に入りかかるところに、「水の音」を使った（Presently the murmur of water fell gently upon my ear...）。だが、ポオの方はすぐにそれを忘れ去ってしまう。ランダーの谷間の池や細流をその方位や広さ長さにいたるまで繁雑なほど詳しく描写はするが、水の音の効果についてはそれを無視してしまうのである。ところが、「西班牙犬の家」では、これまで特別に触れてはこなかったかもしれないが、この「水」は草屋根の洋館に近づいたあたりから実はほぼ一貫して一つの導線となってきている。

雑木林に入りこんでしばらくして、フラテと「私」はわずかに前後して「潺湲たる水の音を聞きつけ」た。やがてコテージを発見すると、窓ぎわの薔薇の下からその水が「きらきらと日にかがやきながら」流れ出ているのを見つけた。そしてその窓から屋内をのぞきこんだとき、あのパチオ風の造りの水盤に水が湧いては溢れているのを見て「少なからず驚」き、一層好奇心を駆り立てられる。ついに屋内に入っては、ようやくその水盤の造りを確かめ、しばらくは室内のさまざまの装飾や備品や時計に気を奪われて水の存在を忘れたあとに、いまふたたび急に湧く水の音が高くなったかのように、その音のなかに心と感覚をひきこまれてゆくのである。上田秋成晩年の「背振翁物語」も、春の山道をゆく青年僧の喉の渇きを動因《モチーフ》として、「玉をはしらせて流るゝ」泉のほとりの茶神とのめぐりあいに導くみごとに美しい小品、佐藤春夫自身後に「珠玉」とも「神品」とも絶讃する（『上田秋成』）短篇だった。二十四歳の大正詩人の処女作は、まだそこまでは至っていない。だが、この作中の水の扱いかた一つをとってみても、また前引の節の行文の妙を見ても、彼の筆がすでにして凡手ならざるものであったことがよくわかる。

水盤にたぎり出る水が音楽のように鳴っているだけではなく、ほんとうにその底の方から音楽となってひびいているのではないか、と「私」は思いはじめる。そこまで行ったとき、「私」ははじめて、ふと「向う側」のなかの「向う側」からいまのここに戻ってくる。

（7）春の午後の雑木原

待てよおれは、リップ・ヴァン・ヰンクルではないか知ら。

との自省が生じてくるのである。夢のなかの夢からの目ざめをいう「待てよ」が、効果的だ。ワシントン・アーヴィングの『スケッチ・ブック』のなかの有名なリップの物語を、春夫は英語原文で読んでいたのか、あるいは鷗外先生訳「新浦島」として『水沫《みなわ》集』（明治25）、ないし『改訂水沫集』（明治39）で読んでいたのか（鷗外訳では「リップ、フアン、ヰンクル」）。それはいま確かめようもない。

だが、いま夢の夢からのさめぎわに、「リップ・ヴァン・ヰンクル」を想いおこすというのは、大正日本ならではのハイカラ、ないしはハイカラ気取りというものであろう。なぜなら、その北アメリカの物語を鷗外が「新浦島」と題して訳したように、異郷から帰ると妻は婆になり（ほんとうは死んでいる）、K村はどこかになくなってしまっているという「向う側」と「こちら側」との間の超自然的時差（supernatural lapse of time）の可能性を言うためならば、「私」はここにリップではなく、浦島太郎の帰郷の話をもってきてもよかったはずだからである。あるいは、これも早くから日本で知られた中国六朝の『幽明録』の、劉晨《りゅうしん》と阮肇《げんちょう》の異郷淹留譚を引合いに出しても同じことだったろう。

　だが、浦島や劉阮の話では「西班牙犬」の物語に引くのに、かび臭すぎたのかもしれない。また、どちらの説話でも「向う側」には艶麗な女性がいて、主人公とその女性との愛の交歓があったのに、「西班牙犬の家」では噴水があり犬がいるだけである。そのエロス抜きである点ではアーヴィングと共通するので、ここには「リップ・ヴァン・ウィンクル」が引用されたのであったのかもしれない。

　「リップ」の話を思い出して急に不安にもなり、「私」はこの西班牙犬の家を失礼することにする。「向う側」のなかの「向う側」から醒めて、もとの「蹄鍛冶屋」のあるK村に帰ろうとするのである。

　ところが、帰りぎわにもう一ぺん、窓の外から「背のびをして」この草屋根のコテージのなかをのぞきこむと、なんということだろう。あの真黒な西班牙犬はのっそりと起き上がって独りごとを言い、「私」の瞬きする間に「五十恰好の眼鏡をかけた黒服の中老人」に変化《へんげ》する。ここに手品の種明かしはおこなわれ、あっと驚く間に「どんでん返し」が生じて、この楽しい「向う側」の物語は、「リップ」の話が出たにもかかわらず「こちら側」での後日譚なしに、「向う側」にとどまったままで終ることになる。

　陶淵明も高橋虫麻呂も、上田秋成も『草枕』の夏目漱石もついに思いつかなかったらしい、「向う側」の物語のこの中断による結びのうまさについては、もはや評釈はいらない。ぽかぽかと暖かい春の午後の雑木原のなかでの物語に、これ以上腑分けをほどこすのは、ただ「野暮」というものだろう。西班牙犬は起き上がると、「私」が窓からのぞいているのにも気がつかずに――

「あゝ、今日は妙な奴に駭《おどろ》かされた。」

と、人間の声で言つたやうな気がした。はてな、と思つて居ると、よく犬がするやうにあくびをしたかと思ふと、私の瞬きした間に、奴は五十恰好の眼鏡をかけた黒服の中老人になり大机の前の椅子によりかゝつたまゝ、悠然と口には未だ火をつけぬ煙草をくはへて、あの大形の本の一冊を開いて頁をくつて居るのであつた。

ぽかぽかとほんたうに温い春の日の午後である。ひつそりとした山の雑木原のなかである。

田園調布の開発（大正7）が始まる二年前、東横線（大正15）や小田急線（昭和2）などの郊外私鉄が東京西南部へと走りだす十年前には、国木田独歩の「武蔵野」よりもさらにわずかに西へ進んだあたり、『田園の憂鬱』にいうT市（東京）とY市（横浜）とK市（川崎）とH市（八王子）のちょうど中間のあたりの雑木林の丘陵に、まだこのようにハイカラでコケティッシュな「向う側」、春の午後の小桃源が空想裡にも存在しえたのである。

【付記】

一九五〇年代の末の頃、東大大学院比較文学比較文化課程で、佐藤春夫の短篇の面白さを教えて下さったのは島田謹二教授であった。当時、何年かつづけて正月元旦には、島田先生に連れられて関口台町の、ややスペイン風の佐藤邸に年賀に参上もした。島田先生の演習には、いまなお未完の『美しき町』論の一部をレポートとして提出しただけだったが、私がいま東アジアにおける桃源郷の系譜やユートピア文学に興味をもつようになった淵源は、あの演習にこそあった。そのことに、今回久しぶりに「西班牙犬の家」を論じながらあらためて気がついて、深く感謝する。

六　東アジアにおける「新しき村」運動
——武者小路実篤から周作人、そして毛沢東へ

(1)　大正日本の「改造」主義

一九一二年（明治45）七月三十日、明治天皇崩御の報が伝わると、日本国民の大多数は日本近代化の最大の指導者を失ったことを嘆いて、深い喪に服した。だがそのときでも、幾人か幾十人か従順ならざる青年男女はいて、天皇崩御の報にむしろ安堵し、明治政府の強圧的支配からの解放をひそかに期待しさえした。当時津田梅子の女子英学塾を卒業した青山菊榮（一八九〇～一九八〇）二十二歳もまたそのような女性の一人だった。菊榮の回想によれば、月の美しかったその日の夜、彼女は翌日の学校の遠足を楽しみにする小学生のような気分だったという（『女二代の記』一四九頁）。

彼女の予感はかならずしも裏切られなかった。天皇の死をあれほどに悲しんだのに、しばらくすると大都市に住む改革家や改革主義者たちは声を大にして、「変革」を、「改造」を、古き日本のあらゆる社会制度の再計画を、唱えはじめた。その趨勢のなかでとも言うべきか、上記青山菊榮が一九一六年（大正5）、雑誌『新社会』の編集者でマルキスト社会主義の理論家山川均《ひとし》（一八八〇～一九五八）と結婚し、翌年九月長男が生まれると、夫婦の間には口論が始まった。この赤ん坊の名前をめぐってである。夫均は創作あるいは改作、さらには改造と名づけようと言い張った。それに対し菊榮は、そ

れではあまりに露骨で可哀想だと反対し、二、三日言い争ったあげく、結局男の子は振作《しんさく》という名で落着したのである（この山川振作氏は後に生物学者となり、東大教養学部で私の先輩同僚となった。山川菊榮の著作が好きだった私は、彼女の『武家の女性』（岩波書店）の解説を書いたり、『幕末の水戸藩』（同）の書評を『教養学部報』に載せたりして、この山川振作先生にはおのずからずいぶん親しくしていただいたものだった）。

同じ趨勢のなかで、大正期の半ば（一九一〇年代）には、さまざまな進歩派の月刊誌が相ついで創刊され、そのどれもが山川坊やとよく似た誌名を競い合った。たとえば、一九一九年（大正8）といえば、第一次世界大戦終結とともにパリの講和会議が始まり、東アジアでは韓国で朝鮮独立を求める三・一運動が大規模な示威活動を展開し、中国でも反植民地主義の五・四運動が始まるという、世界史上にも稀な大変動が各地で連動して生じた年であったが、その同じ年に日本でも二月には雑誌『我等』が、四月には『改造』が、そして六月には『解放』が刊行されはじめた。その前後には堺利彦や山川均など、あるいはもっと左翼の指導者編集による『社会主義研究』や『社会問題研究』なども創刊されて、翌年にむけて普選問題や労働運動をしきりに論じはじめるのである。

いまあらためてこれらの新論壇誌の目次を眺めなおしてみると、それは同時代日本の社会と文化のほとんどあらゆる局面にわたって「改革」を求める威勢のいい言論のオン・パレードである。派閥支配の政党政治への批判、普通選挙への改革、一日八時間労働の問題、労働組合結成の自由、社会福祉、学校教育、女性の生活改善、恋愛と結婚の自由、農村共同体の生活合理化、海軍軍縮問題、日本の植民地政策、さらには日本の国家改造論までが並ぶ。目立った論客には、長谷川如是閑、大山郁夫、吉野作造、安部磯雄、與謝野晶子、山田わか、山川均・菊榮などがおり、さらには「民藝」運動のリーダー柳宗悦や、東京帝国大学教授のカント学派哲学者桑木嚴翼までが加わって「世界改造の哲学的基礎」を論じたりもしたのである。

彼ら論客の多くは、一九一七年（大正6）のロシア革命、さらに翌一九一八年（大正7）の第一次世界大戦終結後のアメリカ、ヨーロッパそしてアジア各地の政治・文化の急変動の影響を、いまや海を越えてじかに、いわば横なぐりに受けていた。そしてこの改革派の指導者たちの多方面の試論・試行の間から生まれたもう一つの運動が、大正七年（一九一八）、三十三歳の若い文学者武者小路実篤（一八八五～一九七六）の率いる「新しき村」のユートピア建設の運動であった。

武者小路実篤はその姓の示すとおり古い宮廷貴族の家（伯爵）の出であり、学習院の卒業生だった。同窓の志賀直哉や長与善郎、有島武郎・里見弴・有島生馬の三兄弟、また前記柳宗悦らも加わって、明治四十三年（一九一〇）、反自然主義派の文藝・美術雑誌『白樺』を創刊し、その主幹の一人ともなった人であることは、ここにあらためて言うまでもない。この月刊誌が一九一〇年代、二〇年代の日本の若い文学青年たち、藝術家たちに幅広いそして深い知的感化をおよぼしたことも、よく知られている。

武者小路というこの貴族趣味の、若い多感・多産な作家が、いったいなにに動かされて、その安定していたはずの生活と名声を投げ打ってまでユートピア建設の夢に突き進んだのか、それは簡単には答えられない。だが、前に触れたような同時代の思潮、変化と改造を求める人たちの言動の活力が、武者小路の敏感な感性と思考に影響を与えたことは疑いえない。彼はロシア共産主義の近年の展開についてはすでにかなりよく知っており、その運動が資本主義的搾取からの民衆の解放を唱えて現実に動き始めるより数年前から、その到来を予想してさえいたようだ。ただ彼は階級闘争による革命という流血の惨事だけは最後まで受けいれることはできなかったのである。

武者小路はさらにロシアの無政府主義者ピョートル・クロポトキン（一八四二～一九二一）の「相互扶助論」にもある程度通じていたようだし、近代ヨーロッパのユートピア思想の名作にもすでに十分に触れていたろう。トマス・モアの『ユートピア』（一五一六）は日本でもすでに明治十五年（一八八二）の井上勤訳『良政府談』以来広く知られていたし、トマゾ・カンパネルラの『太陽の都』（一六〇二）は第二次大戦後になって初めて日本語訳（岩波文庫）が出たのだから、さすがの武者小路も読んではいなかったろう。だが、さらに新しいウィリアム・モリスの『ユートピアだより』（William Morris, *News from Nowhere*, 1890）は、この作の小説的趣向の巧みさもあって、枯川《こせん》堺利彦によって明治三十六～三十七年（一九〇三～〇四）に『平民新聞』に「理想郷」と題して抄訳が連載され、すぐに「平民文庫」の一冊として刊行されて、広く読まれた。画家小川芋銭や小杉放庵がしきりにコマ絵を寄稿していたあの『平民新聞』である。

（2）「美しき町」と「新しき村」

そしてもう一つ興味深いのは、『西班牙犬《スペイン》の家』で文壇デビューをした佐藤春夫が、「新しき村」発足のすぐ翌年、創刊直後の総合雑誌『改造』の大正八年（一九一九）八・九・十二月号に、まるで武者小路の「新しき村」に当てつけるかのように短篇ユートピア小説『美しき町』を連載発表したことである。この才気煥発のモダニストの小説では、アメリカ人の父、日本人の母の混血児で、画学生E君の少年時代からの同級生川崎慎蔵が、父に引き取られてアメリカに渡ったのに、何年かしてすっかり大人びて、しかもテオドル・ブレンタノというドイツ・ロマン派風のもう一つの名を名乗って東京に帰り、E君に会いに来る。数年前に亡くなった父が彼に残した数百万円という莫大な遺産をすべて使って、東京のどこか一角に「一切の無用を去って、しかも善美を尽」した小さなユートピア、美しい町を造りたい、ついてはE君にその場所選びをして貰いたい、とこのブレンタノは言うのである。

　E君は画板を肩から下げたまま東京のあちこちを歩き廻り、ついに隅田川の中洲の島を最適の地と見定め、ブレンタノもこれに歓喜し、明治生まれの老建築技師を雇って、築地の洋風ホテルに泊りこみで美しい町の設計を始める。やがてその計画の立体ミニアチュアまで作って、三人ともども大喜びをする……と話は進む。その間《かん》ブレンタノは、ホテルの自室で「人に測量させて製図させた土地の大きな図の前に坐って、時々ドリイミイな目を上げてその地図の上を眺め入っていることがあった。それにまた時々に彼は本を読んでいた。それはウィリアムモリスの「何処にもない処からの便り」という本で、それを彼はよほど好きであったと見える。何時でも読んでいたから。……」

　佐藤春夫の『美しき町』は、私自身、昔から大好きな作であったためか、「新しき村」の論からややそれてしまったが、当時すでに日向の国の山奥の村の開拓に従事していた武者小路実篤は、この小品を『改造』誌上で読んでいたろうか。あるいは翌大正九年（一九二〇）にこの作が天佑社から単行本となって出たのを、手にする暇はあったろうか。それはいまの私には不明だが、少くとも大正八年満二十七歳で『田園の憂鬱』や『美しき町』で名を挙げた新ロマン派の才子春夫の側からすれば、

『白樺』一派の貴族趣味と生真面目《きまじめ》ぶりに日頃から反発は覚えていても、彼らが大真面目《まじめ》に九州の僻地に農村ユートピアの実践を開始したとの話には、かなり強く心を動かされ、当時の多くの知識人と同様に感嘆するとともに呆れざるをえなかったのであろう。そして武者小路一派が「新しき」ならば俺は「美しき」、そして「村」に対して「町」と、斜に構えてみせたのではなかったろうか。

『美しき町』で作者がこの「町」の市民として住むべき人の条件に挙げた六項目ほどのなかには、「商人でなく、役人でなく、軍人でないこと」とか、「この町のなかでは決して金銭の取引きをしないという約束を守って、そのためには多少の不便を予《あらかじ》め忍んでくれる人」とか、「新しき村」の住民たちとかなり共通する面もあったのである。そして他方、武者小路の側にも、マルクス・エンゲルスの共産主義には直結しないラファエル前派のデザイナー、ウィリアム・モリスによる反近代主義の美的ユートピアへの共鳴はたしかにあったのであろうと思われる。

(3)『白樺』から「新しき村」へ

その上に、なによりも、武者小路実篤には『白樺』の同志たちと分ちもっていた西洋近代の藝術の英雄たちに対する熱烈な、生真面目な讃仰と敬愛とがあった。『白樺』が幾たびか特集を編み、作品写真を繰返し掲載したヴァン・ゴッホ、ポール・ゴーガン、セザンヌ、オーギュスト・ロダンらに対して、とくに武者小路はときに誇大かと思われるほどに言葉を尽くした讃辞を捧げ、美術批評家としても熱のこもった評論を書いて、この英雄たちの人間性開発の事業を一九一〇年代の日本の知的青年たちに伝達した。ベートーヴェンもゲーテもドストエフスキーも、武者小路が実際にどれほど知っていたかは別として彼の崇敬の対象となったが、なかでもトルストイ（一八二八〜一九一〇）こそ、学習院学生時代から本気で読み始めて、彼をついに現代の地上に「新しき村」を創始するまでに衝き動かした最大の文筆家に他ならなかった。武者小路は若き日からこのロシアの大作家の作品に心を奪われたあまり、東京のどこかの町角でふと片仮名の「ト」の字を見かければ、その途端に上気して顔が赤くなった、と後に告白している。

トルストイの「人道主義」と呼ばれるもの——すなわち平和主義と平等主義と、私有財産の廃止とは、自我の、個性の完成という白樺派の理想主義と一つになって、武者小路実篤の心のなかに深く根をおろしたのである。彼はまた華族という日本の特権階級の家に生まれ、教育され、もともと肉体労働のいかなる苦労も知らずに安易に暮してきたことに、いつも良心の呵責を覚え、いわば原罪の感覚を持っていたとも語っている。

個我の自覚と新時代の「人類」の思想とが直接につながってゆくような外からの衝迫、そして内からする自己改造実践への促しにこもごもに動かされて、武者小路実篤は大正七年（一九一八）秋、ついにほんとうに九州日向の国の一隅に「新しき村」の建設を始めた。宮崎県児湯《こゆ》郡木城《きじょう》村大字石河《いしかわ》内《ち》字城《じょう》という山奥に、約九千坪の土地を得て、そこに実篤夫妻みずから、二十名に足りない第一代の同志村民とともに移り住んだのである。

なぜ『白樺』の仲間有島武郎の北海道ニセコの「狩太共生農団」（一九二二、大正11）のような北海道でもなく、宮沢賢治が構想した岩手県花巻郊外の「羅須地人協会」（一九二七、昭和2）の東北でもなく、信州でも四国でもなくて、東京からはもっとも遠い九州東南部のこの僻地を武者小路は選んだのか。それは今の私には見当もつかない。霧島山や高千穂峯のような日本神話発祥の地は、宮崎県と鹿児島県の県境にあって、日向国中央部山地の木城村とは遠く離れている。それに武者小路には神話的発想はもともと稀薄であったろう（それでも「日向《ひゅうが》」という古い国名だけでも日本人にはある畏敬の念を呼びおこす）。「新しき村」の実践計画を立ててさまざまな情報を集めるうちに、この宮崎県木城村の名が最有力候補として上がってきたとしか言いようがない。

候補地が見定められてからも、実際にその地に赴いて「村」の理想を説き土地購入の交渉に入ろうとすると、現地の郡長や村長や村民の間には、若い詩人、藝術家、知識人たちの自由平等の共同体の建設と聞くだけで、その理想が高尚なほどに畏怖の念、警戒心が生じて敬遠されがちだった。それも当時としては無理からぬことであった。この前後の経緯については、武者小路が当時「新しき村」をめぐって書いた多数の評論やルポルタージュ、とくに大正九年（一九二〇）の「土地」などに触れられているし、伊藤信吉の『ユートピア紀行』（一九七三）にもいきいきと語られている。

（4）武者小路村長とロダン岩

だからここに私が再述する必要はないのだが、この日向移住の年（一九一八）満三十三歳であった武者小路実篤の精神的・実務的負担というのは、今から思いやってみても実に重大なものであった。八年後の大正十五年（一九二六）ついに離村して村外会員となるまで、この夢想家・理想主義者がよくもこの小さな農村共同体での重責に耐えて頑張ったものだと、あらためて感嘆せずにはいられない。

彼はこの村の実質的な村長であり、十七人の村民の精神的思想的指導者であり助言者であった。村の土地購入に莫大な私産を投じたばかりでなく、毎月毎年の村財政の主要な維持者でもあった（そのために彼は在村中たえず長短の小説を書き、戯曲や詩や評論を書いて東京の主要な新聞・雑誌に送り、原稿料を村あてに送金させた。しかもそれらの作品はどのジャンルでも後に彼の傑作とされるような作が多かった）。

しかし予期された、あるいは思いもかけぬ困難が、この未開の地の経験不足の新村民たちを苦しめた。村には早くから計画されながらも長いこと電気がなく、開村から十二年目の昭和五年（一九三〇）になってようやく山中からの水路開発と小規模の水力発電所が完成して、ランプ生活に代る電燈が灯ったのだという。何年かの間は、村には病院も郵便局も警察も学校もなかった。九千坪の土地を東・南・西の三方から囲んで流れる小丸川を舟で渡って東岸の、石河内集落に行ってはじめていささかの用が足せた。村にまず建てられたのは村長武者小路一家のつつましい住まいと、村民たちの何棟かの共同住宅と共同食堂、そして鶏や山羊や馬の飼育小屋や納屋などばかりであった。

だが、九州中央山地の深い山々の間から流れ出て、いくつもの支流を合わせて日向灘に流れ入る小丸川が、小丸川渓谷と呼ばれる両岸急峻の一帯に入る前に、右に触れたように、この新しき村の字城《じょう》の極小の台地を東側から南にそして西北へと取り囲んで急ぎ流れる光景は、まことに美しかった。武者小路の一行は小丸川沿いに馬車で遡ってきて、村の手前の前坂峠からはじめてこの山中の小台地を見おろしたとき、その「山上孤島」のごとき眺めに大いによろこんだという。背後に幾重もの山々が連なって迫り、台地には木々の林と竹林がひろがり、三方を清流に囲まれている。徒歩で登り下る以外にないこの前坂峠は、乗合馬車の来る村まで東に約三里あり、そこから馬車でようやくこの地域の中心地高鍋町に至り、日豊本線の停車場にたどりつくという、美しいが辺鄙極まる山合いの一角であった。

人々は当時も今もこの最初の新しき村を呼んでユートピアという。他のどこにもありえぬ理想の町、あるいは空想の土地との意味でならば、そうもいえよう。伊藤信吉氏は三方を海に、他の一方を本土との海峡に囲まれたトマス・モアのユートピア島物語の巻頭の絵図を想起して、この新しき村の台地こそユートピアだとも書いている。

しかしこれまでも述べてきたように、モアのユートピアは赤道直下の島の一端に、カンパネルラの太陽の都は砂漠の果ての台地に、建設された完全に人工の都市国家なのである。これらの理想都市は（あたかも今日のシンガポールにおけるように）一切が合理的、功利的に設計され、管理されている石造りの孤立都市である。そこでは、モアの場合もカンパネルラの場合でも、その都市の設計のみならず、市民の労働も、教育も、結婚も、家族計画も、住宅も庭も、日々の衣食も、すべてが少数の賢者たちの計算づくの管理によって支配され、防衛されていたのである。たとえ武者小路実篤がこれらの西洋古典のユートピア思想に通じ、それを継承した同時代の社会主義的イデオロギーの一面に感化されていたとしても、彼がこの日向の国の山間の地形をみずからの理想実践の地として見立てたとき、彼の心奥にはやはり陶淵明「桃花源記」の農耕民の平和共同体の詩的映像がいっそう強く深い動因として、作用していたのではなかろうか。「新しき村」は同時代の桃源画家小川芋銭や小杉放庵の仕事にも一脈通じる反都市主義、反資本主義の農本主義の一種と見る方が、その実態に近いと私は考える。
新しき村での兄弟姉妹同盟《ブラザー・シスターフッド》の住民の日々には、それまでの世俗での生活に比べれば多くの不便や面倒があった。東京の『白樺』の盟友たち、志賀直哉も柳宗悦も、それぞれに武者小路の捨身の冒険に賛辞と敬意を表す文章を書き、援助を惜しまなかったろうが、はるか九州南部の、地図にも載っていないようなこの僻地まで来て彼を激励しようという者はいなかった。ただ一人、詩人千家元麿は実篤の人道主義・人類思想に共鳴すること強く、大正七年秋の開村のときに武者小路夫妻に同行して石河内にやって来たが、わずか三日の後には村から失踪して、東京に帰っていたという。

有島武郎は先に一言触れたように、「新しき村」創設から四年後の大正十一年夏に、自分が父から相続した北海道ニセコの開拓農地、日向の村のなんと五十倍以上の計約四百五十町歩をその小作農に対して解放する、というまさにトルストイ以上に大胆な革命的行為を宣言し、実行する。その目論見があり自信があってか、有島の「新しき村」批判は、そのあまりに世間知らずの、失敗必至の、詩人的空想の理想主義のひよわさを突いて、かわらぬ友情に裏打ちされてはいても、東京の他の社会主義派の批評家たちの言と変らぬほどに痛烈だった（たとえば山川均は「砂漠のなかに一点のオアシスを造ったからといって、砂漠が肥沃な緑の大地に変ずることはありえない」と、巧みにも適切に指摘していた）。

武者小路は東京知識人のこのような微温的な敬遠ぶり、あるいは冷笑、嘲笑の批判的言辞にもかかわらず、挫けることなく桃源の孤立を守り、楽天家、夢想家でありつづけた。昼は野菜や小麦の畑をみずからも耕し、種を蒔き、穫り入れもした。そして夜は村の同志たちとの団欒や議論の一刻の後に執筆の仕事があった。開村二年目の大正九年四月には、東京の雑誌の『解放』に寄稿して村の生活ぶりを半ば小説化して次のように語り、なお意気軒昂たるものだった。——

自分達は何をしようと云ふのか。新しき社会をつくらうと云ふのである。其処では皆が働ける時一定の時間だけ働くかはりに、衣食住の心配からのがれ、天命を全うする為には金のいらない社会をつくらうと云ふのだ。その上に自由をたのしみ、個性を生かさうと云ふのだ。

そんなことが出来るか？

出来る！

（筑摩「現代日本文学全集」72『武者小路実篤集（二）』）

村では一日六時間を全村民の義務労働の時間とし、日曜と正月三ヶ日は休みとした。他に釈迦の日四月八日、労働祭の八月十日、トルストイとゲーテの日八月三十日、そして十一月十四日のオーギュスト・ロダンの誕生日（事実は同十二日）を開村記念日として、村民休日と定めた。村の台地をとり囲む小丸川の岸辺には大きな岩が一つ屹立していて、村ではそれを「ロダン岩」と名づけて、初期には村民二十名が全員その岩上に登って記念写真を撮ったりもした。

（5）「桃源」の名ごり

武者小路がまだ村に在籍した大正十四年（一九二五）には、電気もない村のなかにわずか六坪の狭さながら「新しき村印刷所」が開設され、「村の本・叢書第一冊」として武者小路の『自撰・詩百篇』が刊行された。この叢書は伊藤信吉氏によると菊半截判で全十五冊出版され、市販もされて村の財政の一助ともされたという。そのなかには、他に『千家元麿詩集』、志賀直哉『網走まで』、外山楢夫訳『ベートホーヴェンの手紙』、外山完二訳『トルストイの手紙』、石山徹郎訳『陶淵明詩集』、長与善郎『緑と雨』などが含まれていたという（伊藤、二六〇頁）。

これらがどれほどの収入を村にもたらしえたのかは全くわからぬが、一見すればいかにも典型的な白樺派的大正教養主義のシリーズと言えるのではないか。なかでも、陶淵明を訳した石山徹郎（一八八八〜一九四五）は秋田県出身、東大卒の国文学者で、旧制松江高校の教授をしていた頃に「新しき村」の会員か住民にもなっていたらしい。その訳詩集のなかには「桃花源の詩」も選ばれて、集の巻末に収められていたという。

そう言えば、右の叢書発刊より二年前、大正十二年（一九二三）九月号（関東大震災の月）の『改造』に武者小路の発表したのが、「桃源にて」という一風変った観念劇ともいうべき小戯曲であった。「所　支那、時　昔、人物　男、少年、少女、老人、その他」というだけの構成である。「男」は山奥深く住んでいて、山火事で裸になったその山に過去二十数年、桃の木を植えつづけている。谷川を流れてゆく桃の花びらの美しさに打たれた彼の弟らしい「少年」の問いに答えて、男は「私はこの仕事をやり出した以上は美しい上にも美しくする。そしてこんなにも美しい桃の山を見たことはないと云ふ仙境をつくつて見る」と答える。ところが或る日この山中に狩に来た国王が、桃花林の美しさに魅せられて、ついに全山の桃を自分の離宮の庭に移し植えさせる。

代金は支払われたが落胆の余り川のほとりでただ釣をしている男の側に「老人」があらわれて、男にむかって語りかける。――「生きてゐる間は、失望することを知らない男であつてほしい。死ぬまではいくら切られても、折られても、又生きかへる男であってくれ。さう云ふ男のゐてくれることは、人間に生れたよろこびなのだ。あの桃の芽を見てやれ」と、切られた木株からまた新しい芽を出す桃の芽を指さす。そして「その（桃の芽の）勇気に感心し、この小さな芽の美しさに感心すれば、之《これ》だけでどの位ゐ美しいものか知れない。私はこの桃に礼拝する」と説くのである。まるで「新しき村」の経営に幾たびか内心の挫折を感じかけている作者武者小路がみずからを激励するかのような科白である。そしてまた大震災に壊滅した東京・横浜の市民を勇気づけるような言葉ともなった。

そしてこの邂逅から十数年後、全山ふたたび美しい桃林の山となった麓に、いまは武人として国王に仕える身となった弟が往年の少女を妻として連れて現われ、桃花の山再見に来ていた老人もともに、全四人で祝盃を挙げる。武人の弟は繰返し「どんな不幸が来たつて、決心したものは、道をひらけるだけひらいて、進めるだけ進む。そして進めない時には勇ましく死んでゆくものだ」と説いて、劇は終る。

これは明らかに陶淵明「桃花源記」の一つの大正日本的・「新しき村」的新ヴァージョンに違いなかった。ただ陶淵明の、あの人間普遍の深層心理に訴えるような妖艶な不思議の時空構成のなかに、暗黙の社会保障が守られ、壮若は働き老幼は「怡然」としてみずから楽しむという農耕共同体の大いなる夢を宿した物語から、作者自身の身辺に縮約し引用した小品というべき作であった。

新しき村の演劇部員はこれを上演したこともあったようだが、村も昭和に入るとかなり雰囲気が変ってきたようで、同六年（一九三一）になると村民のなかの四人の文学青年は村を脱退して、同じ児湯郡の隣村川南《かわみなみ》村の十文字原に第三の新しき村を開き、緑色群組合というのを設けた。そしてそのなかに劇団桃源座をつくったというから、面白い。だがすぐの翌年には桃源座は構成劇場と改名して大阪の左翼劇団戦旗座と一緒になって、日本プロレタリア劇場同盟（プロット）の加盟劇団に転じていったという（伊藤信吉）。「新しき村」の桃源的ユートピア主義がもともと孕んでいた社会主義的志向が、一つの細胞分裂を示していった具体的現象として興味を惹く挿話ではあろう。

（6）周作人の「新しき村」訪問とその北京支部

前に触れたように、武者小路実篤は日向の僻地を自分の理想実践の本拠としてともかくも七年間は奮闘し、奔走したのちに、ついに大正十四年（一九二五）十二月に、残存村民に後事を託してこの地を去った。規模においても村民の数においても最小のかたちのユートピア実験に終始したといわねばならぬのが「新しき村」であったろう。だがこの運動がよびおこした内外の反応、その思想的感化力は、当の指導者武者小路が予期した以上に大きかったともいわねばならない。日本国内の幾つかの都市に「新しき村」支部が設立されて現地への連携・支援をつづけるようになったが、おそらくそれらにもまして強く積極的な感化を及ぼしたのが、中華民国となってまだ七年目の隣国中国に対してであった。

その両国間の熱烈な仲立ちとなったのが、実兄魯迅とともに元日本留学生で当時最良の知日派であった周作人（一八八五〜一九六七）である。周作人は五年間の日本留学（一九〇六〜一一）から故郷紹興に帰国後、たまたま『白樺』明治四十四年（一九一一）一月号の武者小路筆「編輯後記」で、同誌前年の「ロダン」記念号が残部僅少ながら在庫し、郵送料込み十二銭でなお購入可能とのことを読んだ。少し遅れて送金しこれを入手した周は、それから一年後ぐらいに同誌の定期購読者となり、中国における『白樺』のファン、とくに武者小路実篤愛読の第一人者となった。一九一八年、同誌によって武者小路の「新しき村」創設を知り、その思想の内実に触れると、彼はさっそく北京から年会費一円二十銭を送って、その会員となった。そしてなんとその翌年夏には、帰国中の日本人妻信子とその子を迎えに日本を再訪、その途次に開村一年にも満たぬまさに真新しい村を訪ねたのである。

その現地訪問前の春に、周はすでに「新しき村」の理想に全面的に共鳴し、当時北京でもっとも影響力のあった月刊誌『新青年』(一九一九年三月号)に、その思想を次のように紹介していた。

近年日本の新しき村運動は、世界において注目に値することの一つである。従来から Utopia を夢見る人が少なからずいたとはいえ、未だ嘗て実行に移さなかった。あるいは試みたものの、種種の事情でしばらく経たないうちに消えてしまったのである。ロシアの Tolstoi の耕しは、汎労働主義の実践ではあるが、しかし彼はもっぱら「手の仕事」を重んじ、「脳の仕事」を排斥し、しかも極端の利他を唱えたので、自己に対する責務を抹殺したのである。それ故に十分に円満なものだとは言えない。新しき村運動はさらに一歩を進んで、汎労働を主張するとともに、互いに協力する共同生活を提唱している。人類への義務を尽くす一方、それぞれ自分自身への義務をも尽くす。協力を賛美するとともに、個性をも賛美する。共同の精神を発展させると同時に、自由の精神をも発展させるのである。これはまことに切実で実行可能な理想であり、真に普遍的な人生の福音である。(劉岸偉訳、同氏『周作人伝』一四二頁)

これは周作人みずからの共感を重ねて、武者小路の饒舌以上に要領よく「新しき村」の求めるところを語った一節といえる。この共感と期待を抱いて、周作人は一九一九年七月六日朝、九州門司に入港すると、そこからすぐに汽車で宮崎へと向かった。それは日本語が流暢で日本慣れした周だからこそたどれたろうが、今日でもなお大変な汽車旅だった。劉岸偉氏の大著『周作人伝』（ミネルヴァ書房）に訳された周の「日本新村訪問記」によってその旅程を略記してみれば――

まず鹿児島本線と肥薩線で熊本、人吉の先の小さな町吉松に夕刻着、そこに一泊して翌朝九時半吉松発、吉都線の汽車で霧島、高千穂の東側の山麓を走り、都城に大きく迂回して宮崎経由で午後二時に福島という町（？）に着いた。そこからは「木製馬車のようなバス」と周作人は書いているらしいが、これは一体なにか？ 宮崎—大分間の日豊本線はまだ全通していないから（一九二三年（大正12）貫通）、鉄道馬車のようなものか、ただの馬車か？ ともかくもそんな乗り物で小丸川河口の高鍋にようやくたどりついた。雨が降り出したなか、馬車会社の入口で次ぎに高城《たかじょう》ゆきの馬車を待っていると、「北京から来た周君でしょうか」と呼びかけて新しき村からの迎えの青年二人があらわれた。彼らとともに馬車を雇って高城町に向かうと、「ほどなくして」初見の武者小路をはじめ新しき村の三人が合流し、馬車に同乗したという（この辺が現地を知らぬ筆者にはよく分らぬところで、武者小路の後年（昭和19）の回想「周作人さんとの友情」によると、「木花咲耶姫《このはなさくやひめ》の古墳から妻と言ふ名がついてゐる町（都萬《つま》神社のある西都原《さいとばる》古墳群の一角の字妻《あざ》か）で汽車をおり、其処から五里半程山の中に入ってゐる新しき村まで一人でわざわざ」周は訪ねて来てくれた、と言う。だがこれは誰か別のときの訪問者と混同しているのではなかろうか）。

高城に着くと深水旅館で一休みし、それから全六人で徒歩で雨後の泥濘《ぬかるみ》の峠道を談笑しながら登り、また下った。体力ももう限界と感じた頃にようやく石河内の集落に入り、実篤夫妻ら何組かの村民がまだここに借りて住んでいた一軒の農家にたどりついた。七月七日夜の九時を過ぎていたという。周作人は服を着替え、北京からのみやげの干し葡萄を出し、二階でみんなとお茶を飲みながら歓談した。未知の土地でのまる二日の長旅の後に、さぞかしほっとしたことであったろう。

翌日、小丸川を舟で渡って新しき村の城《じょう》の台地にはじめて踏み入り、この日から七月十日までの三日間、北京大学文科教授周作人は村内の粗末な小屋に泊って、「新村」の「互助と独立」の生活の理想と現実を初体験したのである。

共同宿舎も台所も図書室も家畜小屋もみな回って見た。麦飯に昆布の味噌煮と煮豆の食事も村の兄弟たちと共にとり、武者小路も一緒になった薩摩芋の植えつけの作業にも加わった。浙江省紹興の名家の出の文人としてはおそらく生涯初めての農作業であったろう。実に新鮮で愉しく幸福な経験であったという(「日本新村訪問記」)。とくに、従来中国では流血と殺戮の暴力手段によってこそ行われてきた社会改造の運動が、ここではいかに小規模とはいえ人間相互の信頼と平和の裡に試みられていることに、周作人は「一抹の希望」を見出し、新村運動の擁護を決意した、と劉岸偉氏は書いている(一四五頁)。

周作人はこの日向から妻子の待つ東京へ向かう途中、さっそく大阪、京都、浜松の新しき村支部に立ち寄り、東京支部をももちろん訪ねた(周作人「日本留学の思ひ出」一九四三)。このときすでに武者小路とも各支部とも話し合って、中国北京にも支部を設けることに決めていたのではなかろうか。

彼は日本から帰国すると間もなく、兄魯迅とともに紹興の屋敷をすべて売却して、北京西直門内八道湾という古い住宅地に大きな閑静な邸宅を買い入れ、大改修の後に、母、三兄弟の全家族、それに一家の郎党全員とともに引移った。そして翌一九二〇年二月に、武者小路と同い年で満三十五歳の周作人はこの邸内の一棟の自宅を「新しき村北京支部」と定め、雑誌『新青年』にその告知をも出したのである。

日本日向の村についての情報はなんでも提供し、その現地を視察したいという申し出があれば紹介し、その旅行の手続きも代理するとまでいう。面会受付けは毎週金曜・日曜の午後一時から五時までだった。

周作人は前年帰国するとすぐに、劉氏の訳によってここにたびたび引用した「日本新村訪問記」を雑誌『新潮』(一九一九・一〇)に発表したし、一九二〇年末までに『晨報』『工学』『批評』といった雑誌にも自分の新思想の具現化として「新村」を論じ、天津や北京での講演と討論も行なった。前年の五・四運動の余波がまだ残るなかで、北京のみならず中国各地方・各市からの問い合わせや来訪も多かったし、一九二〇年五月には北京の周教授の下の学生たちが数十人、日本の日向の村に実地見分の旅に出かけたこともあった。

反響は大きく、中国内のあちこちに新村試行の集団が結成されて活動を開始した。なかでも一番大きな組織でまた長続きした「少年中国学会」は最初、一九一九年七月、ちょうど周作人が日向を実地訪問していた頃に北京で発足した。主要発起人である王光祈《こうき》は同時代の社会主義の問題に大いに関心を寄せつつも、なによりも武者小路らの「新しき村」を手引きとするようになり、そのユートピアを構想し、学業と実業とくに野菜栽培を併行させる小グループを各地の都市郊外に設営することを提案し、具体化していったという（劉前掲書）。彼はそのための一日の学習と労働の時間割まで工夫した。

同じように労働と学習を団員の相互扶助のもとに併行させようという「工読互助団」も、周作人や右の王光祈も含め陳独秀、蔡元培《さいげんばい》、李大釗《りたいしょう》、それに胡適など当時もっとも高名な学者・文人を発起人とし、各界に寄附を求め、「日本新村」をモデルとして、一九二〇年一月に告知された。これもすぐに中国全土にひろがり、武昌・南京から天津・上海、そして湖南・浙江にいたる学生らがこれに呼応したが、中央の名士ばかりが多すぎて各地のコアメンバーが弱かったからか、数ヶ月で解散してしまったという。これらは全く同時代の日本の、現行社会制度の改造・変革を求めた衝動また焦燥を、同じほどに分ち持つ運動であったといえるのであろう。

(7) 毛沢東の湖南「新村」

ここに、かの毛沢東（一八九三〜一九七六）が登場する。中華人民共和国の初代国家主席、あるいは大躍進政策や文化大革命の怖るべき独裁指導者としての毛ではない。中国湖南省の新しき村建設——あるいは湖南こそ陶淵明「桃花源記」の舞台であったのだから新しき桃花源の開発——の若いロマンティックな推進者としての毛沢東である。

毛沢東は一九一八年、二十五歳で故郷湖南の師範学校を卒業すると、その年の夏から翌一九年夏にかけて北京、上海にはじめての長路・長期の旅をした。彼はその滞在の間にいっぺんに第一次世界大戦終結前後からロシア革命とコミンテルン創立（一九一九年三月）にいたる世界情勢の急激な変動のニュースに触れ、また同時に周作人による日本の「新しき村」運動の紹介にも接したのであろう。ふたたび劉岸偉氏の引く周作人の一九二〇年四月七日の日記によると、毛はその日、開設されてわずか一と月余りの「新しき村北京事務所」を北京八道湾に訪ね、八歳年長の文人教授から熱心に詳しくこの新桃源試行の話を聴きとった。当時は正統的マルクス主義の受容以前で、その基本的テーゼさえまだよく知らなかった中国の初期共産主義者たちは、かえってその公式に縛られることなく、むしろ自国伝統の桃源思想や大同社会（世の中が天地の大道と同化して平和繁栄する）の理想と深く共鳴するものとして、この新しい西洋の革命思想を取りいれた——と劉氏はアメリカ人の学者M・メイスナーの研究を引いて指摘している（劉、一四七頁）。さもありなん。まことに興味深い指摘である。

この間《かん》に、毛青年は故郷長沙に帰ると、長沙に近い岳麓山《ユエルーシャン》の麓に新しき村を建設するための企画案を執筆した。毛自身これを長年抱懐してきた夢の一つの結実というが、「学生之工作（学生活動方策）」と題されたこのきわめて面白い論文は、一九一九年十二月号の雑誌『湖南教育月刊』に発表された。

この論文に毛沢東は次のように強調し、説いていった。——

「この新しき村は新しい家庭、新しい学校、および新しい社会を打って一丸とするのを根本理想とする」とまず述べた上で（竹内実編訳『毛沢東初期詞文集　中国はどこへ行くのか』）、前に作成したことのある学校教育計画というのをあらためて紹介することから始める。それは一日二十四時間を六コマ（一コマ四時間）に分けて次のように配分するのだという。

睡眠8時間（4×2コマ）／娯楽休息4時間（1コマ）／自習4時間（1コマ）／授業4時間（1コマ）／活動4時間（1コマ）

右のうち自習・授業は合わせて「読書」と呼び、計2コマ・8時間とも勘定する。最後の「活動」とは工読主義（労働しながら学ぶ）のことで、当時唱導され始めていた理想の青少年教育の中核カリキュラムであった。そのすぐ後には「活動（＝労働）」の中味をさらに甲から己まで六通りに分けて挙げて、「まったく農村のとおり」と言っている。

（甲）園芸　①花、木　②野菜　（乙）農耕　①棉　②稲、その他　（丙）林業　（丁）家畜

（戊）桑畑　（己）鶏・魚

私たちも昔、戦時下のまじめな小・中学生であった頃、夏休みのはじめなどには、よく休み中の一日の勉強と遊びと手伝いの時間割を作って机の前に貼ったりして張り切ったものだったが（大概は三日坊主に終った）、当時満二十六歳の毛沢東にもそんな初々しい意気ごみと、若者らしい焦燥が感じられて愉快である。この農作業実習活動は農村生活の実際に習うものでなければならず、「図画工作＝図工」のように、美的感覚を養いはするだろうが実用にはならず遊びで終るものであってはならない、と毛氏は一方ではすでになかなか手厳しい。

大体、学生は学校を卒業すると、都会を目指し、田舎を知らず田舎を嫌う。それが現代中国の農村

生活のさらなる停滞を招く。学生は帰農して「地方自治の中堅」ともならなければならないのだ。中国で清朝帝政が廃されて中華民国が成立（一九一二）し代議政治に転じて以来、これまで二回の国政選挙が行われたが、いずれも民意などとはほとんどなんのかかわりもなかった。民衆は選挙とは何たるかを知らず、投票したのは少くとも地方では「ごろつき、悪辣な紳士、退役軍人」などばかりであった。だからこそ政治常識をそなえた学生たちが農村に帰って、民衆の啓発につとめなければならない。

このような教育改革、社会革命と併行して進めなければならないのが「家庭革命」である。学生が田舎に帰っても、ただ「孝行息子、可愛い孫にもどり、新旧ごちゃまぜの田舎のもの知りで終る」だけではだめなのだ、という。湖南省長沙の西南、湘潭の在に地主の家の長男として生まれ、十数歳の少年時代には一度家出をしたこともあるという毛沢東は、さすがによく当時の農民家族の実情を知っていた。そしてこのような家庭生活の根幹にあるのは古い結婚制度である（ついひと月前の一九一九年十一月には長沙南陽街の名家趙家の二十四歳の令嬢が、「媒婆《メイポ》」（仲人口）の口ききで、親から同市内の未知の某との結婚を強制されてついに自殺にいたった、という悲劇があり、毛沢東はこの事件についても恋愛の自由のために大いに議論を起こすべし、と長沙の『大公報』に寄稿したりした。毛沢東自身、十四歳のとき父の命で六歳年長の女性と結婚させられたという経験もあった）。

社会にせよ家庭にせよ、そこに真の変革・進歩をもたらさなければならぬなら、「「古いものを改良する」と口でいうだけではなく、「新しいものを創造する」のを志としてはじめて達成できる」と、毛沢東は強調する。そしてこの湖南の「新しき村」創造の先頭に立ち、その力となるべきが、これからの「学生」たちなのであった。岳麓山山麓に新しい学校と新しい家庭が結合して湖南「新村」が成立すれば、そこには引きつづいて次のような新施設が続々と設けられよう、と述べて、論者は嬉しげに得意げに自分の夢を列挙してゆく（一二三頁）。

公共の託児所、公共の幼稚園、公共の学校、公共の図書館、公共の銀行、公共の農場、公共の製造工場、公共の売店、公共の劇場、公の病院、公園、博物館、自治会……と。

このように新施設を挙げてみれば、これはもう武者小路の一万坪の「新しき村」を超え、佐藤春夫のウィリアム・モリス風の小ユートピアの夢、「美しき町」をも超える。陶淵明「桃花源記」からは、同じ湖南省の武陵原にありながらも、いよいよ遠ざかる夢想であり理想だが、毛青年には世界各地の先行例となる「模範」が望遠されていた。

政治革命のフランス、社会革命のロシアは「模範国家」であり、街路の整備ではベルリン、商店の繁華ではパリが「模範都市」、中国国内の自治制度では長江河口北岸の江蘇省南通《ナントン》県が「模範地方」だと彼は言う。だがこれらの国家や都市や地方では、目下の自分たちには目標としては高すぎる。「模範村」こそ着手しやすい」として、毛沢東は同時代ロシア社会主義者の「ナロードニキ」運動、農民共同体改善への参画を挙げ、さらに日本最近の「新しき村」運動の発足をも名指しで挙げた。アメリカとその保護国フィリピンでは前述の「工読主義」がひろまりつつあり、現在の中国人のアメリカ留学生の間には「工読会」、フランス留学組の間には蔡元培らを中心として「勤工倹学会」が組織されて活動していることを挙げて、自分たちの岳麓山新村運動をみずから励ましたのであった。

毛沢東は、中国全土は一つの中央政府の統治の下におくには余りに広大すぎ、多民族にすぎるからと、翌一九二〇年にはさらに「湖南共和国」の独立の大ヴィジョンをも描いてみせた。そしてその翌年、一九二一年の七月には、上海で開催された中国共産党第一回大会に湖南省代表として初参加し、やがては地方よりも中央の共産主義闘争の第一線に立つこととなってゆくのである。

武者小路実篤の南九州における「新しき村」の活動は、これまで幾たびか繰返し述べたように、地域においてあまりに狭小、持続においてもあまりに短小であった。だが若い文学的夢想家による新しい「工読」(労働と学習)のごく身近な先例としては、同時代中国の知的指導者たちに思いのほか広く深い影響を与えたといえるのだろう。当時の日中知識人(読書人)の背後には、トルストイ風の平和主義、肉体労働の再評価、友愛による協同扶助と社会主義運動が共通の背景としてあり、さらにはエスペラント運動や新宗教まで含む東アジア共有のコスモポリタンの平等思想、人道主義が働いてもいた。今日から振り返るとこの理想主義的運動は、第一次大戦後の世界の一時の凪《なぎ》のなかでの白昼夢であったかとも見えないではない。そしてそれは一九二三年秋の日本の関東大震災と、中国大陸におけるボリシェヴィキ対国民党の紛争拡大のなかに、あえなく潰されてゆくものであったかもしれない。しかし、それでも、一九一〇年代・二〇年代の東アジアにおけるこの「新村」「新社会」への共同運動は、古代中国の「桃源郷」の物語と同じほどにいまだに永続する佳き夢として、私たちのなかに残されている。

七　「桃源万歳！」
——小川芋銭の農本主義的理想郷

大正昭和の桃源の画家小川芋銭《うせん》は慶応四年二月、つまり明治元年（一八六八）、江戸赤坂の溜池のほとりで生まれた（幼名不動太郎、のち茂吉）。常陸の国の石高一万石の譜代の小藩牛久《うしく》の大名山口筑前守の藩邸内であった。小川家は祖父の代から同藩の江戸留守居役を務めていたためだという。すなわち芋銭は幕末最後の江戸っ児であり、明治最初の東京人でもあったのである。

武士の子としてのその境遇に大きな変転が生じたのは、なんと言っても、明治四年（一八七一）、体制の近代化を急ぐ新政府の廃藩置県令のもとに、小川一家も江戸を離れて旧藩領の牛久村（当時は新治県城中村）に帰農してからのことである。帰農というのは、当時大多数の旧武士の家族に生じた運命の転換であった。だが牛久村といえば、下総の手賀沼、さらに利根川を超えて北東に二里余りか、古い大きな牛久沼を抱えて当時としても思い切りひなびた農村であった。明治になって、日進月歩を求め誇りともする東京との時差ないし格差は、徳川期よりもむしろ年々に大きくさえなっていただろう。

数え四歳でこの村に移住したさむらいの子は、当初大いに困惑したろう。だが十代の少年になって一人東京に戻り、縁つづきの商家（小間物屋）で丁稚《でっち》として働き、やがて叔母の嫁ぎさきに世話になって櫻田小学校の生徒になったときは、こんどは粗野な田舎っぺとして同級生たちにからかわれたと伝えられる。牛久育ちの少年はこのいじめをすぐに抜群の成績によってはね返し、むしろ彼らの驚きと敬意を得るにいたったのである。

少年芋銭はこの十代のころからすでに絵が好きで、絵画への志が芽生えていたのだろうか。明治十三年（一八八〇）には、これも小川家の親戚という洋画家本多錦吉郎の牛込の画塾彰技堂に入って、ここに寄宿し、三年後にはまた京橋新富町の小間物屋に戻って洋画の独学にはげんだという。十代半ばの新東京に一人暮しの少年としてはずいぶん転変の多い生活だったが、これも東京の変化のテンポに呼応しつつ、未来の画家の意外なほどの芯の強さを養うものとなったのであろう。

明治二十一年（一八八八）、二十一歳の年の夏七月（十五日）に会津磐梯山の大噴火が発生すると、この画学生は洋画家浅井忠ら数名とともに『朝野新聞』の派遣記者として現地におもむき、四四四名死亡というその山麓の村の惨状を絵にし文章にして東京の本社に送った。『朝野新聞』の客員絵師に採用されたのは、寄寓先の小間物屋の女主人が、同紙の論客で大隈重信系の立憲改進党の創立メンバーでもあった尾崎行雄の縁者で、彼女が尾崎に芋銭を推挙したからであったという。変動の時代にはこのような縁故がものを言うのは当然であり、旧藩士の息子芋銭青年にはすでにこの種の他者の信頼にこたえる真面目さと力量が十分にそなわっていたのでもあろう。磐梯山爆発のこの写生画が芋銭の作の公《おおやけ》に知られた最初であり、東京ジャーナリズムとのはじめての縁《えにし》でもあった。二十数年後から奥会津の喜多方や山都《やまと》の画家、美術パトロンたちと格別に親密な関係が結ばれてゆくのも、あるいはこのときの磐梯山派遣が一つのきっかけともなったのであろうか。

右の二年後の明治二十三年（一八九〇）には、牛久在住の父の隠居によって長男芋銭が家督を相続し、さらには三年後二十六歳の年には父の命によって東京暮しを引きあげて牛久に帰郷する。同村の農家の娘（きい）と結婚し、農事に熟達した新妻とともに痩せっぽちの芋銭も田畑の仕事に打ちこむこととなるのだが、それでも芋銭の絵ごころは抑えきれず、コマ絵の漫画を描いてこれを水戸の『茨城日報』に送ると、すぐに採用され掲載された。中江兆民門下の俊秀だったという編集長佐藤鼓堂がこの硬派の水戸士族の機関紙から、自由民権派のリベラルな『いはらき』紙に移ると、芋銭の寄稿先もこちらに変った。この新聞には主筆として同じく兆民門下の佐藤秋蘋《しゅうひん》や、兆民、幸徳秋水と同郷の同志田岡嶺雲《れいうん》らがいて、芋銭の一コマ漫画にひそむ反体制ないし脱体制の気風に理解を示し、彼らもこれを面白がったのであった。

斎藤隆三編の『芋銭子文翰全集』全二巻（中央公論社、昭和14）冒頭の「年譜」に主に依拠して、佐幕派士族の画人芋銭の青少年時代をここまで追って見てくると、彼が牛久土着の農民になると同時に一方で日露戦争前後の初期社会主義に心惹かれていく筋道がよく見えてくるように思われる。そして農村生活と幸徳秋水の路線がこの旧小藩士族のうちで重なりあっていくと、その先に桃花源の大詩人陶淵明の声と姿が当然のごとくに浮かび上ってくるのだ。

小川芋銭を東京の社会主義者幸徳秋水に紹介したのは、『いはらき』の主筆佐藤秋蘋だったという。芋銭のコマ絵漫画がはじめて秋水編集の『平民新聞』に登場するのは明治三十年の一月らしいから、この週刊紙が創刊された前年十一月から間もないときだった。そしてこの反戦新聞が『共産党宣言』の最初の日本語訳を掲載して発禁となり、日露戦争後日刊化による再起を試みてたちまち失敗し、その間に『直言』とか『光』とかの月刊誌をも刊行したが、芋銭はこれらの週刊、月刊、日刊のすべてに俳風漫画を寄稿してゆく。画料も稼げるようになったこの仕事はその後徳富蘇峰の『国民新聞』や高浜虚子の『ホトトギス』にも継続されてゆくのだが、農民生活の春夏秋冬の日常の貧しさや小さな安堵を主として描く彼の画風は、掲載紙誌が変遷してもいささかも変らなかった。

いま平輪光三解題『小川芋銭・さしえ名作選』（岩崎美術社、一九六九）という便利な一冊子によって、その幾コマだけをここに拾ってみよう。まず『平民新聞』（明治37・1〜38・1）から――

「春寒出稼人」は、すでに明治三十一年（一八九八）には全線開通していた常磐線のどこかの駅頭か。洋服姿の長髪の青年がなかなかハイカラな縞のズボンに靴を履いて、大きな風呂敷包みに手をかけコートの襟に首を埋めて駅のベンチに腰をかけている。あるいはこれからまた東京に出てゆく芋銭の自嘲の姿か。「炭焼」の一コマでは、鉢巻を前で結んだ働き者の爺さんがすでに焼けた炭を丁寧に窯から取り出し、替りに新しい薪を後から入れさせている。「女化原《おなばけはら》移住民村」では、川向こうに筑波山の二つの峯が遠く望まれる常陸台地の一角、女化原を開墾し牛をも飼っている農夫一人が鋤に寄りかかって一休みらしい風景写生。空には春の雲が浮かぶ。「親子礼なく夫婦礼なく而和《て》す／是《これ》自然的野民のホームなり」と書き入れた一点は、まさにその言のとおり。頭布をかぶった爺さん一人が炉端で火と鉄瓶を守り、向かい側では婆さんも、赤子をおんぶしたままの嫁さんも筵《むしろ》敷きの上に重なるようにして横になってうたた寝だ。あちら向きの兄妹二人はなにか隠れた遊びでもしているのか。囲炉裏の側だけが暖い春浅い一夜の「野民」の束の間の団欒である。この鄙の農家の一情景を「野民のホーム」と英語呼びしているのにも、芋銭の反都会主義の皮肉はこめられていよう。この一コマが

『平民新聞』に載った頃（明治37・4）、日露戦争はすでに始まっていた。

これのすぐ後のコマ絵に「渡辺崋山閉門中のホーム」とあるのも珍しい。こんなところににわかに渡辺崋山が出てくるのもやや突飛《とっぴ》の感があるが、当時漫画家芋銭のまわりにいたのは水戸でも東京でも前述のように自由民権派であり、平民社社員であったことを思えば、そう不思議ではないだろう。崋山は、小川家の旧藩主山口氏よりはわずかに二千石多いだけの一万二千石の小藩、三河田原藩三宅家の家臣であり、内憂外患に無策な幕政を批判して「蛮社の獄」を招き、二年後田原の蟄居先で自決して（天保12、一八四二）以来、明治の文明開化・富国強兵思想の先駆者として慶應義塾出身の民権派藤田茂吉の『文明東漸史』（明治17、一八八四）などによってすでに熱く論じられていた。『一掃百態』などの民衆風俗の絵師また洋風画の秀逸な先駆けとしても、小川芋銭は早くから彼を知り敬愛していたのではなかろうか。崋山こそ『平民新聞』の読者の忘るべからざる幕末の武士知識人として、ここにその自殺前の田原蟄居の「ホーム」の一夜を描いてみせたのではなかっただろうか。静かなる日の昼は藷《いも》畑を鋤き起こし、「夜は孟子三楽の一つ」を楽しむ、有難きことと書き入れ

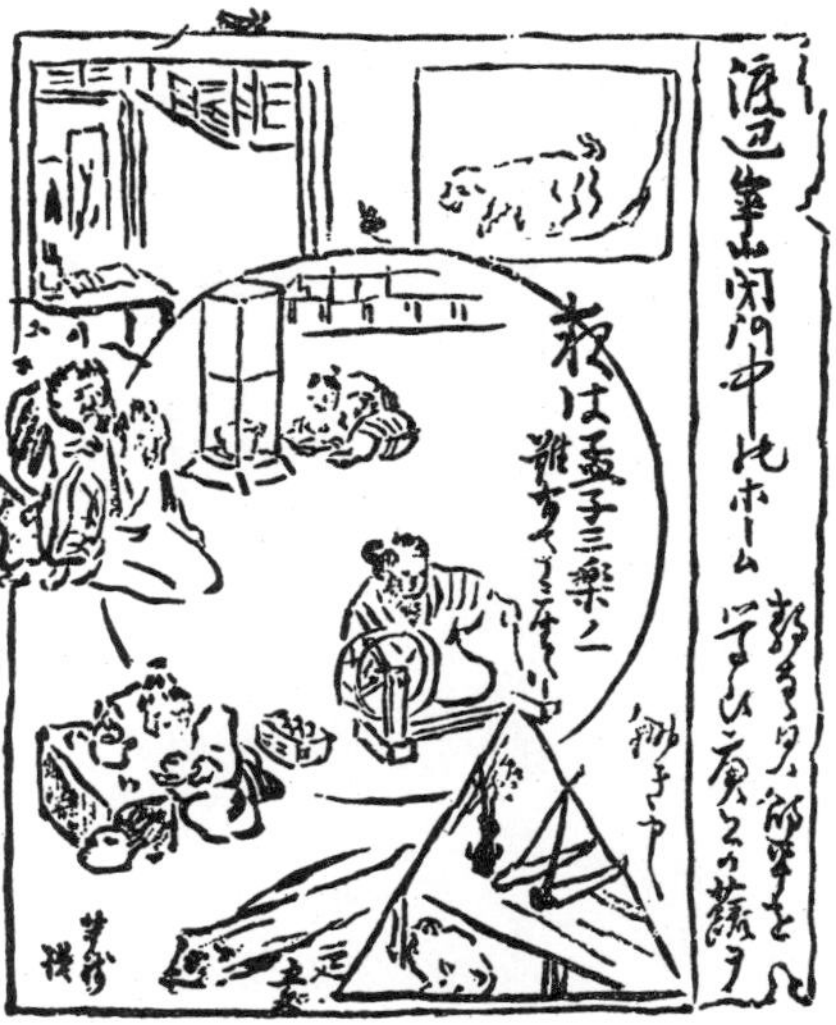

21　小川芋銭「渡辺崋山閉門中のホーム」1904年

て、糸を繰る妻たからしい女、行燈の下で本を読む長男立らしい少年、角火鉢の鉄瓶から湯をついでやる長女かつとそれを飲む末子諧《かなう》らしい兄弟が画の真中の円環の中に描かれる。崋山自身はその輪のはずれにいて、さすがに困惑し疲れた顔で老母榮の肩を揉んでいる。彼の背後にはかなりの冊数の書物を収めた釣り棚と、壁面に掛軸をかけ筆立てを置き書一冊を開いたままの文机が見える。

この「ホーム」、一夜の平安の情景は、崋山割腹の一年半前、天保十一年五月二十九日（一八四〇）に愛弟子椿椿山あてに蟄居先から送った長文の書簡の一節から芋銭が想いえがいたものに違いない。その一節に崋山いわく、「先々《まずまず》尊兄等之御蔭にて、太厄《たいやく》をまぬかれ候計《ばかり》を大幸と致《いたし》、三楽之一楽を相楽《あいたのしみ》、朝夕母を奉養致、子供をそだて候て、一家和睦《わぼく》を相楽罷在《まかりあり》候のみ」と（岩波・日本思想大系55『渡辺崋山他』）。「三楽」とは孟子の説く君子の三つの楽しみのことで、一つは両親健在、兄弟無事のこと、二つ目は天下に恥じることのない公明正大の身であること、三つ目は天下の英才を弟子に持って教育することだと言う。芋銭もまたこのコマ絵制作の頃は、父は病臥していてもなお健在、母もなお二年は健在・同居、そして妻こう（きいと改名）は夫に代って実によく農事に励み、すでに一男一女にも恵まれていた。旧武士の農民画家芋銭はおそらく藤田茂吉の前掲の書などでこの崋山最晩年の一書簡を知り、この徳川武士にまた一段と身近な先達を見いだして深い共感を抱いたのであったろう。

このように芋銭の新聞コマ絵を一点一点読み解いていたのではきりがない。渡辺崋山の「ホーム」の絵の前後には、「満城綺羅《きら》の者、是《これ》蚕を養う人に非ず」として、子供にまといつかれながら蚕棚の前に立ち仕事にはげむ農婦の絵があり、飢餓と火事で死にかけた男どもや夫の骨壺を抱えて泣く女の

「貧しき人の最期」との一枚もある。「落穂」拾いの裸足の女、他家の立派な墓の立つ丘の下に死児を運んできたらしい「貧しき農夫」、立派な公園の並木道を山高帽とステッキの紳士が散歩するのを横目にしながら公園の外で枯枝を集める「公園の薪拾《ひろい》」のくたびれた若い母親、さらには「財産とは盗むものなり」と白鼠に金貨や札束を運びこませる大黒様らしき福相の者のコマ絵まである。

こうして見れば、芋銭はいちはやく明治日本にも知られたフランス・バルビゾン派の農民画家ミレー（Jean-François Millet, 1814–1875）の作をもちろん敬愛はしていたろうが、彼の漫画はミレーの敬虔でロマンティックな農村風物の理想化よりは、もっと切実に平民社の初期社会主義的思想に踏みこんでいたと思われる。ときには単純化しすぎたかとさえ思われるほどに、社会的矛盾、日露戦争前後における日本社会の貧富の格差を告発し、それをもっぱら都市の繁栄に対する農村の停滞と貧困として描きつづけたと見られるのである。

その後も芋銭はさらに広く純文藝系、社会主義系を問わず求められるままに一コマ挿画や表紙絵を発表しつづけたが、日露戦後三年目の明治四十一年（一九〇八）六月、彼ははじめてこれらから選んだ小品をまとめて『草汁漫画』三百部を有倫堂から刊行した。紙質も印刷もごく粗末な一冊だったが、これに寄せられた序文や跋文はすでになかなか立派なものだった。水戸の民権派新聞『いはらき』以来の芋銭支持者たち、田岡嶺雲、伊藤銀月、佐藤秋蘋、それに平民社の幸徳秋水らが力をこめた序文を贈り、同じ一コマ漫画の分野ですでに親交のあった小杉未醒（放庵）が跋文を書いたのである。その中でも幸徳秋水の一文はさすが名文家、格調高く牛久沼畔の俳画家の面白さを語り、これを自由と平等のための同志として礼讃し、かつ鼓舞するものであった。

「我れ藝術に通ぜず、絵筆を知らず、而も甚だ芋銭子の画を好む。芋銭子の画、我れは其俳味を愛す、其奇気を喜ぶ、其才鬼を歎ず、其侠情を尊ぶ。殊に其革命の大精神の紙上に横溢するを欽《よみ》す。美をもて宗教僧侶の利器となすを許さず、美をもて貴族富豪の奴僕となすを肯《がえん》ぜざるものは芋銭子なり。独占を排し、束縛を破り世界の美をして世界の為めに現はれしめ、人生の美をして人生の為めに在らしむるものは芋銭氏なり、其大筆の向う所、神なく、金なく、権力なく、法律なし、奔放不羈にして無礙《むげ》自在なり」。

芋銭の草汁漫画を指して、俳味と言い、奇気と言い、才鬼、侠情と呼ぶのは、みな図星ではないか。絵のことはよくわからぬと言いながらも、やはり芋銭の筆の飄逸を愛した社会主義者の心情がよく伝わる一文である。とくに「其侠情を尊ぶ」とは秋水の読みのするどさであろう。芋銭はさきに彼の小品中に見てきたように、平民社社中と交流・交際するうちにみずからも初期社会主義者流の義憤の表情をあちこちに見せていた。しかしその根は秋水や堺利彦（枯川）らのような論客の伝えたマルクス、エンゲルスやウィリアム・モリスらのうちにあるのではなく、もっと深く幕末の徳川武士たちから伝わる義侠心――強きを挫き弱きを扶ける――の気概にこそあったのだろう。

だから秋水が右に「殊に其革命の大精神の紙上に横溢するを欽す」と書いたのは、大仰にすぎて、秋水の我田引水の芋銭読解である。その後につづく「世界の美をして世界の為めに現はれしめ……」云々との評も、彼が北米旅行（明治39年）中に接したアメリカやロシアの社会党員たちからの受け売りであったかもしれない。牛久の鄙《ひな》の農民画家芋銭は、むしろ秋水が右の結びに述べたように、社会主義イデオロギーやその言説からさえ、実は「奔放不羈にして無礙自在」だったのである。

『草汁漫画』の二年後、明治四十三年（一九一〇）の五月、いわゆる大逆事件が露顕し、翌月には幸徳秋水までが逮捕されて、翌年には同棲者の管野《かんの》すがらとともに死刑に処されるとの事態に至った。この事件の深刻さがどれほど芋銭の心事に動揺を与えたのか、その真相のほどはわからない。彼は事件の前後しばらくの間、危険思想の同調者と疑われて水戸や東京の刑事にたえず尾行された。あるときなど、牛久沼の蓴菜をビール瓶に詰めたのをみやげに東京本郷の文人斎藤隆三を訪ねたら、その瓶詰めまでが爆弾かとあやしまれたらしいと、当の斎藤自身が回想している（『大痴芋銭』創元選書、昭和16）。

しかし、小川芋銭の列島各地の山村への旅と逗留が頻繁になり、作画もこれまでの漫画・俳画風から日本画の本画に転じてゆくのも、ちょうどこの幸徳事件の年からのことである。二十年余り前の磐梯山爆発の折の会津取材がなんらかのきっかけとなっていたのか、明治四十三年夏には福島経由で会津を再訪し、その二年後（大正元）の秋にはまたも会津喜多方の宿に長逗留して年越しをしたという。磐梯山裏の檜原湖の秘境を探り歩いたというのもこのときがはじめてであったろう。喜多方からさらに奥の山都《やまと》町の酒造業で俳人、そして美術好きの田代与三久《よさく》と相識るのは大正四年（一九一五）の五月、以後この名望家のもとを根城として芋銭の会津来訪と東北の奥の細道への旅はいよいよ繁くなっていった。

同年（大正4）東京で新南画と呼ばれる田園風景好みの画人のグループ「珊瑚会」が結成されると、芋銭はさっそく招かれて平福百穂、川端龍子、森田恒友、小川千甕《せんよう》、山村耕花、少し遅れて会津の酒井三良《さんりょう》らと同人となった。会津の大パトロン田代氏が中心となって大正七年、喜多方美術倶楽部がつくられると、芋銭と同志森田恒友の二人はさっそくその顧問に迎えられ、とくに芋銭はさらにも深く会津山村の農民生活とその森に宿る「魑魅《すだま》」（精霊）たちに魅せられていった。そして久しぶりに牛久の村に帰れば、その沼に古くから棲む河童《かっぱ》や獺《かわうそ》らといよいよ親交をかさねてゆくのである。

この森の魑魅や水の河童らを指して芋銭は「水魅山妖」と呼んでいたが、これらを描くことが単に妖怪画の奇を衒《てら》うものではなく、彼にとっては一種の思想的挑戦の意を託すものでさえありえたことを伝える一文がある。彼は大正六年（一九一七）以来、推挙されて日本美術院の同人ともなっていたが、同十年（一九二一）、横山大観らとともにアメリカ諸都市巡回の院展に出品することになったとき、盟友斎藤隆三にあててしるした書簡の一節である。

「迂生も水魅山妖の自由を描いて見度《みたく》存じ居りし候際、是に図題を定むべく存候、図は尺八幅のものなれば縦横何れにても宜敷候哉《よろしくそうろうや》、元来山水に於ける自由の象徴なる水魅山妖を、自由の本家顔《ほんけがお》する米国民は如何に迎へ可申候哉《もうすべく》、そは兎に角、是は牛久沼にて生捕りましたカッパの化物と云ふ所を見せ申すべく候、呵々……」（大正十年二月一日。『芋銭子文翰全集』下、八九頁）。

意気軒昂で、皮肉とユーモアもあって、まことに面白い一文である。第一次世界大戦後ともなれば、牛久・会津の水魅山妖の画人小川芋銭もアメリカという国民をこれほど強く意識するようになっていたことを示していて、興味深いのだ。元来「水魅山妖の自由」「天地山水に於ける自由」こそ、人間と自然の間の平等であり民主主義であるはずなのに、この人間にとっての基本の自由を自覚せずに政治上の「自由・平等・博愛」とかの偽善ばかりを説いて「自由の本家」面をしている彼らに、日本古来のカッパ連からの一発を喰らわせてやろう、との意趣である。このときアメリカのクリーヴランド、ボストン、ワシントン等に送られた彼の『若葉に蒸《む》さる木精《こだま》』や『水虎《かっぱ》と其眷属《けんぞく》』の絵としての出来そのものや、その不気味さが彼の地でどう評価されたかの問題は別としても、芋銭が大正半ばになってなお一層鮮明に、幸徳秋水が彼に認めた東洋的「無礙自在」の自由平等思想を身に体していたことを伝える貴重な一節であった。

小川芋銭は同じ大正半ば頃から、中国六朝時代の田園の大詩人陶淵明に一層の親炙を示すようになっていた。芋銭が生涯のいつの頃から陶淵明の詩を読み、これをもっとも愛するようになっていたのかは、よくわからない。少くとも私は知らない。彼はわずかに年長の森鷗外や岡倉天心や夏目漱石、正岡子規、黒田清輝らの秀才・天才とは違って、明治の新制度による学校教育を受けたのは、前にも述べたように小学校までだった。だが彼は、幼くして一家とともに片田舎の牛久に帰農したとはいえ、徳川の武士の子であり、牛久にも村塾はあってそこに通った。その上に生来頭脳明敏で勉強好きであり、日本の古典とくに俳句にも、中国古典にも、早くからよく通じていて、その教養が彼の七十年の生涯と画業とを支え、これを豊かにしていたのである。

唐宋の詩人の作も芋銭はその多くを若い頃から諳んじていたろう。だが彼がやはり一番好きで愛誦しつづけたのは、あの五世紀の陶淵明だったのではなかろうか。日本人はすでに奈良朝にはじめて淵明詩に接して以来千年ほどもこれを愛し尊んできた。徳川後期になると、とくに彼の田園閑適の詩はほとんどブームと言ってさえよいほどに知識人の間にも民衆の間にも流行した。なかでも「帰去来の辞」などは、幕末小藩の官僚としての俸禄を失って、淵明とは違って半ば宿命として帰農した小川父子にとっても、あたかも自分らの身の上を詠み、これを励ます詩篇とさえ感じられたことであったろう。

帰去来兮《かえりなんいざ》、
田園将《まさ》に蕪《あ》れなんとす　胡《なん》ぞ帰らざる。……

そして牛久の沼の畔《ほとり》に立って眺めてみれば——

雲は無心に以《もっ》て岫《みね》を出で、
鳥は飛ぶに倦《あ》きて還《かえ》るを知る。
景《ひ》は翳翳《えいえい》として以て将《まさ》に入らんとし、
孤松を撫でて盤桓《ばんかん》す（去りかねてうろつく）。（松枝茂夫・和田武司訳注『陶淵明全集』下、岩波文庫）

少年芋銭は一度は東京に帰って苦労をかさねた。だが父に促されてふたたび帰郷してみれば、成り上がり者が右往左往して騒然たる新帝都と違って、こちらは古くからの生活を守る農民たちがいて、貧しくともつつましく暮らしていたのである。その上に、陶淵明の最愛の書『山海経《せんがい》』に語られる奇怪な山河の動植物とあまり変らぬような山魅水妖さえ、すぐ身近な沼や川や林には棲みついていた……。

少し後のことにはなるが、小川芋銭が会津山都《やまと》の絵画のパトロン田代与三久のもとにしばしば長逗留するようになって間もないころ（大正9、一九二〇）、田代がその地に別荘を新築すると、芋銭は彼に頼まれてその庵号を考えた。その命名は「南山荘」――日本でも読書人なら誰もが知る陶淵明の「飲酒」其の五の句、夏目漱石も『草枕』（明治39、一九〇六）に幾たびか引いた淵明の廬山山麓の閑居夕景を詠む詩に借りた命名であった。

……

菊を采《と》る　東籬《とうり》の下《もと》
悠然として南山（廬山）を見る。
山気《さんき》　日夕《にっせき》（夕方）に佳《よ》く
飛鳥《ひちょう》　相い与《とも》に還《かえ》る。
此の中に真意有り。
弁ぜんと欲して已《すで》に言《げん》を忘る。

（一海知義註『陶淵明』中国詩人選集4、岩波書店）

幾たび読み返しても、そのたびに心に深くひびく名篇である。芋銭や森田恒友や小川千甕ら珊瑚会の画家たちは、その後しばしばこの南山荘に滞在して新南画の農村風景を描いた。『雪に埋もれつつ正月はゆく』（大正8、一九一九）を国画創作協会展に出品して名をあげたばかりの地もとの画家酒井

22　小川芋銭『五柳先生』1919年

三良にいたっては、南山荘になんと三年間も寄寓して創作に励んだという。道理で、春や秋の田畑に出て働く彼の画中の男女農民たちの姿は、その昼や夕暮れの山容を背にして、一見実に忘れ難いものである。

小川芋銭が南山荘命名の一年前（大正8、一九一九）に制作した絹本着色の『五柳先生』（＝陶淵明）は、まるで我田引水と言ってよいような画像だ。中国明代の伝趙孟頫《ちょうもうふ》や伝仇英作の淵明像と同じく、陶淵明といえば附きものの黒い頭布をかぶり、被布《ひふ》を羽織ってはいるが、ござのような敷物や松林の木蔭に横たわって真面目な顔で詩想に耽ける中国画人の五柳先生とはまるで異なる。芋銭画の大詩人は白い長い髭の柔和な顔で、自分の前に慕い寄った二人の男の子のうち幼い方の頭を、なにかほめ言葉を言いながら撫でている。もう一人の少年は黒い斑《ぶち》のある山羊の角をつかんで老詩人を見上げ、ややすねたような表情だ。おや、もう一人、一番幼い童児が二人の後ろから顔をのぞかせている。陶淵明には、自分には十三歳から九歳までの五人の男の子があるが、みな出来が悪くて困ったものだと嘆く詩（「子を責む」）もあるが、その男の子らのさらに幼かった頃の想像の一幅か。
童児らの足もとには栗の実が二つころがり、彼らのすぐ向こうの斜面にはなんと今《いま》風の白菜畑。その畑のすぐ上の方には鍬が一本、放ったままになり、かなたの斜面には実をいっぱいならせた栗の大樹と蜜柑の木（？）――徳川一の淵明派の詩画人、與謝蕪村にもいくつかの淵明像があり、いずれも和風化されて柔和な顔だが、それにもましてこの芋銭作はまさに牛久沼の五柳先生といった風情である。

そしてこの大正期後半の頃からの芋銭には、芋銭ならではの農村風景の作が急速に増えてゆく。ことに牛久村や牛久周辺の四季の風景と思われるものは、川や湖沼に潤された広々とした田畑と木立ちと集落があり、農民たちも牛馬もその中にまぎれていそいそとしてよく働いている。これらはみなすでに陶淵明の田園詩、そしてなによりも桃源郷的風景と呼んでいいような作品群なのである。

『沼四題』の中の「小鰕《こえび》網」の一幅（大正11、一九二二）では、壮丁たちが沼に小舟を出して捕ったばかりの小鰕を、岸辺に集まった老爺老媼《ぢぢばば》たちが広げたむしろの上に干し、かたわらに火を焚いて幼童どもを見守りながら語らいあう。春まだ浅い頃の水郷の一隅の景か。『山中楽民』（大正末、一九二六頃）と題する縦長の一幅は、「亦是白雲紅樹ノ間、太平ヲ唱和ス、山中ノ楽民」と自讃するように、山麓の黄葉に囲まれた藁屋根の家（酒屋らしい）の長い庇の下で、床几の老幼数名と馬二頭が囃し眺める中で、なにかたのしげに歌い踊る男が一人。そして、広い空に薄紅《くれない》の雲が漂う下には、とうもろこしが実り、葵の花らしいのが咲き、里芋の葉も見えてみな初秋の夕風に吹きそよぐ畑の下の道を、村祭りの帰りか、大きな団扇をかついだ頬かむりの男とその息子らしい男の子が、鬣《たてがみ》をきれいに

23　小川芋銭『春日遅々（魚鳥と童子）』1934 年

結った白馬一頭とともに、なにか声を上げながら行く『夕風』（大正13、一九二四）。また、家鴨の泳ぐ川にかかった高い木の橋の上から、釣竿を垂れる少年たちと犬の『水村童子』（昭和8、一九三三頃）や『春日遅々（魚鳥と童子）』（昭和9、一九三四）――。

これらは、戦前昭和の生まれで父母の田舎の生活をもよく知る私などには、みな胸が切なくなるほどになつかしい昔の農村の四季の景である。『小六月《ころくがつ》』（昭和12、一九三七）の一景ともなれば、農家の前庭に干した穀類の匂いがしてきて、垣根をはさんで談笑する通りがかりの裸足の男と姉さんかぶりの女二人の声が、小春の昼下がりの中に聞こえてきそうな気さえする。そしてこの前後には小川芋銭はすでに幾点も、はっきりと陶淵明桃花源を主題とする墨画淡彩縦幅の作品を描き上げていた（『桃花源詩意』（大正15）、『桃花流水送漁夫』（昭和9）、『桃花源』（昭和10）、等々）。

この一連の芋銭流桃源図の中でも、最大のそしておそらく最高の作品が、紙本墨画淡彩、六曲一双の屏風絵（各一三五・〇×三〇二・五cm）の、昭和七年（一九三二）の作である。これは珊瑚会の盟友、秋田角館出身の画家平福百穂が、大正四年（一九一五）小川芋銭を当代第一に志の高い画人として強く推薦してくれて以来、会津の田代与三久との場合に劣らぬ深い長いつきあいのあった丹波竹田の酒造家で教養人西山泊雲（亮三）の求めに応じて完成した屏風絵であった。

屏風絵とはいっても尋常ではない作だった。

右隻全六曲の三メートル余りには、陶淵明の「桃花源の詩并びに記」の「詩」全三十二行の前半二十行が右隻に、後半十二行が左隻に、大きなのびのびとした、そして力強い行書体で墨書されている。「嬴氏《えいし》（秦の皇帝）天紀《てんき》（天の秩序）を乱し／賢者其の世を避く／黄綺《こうき》（夏黄公、綺里《きり》季《き》ら四人の賢者「四皓《しこう》」）は商山（陝西省の山）に之《ゆ》き／伊《こ》の人（桃花源の村人たち）も亦《ま》た云《ここ》に逝《ゆ》けり」に始まる一字一字の大小自在の筆法とその運びを見つめ、追ってゆくと、昭和七年六十五歳の作者小川芋銭の、この詩に寄せる共感の強さとこのときの彼の心の躍動がそのまま今日に伝わってくる気さえする。

24　小川芋銭『小六月』1937年

湖南武陵の漁師が洞窟を潜りぬけて桃源の村を発見し、その村人たちと接し、村の景観の豊かさを讃え、そしてふたたび谷川を下って里に

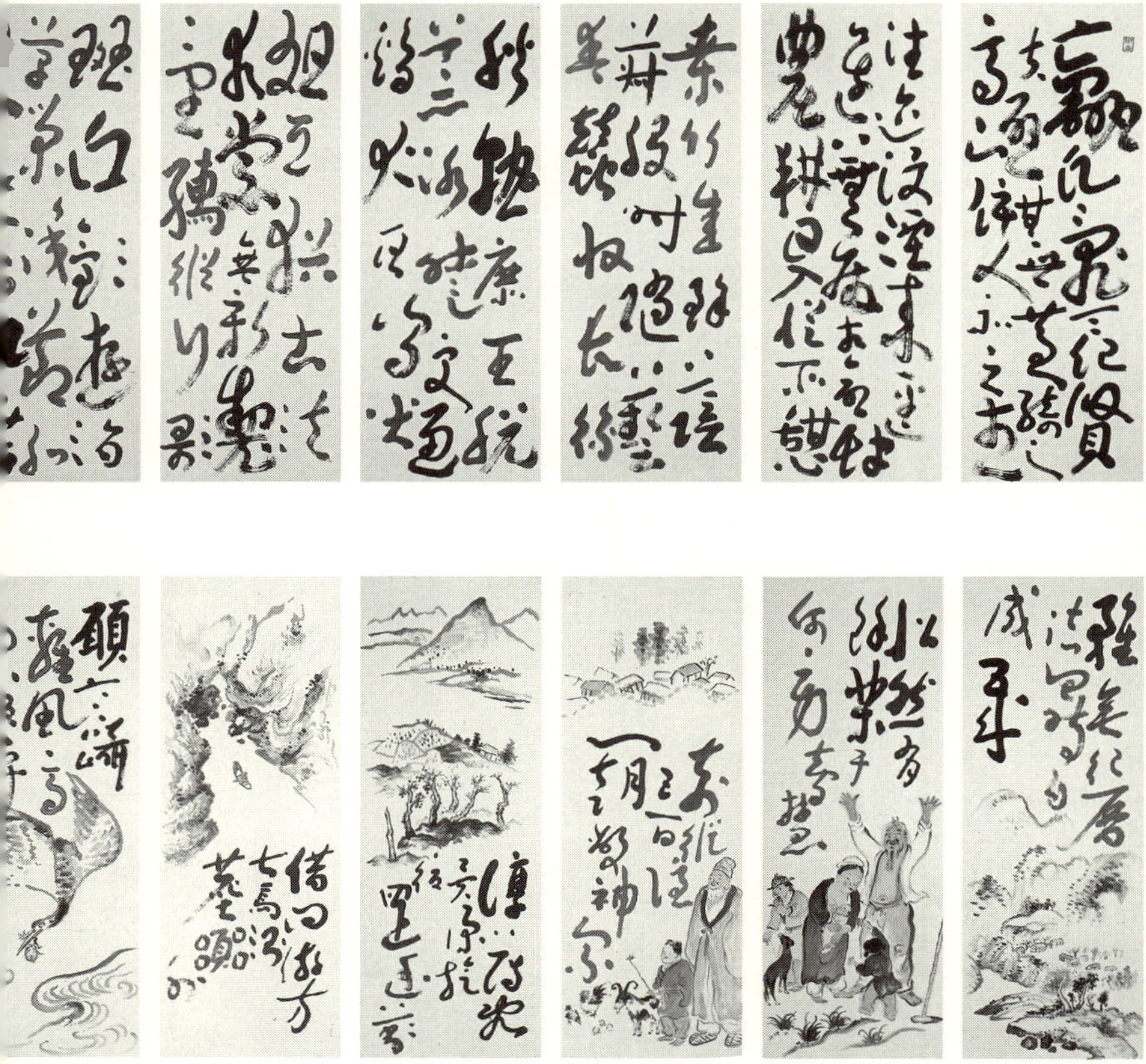

25　小川芋銭『桃花源』1932 年

帰ってくる「桃花源記」に語られる景は、左隻のみに「詩」の書の下、また上に、はじめて淡彩で描きこまれている。右隻は書のみ、左隻に移って画が登場するという、この一双の構成は前から見てきた桃源画の系譜の上でもすでに珍しく、作者芋銭の独創とさえ言えるのだろう。

中国明代の董其昌の『武陵桃源図』でも、仇英や査士標の『桃源図巻』でも、あるいは徳川日本の大雅、蕪村、文晁、呉春ら南画家たちの『桃花源図（巻）』でも、それぞれの好みの桃源詩人の作から数句を画面一隅に賛として記入することはあっても、陶淵明作と伝える「桃花源詩」全一篇をこの芋銭のように屏風の全一双にわたって大書するということは、（少くとも私の知る限り）絶えてなかった。

芋銭はこの作の四年後の昭和十一年（一九三六）、死の二年前にも、もう一つの大作、二曲一双（各一六八・〇×一七七・〇cm）紙本彩色の屏風絵の『桃花源』を制作する。これは漁師が山中の洞窟をようやく潜りぬけたとき眼下に「豁然開朗《かつぜんかいろう》」した桃源の村里の全景を、そこに嬉々として働く男女の農民やその近くに遊ぶ子供たち、また水郷の画家芋銭にふさわしい満々たる水を湛えて広がる湖の風景とともに俯瞰した構図である。これも、たとえば明治三十七年（一九〇四）京都の老画人富岡鉄斎が桃花の渓谷と巨大な岩山の右三扇をへだてて左三扇に広がる良田美池の桃源郷を描いて、『蓬萊仙境図』と対置させた六曲屏風『武陵桃源図』の、きわめて教養主義的な、悪くいえば教科書的な、よく均整のとれた構図などに比べて、思い切り大胆かつ独創的な構想であった。そして芋銭はこの晩年の作でも、右隻から左隻に画面上段三分の一を貫いて、鉄斎のような「桃花源記」全文の細字による画賛ではなく、「桃花源詩」前段の「相《あ》い命じて農耕に肆《つと》め／日入りて憩《いこ》う所に従《まか》す」から「荒路曖《あい》と

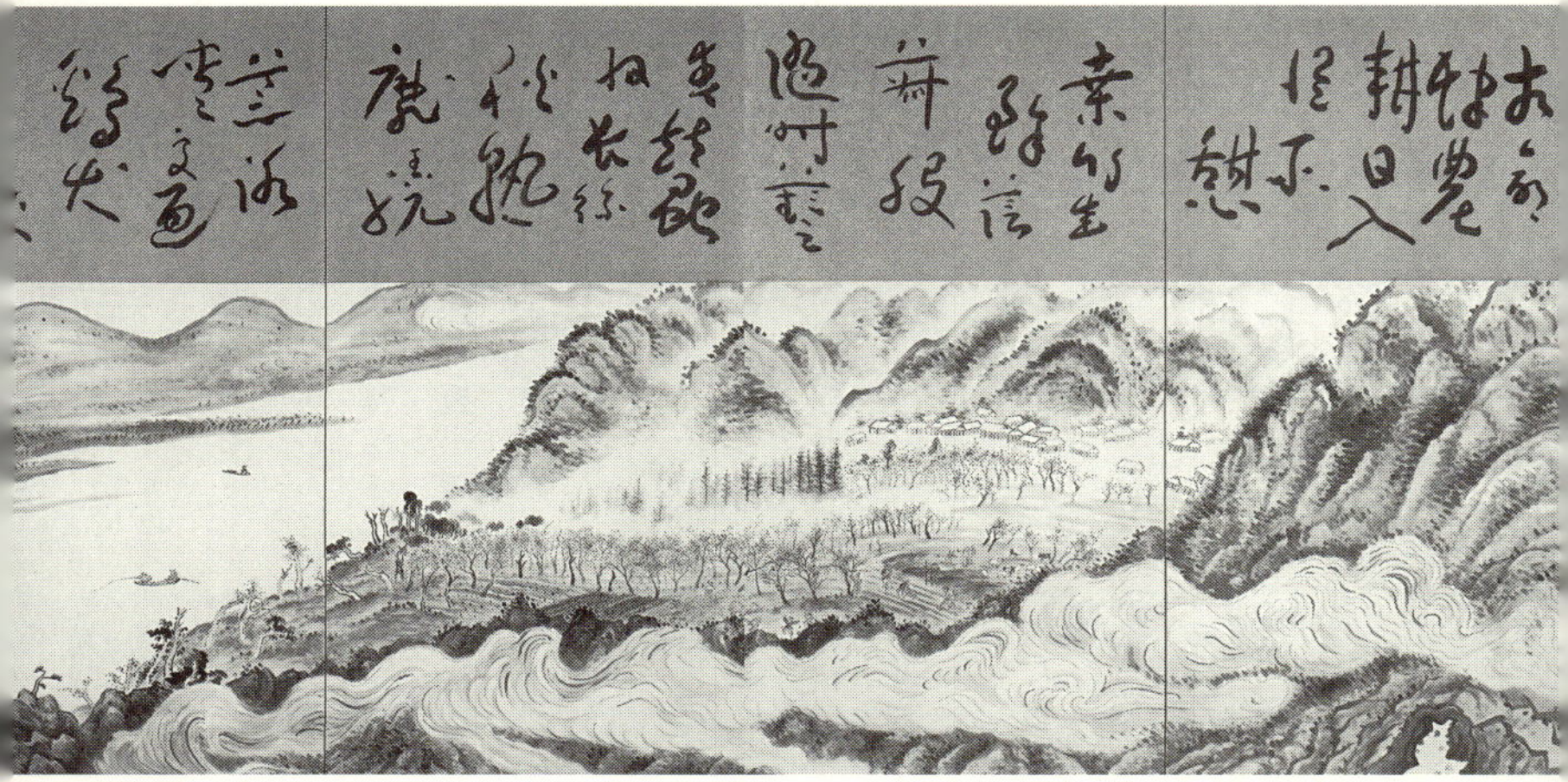

26　小川芋銭『桃花源』1936 年

して交わり通じ／鶏犬《けいけん》互いに鳴き吠《ほ》ゆ」までの四句八行を悠然たる大字で墨書している。

芋銭のこの両大作がともに書画併作というところが珍しいのである。しかもこの墨書の部分が、漁師の桃花の渓谷遡行から桃花源の発見と逗留、そして家郷武陵への帰還と彼の地への再訪不能という、彼の冒険譚を順次記録風に物語る陶淵明の「記」のほうを書いたのではなかった。両作ともに芋銭は「詩」のほうを選んで書き入れたのである。「詩」は、ルポルタージュ風の「記」の面白さとは異なって、漁師の道行きには一切触れず、ただこの村里を突然出現した神仙境ないし理想郷風の場と見立て、「塵囂《じんごう》の外」つまり塵と騒音にまみれた世俗の外の世界とした。それゆえに「詩」の最終行には「願わくは言《ここ》に軽風《けいふう》（軽やかな風）を躡《ふ》み（踏み）／高挙《こうきょ》（高く舞いあがり）吾が契《けい》（自分が行くと約束したわが理想の地）を尋ねん」と述べたのであった。「記」に比べればこの「詩」は道学修行者風が強すぎて、陶淵明の実作とは思われない、むしろ後代の附加物ではないか、と中国・日本の専門家からは評されることも多かった部分なのである。

ところが、小川芋銭は前後二回ともこの「詩」のほうを作中に大書した。そのことが桃源画以上に珍しく、ユニークなのである。芋銭はもちろん「記」も「詩」もよく読んで、それぞれの面白さと意味を十分に理解していた。だから昭和七年の大作でも、左隻第一扇と第五扇には桃花源への入口と出口とを絵として画いていたし、右に引いた最終句に対応しては第六扇に鶴が一羽桃の実を嘴にくわえて高く飛び立つところを描いていた。

そして言うまでもない、この大作を見る者の眼をまず惹きつけ、驚かせ、いっぺんに愉快にさせるのは、左隻第二扇と第三扇に大きく鮮やかに描かれたこの桃源の村里の住民たちのすがたである。

第二扇の絵はこの村の農夫一家の群像だ。本書第II部ですでに触れたのだが、私は愛知県の岡崎市美術博物館で「桃源万歳！　東アジア理想郷の系譜」展（二〇一一年四〜五月）を企画・開催したとき、茨城県立美術館からお借りしたこの芋銭作の屏風絵に久しぶりに再会した。そしてあまりに愉快なので、すぐさまつぎのようなチャチャを入れたのであった。

親父ヘソ出し
母さんまるまる
子ども桃喰い
犬ワンワン

いま絵を見直しても、まさにこのとおりではないか。父親らしい大の男が、白いシャツ一枚を全部はだけさせ、両手を天に上げて、髭面いっぱいの笑顔で「万歳《ばんざい》！」を叫んでいる。「我が桃源の村万歳！」と言っているとしか見えない。さっきまで使っていた鋤は側に放って、臍もそのまわりに生えた毛もまる出しの太っ腹だ。だぶだぶのモンペの下の大きな両足の甲にまで毛が生えている。頑丈な陽気な働き者の父親だ。そのかたわらの母さんも、農村画家芋銭ならでは描けない丸顔細目の田舎顔の農婦、胸に抱いた幼な児に乳を吸わせながら、幼な児のお姉ちゃんらしい女の子が見せる赤い椿の花をほめてやっている。その母親の後にいる少年はちゃんと帽子までかぶっていながら左手の大きなうまそうな桃にかぶりつき、右手には黒い愛犬の綱を握っている。桃源郷には互いに鳴き吠え交わす犬と鶏がつきもので、桃源平和の象徴ともなっているはずだと見直すと、この農夫一家の絵のつぎの扇に、牡鶏牝鶏の一つがいと小さな黄色いひよこ三羽が描きこまれている。

この第三扇に描かれた被布すがたの老人と山羊を連れた少年は誰かと問えば、それは前に触れた十三年前（一九一九）の芋銭作『五柳先生』の淵明居士とお伴の男の子にほかなるまい。農夫一家はみんな裸足だが、こちらの老人だけは藁で編んだ沓《くつ》を履いている。芋銭翁は自由自在、この詩「桃花源詩」の作者自身を画中にひっぱりこんで、農夫一家とともに唱和させているのだ。――「……桑と竹とは余《ゆた》かなる蔭《かげ》を垂れ／菽《まめ》と稷《あわ》とは時に随いて芸《う》う／春の蚕《かいこ》に長き糸を収め／秋の熟《みの》りに王の税なし」、桃源万歳！と。

ここまで来ると、この詩の背後には、実録風の「桃花源記」よりはるかに鮮明に、農民たちが「鼓腹撃壌して」（腹つづみを打ち地べたをたたいて）平和と豊穣を讃えたという中国太古の堯帝時代の面影が浮かび、そして前途には若き日の芋銭自身も一翼に加わった、あの幸徳秋水、堺利彦らの初期社会主義の楽天的な平民主義がすでに見はるかされてくるではないか。さらに「桃花源詩」が——

童孺《どうじゅ》（子供たち）縦《ほ》しいままに行くゆく歌い
斑白《はんぱく》（ごま塩頭の老人たち）歓《たの》しみつつ游《あそ》び詣《いた》る
草の栄《はな》さきて節《せつ》の和する（春の到来）を識《し》り
木の衰えて風の厲《つめ》たきを知る
紀歴《きれき》の志《ふみ》（暦《こよみ》）無しと雖《いえど》も
四時《しいじ》　自《お》のずから歳（一年）を成す
怡然《いぜん》として（心安らかに）余《た》らえる楽しみ有り
何に于《お》いてか智慧（小ざかしい工夫）を労せん……

（前掲、一海知義註『陶淵明』による読みくだし）

と展開してゆけば、これはもう秋水や（堺）枯川や（田岡）嶺雲らが思い描いていたかもしれないトマス・モア風の、トマゾ・カンパネルラ式の、またウィリアム・モリス流の、近代ユートピア構想などとは全く異質の理想郷であった。近代ヨーロッパのユートピアといえば、それはもっぱら石造りの都市であり、住民の一生を通して上から下まで合理主義と功利主義によって管理・統制された窮屈きわまりない生活空間であった。桃源郷はそれとまさに対極にある反文明の、反ないし非都市の、反管理主義の、芋銭好みの水魅山妖さえ平等に出入り自由の、東アジア的田園的小世界にほかならなかったのである。

陶淵明の語った桃源郷は、これまで私もすでに幾たびも強調してきたように、今日読み返してみれば、近代ユートピア思想を超えてさらに先に人間の自由と平等の理想郷を指し示す思想とさえ言ってよいのかも知れない。明治の初期社会主義に共鳴して、都市の虚栄と資本主義の横行とを嫌い、これに反抗した田園画家芋銭は昭和七年、六十五歳の老齢になってもなおこの若き日の武士的反骨の余燼を残し、それによって彼のなかにあった陶淵明の桃源思想を文人趣味をこえてここに再燃させたのだとも言えるだろう。

昭和七年（一九三二）と言えば、海軍の青年将校らによる首相犬養毅暗殺という五・一五事件発生の年であったが、芋銭の一種の農本主義はもちろんこのようなファナティックな国粋主義に与するものではなかった。古代中国の大詩人五柳先生のあの寛容にして自由な「園田の居に帰る」そして「桃源郷」にあらためて根をつなぐ底《てい》のものだった。画中のあの臍まる出しの頑健な農夫の「万歳！」は、河童も共生するこの古代的農本思想への喝采でもあったにちがいない。そしてこの年、丹波の桃源の地竹田で芋銭の大作を待ちに待っていた文人豪商西山泊雲もまた、この農夫を眼前にして、ついに得た屏風絵に応えて「桃源万歳！」を叫んだものと思われる。

八　桃源喪失の悲嘆
――小杉放庵の『桃源漁郎絵巻』

小川芋銭は慶応四年（明治元年、一八六八）二月、江戸赤坂溜池の牛久藩邸内の生まれで、満三歳の年に一家とともに常陸牛久の沼のほとりに帰農した。小杉放庵（最初洋画時代は未醒《みせい》、ついで日本画に転じてからは放庵、さらに後に放菴の画号。ここでは煩を避けて未醒と放庵を併用する）は明治十四年（一八八一）十二月末、栃木県日光に二荒山《ふたらさん》神社の神官の長男として生まれた。放庵のほうが芋銭より十三歳年少だったことになるが、関東出身のこの両画人は芋銭の昭和十三年（一九三八）末、満七十歳での死にいたるまで、肝胆相照らすといってもよいほどの盟友であり、よき先輩でありよき後輩であった。

二人とも典型的明治人というべきか、中国、日本の詩画の古典を深く愛し、その教養を親しく身につけた人だった上に、またこの二人とも二十歳前の若いころから、芋銭は東京の国沢新九郎門下の本多錦吉郎について、放庵は日光に来遊定住することとなった高橋由一門下の五百城文哉《いおきぶんさい》について、それぞれに洋式油彩画を学んだという点でも、よく似た画歴であった。さらに放庵は東京での洋画の師小山正太郎の推薦で明治三十五年（一九〇二）、矢野龍渓、国木田独歩主宰の絵画週刊紙『近事画報』に入社した。小川芋銭が幸徳秋水の『平民新聞』に寄稿していたのと同様の、社会諷刺や民衆風俗や農村風景などを芋銭よりはより洒脱な軽やかな筆致で描いた木版「漫画」（コマ絵）を大量に制作したのである。芋銭を秋水らに紹介したのと同じ『いはらき』新聞の田岡嶺雲や佐藤秋蘋の仲立ちで、翌明治三十六年には放庵はついに芋銭を知り、親交を結ぶようになったというから、縁はいよいよ深まった。放庵も『平民新聞』に何点かの漫画を寄稿するようになったのである。

しかしまだ二十代前半の放庵は、すでに痩躯の細おもてに髭をたくわえた牛久沼の隠士よりははるかに壮健で、対社会的にも活発だった。日露戦争が始まると、『近事画報』改題『戦時画報』の従軍記者として、満洲の遼陽あたりまで進軍した。そして「兵士の靴」とか「戦友に花を捧ぐる兵士」とか「露国負傷兵の苦鳴」とか、軍歌「戦友」の「ここは御国《おくに》を何百里　離れて遠き満洲の……」（明治38）をすぐにも連想させるような毛筆の写生小品を記事とともに画報社に送り届けた。帰国するとすぐに新体詩の『陣中詩篇』（明治37）を出版したが、そのなかにはたしかに與謝野晶子のかの有名な「君死にたまふこと勿《なか》れ」（初出『明星』明治37・9）を思わせずにはいない一篇「帰れ弟」もふくまれていたのである。

帰れ弟　夕《ゆふべ》の鳥の　林の中に没《い》る如《ごと》帰れ
韓《から》の平壌気は　腥《なまぐさ》く　乾ける風に殺気ぞこもる
いかんぞ国の春を蹶立《けたて》て　好んで平沙の風雨《あらし》を慕ふや
弟汝《なんじ》の白き額《ひたひ》の　あないたましや日に黒みたり
恋と歌とを語るに澄みし　星の瞳の猛《たけ》くもなりぬ

稚子《ちご》なす覇気《はき》の已《や》むに難《かた》くて　八道《はちどう》（朝鮮の京畿、江原以下八つの「道」）の野に墓求めにか
帰れ弟　夕の鳥の　林の中に没る如帰れ
……
（野中退蔵『小杉放菴　生涯と芸術』未来社、所引）

冒頭にすでに陶淵明か王維を思わせるような「帰鳥」のモチーフが出ている。堺の富裕な商家の娘晶子ほどに露骨な、旅順の戦いの勝敗をも、天皇の権威をも無視するような独自の平和主義を吐露しているわけではない。しかし戦勝へといつのまにか己を忘れて逸《はや》り立つ弟の稚気をたしなめて、「夕の鳥の　林の中に没る如帰れ」と繰返す詩句は、反戦的とまではいわずとも、明らかに厭戦的であった。

戦争終結とともに文壇・画壇ににぎわいがもどると、二十代半ばの放庵の制作活動もいよいよ活発になり、さらに両分野にひろがっていった。画家では鹿子木孟郎《たけしろう》、石井柏亭、平福百穂《ひゃくすい》、木下藤次郎、丸山晩霞、三宅克己、中村不折、和田三造、森田恒友、山本鼎、倉田白洋といった、洋画（油彩、水彩）、日本画を問わぬ同世代あるいはやや先輩、やや後輩の人たちとつきあい、彼らとともに、『平旦』『天鼓《てんこ》』『文章世界』さらに『方寸』などの文学雑誌、美術雑誌に版画・漫画を寄せ、それらの同人ともなってゆくのである。明治三十九年（一九〇六）の相良ハル（春）との結婚には、『近事画報』主幹の国木田独歩が仲人をつとめてくれたという。

小川芋銭はこの若い友人の結婚を祝って、本郷千駄木林町の彼の新居を訪ねたのでもあったろうか。ガラスのコップや白い皿の載った小卓を間において、紬《つむぎ》らしい着物姿の芋銭と若い未醒が向か

27　小川芋銭・小杉放庵ほか記念写真，1908 年

後列右：芋銭，左：小杉放庵。前列右：杉田雨人，左：幸徳秋水か

いあった写真もある。二十五歳の未醒は後年の東洋隠者風の風貌とまるで違って、白の長袖シャツにズボン吊りの姿で実に精悍な顔をしている。またもう一つ、右の二年後（明治41）の六月、芋銭の最初の漫画・俳句集『草汁漫画』が本郷湯島天神町の日高有倫堂から出版されたときには、『いはらき』新聞ゆかりの水戸で出版記念会が催されたらしい。その折の記念写真というのが一葉あって、まるで老いた町医者といった感じの、丸眼鏡に紋付き痩躯の芋銭と並んで、ハイカラーに蝶ネクタイの縦縞三ツ揃いの背広という思い切りダンディな未醒青年が立って写っている。この二人の前に腰を掛けているのが、右は芋銭の友人の新聞記者杉田雨人、左は紋付き姿の幸徳秋水らしいというから、いよいよ面白い貴重な一葉である（どちらの写真も『アサヒグラフ別冊・美術特集日本編48 小川芋銭』朝日新聞社、一九八七、所載）。

明治四十一年（一九〇八）六月、『草汁漫画』が刊行されたとき、これに序を寄せたのは田岡嶺雲、幸徳秋水、それに「辱知」の画家伊藤銀月と『いはらき』新聞の佐藤秋蘋の四人で、そのなかの秋水の文章は前に引いたが、同書に芋銭から「跋文」を依頼されたのがこの二十七歳の小杉未醒であった。未醒は引き受けてはいたものの若造で跋というものの書きかたもわからぬ。有倫堂からの督促に負けて、自分の「水戸日記」から同年四月三日の分を引用して「ばつ」とする、と書いて、実際にその二日前の四月一日に三十七歳で肺病で死んだ才子佐藤秋蘋の葬列を見送る芋銭先輩の姿を描く一節を、そこに引き写した。

「……今、棺が停車場への横丁の処を練って過ぎる。村夫子の如き風采の芋銭君が行列から離れて、其横丁を背にして立つと二重廻しの襟をかき合せ、帽を脱して目送して居る。（中略）親む可《べ》き敬ふ可き吾《わ》が芋銭君の心は、定めし最も美しく最も情ある別れの言葉をばくり返して居るだらう。……」

意気さかんでまだまだ生意気な、文字どおりの「未醒」ながら、さすがによく帰農武士出身の先輩画人芋銭の、つつましくも敬虔な真情をその姿のなかに読みとっているというべきだろう。鹿島桜巷の『即興画詩』（明治44）は、芋銭・未醒らの一コマ漫画を集めた冊子だったが、そのなかにも「牛久沼芋銭子が閑居」と題する未醒作の一点がある。さきにふれた未醒の結婚直後を訪ねた芋銭の写真と似ているが、このコマ絵では雨の降る庭に向かって開け放たれた縁側の、すぐ内側の卓袱台《ちゃぶだい》に、四角い顔で洋服の未醒青年が盃を片手に大きくあぐらをかき、こちら側の障子のそばに芋銭（翁）が長い顔に黒ぶち眼鏡と鼻髭をきわ立たせ、黒い和服姿できちんと坐ってお相伴をしている、という一コマだ。いわゆるジェネレーション・ギャップをみずからあからさまに描いた一景である（『小川芋銭と珊瑚会の画家たち』展図録、愛知県美術館）。

この漫画から十年ほど後には、未醒が『牛久沼』と題して描いたカンヴァスに油彩の、まことに好ましい小品もある（大正12、一九二三、一八・〇×二三・三cm、出光美術館）。湖水の対岸には小さな塚の上に大きな赤松が真直ぐに伸び、その右手の湖畔にこれも高い浅緑の柳が十数本も、明るい光に柔か

28　小杉放庵『牛久沼』1923 年

い葉をかがやかせ、ゆるやかな風にみな少し右にかしいで連なっている。その手前の水際に二人とも白い手拭をかぶって、立っているのは芋銭、赤いモンペでしゃがんでいるのが牛久沼生まれの妻きいらしい。二人はその白い手拭を静かな水面《みなも》に映して、蓴菜《じゅんさい》採りをしているのか、それともただ牛久沼の畔で語りあっているのか。湖面には水鳥が飛び立った跡のような小波が一筋光り、蓮らしい大きな葉の群れが片側にひろがっている。そして二人の背後の台地には、小川家の住まいと見えるかなり大きな茅葺きの農家がどっしりと坐り、その上はよく晴れた晩春初夏の青い空。

こうして大正十二年、満四十二歳の小杉未醒が油絵で描くと、この牛久沼は河童など棲みついていそうにもない爽やかさと静けさである。私自身も十数年前か、一人で牛久の町を訪ね、この湖畔や小川家のあたりをうろついたことがあったが、やはり水妖の気配を感じとることはもう無理だった。

だが小杉未醒＝放庵はずっと後まで、山水のなかの異界と交感し交流するこの隠栖の文人画家を敬慕し懐しんでいた。芋銭歿後二年の昭和十五年（一九四〇）、彼はこの先達追悼の文章「芋銭伝」を書いたが、その一節にはこう回想している。

始めて彼の牛久村の家を訪ずれたのは明治三十八年の頃かと思う、勤めていた雑誌社（近事画報社カ――引用者）から、水郷の絵行脚をいい付けられて出掛けて、彼を誘って霞が浦に遊んだ、（その帰途、牛久に誘われて）初秋の一夜の客、奥さんは秋蚕の世話をすましてから、うどんを打って馳走してくれた。息子達はまだ小さく、芋銭四十近き年配、縁側に背を丸めて石油ランプを掃除する、侘びた閑かな生活を、不安勝ちな東京住みに比べて、ひどく羨ましき物に考えた、だが、彼は未だこの田園暮しに、丸きり落着き払っていたわけでは無かった、なるほど逐条写生の西洋画より、毛筆の漫画はおもしろい。おもしろいがこの事に一生を費やそうとて画家になったろうか、本絵、本絵という言葉が、向上心を失わぬ漫画家挿画家の良心を刺戟する、我れに本絵作る質がある、……

（中略）

村に落着いてから彼は、唐紙画箋類の半折色紙にその時々の興を遣る、これをもって当時日本画界の一隅に割拠しようという如き野心あるわけでなく、好き故描く、望まれて描く、時に酒にかわり、時に器物にかわり、余り高くなきお金にもかわったろう、陶淵明は五斗米に腰を折りがたく故郷に帰った、故郷に若干の田畑あったが、なお多少躬《みずか》ら耕さでは足らぬ程度の如く想像される、芋銭子にも若干の恒産はあった様子だが、奥さんが畑にいる姿を見かけた話故、これまた陶淵明の生活と同程度であったろう、俳画漫画の芋銭の名は、既に相当に聞えていて、なおかつ半農半画の日常、当代の画家に珍しくゆかしき次第だ、その頃より沼の河童しきりに画裡に入り来る、あんたは河童の実在を思っているのですか、とある時聞いて見ると、あれが実在しないという証拠がありますかと反問された、……

（小杉放庵『放庵画談』小杉一雄編、中央公論美術出版）

たしかに、日露戦争直後の頃といえば、芋銭は『平民新聞』終刊後もなお幸徳秋水の社会主義系の新聞・雑誌に漫画や挿絵をしきりに寄稿していたが、やがて大逆事件に遭遇して（明治44）、いかに牛久の隠者とはいえ身近に不安をおぼえ、会津喜多方の名望家やその周辺の農村画家たちとの交友を深めるという時期である。右の引用の最後に河童の実在問答が出てくるのは愉快だが、それよりも放庵が芋銭の「半農半画」の境涯を、中国五世紀の陶淵明の、誤まって「塵網《じんもう》の中」に落ちて後ようやく南山（廬山）山麓の「園田の居に帰」った生涯と親しく重ね合わせて語っていることの方が、一層興味深い。芋銭も放庵も日本の古典詩歌や物語のみならず中国の古典詩文にもよく通じ、それらを共通の教養としていた。そのことはこれまでも幾たびか繰返し触れてきたが、実は放庵はまだ未醒を号としていた時期に、この芋銭との交友のうちから発想したのか否かは別にしても、芋銭が牛久周辺の水郷や会津の山村に桃源的風趣を読み始めたのと同じ頃、あるいはそれよりも一足早く、興味津々の墨画淡彩『桃源漁郎絵巻』の長巻一巻をものしていたのである。

それは小杉未醒満三十五歳の年、大正五年（一九一六）冬の作で、もとは縦二四・三×横六〇〇・〇cmの画巻であったのを、小杉放庵記念日光美術館が近年購入した後、二曲一双の屏風（各面一五〇cm）

に仕立て直したのだ、との同美術館学藝部の説明であった。二〇一〇年四〜五月、名古屋の愛知県美術館で『小川芋銭と珊瑚会の画家たち』というちょっと珍しい展覧会が催されたとき、芋銭が中心ならば意外な桃源画も出品されているかもしれないと、当時すでに岡崎市美術博物館で「桃源万歳！」展を企画していた私は名古屋に赴いた。

珊瑚会とは大正四年（一九一五）に東京で発足したきわめて自由な、しかし趣向ないし志向共通の画家集団であった。四十代後半の小川芋銭は別として、明治十年代（一八七七〜八七）生まれで当時三十代の平福百穂、小川千甕、沖田榮治、川端龍子、鶴田吾郎、名取春仙、山村耕花の八名が初期メンバーで、そこに森田恒友も近藤浩一路も二十代の酒井三良（会津）も岡本一平もやがて加わっていった。日本画系が中心だったが、そこに洋画家も漫画・挿絵・表紙絵の作家たちも同列に並んでいた活気ある面白いグループである。

大正六年（一九一七）五月、日本橋白木屋での第三回珊瑚会展には、小杉未醒がすでに同志・盟友となっていた横山大観とともに訪れて小川芋銭の出品作を賞讃していったと年譜にはあるから、まさにこのときに未醒もこの『桃源漁郎』の画巻をここに出品していたのであろうか。

未醒は当時三十代前半、ジャーナリズムを抜け出して、主として洋画壇に急速に名を挙げつつあった。明治四十四年（一九一一）には第五回文展（文部省展覧会）に油彩画『水郷』を出品して一気に最高賞（二等賞一席）を獲得し、翌四十五年の第六回展にも『豆の秋』を出して同じ最高賞を受賞した。当時最良の目利き夏目漱石から「未醒といふ人が本来の要求に応じて、自己に最も適当な方法で、自己を最も切実に且つ有意義に表現した結果と見るより外に見やうがないのである。自分は「豆の秋」

の色彩をとくに心持よく眺めた」（「文展と芸術」明治45）と、今の私から見れば過褒と思えるほどの賞讃を得たのも有名なことである。

さらに翌大正二年（一九一三）の正月には、この好評のおかげか、洋画家未醒は或る富豪の資金援助を受けて一年近くのヨーロッパ旅行を経験することとなる。これは当年三十二歳の未醒にとってはなはだ深刻な、身に迫るような、身を切るような、西洋絵画の本場の体験だったようである。未醒は友人満谷国四郎、小川千甕らとともにパリからロンドン、そしてドイツ、イタリア、オランダ、ベルギー、スペインとヨーロッパ各国を巡遊した。そしてマチス、ピカソのフォーヴィスムやキュビスムの傑作から、中世末のイタリアのモザイク画やフレスコ画、ルネサンス期のジョット、ダヴィンチ、レンブラント、ルーベンス、そして前世紀のターナーやマネ、モネからルドンに至るまで、実に周到にかつ鋭敏に見てまわったようである。

後年未醒がこのときの観察と反省について書いた「壁画」（大正11）や「和漢比較漫録」（大正12）、また「芸術的日本の位置」（大正13）、「洋画家の東洋回顧」（昭和元）等々の『放庵画談』所収の諸エッセイを読めば、彼が極東日本の画家として本場ヨーロッパの古典と現代に対決し、自己の所在を真剣に考えていたことがよく伝わってくる。大正・昭和の油彩の俊才小出楢重の鋭利きわまりない評論『油絵の新技法』（昭和5）に匹敵しうるほどの、彼我の位置づけの正しさ、そして正直さをもっている。

さて、このような小杉未醒が帰国後三年目にして制作した『桃源漁郎』画は、どのような東洋回帰の作品なのか。私は未醒にもこのような桃源画があることを当時全く知らなかったので、大いなる好奇心をもってこれを見つめた。画巻の冒頭に陶淵明の「桃花源記」の全文が優美な薄墨の楷書で書き写され、巻末には宋の政治家にして唐宋八大家の一人王安石の「桃源行」が、一段と墨色濃厚な筆蹟で記入され、ともに「大正五冬日　未醒」と落款されている。

これは後年の小川芋銭の「桃源万歳！」のような農村生活礼讃の一巻ではまったくない。むしろ桃源村の老知恵者たちとの情報交換、そして武陵のインテリ漁夫の桃源喪失の悲哀の絵ともいうべき、桃源画史上たしかに一風変った六メートルの絵巻（いまは屏風絵）である。

画巻冒頭には全体の約四分の一の長さを占めて、漁夫の桃源の谷と洞窟遡行の冒険が描かれている。描かれた岩山の連続も水の流れも果樹らしきものもみな薄墨・淡彩で、数本の木の葉の繁みだけが潤いのある濃墨である。これまでの中国・日本美術史上の桃源画とは巻頭からしてすでに雰囲気がはなはだ異なる。さらに異様なのは、画中の岩も崖も石も終りまでみな直線で構成された四角形をなしていることである。釣竿を手にした漁夫が眺めやる桃源への入り口の洞門などは、まるでパリの凱旋門のように四角に刳《えぐ》られて、中にこれも淡紅の桃樹の花をのぞかせている。未醒がパリで魅せられてきたピカソらのキュビスム風の実験――とまでは言わないでも、不思議の感を一段と強める珍しい筆法である。

そして画巻中央の約四分の二を占める桃源の村里の情景の意外なほどの閑寂さ、人気《ひとけ》の薄さ。明の仇英にも査士標にも、日本の呉春にも富岡鉄斎にもあった、あの春風駘蕩たる田園風景ののびやかさも、村人たちのいそいそと働く姿も、この未醒の作中にはないのだ。だいたい、未醒が冒頭に筆写した陶淵明の「記」に述べられている「良田美池」も「桑竹の属《たぐ》い」も、ここには一切描かれていな

29　小杉放庵『桃源漁郎絵巻』1916 年

い。桃花源の必須の条件であったはずの「鶏犬のこえ相い聞こゆ」のにぎやかさも、ここにはまったくない。「怡然《いぜん》として自ずから楽しんで」いるはずの幼童は、男の子二人が画中にただ一軒の家の前で山羊二頭と遊んでいるだけだ。

画中の村民は、入り口の洞門から村に踏みこんだ漁夫を囲んで問答する老翁二人と若い女性二人、一軒家の枝折戸を開け水汲み用らしい壺をさげて外に出かかった女一人、それに桃花の間の低い石のテーブルに酒瓶と幾皿かの馳走をおいて、漁師としきりにやりとりする村の男・老若五人、彼らの卓に新しい酒か茶を運んでくる男一人と、彼らの姿を桃の木影で眺める女二人と幼女一人――おそらく複数回登場する男女老幼を合わせて、画中の村人はわずか十六人ばかりなのである。

その上に、画中でもっとも異風なのは、画巻の末尾四分の一の真中に描かれた主人公漁夫の姿である。彼はようやく帰ってきた自分の武陵の村の村屋二三軒を背にして、茫々たる草むらの中にうずくまり、笠もうしろに落としたまま、膝の間に顔を埋めている。この男はいったいどうしたのか。疲

れ果てているのか。そのような簡単なことではなさそうだ。郡知事の命のままに郡兵らとともに桃源再発見を試み、それにも失敗したゆえの落胆の姿なのか。それぐらいならば彼はまだ故郷の同胞たちに桃源を目のあたりにした自分の体験の真実を吹聴していそうなものだ。

　この漁夫の悲嘆の姿は、結局は画家が巻末に写した王安石「桃源行」の結語の四行ほどに呼応し、その意を体していたのではなかろうか。

聞道《きくなら》く　長安は戦塵を吹くと
春風《しゅんぷう》に首《こうべ》を回《めぐ》らせば一《いささ》か巾《きん》を霑《ぬ》らす
重華《ちょうか》（古代の聖天子舜）一たび去って寧《なん》ぞ復《ま》た得んや
天下紛紛《ふんぷん》として幾つの秦《しん》を経《へ》たる
（清水茂註『王安石』中国詩人選集二集4）

武陵の漁夫は桃源の村翁たちから山中逃避の由縁を聴き、再び家郷に帰って、秦の始皇帝の暴政以来今にいたるまでなお国内に戦乱の絶えたことがないこの世の様《さま》を、あの老翁た

同上（部分）

ちとの問答とともに想い起こして、慰めようもない悲嘆のうちに沈んでいるのだ。あの村里はけっして神仙郷でも、堯舜治下の理想の国でもなかった。だが「父子有りと雖《いえど》も君臣無し」の共和を営み平和を守りつづけてきた山中の孤立の小国であった。いま草むらのなかにうずくまって思い返せば、あの村里での経験でさえ、すでに数日の夢幻であったかのように茫々としている。それゆえもあって、確かに見聞きしてきたはずのあの村翁たちとの談笑の情景はすべてみな薄墨とわずかな淡彩で描かねばならなかったのである。

　漁夫が腰を落とし項垂《うなだ》れて嘆く背後には、三年前の大正二年、スペインのグラナダのアルハンブラやその近辺で見てきたような白壁の農家が、屋根の瓦も幾つか落ちたまま棟《むね》の上に草をはびこらせ、人影もなく立っている。あの藝術の新しい息吹に満ち満ちていたヨーロッパは、帰国後すぐの一昨年（大正3、一九一四）から前代未聞の苛酷な大戦乱に陥り、日本もすでにこれに参戦している。小川芋銭とともに一度は平民社会主義にも触れたインテリゲンチャ小杉未醒は、桃源郷を描こうとしたとき、陶淵明の古典的春風の景とともに王安石の治世批判の一篇をも思い起こさずにはいられず、むしろこちらにこそ一層強い共鳴をおぼえたのであったろう。

すでによく知られているように、小杉未醒はヨーロッパ旅行から帰国すると、その旅行中にパリで見た池大雅の『十便図』の複製に魅せられたことから東洋画・日本画に徐々に回帰し、その雅号もやがて「放庵」と改めるようになる。『桃源漁郎』と題したこの桃源画と同年の春には琉球に旅して美しい小品集『南嶋帖』を制作し、その後には『瀟湘八景』や『奥の細道』の図譜を描き、さらに「西遊記」「古事記」などの日中古典や神話の世界までを絵にするようになる。放庵が描いた神農や芭蕉の姿も彼の古典理解の切実さをよく表わし、やがて放庵用特製の麻紙《まし》に擦筆を揮った幾つもの山水風景や花鳥画も高い世評を得た。幾点もの「金太郎」の絵もいきいきとしていて忘れ難い。昭和初期には『桃源春色』や『洞裡長春』のような、紙にあるいは絹に著色の桃源画も描いた。

しかし桃花源から帰郷後、野草の中に身を投げだして桃源喪失を嘆くあの漁夫の姿は、私たちがこの桃源回廊をたどるなかでやはりいつまでも忘れることのできない格別の一景だったのである。

九　末期《まつご》の桃源郷
――辻原登の小説『村の名前』について

辻原登の小説『村の名前』は、平成二年（一九九〇）上半期の芥川賞受賞作である。昭和二十年生まれの作家のデビュー作「犬かけて」（一九八五）から五年目の受賞であった。

この作品ほどはっきりと陶淵明「桃花源記」との血のつながりを示している小説は、日本でも、またおそらく中国でも、珍しいだろう。日本の商社員橘《たちばな》博が、畳表用の藺草《いぐさ》の買い付け交渉のために、畳会社の社長加藤さんとともに、広東省広州から炎暑の中の急行列車で遠路湖南省の長沙に向かう。深夜の長沙駅に着くと、迎えに来ていた貿易公団の役員たちとともにこんどはトヨタのヴァンで、それこそ「渓に縁《そ》うて行き、路の遠近」もわからなくなるまで走り、ようやく山奥の村里に入りこむ。

「村の名前は、桃源県桃源村だ。橘の胸は軽くときめいた。中国にそんな名前の村がほんとうにあるとは、いまのいままで知らなかった。」

主人公の商社マンは、ゆえ知らぬそのときめきのうちに、昔高校時代に漢文で習った陶淵明の物語を思い出し、それを脳裡になぞってもみるのだ。村の名前がわかってからもヴァンはなお山道をうねりくねり、上り下りし、またも「来た道の遠近がぼやけてきた」ころに、切り通しを抜けると、とたんに「眼前が明るく開けた」（豁然開朗）、そこが桃花源村だった、とまで、作者は書くのである。作者辻原登は故意に露骨なほどに、陶淵明のあの「鶏犬のこえ相い聞こ」える村里の物語を作品の冒頭に示唆し、その物語の打ち消しようもない記憶を小説の展開の底に張りめぐらせる、というよりも這いめぐらせる。古典読みの名手辻原登ならではのまことに巧妙な搦め手からの現代中国版「桃花源記」であり、いくら目をこすっていても搦めとられずにはいない現実と幻想とのあわいを縫う不思議の物語となるのである。

まず第一に、この山あいの寒村の現実は、橘が思い出した「桃花源記」に「屋舎は儼然として、良田美池、桑竹の属《たぐ》いあり」と言われたような豊かで平和な風景をどこにももっていない。ただ「うだるように暑くて、赤茶けた土埃がたえず舞い上り、食料は満足にあったためしはなく、いつもみんな腹をすかせている」。そんななかに無理矢理工場を建てたような、開発途上の貧相な村にすぎない。それなのに、この村はじめての外国人の来訪を歓迎して、到着の晩からさっそく招待所（宿舎）で催された宴会では、村を支配する共産党委員会の幹部らが、みな口をそろえてこの桃花源村の「千有余年の歴史」を称揚した。幹部のなかでも格上らしい陶《タオ》さんは、翌朝の朝食の席でも橘にすっぽんのスープをすすめながら、「なにしろ、この村の取り柄は、千年来の平和と村人の淳朴さだから」と念を押しさえした。

実は昨夜の夜中、招待所の真下の闇のなかから、一人の女の喉を裂くような異様な叫び声があがり、大勢の罵り声がそれにかぶさり、やがて遠くからパトカーのサイレンが聞こえ、女は結局遠轢をだまされて拉致されたらしいという突発の事件があった。橘はすでにこの村にひそむなにか禍々《まがまが》しいものを予感していたのだが、陶さんはまったくなにごともなかったかのようにほほえみながら、「(桃源の)村人の淳朴さ」を説いたのである。

第二に、貿易公社からの案内人である李《イ》さんは、この村の藺草生産と花筵《はなむしろ》工場の品質を保証して、日本人をここまで連れてきたはずだった。それなのに朝、橘と加藤さんが陶さんらと同行して川を渡り、向こう岸の工場を訪ねようとすると、途上のどこにも肝心の藺草田は存在しなかった。雑草の茂りっぱなしの丘の勾配に、たしかに日干し煉瓦造りの工場は五棟ほどあった。だが、その設備の貧弱さ、技術の拙なさ、工員たちの投げやりでとろんとした表情、なによりも藺草の質の劣悪さに、日本人二人は落胆し、不機嫌にならざるをえなかった。それでも加藤さんが持参した自社製の京間《きょうま》畳の畳表を一枚広げて見せると、その仕上がりのみごとさにまわりには賛嘆めいたうなり声があがったのである。――これが陶淵明の桃花源の村里の千数百年後のなれの果てのすがただった。

第三に、村の党委幹部陶さんには畳表の製造など、ほんとうはどうでもよいことだった。工場での昼の歓迎宴の部屋には例によって毛沢東の肖像画と陶淵明の桃花源詩の刺繡額がでかでかと飾ってあったが、それを背にして陶さんは、この村でも「党中央の対外開放政策にならって、積極的な外資導入を決定した」と挨拶をぶった。そして「桃花源記」の話と同じく鶏料理の大盤振舞い――それも嘴、鶏冠《とさか》、脚さきまでを料理したものが次々に出された後に、彼は橘のほうに身をかがめて、実は外資導入によってこの村にホテルを建て、世界中から観光客を呼びこみたいのだ、と本音を明かしたのである。

小説『村の名前』は、大体一九八〇年代の半ば頃を時代背景としていると思われるが、それは中国では毛沢東が歿し（一九七六）、代って鄧小平が復活して「四つの現代化」つまり「改革開放」路線を推進し始めてから（一九七七）、七、八年というあたりであろう。その資本主義的社会主義の新イデオロギーが、すでにこの僻村の共産党幹部をとらえ、「平和淳朴」を自称する村の昔からの暮しを抑圧し、蹂躪しはじめていたのである。

桃花源村滞在二日目の晩、犬料理の大晩餐会も果てた夜ふけ、橘が招待所の自室にもどると、そこに陶さんが同僚とともに待ちかまえていて中日合併ホテル建設の協議書を示し、これに署名を強制した。貿易公司の李さんもあらわれて畳表十万枚輸入の契約書に署名を求めた。橘はどちらにも抜け道を見つけて、署名に応じたのである。

そして最後に第四に、橘のまわりを囲む中国人の男たちには、みな「警察国家特有の匂い」が、そのもの言いにも振舞いにもつきまとっていた。橘は早くからこの「匂い」に気づいていたが、なかでも長沙から同じヴァンに乗ってついてきた正体不明の二人の男、のっぽとちびは公安警察の廻し者であることがやがて明かになる。二人は鶏料理でも犬料理でも誰よりも大騒ぎして喰らい、大酒を呑み、この貧乏村の腐敗幹部の摘発をこそやればよいのに、こんな小さな村のことは相手にしないと称して、橘が村のどこにさまよいこんでもすぐに目の前にあらわれる。天安門事件も間近なころ、政府公安の目と手はすでにいたるところに張りめぐらされていたということか。

これらが、商社マン橘の、この桃源県桃花源村での三日余りの滞在中に見聞きした村の現実であった。ざらざらし、ひりひりしたと思うと曖昧に腕押しで人をあざむき、それでいてぬるりとして平然たる共産党支配の実状である。だが、中国慣れしているはずの橘も、すでに二日目あたりから、この感覚に対して「なんだか変、あるよ」と相棒加藤さん式の中国風日本語で感じはじめる。

「妙だ。この村にはみんなが空想している牧歌とはまるで違った、何か暗い特別な力が潜んでいる。そいつが橘を引きずり込もうとしている。」

「たしかに、この村には何か得体のしれないものが隠れている。」

橘は李さん、陶さん、党書記らと応酬し、すっぽん、鶏、犬の豪華料理と強烈な酒を飲食しながらも、この「得体の知れない」「暗い特別な力」の領分からの呼び声に敏感に応じて、少しずつそのなかに入りこんでゆく。

第一に、初日の花莚工場検分の際、加藤さんの見せた日本製畳表のみごとさに、誰よりも鋭敏に反応して質問を浴びせかけたただ一人の少年、目を輝かせてうなずく「臈《ろう》たけた矮人《こびと》」の存在だ。それは「藺草《リンツァオ》」の発音と似た「林操《リンツァオ》」という名の少年だった。E・R・クルティウスによると、ヨーロッパの古代・中世文学には「老人のように円熟した少年」というトポス（詩的定型）があるとのことだが、林操少年はまさにそれだった。橘がこの日の午後、村の中で一番気に入った川の土手に下りていってみると、そこで長い竹棹を振り廻して実に上手に鬼やんまを捕っている老人がいる。橘がためしに「リンツァオ」と呼んでみると、老人はとたんにとんぼ捕りの手をやめ、逃げだし、やがて完全な十歳の少年に変身して消え去るのである。まことに「変だ」。

第二に、同じ日の同じ午後、橘が村のメインストリートを歩いて、両側に並ぶ穀物・燃料などの配給所、郵便局、薬局、党委員会所、診療所、農民銀行など、トマス・モアやトマゾ・カンパネルラのユートピア譚に出てくるのと同じような公共施設とその前に並ぶ村民たちの行列を眺めていると、彼の横を蘭草を満載した耕運機が爆音をたてて追い抜いた。その蘭草の山の上には子供たちが乗っていて、みな賑やかに棒アイスをしゃぶっていた。強い蘭草のにおいがした。橘が「なんだ、いい蘭草があるんじゃないか」とつぶやきながら追いかけると、耕運機は左に折れて坂道を下り、やがて細い路地の奥に消えた。橘はその斜面の底に二、三十戸、いまは廃屋となったらしい古風な小さな農家がかたまって、裏の竹藪の風に吹かれているのを見つけた。誰も住んでいない。鶏数羽だけが、斜面の野菜畑のなかを走り回っている。「なんだか変だ。」表通りに「煉瓦や安手のコンクリートの共産党的建造物」が立ち並ぶのは、いまや中国中どこの町村に行っても同じだが、この桃花源村ではその裏側の窪地に、大昔の「屋舎儼然」の集落が「化石」のごとく埋没していたのである。橘が後にもう一度この古代屋舎を訪ねてみようとしたとき、もうそれはここになかった。

第三に、橘が表通りにもどり、道ばたに並んで坐る物売りたちのいちばんはずれに来ると、「西瓜《シーグワ》」売りの隣にまだもう一人、ミイラのごとき老婆がいた。彼女が筵の上に並べて売っているのは、たった三箇の糸巻き状の細工物だった。凧の糸巻きか、独楽《こま》なのか、小さな楽器なのか、橘はなにか手触りにおぼえがあるような気がしながらも、思い出せない。老婆にたずねてみても、その口もとの皺がかすかに動いただけだった。その玩具風の古物も老婆自身も、「共産党が支配する層の下に、押しつぶされ、塞《ふさ》がれ、息もたえだえな古層の村」、つまり真の桃花源からこぼれ出た遺物だったのにちがいない。

第四に、主人公橘がこの村でいちばん好きな場所は、村の縁《へり》を流れてゆく川と、葦やすかんぽの生えたその川原と土手だった。その光景と感触のすべてが、彼に子供時代を過した故郷美濃の揖斐《いび》川のほとりやその上流の支流根尾川の土手を思いおこさせたからである。根尾川べりには母方の祖父母の家があったのだ。少年少女たちにとって、土手の斜面ほど面白い場所はない。自分も、日が暮れてただ川明りしかなくなるような頃まで、毎日そこで遊び呆けたものだった、と橘はこの湖南省の山奥の村の川の土手に座って思い出す。この商社マンの心のうちに思いがけず時空とともに遠い幼少の日への郷愁が呼びおこされ、それがおそらくそのまま陶淵明「桃花源記」のもっとも美しい一節の記憶、「黄髪垂髫《すいちょう》、並《とも》に怡然《いぜん》として自《み》ずから楽しめり」(老人も子供たちも、それぞれに心おきなく遊びたわむれている)の光景につながっていったのだ。

ここは桃花源村なのだから、あるいはその連想は逆に陶淵明から揖斐川への郷愁へと働いているのかもしれないが、いずれにしても、桃源郷という古い詩的トポスのもっとも深い、もっとも巧みな蘇生がここに企《はか》られていると言えよう。智恵ある作者は、あるいはさらに、徳川日本の桃源詩人與謝蕪村作「春風馬堤曲」末尾のみごとな対句――

故郷春深し行《ゆき》ゝ《ゆき》て又行《ゆき》ゝ《ゆく》
楊柳長堤道漸くくだれり

をさえ、ここに想起しているのかもしれない。
橘が鬼やんま釣りに熱中しているあの「老少年」リンツァオに再びめぐりあったのも、この桃源川の土手でのことだった。その後には五人の少女が同じ堤にあらわれて、連れてきた山羊を草むらのなかに放すと、橘に「日本鬼子《リーベングイズ》！」と呼びかけて、彼をかくれんぼの鬼にして遊んだりもするのである。

最後に、第五の桃源側からのメッセンジャー（伝言者）として、一人の若い美しい人妻がいる。党委員会主催の鶏料理の昼餐会から犬料理の晩餐会まで給仕役として登場し、そのしなやかな色っぽい姿態ではじめから橘の気を惹いていた女である。晩餐会の最後にお茶を出してくれたときは、橘の茶碗にだけこっそりと季節はずれの桃の花びらを浮かべていったりした。

お偉方に小張《シャオジャン》と呼ばれているこの女こそ、この村の最古層の桃花源になお生き残って、表側の共産党支配の現実にも細く辛うじてつながれている妖しい人物だった。宴席にいる幹部の張氏は彼女の伯父であり、昨夜招待所の近くで異様な叫び声をあげて公安に拉致され、今朝あの川の橋の下に溺死体で見つかったのは彼女の姉だった。そのため小張は今夜の宴席で腕に喪章をつけていた。

その夜ふけ、橘は一眠りした後に、招待所をぬけ出てまた川原に行ってみた。中天の月があたりを昼のように明るく照らしていた。彼は靴も靴下も脱いで、月の光をきらめかせながら浅瀬を歩いてみたりもした。土手のぐみの木の木かげから「日本鬼子《リーベングイズ》！」と呼ぶ声がした。橘の川原好きも行動パターンもすでによく見ぬいていたらしい小張《シャオジャン》こと張倩《ジャンチエン》が、ここでひそかに待ち構えていたのだ。二人は土手下のすかんぽの木を押し倒して、月の光だけが射しこむ隠れ場をつくり、そこに入りこんだ。

ここから、この小説ではただ一箇所の濡れ場が語られるのだが、その抱擁や接吻の合間合間に張倩が洩らすのは「兌換《トエホワン》！」という単語と「もうだめ。あたしたちの村はもうおしまい」という言葉だった。彼女によると、橘ら日本人がはじめて村に来るとわかってから、「党は村の古物狩りをやった」、つまり「あたしたちの村に、昔から残っている、古い、汚い物や人間」を根絶やしにしようと働きはじめたというのである。古朴のよさを伝える桃花源の、あの平和で豊かで平等な農村共同体の楽園を封殺し、圧殺し、その記憶さえ抹消した上に、一党独裁の、社会主義的ユートピアのプレファブを急いで造り上げようとしているというのである。

「もうだめ」と女は繰返し、自分の夫のあの西瓜売りの男と、かくれんぼをした女の子の一人とともに、香港に地下トンネルで脱出する以外に桃花源人の生き残りの道はない。そのための経費として人民票の三千元を海外通用の兌換券に替えてくれ、と彼女は悲痛な忍び声で橘に訴えた。張倩は日本人商社員橘をこの村に見かけた当初から、ひそかにしたたかにこの男を籠絡する策を考え、実行してきたのだろう。そのことに今気づき、途方に暮れて、身動きもできなくなった後に、橘はついに彼女を救い、圧殺されかかっている古層の桃花源村を救い、さらには自分自身の中の「最も大事なものを救う」ために、三千元の「兌換《トエホワン》」に同意した。するとはじめて張倩の桃の花の香りのするからだが彼をつつんでくれた。

翌日になると、村から張倩の言う「古い、汚い物や人間」が急に影をひそめ、村人たちの会話までが険悪な調子になっているのに、橘は気づく。それでも、あの少年＝老年リンツァオの姿があちこちに見え隠れする。張倩の家の前に来て、こっそり中に入ってみると暗がりのなかに濃い蘭草の匂いがする。二階の部屋の窓側に古風な木製の編機があって、そこに上等の蘭草を使って三分の二ほど編みあげたみごとに精巧な花筵がかかっていた。何色もの染め草を編みこんで、この桃花源の村をあらわすらしい絵が織りこまれており、その絵のなかの道を、「桃花源記」の主人公の漁師なのか、それとも橘自身なのか、一人の男が桃花爛漫の川の堤の方へと歩いている。――これは一昨日の夜なかに溺死させられた張倩の姉の最後の作品に違いなかった。

さて、辻原登の『村の名前』をこのように共産党委員会支配の現在と、その支配の下に抑圧された桃花源の古層とに分けつつたどりなおしてみると、これが陶淵明作「桃花源記」の残した詩的トポスを全面的に現代によみがえらせた桃源小説の傑作に他ならないことが、あらためてよくわかってくる。作者は実際に商社員としての中国経験が豊富な人らしいから、桃花源村の表側についても、古い隠された裏側の村民の生態についても、細部がまことに多彩多様でなまなましく、しかも辻原氏のその後の作品においてと同様に、それらの細部がみな巧妙に配置され緻密に組織されている。だから『村の名前』は、桃源郷という東アジア人のもっとも大きな夢想をそのなかに宿しながらも、小説としての色艶があって手重りのする肉体性を十分にもっている。

さきの文中にも触れたが、一九九〇年発表のこの作は、鄧小平の「改革開放」路線推進中の中国を念頭に書かれているらしい。それだからこそ、橘・加藤という日本人ビジネスマンたちは最初の外国人として湖南省の奥地にまで商売を求めて入りこむこともできた。だがその目的地が桃源県桃花源村という特別の名の村であり、二十代後半の商社員がその名によってたちまち陶淵明作の大古典を想起し、結局その古典の活用によって、当世現代化路線のもつ矛盾のさまざま、不安定さ、いかがわしさ、それによる歴史の封殺と無告の民の生活の蹂躙の現状を告発し、批判することとなったのである。

もちろんこれは政治小説でもイデオロギー小説でもない。桃花源村の名と見え隠れする村の過去の不思議は、主人公の心のなかに少年時代を過した故郷の村と川への深い郷愁、彼自身の言う「(自分の)中の最も大事なもの」への回帰の情をよびおこし、それが彼の中国現状への批判を一段と根の深いものとしている。桃源郷という平和共同体への人間普遍の尽きることない郷愁が、社会主義・共産主義という近代ユートピア思想の仮構の脆さ、その合理主義、管理主義、功利主義の怖しさと浅薄さとを告発する結果となった、ともいえるだろう。

【付記】

「村の名前」が一九九〇年(平成2)六月の『文學界』に載り、すぐに同年上半期の芥川賞候補作となったとき、同期の候補には佐伯一麦《かずみ》、奥泉光、清水邦夫、小川洋子、荻野アンナ、河林満という六人の強敵が揃っていた。それらの中から、大江健三郎、大庭みな子、河野多恵子ら十名の委員によって長時間の討議の末に選ばれたのが辻原作品であった。いま同年九月号の『文藝春秋』によって何人かの委員の「選評」を読み通してみると、これが各自の人柄や小説観のみならず対中国観まで洩らすところがあって、なかなか面白い。

大江健三郎──「才能も手腕もあきらかだが、日本人たちをかこむ中国人の側にもさらに想像力を働かせることで、いったんグロテスクをくぐりぬけての、よりフェアな自他の見方が達成されえたのではないか?」

三浦哲郎──「私は中国が好きだから興味を持って読んだが、話の面白さは認めるにしても、注文も多かった。それが作品に必要ならよその国の恥部を書くのもいいが、その筆致が中途半端や揶揄半分にならぬよう配慮するべきだ、というのがその一つだ。……」

吉行淳之介――「……村に着いてみると、その名前は「桃源県桃花源村」だった、というところで、おもわず笑った。もっとも、作者が新聞のコラムで、村の名は実在で、今もし桃源郷を求めようとするとしたら……と言っていて少しシラけた。……桃源の座に横たわっているらしい「古層の村」というような事柄に、あまり深刻にこだわってしまうと、この作品の評価が曖昧になってきそうだ。」

これら三氏は明らかに辻原氏の作品に対して否定的で、中国共産党の強権主義に親和的、「日中友好」的であるようだ。大江氏の「フェア」、三浦氏の「恥部」とか「配慮」というような用語に、その心情が露わになっている。吉行氏にいたっては、酔眼朦朧でこの小説を読み、この選評を書いているのではないかと疑いたくなる。「おもわず笑った」とか「少しシラけた」とかは、あまりにも無礼な言い分で、いやしくも小説家が他の作家に対して公の場で口にすべき評語ではあるまい。「「古層の村」というような事柄に、あまり深刻にこだわってしまうと……」というような言い方も、この流行作家の他者の作品に対する理解の浅薄さ、という以上に無知と不まじめさを露呈していよう。

これらに対し、「村の名前」支持派の評は、さすがにもっと冷静で、筋が通っていて、知識人としての批評の務めを果している。

日野啓三――「その手腕はなかなかのものである。旧来の小説美学からすると、文章の雑音や強引な筋の展開の箇所も目につくけれど、現実と意識を重層的に捉えて、多層的な小説世界を作り出してゆく想像力の粘り強さは、衰弱しがちな純文学に新しい力を与えるものと歓迎したい。」

丸谷才一――「この三つの層（現代中国、揖斐川畔の故郷、太古の楽園――引用者註）は、桃源郷伝説によつて結びつけられてゐる。どうやら、楽園あるいはユートピアあるいはいつまでもつづく幼年期といふ人類永遠の夢想の哀切さこそ、この物語の主題であるらしい。藺草の買ひつけで一儲けしようと目論む俗な話は、いつの間にか、われわれをかういふ高級なところに連れ出してしまつた。小説だけが作り得る功徳である。日本文学は久しぶりに有望な新人を得た。」

田久保英夫――「しかし、この作品のよさは、そういう現実の様相の下にも、千年以上も前から人が夢み、求めた桃源郷のような異空間が、たえず働きかけてくることに、目を注いでいる点だ。その遥かな時間と空間に、いきいきとした観念の話を打ちこむ。……私はこの作品の果敢な表現への執心にひかれた。」

黒井千次――「外国体験を描く小説は新人の作に多いけれど、舞台が中国であるケースは珍しい。あるいは場所が中国であったからこそ、このような濁った謎を孕む作品が生まれたのかもしれない。とりわけ、川の土手をめぐる場面に興味を覚えた。主人公の子供の頃の記憶につながりながら、土手は同時に商社マンの出張先の土地でもある。犬も、老人も、若い女も、幼女も、土手にある姿は一際伸びやかで鮮かだ。……」

なるほど、これでは、平成二年七月十六日の芥川賞受賞発表の後、辻原氏が東京会館で記者会見をし、さらにその後銀座のバー(?)「ザボン」に招かれて、丸谷才一、田久保英夫、黒井千次の三人の選考委員たちにシャンパンで乾杯の祝いをしてもらったというのは、よくわかる愉快な情景である。辻原氏は『文藝春秋』平成二年九月号の「受賞のことば」で、この三人の名前を挙げて当夜のことを書いているのだ。

「ザボン」では丸谷氏など、ことさらに大きい声を張りあげて、終ったばかりの選考委員会で大江、三浦、吉行氏らが見せた共産中国への気がねぶりを語り、大笑いしたのではなかろうか。

同じ『文春』九月号には、西部邁が早くも「日本国憲法・改正私案」を発表し、文春取材班が「宮本顕治議長の独裁・最後のあがき」のルポルタージュを載せ、瀬島龍三の手記「戦後最大の空白・日ソ停戦交渉の現場」が掲載されたりしていた。こんな時勢の変り目のなかに現代版「桃源小説」が発表され、作家辻原登が躍り出てきたのである。

なおこの「受賞のことば」のなかに、辻原氏は、芥川賞受賞の報告の電報を母と二人の知友の他に、「桃源県党委員・陶潜」にも送ってくれるように妻に頼んだと書いている。この陶潜とは、あの犬肉料理を喰わせてくれた党委幹部の陶さんのことか? いや、やはり「桃花源記」の大詩人陶淵明、別名陶潜のことであろう。辻原氏はこんな「ことば」のなかでも、ちょっとしたからくりを仕掛けて面白がるらしい。

「ことば」の末尾に「畏友桑山修」の祝電にあったという二句が引かれている。それがなかなかいい。

花の名もかくしはすれどほのあかり
村の名のありとしもなき水明り

ついでに、私自身の大昔のエッセイの終りに高屋窓秋の一句が引いてあるのを再発見したので、これも挙げておこう。万感こもる桃源俳句の一種だ。——

めぐりあひしことの美し桃の花

十　桃花源余瀝

（1）『ユートピア』と『太陽の都』――合理・管理・統制の石造都市

私は東京駒場の教師時代に、学部学生を相手に「桃源郷とユートピア」という授業をまるまる一学期かけてやったことがある。一九六八～六九年の大学紛争の後、大学側からの新しい試みの一つとして、教養学部に「総合コース」というのが設けられた。教員が一人で、あるいは三、四人でチームを組んで、ふだんの授業（私の場合はフランス語）を離れて、なるべく学際的な大きな主題で自由に講義をするという企てである。教養学部学生は学年、学科を問わず、幾つか提示されたコースから一つを選択して参加する仕組みだった。

私はこの総合コースを何回も進んで担当したが、そのなかの一つが「桃源郷とユートピア」だった。私が当時一番面白がって論じ、書きはじめていた主題だったからである。

陶淵明の「桃花源記」というと、それまでの中国文学専門の学者たちもその周辺の研究者たちも、大半の人はすぐにこれを東洋のユートピアと見なしたがり、そう呼びたがったりした。たとえば私が「桃花源」研究の上で当初から一番使用してきた『中国詩人選集4　陶淵明』（岩波書店）の編註者一海知義氏にしても、「桃花源記」解題の冒頭にまずこう書いていた。――「現実に対する反撥あるいは批判として、古代というはるかはなれた時間の中に理想の世界を求めた淵明が、そのユートピアをこの空間の中に描いてみせたのが、桃花源の物語であり、詩である」と（傍点一海氏）。さすが一海先生、まことにうまくまとめている。だがここに初めから「ユートピア」の語が出てくることに、私はやはり大いに当惑せずにはいられなかった。

これが「ユートピア」本来の意味の「どこにもない所」、「無何有郷」のことならば、必ずしも問題にしなくてもよいかもしれない。だが右の一海氏の場合でも、それは「理想の世界」、理想の国、理想都市を意味しているようだ。つまり十六世紀イギリスの政治家・政論家トマス・モア（Thomas More, 1478–1535）の『ユートピア』（*Utopia*, 1516）や、十七世紀イタリアのドミニコ会修道僧トマゾ・カンパネルラ（Tommaso Campanella, 1566–1639）の『太陽の都』（*La Città del Sole*, 1602）にも通じるような、同時代の政治と社会体制に対する痛烈な批判・告発の物語としてのユートピア譚の意味を少しでももつならば、それはあまりにも違いすぎるのではないか。

桃源郷とユートピアは、本書第Ⅰ部でも繰返し述べたように、共通するよりはむしろ対蹠するものなのではないか。「桃花源記」は山中に長く孤立した農耕共同体の平和と自由を讃える散文詩であり、人間普遍の無意識にまで訴える「夢想」を宿した詩篇である。西洋古典以来の伝統でいえば、むしろ牧歌（bucolic）とか田園詩（pastoral, idyll）と呼ばれるジャンルに近いものであろう。それに対し西洋近代のユートピア論は、まさに眼前の政治体制に対して、別世界の疑似見聞を語ることによって変革を要請する檄文ともいうべき雄弁の書であった。

私はこの東アジアの古典およびそれ以来現代の私たちのなかにまで流れつづける田園的平和への

夢と、西洋の近代思想の一つの大きな潮流として社会主義・共産主義にまで至るユートピア論との差異・対比を学生たちに語ってみたくて、この「総合コース」の授業を始めたのであった。陶淵明「桃花源記」の面白さ、意外なほどの意味の深さを初めに何回かにわたって語ると、さっそくモアの『ユートピア』はペンギン文庫のポール・ターナーによる英語版によって、カンパネルラの『太陽の都』は大岩誠訳の岩波文庫（一九五〇初版）や坂本鉄男訳の古典文庫（一九六七初版）によって、それぞれ抜萃のコピーを配って読んでいった。

『ユートピア』は、大航海時代の英雄の一人アメリゴ・ヴェスプッチの仲間だったというポルトガル人ラファエルという航海士が、ヴェスプッチとの何回かの海洋探険の後に別れ、同志五名とともになおも未開の地を経めぐり、赤道直下の洋上でユートピア島にたどりついた。その島で五年暮した間の見聞を無事帰国後ロンドンの司政長官モアに詳しく語った記録ということになっている。『太陽の都』もまた、コロンブスの航海長を務めたジェノヴァ人の男が、なおも世界一周の航海をつづけるうちに太平洋上の「タブロバーナ島」（＝スマトラ島）に上陸し、土人に追われて赤道直下の大平原に出た。そしてそこで武装した男女の集団に拉致されて、丘の上に建つ都、太陽の都で見聞を積むこととなった。それを帰国後、マルタ騎士団の一修道士に語って聞かせたという対話体になっている。

『ユートピア』も、その影響下に書かれた『太陽の都』も、大航海時代にふさわしい幾多の危険をおかしての大冒険の収穫の報告書というものである。武陵の一漁師が春の日に、両岸の「芳草《ほうそう》鮮美《せんび》、落英《らくえい》繽紛《ひんぷん》」たる桃花の林の不思議に誘われて谷川を遡り、「髣髴として光あるが若《ごと》き」洞窟をくぐりぬけて未知未聞の一農村にめぐり会う、などという美しい小舟の半日の旅とは、すでにまるで違うではないか。
航海士ラファエルがたどりついたユートピア島というのは、最大横幅二百マイルのほぼ円型の島で、その外海に面した側は危険な岩礁の多い半円型の湾になっているという。私たちが漠然と考えていたよりもはるかに大きな独立の島嶼国家なのだ。外海側と反対の側はもと半島で陸地とつながっていたのを、当時から一七六〇年前、つまりBC二四〇年代に、この島の最初の征服者が住民を動員して掘鑿させて、幅およそ十五マイルの海峡に造り変えたのだそうだ。私などは初めから、マレー半島からジョホール海峡を距てて独立した都市国家シンガポールを、その理想主義的管理統制社会という面もあわせて、連想していたのだが、ユートピア島は五十四もの都市を擁して、土地もはるかに広大な島国だったのである。

陶淵明の「桃花源記」でも、洞穴から抜け出た漁師は、眼前に「豁然《急にパーッ》と開朗」した見知らぬ村里を眺めおろして、「土地は平らかにして曠《ひろ》く、屋舎は儼然《げんぜん》として、良田美池、桑竹《そうちく》の属《たぐ》いあり」と驚嘆したとあった。西暦四世紀後半の江西の人陶淵明がここで「土地平曠」と書くとき、およそどれくらいの土地の広さを漠然とにせよ彼は想い浮かべているのだろう、と私は本書第I部で自問した。そのために幾つもの桃源図をも調べてみた。だがそれは安堅の峨々たる山顚の上の桃花源は格別としても、仇英や査士標から富岡鉄斎、小野竹喬の平坦平和な村落風景にいたるまで、少々の高みから一望の下に俯瞰できる程度の広さ、ということを教えてくれたにすぎなかった。

それに比べると、ユートピア島の最大横幅「二百マイル」というのは、そのまま約三百二十㎞と換算してみるまでもなく、余りに広大である。これに対してジェノヴァ人の訪ねた太陽の都は、彼の報告によると、直径二マイル余り、周囲七マイルで、一つの丘の斜面から麓の外にまでひろがって建っているという。これはまたにわかに狭小でコンパクトになる。つまり一箇の完璧な城塞都市なのである。

ユートピアは島の中心部にあるアモロート市（英訳 Aircastle）を首都として全五十四の広大・豪壮な都市が相互に最大一日の徒歩行程を距てて散在し、それぞれの都市周辺に農村を構えている。その農村には二名の定着奴隷の他に男女四十名以上が一世帯（部落）をなして住み、三十世帯ごとに一人の部族長が選ばれている。各世帯四十名のうち半数の二十名は二年交代でふたたび自分の都市に帰住する――とむやみに計画的合理主義的でありながらも、ある程度の余裕を擁してはいる。

それに対し城塞都市太陽の都は、はじめから強敵の大群の波状攻撃に対する守りを考えたような山城である。外壁は一メートル近くもありそうな厚さの頑丈な造りで、その壁のなかには土が詰められ、外には濠がめぐらされているという。その城壁が環状に立つなかに、五十歩幅の平地をおいてまた次ぎの城塞が環をなし、計七重の城塞がドーナツ型に重なっているというのだからすさまじい。それぞれの東西南北に鉄の上下開閉の門があり、そこから環状壁をつらぬく道路があるばかりで、住民はみなこの七重の城壁のなかに窓を開け絵を飾って住んでいるらしい。環状城塞の真中が丘の頂上の平地となっており、そこに全都市の中心として、円柱の列に支えられた二重の円屋根の下に立派な神殿が立ち、祭壇には天球儀と地球儀が祀られ、円天井には主要な星座がみな描かれているのだという。

これが、宗教裁判によって死刑直前にまで追及された反骨のカトリック修道僧の思い描いた「太陽《ソーレ》の都」、理想都市であったとは、私たち東アジアの桃源派はただこれを読むだけでも畏怖し、息苦しくなるではないか。壮年青年の男女は一日田畑に出て農耕にいそしみ、老幼は日がな一日いっさいの気がねなしに村のなかで楽しむ、などというのとはまさに逆しまの窮屈さである。

しかもこの神殿の柱廊の上にあるいくつもの大部屋には、約四十人の神官が住み、その中心に「太陽《ソーレ》」と呼ばれる神官君主がいて、この人物が「権力」「知識」「愛」の三部局の補佐官に助けられてこの都市市民の精神的・政治的指導の一切を司るのだ、とのイデオロギー的重圧が加わってくる。「権力」は戦争、和平の軍事のすべてを掌握する参謀総長であり、最高司令長官である。「知識」は占星学、幾何学から医学、博物学など人文・自然の全学問分野を統括し、ピタゴラス的教育を全市民に施す哲人・碩学である。「愛」はいわば厚生大臣兼農林産業大臣であって、医術、農林、市民の衣食住から男女の優生学的生殖行動の隅々までを管轄し指導する。

改革派カトリック修道院の生活のような、あるいは一世紀後に来る理神論派の説のような、この「太陽の都」の市民生活の規格統制ぶりに比べれば、トマス・モアの「ユートピア」には、同じような市民に対する上からの管理と規制の制度の支配があったにしても、それはまだゆるやかだったと思わざるをえない。ユートピア島内の各都市は、島全体が外敵の侵入から守られているから、それぞれに城壁を築くという必要はなく、合理的・美的に設計されていた。住宅はすべて大通りに面して一種の自働ドアさえもつ集合住宅であり、そこに入居する市民の一家族は大体五人構成であり、子供が多すぎる場合は同市内の子供なしの夫婦に譲る。衣服は男女の違いと若干の大小の差があるだけで、すべて同色・同デザイン、いわば少し昔の共産中国の人民服のようなもので、市から給付される。

昼と夜の食事は毎日、市内の幾つかの共同食堂に集まって、一テーブルに老若男女計四人の組合わせで坐って食堂公務員の給仕を受ける。食事前には当区画の長老が一段高い食卓に坐って有益な教訓を語り、快適なあるいはおごそかな音楽も数名の楽団員によって演奏される。食後には楽しい談話や歌唱やゲーム遊びの時間もあって、消化が進んだころにそれぞれのアパートに帰る、という理想的合理主義的な時間割である。

こうしてトマス・モアを読んでいって、教師の私も学生たちも「おや」と驚き面白がったのは、ユートピアでは鶏の卵の人工孵化が行われているらしい点だった。生まれたばかりの黄色い雛たちは飼育者を自分の親だと思って、彼の足もとを追ってくる、などという『枕草子』にあってもよさそうな可愛らしい一行が、このエラスムスの友、モア師の『ユートピア』に出てきたのである。

だがそれ以上に私たちを驚かせたのは、ここにも出てきた市民の性生活に関する一節であった。女は十八歳、男は二十二歳の適齢期にならないと結婚を許されないが、互いに好きになってもまず当局の結婚課の許可を貰った上で、男女それぞれに徳望高い紳士貴夫人の立会いの下に、全裸になって相互に身体細部を調べ合う。それで双方が欠陥なしと認めあったとき、はじめて結婚は成立するのだという。この相互認可制を聞き知ったとき、航海士ラファエルはさすがにそれは余りにも馬鹿気た制度だと嘲笑した。するとユートピア人は、他の民族でもたとえば馬一頭を大したこともない金で買うというとき、馬の毛並みや鞍の下に古傷が隠されていないかまでをチェックするではないか、と反論した。それでラファエルはなるほどと納得したというのである。

トマス・モアのこの皮肉な挿話をカンパネルラは『太陽の都』にそっくり借りているが、こちらにはモアのユーモアの語調がない。そればかりかカンパネルラはさらに気まじめにこの恋人たちの新婚初夜のことまで語る。つまり彼ら二人は一気にベッドに飛びこむことは許されない。それぞれ控えの間で、天文博士から天上の星の最高のめぐり合わせの時刻が伝えられるのを待ち、その時が来ると立会人の老媼老爺がはじめて扉を開き、二人はしずしずと中央の広間のベッドに向かう。その上に新婦はベッドの四方に置かれた聖人・英雄（たとえばプラトン、聖徳太子、レーニン、毛沢東、などと私は戯れて挙げた）の彫像を仰ぎつつはじめて新郎を迎え入れるのだという。——

こうしてモアやカンパネルラの幾章かを読んでゆけば、この合理主義的管理主義的石造都市の市民生活よりは、やはり「鶏犬のこえ相い聞こ」える桃花源の農耕生活のほうが、少くとも私たち現代日本人の心底からの安息への夢にしっくりとこたえてくれるものであることが、若い学生たちにもいくらかは伝わったのではなかったろうか。

そしてこの講義の途中に私は十八世紀ヨーロッパに相次いで出たユートピア空想の物語や、絵図の類にまで触れたか、また十九世紀フランスのフーリエ（François Marie Charles Fourier, 1772–1837）や同じくイギリスのロバート・オーエン（Robert Owen, 1771–1858）などいわゆる空想的社会主義者の仕事にまでいくらかは話を広げたであろうか。たしかな記憶はない。しかし今思えば、そのオーエンの運動の影響の下に、十九世紀後半の六〇年代には、中部イングランドの工業都市ブラッドフォードの近郊にソルテア（Saltaire）というアルパカ毛織の工場町があり、それは工場主ソルト氏（Sir Titus Salt）が建設し一八七一年に完成した理想的労働者都市であり、一種の労働者のための小ユートピアであったことなどは、学生たちにも語ってやればよかった。

明治最初期（一八七一～七三）の日本の大規模な西洋文明研究使節団、岩倉具視一行は誰の薦めによるのか、明治五年の夏から秋にかけて英国回覧中の九月二十三日（旧暦）に、さっそく完成後間もないこのソルテアを半日かけて視察し、その詳細を久米邦武編著『米欧回覧実記』第二巻英国篇に文庫版五ページにわたって記述している。しかも隣国フランスの皇帝ナポレオン三世は、一八六七年のパリ万博の際に右のソルト氏の労働者救済事業に対して賞を授けようとさえした。その上に皇帝は、ソルテアに倣ってパリ市北東部の労働者街のなかに彼らの衛生と健康のためにと、大規模なビュット・ショーモン公園を建設させた。そして日本の岩倉使節団は翌一八七三年（明治６）春のパリ滞在中、一月十日にそこをも訪ねて、岩倉の秘書官久米がそのナポレオン三世の抱いていた社会主義的企図まで含めて『回覧実記』第三巻に全七ページをかけて詳述していること――私はそれらのことを当時すでに知ってはいたが、まだ両現地を実見はしていなかったから、語らないでしまった。少々残念には思うが、一学期の授業のなかにそこまでは組み入れようもなかったであろう。

聴講学生たちの学期末レポートは、なかなか面白くて読み甲斐があった。なかには理科一類（理工系）の学生の某君がケント紙に描いて提出した、精密な太陽の都の俯瞰図まであって、私を大いに喜ばせた（この図面は返却せず、私のファイルのいずれかに保存してあるはずだ）。

（２）漫画と歌謡――諸星大二郎とさだまさしの桃花源

同じようなことは後に京都の造形芸術大学で「桃源郷」だけの授業をしたときにもあった。学期末のレポートには、陶淵明の作についての文章や絵による我流の解釈だけでも、自分自身の桃源的体験の報告でもよいと伝えた。すると、自転車で京都市内を走りまわっているうちに、どこか分らぬ寺の裏町にさまよいこんだという体験譚もあった。なによりも藝術大学らしく、桃花源を稚拙ながらもまったく自己流の絵巻に仕立てたものが数篇あり、桃花散る谷川の流れを琳派風にデザインしてみせたみごとな長巻もあった。教師としては、この若い学生たちのそれぞれ自由勝手な、潑溂とした反応が実に面白かったのである。

現代ものにあまり通じていない私は、漫画家諸星大二郎（一九四九〜）の作に「桃源記」という一篇（一九八〇）があることなど全く知らなかった。これを教師の私に教えてくれて、その一冊まで見つけてきてくれたのは、東大の比較文学比較文化大学院博士課程の女子学生（佐藤宗子《もとこ》さん、現千葉大学教授）であった。作者諸星氏は「桃花源の詩并びに記」を熟読し、桃源画をもいくつか研究してこの漫画に巧みに生かしているようだ。さらに詩人陶淵明自身がこの作中に登場し、淵明の別作「形影神」をも併せ活用して、詩人自身の肉体（形）と影と精神（神）とが互いに問答しながら、いまや変貌して節制と秩序の郷となった桃花源の枯れ果てた桃林のなかをさまよって帰還する、というかなり無気味な、いわば哲学的漫画を展開している。「桃源の水脈」をたどる上で見落とすわけにはゆかぬ独創の新解釈であった。

この一九八〇年代の初めの頃、私は駒場の同じ大学院で「桃源郷の系譜」の演習を数年にわたってつづけていた。そのなかで世情に詳しい佐藤さんは右の諸星漫画の存在を教えてくれたし、さらにシンガー・ソングライターさだまさしに、彼の作詞による「桃花源」と題する歌曲があるとも教えてくれた。私の机のかたわらに桃源郷関係の方々からの資料やノートを詰めこんだ各種デパートの袋がいまも幾つかある中を、ある日手探りしていたら、その一つの底からさだまさしの歌を十曲近く収めた録音テープと『さだまさし中国写真集　長江・夢紀行』下（集英社、一九八三）という文庫本一冊が出てきた。テープにそえたカードには鉛筆で「一九八四年一月二十五日」と記されている。

そう言えば、その少し前の頃、同じ「長江・夢紀行」と題して、さだまさし氏が揚子江の河口から四川省成都の山奥の九寨溝や標高三九九九メートルの峨眉山頂まで、六千キロほどを徒歩と船で旅をする、というドキュメンタリーをごく部分的にだがテレビで見たおぼえがある。いまもさすがに記憶に残るのが、湖南省の洞庭湖西部の長沙、常徳から桃源県の桃源《タオユアン》市を訪ねる部分である。さだ氏も陶淵明の桃花源には久しく憧れていて、この町まで旅してみたらしい。だが現地にたどりついてみると、それはなんのことはない小規模な鄙びたテーマパークにすぎなかった。さだ氏もさすがに落胆して、もっとほんとうの桃花源のような平和な田舎《いなか》はどこか、と土地の人々に訊ねてさらに西へ向かう、というような映像であった。

この旅の後のいつごろか、さだ氏は「桃花源」と題する一篇を作詞したらしい。前述のテープにはその歌の楽譜と歌詞がコピーではさまれていたが、それによるとこれは残念ながら詩などというよりはやはり歌謡曲という類のものだった。都会に働きに出た若者を慕う娘が田舎に残って口ずさむという他愛もない恋歌である。参考のためにその第二連だけを引いておくと――

　川のほとりには水車がひとつ
　静かに時を刻《きざ》んでます

野苺《のいちご》色した夕陽の中に

荷馬車の影絵が浮かんでいます……

さだまさし氏はこの桃源市の後に薦められて、その北方の、高原と奇巌奇峰の地張家界《ちょうかかい》にまで入り込む。氏によると長らく未開放の秘境の一つで、さだ氏一行はほとんど初めての外国人訪問客であったという。実は私も彼より十年ほど後か、一九九三年の夏八月に、この桃源市と張家界とを実地に訪ねたことがある。この山中の景勝の地張家界で第四回中国比較文学会全国大会が開かれ、私も招かれて東大の旧同僚や旧学生たち計十七名とそれに参加したのである。

むやみに暑くて埃っぽい長沙市から貸し切りバスに中国人参加者らとぎゅうぎゅう詰めで、まず桃源市へと向かった。この町は本書第II部で触れたように明末万暦の詩人袁中郎（宏道、一五六八〜一六一〇）が、陶淵明の語る桃花源の実在を信じ、万暦三十二年（一六〇四）、それを湖北の家郷から湖南に旅して踏査し、ついにこの地こそその原郷と見さだめて幾篇もの詩を書いたことで広く知られるようになった。與謝蕪村がその双幅の傑作『武陵桃源図』（一七八一）の画賛として、この「性霊派（一種のロマン派）の新詩人の「袁中郎入桃花源詩」四首を書き入れたことも前に触れた。

蕪村画上にこの詩を読んで以来、さらに遠い昔に世界地図帳にこの地名を見つけて以来、私も桃源県桃源市に憧れていた。その私の希望を聴きいれてくれて学会バスはこの町に立ち寄った。そして私たちは入場料を払って「桃花源」公園に入ったのだが、これこそ清朝十八世紀以来という由緒はあるものの、一つの古典的テーマパークに他ならなかった。その入口にはさだまさしの『長江・夢紀行』

に写真も載る「桃花源」の銘板を掲げた立派な飾りつきの石門がある。それを抜けて進むと、まず首を縮めて通らねばならぬ築山のなかの洞門があった。「髣髴として光りあるが若《ごと》し」とは到底言えない十メートルほどのトンネルであった。もちろん「豁然開朗」ではない洞口を出ると、竹林があり、その向こうで鶏が元気よく鳴いていた。——私の記憶では、ただそれだけの「桃花源」で、私はただ唖然とした（この桃源市が、前章に論じた辻原登氏の芥川賞受賞小説『村の名前』の仮空の舞台であったらしい）。

この「フェイク」の桃源パークからさらにバスで七時間ほどであったか、私たちは夜になってようやく張家界の賓館《ひんかん》（ホテル）に着いた。私は翌朝このホテルでの学会開会式で、「湖南と日本」と題して「桃花源記」から瀟湘八景そして清末の留日学生に至る交流史の短いスピーチをしたが、この張家界の村こそ桃源に近かった。まるで槍のように突き立つ峯々を一方に連ねた高原の小盆地は、「開放」後も数年前までは山賊が一帯に跳梁していたという。だが今は平和で涼しい別天地。学会の昼休などに村に出て商店街をひやかしたときの印象を、私は一ヶ月ほど後の新聞連載のコラムに次ぎのように書いていた。

「武陵源とも称するこの地の人々の、なんとひなびて、謎めいていて、しかも楽天的なことよ。小さな商店街の店先で若い母親に抱かれた男の子は、頭でっかちのすっぽだかで、ほっぺたをつっついてやると、お釈迦さまのような顔でケラケラと笑った……」（拙著『詩の国　詩人の国』筑摩書房、一九九七に再録）。

（3）「我が幼き日の桃源、いづこぞや」——昭和十二年の一高生徒福永武彦

詩人福永武彦の作に「桃源」と題する長詩一篇があることに、私は長いこと気がつかないでいた。これも京大仏文のある大学院生がなにげなく教えてくれた。『福永武彦詩集』（岩波書店、一九八四）を求めてみると、右の作は巻末の「拾遺詩篇」のなかに収められていた。冒頭に題詞として陶淵明「桃花源記」のなかの「復《また》行数十歩、豁然開朗」から「阡陌《せんぱく》交通、鶏犬相聞」までが置かれている。その後に一連四行、全十二連、計四十八行という、難しい漢語を多用した長い重い一篇である。年譜によれば大正七年（一九一八）三月福岡県に生まれた福永が、満十八歳で（旧制）第一高等学校卒業の直前の頃に、『校友会雑誌』第三五八号（昭和12年2月）に発表したものである。

福永は東京の開成中学校在学のうちから、同期の中村真一郎などとともに早熟な文才を発揮し、同校の『校友会雑誌』に文章を寄稿したりし、学課ではとくに漢文を好み、漢文の塾にも通っていた。おそらく陶淵明はすでにその頃に学び、愛誦もしていたのだろう。開成を四年修了（四修）で一高文科丙類（第一外国語フランス語）に合格すると、寄宿寮では弓道部に入ったが、翌年からは水城哲男《みずきてつお》のペンネームで寮内の『向陵時報』や校友会文藝部の機関誌『校友会雑誌』に、つぎつぎに詩や俳句や短篇小説を載せるようになった。その年昭和十年（一九三五）の九月には一高全体が、寄宿寮も含めて、本郷向ヶ丘から目黒区駒場に移転する。福永も鉄砲を肩にかついで全生徒とともに駒場までの徒歩行進に参加させられたのであったろうか。

昭和十一年（一九三六）春、一高文丙三年に進級すると、福永は、すでにマルクス主義経済学を学

んでいた遠藤湘吉（後の東大経済学部長）ら他の四名とともに文藝部委員に選ばれ、『校友会雑誌』の編集を担当することになる。そしてみずから大いに奮闘して、詩「その昔」「ひそかなるひとへの思ひ」「荒野に泣く」「湖上愁心」など、また小説「かにかくに」「黄昏行」などを、『校友会雑誌』や『向陵時報』他に発表してゆく。この満十八歳の年にすでに将来の詩人・小説家としての福永武彦の一つの核が芽生えてきているのを感じとることができよう。その福永の一高生徒としての最後の発表作品が長詩「桃源」だったのである。

『向陵時報』でも『校友会雑誌』でも、その号に掲載された作品のすぐ下やすぐ後の「編集後記」に、当の作品への甘くない、という以上に手きびしい巧拙批評が書きこまれているのは、いかにも旧制の一高生らしく生真面目で面白いのだが、「福永」の実名で最後に寄せた『校友会雑誌』の「編集後記」は、昭和十二年春、日中戦争（支那事変）開戦半年前の日本の知的青年たちの混乱と緊張を伝えているようで、きわめて興味深い。

少しでも浪漫的精神に対する理解を欲してゐたものの、今の様な気の変になつてゐる一高生には歪んだ現実しか見えないのであらうか。

今は混乱した時代だ。我々の眼だけでも、正しくより高いものを望みたい。（中略）分らないことが多い。何ひとつ分らないのかもしれない。併し一つの自覚が此所にめざめて来たのは嬉しい。不可解だといつて諦めてしまはないで、少しでも前進して行きたい。存外問題は我々のほんの眼の前にあるのかもしれない。（福永）

「今の様な気の変になつてゐる一高生」とは、ずいぶん露骨な言葉だが、彼らのどのような精神状況を言おうとしていたのか。十代後半の鋭敏な知的青年たちには、やはり日に日に進む時代の閉塞感がことさらに強く感じとられていたのかもしれない。そのなかで故意に武張った強がりを唱える者はさすが一高生の間には少なかったろうが、自国の、自分たちの行方を予見も予感もできない困惑と不安は彼らのうちにどうしても日々に募らざるをえなかったと思われる。

福永が一高二年生で、本郷から「新墾《にいはり》の丘」駒場に移転した二年前の昭和十年十一月二十五日の『向陵時報』には、移転記念の弁論部主催連続講演会として次ぎのような講師名と題名が挙がり、いずれも有意義、そして花山信勝の会をのぞけばみな大盛況であったと報告されていた。1 鳩山一郎「自由の天地」、2 花山信勝「聖徳太子と日本仏教」、3 河合栄治郎「如何にして高校生活を送るべきか」、4 島崎藤村「岡倉覚三をめぐりて」。さらに『時報』の同じ号には、「寮生諸君の燈下に送る――読書調査」として、最近のアンケート結果を掲載していた。それは断トツの夏目漱石から始まって、ゲーテ、トルストイ、阿部次郎、ドストエフスキー、河合栄治郎、ジイド、西田幾多郎、島崎藤村、万葉集、ポアンカレ……と、かなり肩肘張ったいわゆる旧制高校教養主義の羅列であった。その伝統がいま、昭和十二年に、にわかに崩れたとか揺らぎはじめたということはないにしても（日本敗戦後三年目（昭和23）の最後の一高寮生となった私たちにまで、その感化は伝わっていた）、少なくとも「文藝部」に籍をおくような文学青年たちに、その「建て前」の楽天主義はそのままでは通用しなくなっていたのだろう。

福永武彦の「桃源」と同じ号の『校友会雑誌』には、福永の三歳年長で一年後輩の文科生小島信夫の「懐疑（主義）と独断（主義）」という、すでに後年の作家小島を思わせるような往きつ戻りつの、パスカルとニイチェを引用しつつ進められる「懐疑」の意義とその危うさに関する長文のエッセイが掲載されていた。同号には福永の同窓同期で一高で一年後輩となった文科生中村真一郎（筆名藤江殯治）の「憧憬と虚無——竹取物語素描」と題する好論もあった

日本古典を国文学者の手中から解放して、現代の内外文学に接するのと同じ「率直自由な気持」で読み直してみようという試みである。この「文丙」生徒もまた竹取物語をフローベールやメーテルリンクの作とも比較しながら、「此の作者の魂は黎明の暗さの中にその輪郭を失つてゐるかも知れないが世紀末の黄昏の暗さに悩む現代作家の魂には見ることの出来ない、清淳な若い只管《ひたすら》なる想ひを以て永遠に美なる恋愛の理想に対して憧憬の祈りを歌つてゐるのである。……かくて現代の我々は此の古代の作品の肌寒い虚無の霧の中に失はれた幼い悲しみの花弁の臈《ろう》たけた香を感じ思はず胸に温いものがこみ上げて来るのを覚えるのである」と論じ、結ぶ。中村のはるか後年の『王朝の文学』（昭和33）をもすでに思わせるような、手つきの柔らかな古典再読の試みであった。

この国文才子中村真一郎のエッセイの後に漢文秀才福永武彦（水城哲男）の長詩「桃源」が登場するのである。小島信夫の懐疑論とあわせて、『校友会雑誌』三五八号は、戦争前夜の息苦しさのなかにあってなお二十歳前後の若者たちの創作への意欲の強さを示して、壮観であったともいえようか。しかし満十八歳の福永の「桃源」は、陶淵明の春風駘蕩の小世界からはすでにはるかに遠い暗い郷愁の対象に他ならなかった。小杉放庵の画巻「桃源漁郎」の巻末に、茫々たる草むらのなかにうずくまりうなだれるあの漁師の姿を想わせるような、桃源喪失の嘆きの詩篇に他ならなかった。以下になる

べく簡略に全篇の展開をたどってみよう。

　　桃源

　　　　復行數十歩豁然開朗土地平曠屋舎儼然
　　　　有良田美池桑竹之屬。阡陌交通鷄犬相聞。

蒼き煙《けぶり》暗き靄《もや》は四方《よも》に湧きて街衢只管《ひたすら》に織るが如く　（一）
あまたたび放浪の群は集ひて高樓《たかどの》の榮《はえ》に焦《こが》れけむ。
我も亦野望の身、瞳あげて矚すれど、
此の心萎《しな》え侘びて、遠く果てし草枕かな。

色褪せし埃《ほこり》の道に額《ぬか》づきつ、幽愁我が頭《かうべ》を濡し、　（二）
故郷《ふるさと》の形象ぞ、桃の花散りもあへず、
白き館《やかた》幾ながれながるる水の息吹《いぶき》に映《うつ》り、
遠き思慕は塵點劫《ぢんでんごふ》を超えて彼方にあり。

第一、二連はいわば序章である。「蒼き煙暗き靄」におおわれて「街衢《がいく》……織るが如」きは、いま詩人が立ちつくす近代の大都会の景観なのであろう。ここに焦《こが》れて到来した根なし草の人々はただ忙しげに「高樓《たかどの》」の間を往来する。老幼の者たちが群れて遊び呆ける、あの「阡陌《せんぱく》交わり通ずる」桃源の村里はもうどこにもない。私もまた一たびはこの都会の「栄《はえ》」に惹かれてここに来たのだが、心はたちまちに「萎《しな》え侘び」、老いさらばえてしまった。この虚栄の市街がわが「草枕」となろうとは！

暗澹たる郷愁にわずかに答えてくれるのかと、かの村里に「落英繽紛（はらはらと落ちつづけ散りつづける花びら）」とつらなっていた桃の花をこの都にも見かけた。だがここでは桃花は散りもせずに、高層ビルの間の掘割に影を映すばかり。わが思慕の対象はいまや測り知れぬ遠い彼方に距ってしまった。

（三）

蝶よ花にとび交ひ、雞鳴はのどかにして、春行き暮れ、
笑《ゑ》みし人我が掌《てのひら》を打ちて遊びせり。
思へば此所にいくばくの青春は空しき想像に潰《つひ》え去り、
我が放浪の途上、かばかりの老ひし桃源は心なきか。

（四）

その昔《かみ》、音もなき白晝の光にさざめきつ、いくそたび
葩《はなびら》の薄き色褪《さ》めて燃ゆる頰にかかりしものを。
顧みれば遠き時間は澪《みを》に似て物侘びしく、
芳草燃え、白露滋く、此所に經る幾春秋。

陶淵明の「桃花源」では、春の昼間の深い平和の象徴として村里のあちこちに鶏が鳴き犬の吠える

声が聞こえ、「黄髪垂髫《すいちょう》（老いも幼きも）」は「怡然《いぜん》」として（なんの屈託もなく）たのしみ戯れていた。春の一日が暮れなずむまで、子どもたちは手を打ちあって遊び呆けていたものだ。フランス詩人ボードレールでさえ、その散文のどこかで「失われし幼童の日の緑なす楽園」(le paradis vert de l'enfance perdue) を惜しんでいたが、あの「緑なす楽園」を想う心は、私が空しい彷徨をつづけるうちに、いつのまにか無情にもすっかり老いさらばえてしまった。旧一高でもっともよく愛唱された寮歌の一つに、西行法師の『山家集』の歌に幾つかの語を借りて「流転《るてん》の相《すがた》さながらに／あゝ三春《さんしゅん》（三年の春）の行楽《こうらく》も／今は帰らぬ夢なれや／春愁心結ぼれて……」と歌われていて（榎本謹吾作詞、安藤熙作曲、大正15）、おそらく福永も中村も小島も遠藤（湘吉）も、みなしばしば一緒に合唱《がな》ったにちがいない（私もいまだに愛唱している）、あの名寮歌の気分もここには漂っている。

第四連には「その昔《かみ》」とか、「顧みれば遠き時間は」の言葉が出てくる。これらはみな『福永武彦詩集』の「解説」に、批評家菅野昭正氏の言うとおり、まさに「ふとした瞬間に若い心のなかに点《とも》される、魂の故郷とでも言うべき場所へのそこはかとない憧憬」（二三七頁）の表現にちがいない。気がつけば、その種の語彙は長詩「桃源」のほとんど全連に頻出している。

第四連第二行「葩《はなびら》の薄き色褪《さ》めて燃ゆる頰にかかりしものを」との美しい一句も、レイモン・ラディゲの「燃ゆる頰」(*Les Joues en feu*, 1920) に意を借りて一高のよき先輩堀辰雄が書いた短篇『燃ゆる頰』（一九三二）に由来するにちがいない。

（五）

かくて流萍《りうへい》の旅、風塵に委ねし身にいく度の心うさか。

ああ　我は老ひぬ。心荒《さ》びて桃源の記憶は既に遠し。
此の小暗き林の蔭、ひとり寝に雫《しづく》して、
暖き南の思ひ此の胸にやるせなく旅情を悶《もだ》す。

（六）

いかなれば少年の日、われ物に憑かれてか桃源を遁れ行き、
此所彼所《ここかしこ》乞食《こつじき》の身を駆りて沆瀣《かうがい》の美酒に酔ひける。
旅枕あくがれつ、空しき砂の塔ぞ。今はただ
夙《と》く塵寰を抜けて桃仙の境に生くるに如かず。

「流萍《りうへい》」とは水に流される浮き草のこと。こんな難しい漢語を福永はどこで見つけて心にとめたのか。第六連第二行の「沆瀣《こうがい》」にいたっては、私などここではじめて眼にした漢語である。このようなときは諸橋の『大漢和辞典』（大修館）に頼るに若《し》くはない。それによれば、これは「仙人の食べもの」の意で、屈原の「離騒」などが収められた漢代編纂の『楚辞』の「遠遊」に出てくる語という。要するに「夜露」「朝露」のごとき身の足しにもならぬ滴《したた》りをいうのであろう。大正・戦前昭和の時代には漢学者簡野道明などの漢和辞典や『故事熟語大辞典』や漢詩文選集、漢文教科書、参考書などが広く愛用されていたから、中学校以来の早熟な漢文好きの福永武彦も、このような凝った熟語を見つけては偏愛していたのであろう。第四行の「塵寰《じんかん》」は「塵界」「塵世」などと同じく「汚れたこの世」の意。少年の日に遁れ出てきた桃源の郷里に、この俗世から早く脱して再び帰ろう、との願いで

ある。

（七）

歸らむか、雲彩《うんさい》を追ひて桃源の郷《さと》に歸らむか。
蕩兒はろかなる虹を恋ふるも啻に遙夜《えうや》の夢に非ず。
貝樓《かひやぐら》ならむか、それも亦よし。我が老年の日の篝《かゞり》を焚《や》きて、
光なき此の胸にいやはての祭を得るにそもいづれぞ。

（八）

さればこそ灰色の空低く垂れ、野に蕭條の悲雨あれども、
我を誘ふ愛《かな》しき歌の聞ゆる心地すれば、
幾日《いくにち》の病みし旅か。此所に放浪の夢は酬いられ、
故郷《ふるさと》近く昔《かみ》の日の形象に涙する我は老ひたりな。

第七、八連は、再びあの少年の日の桃源に帰ろうと心に決めてからの、自分自身への促し言葉である。美しい雲の色の輝きを追って、さあ、やはりあの桃花源の村に帰ろう、いざ帰りなん。みずからを「蕩兒」、つまり「放蕩むすこ」と呼ぶのは、文科丙類生徒としての福永にとっては、やはり聖書「ルカ伝」にある、放蕩の果てに無一文になって父のもとに帰郷するl'enfant prodigueのことであったろう。はるかな虹の下になお失われずにあるはずの生家を恋うのは、ただの長い秋の一夜（「遙夜」）の夢ではないはずだと念を押す。たとえあの故郷が蜃気楼（「貝樓」）であったとしても、よいではな

いか。いまの老い果てた身に篝火《かがり》を焚いて空しくもお祭り気分になるよりはましではないか。満十八歳の一高生徒はすでに自分を老残の身と見なして、やや気取っているのである。灰色の空から蕭條たる雨の降る下を幾日旅して来たことか、どこからかなつかしい歌声が聞こえてくる気がして、昔々のふるさとの面影が次々に浮かんでは、この老いた身に涙を誘う。

「年老ひし人よ。此の山中、桃の花咲ける郷《さと》を知り給はずや。」
「否、我は知らず。」「さればとて……」「否、我は知らず。」
行き行けば野茨《のうばら》の道もさ迷ひ果てず、
沈みたる心吐息し、雲表蒼き空を望むあれども。　（九）

彼處《かしこ》なり。若き乙女子のうち笑《ゑ》みて野に戯れ、
男《を》の子等は群集《むれつど》ひ、生計《いたつき》に心憂きこともなくて、終日《ひねもす》
ゆるき莨《たばこ》の煙《けむり》、匂ひある白き家並《いへなみ》、しづ心《こころ》なき花ちる郷《さと》は――。
ああ　されど此の曠野《あれの》に一片の葩《はなびら》を知るよすがもなし。　（十）

路上に遭った老人に、「この山中に桃の花咲くかくれ里《ざと》があるはずだが、御存知ないか」と繰返し訊ねても、その答えは繰返し「いや、知らないよ」とばかり。やむなく進みつづければ、「花いばら故郷《ふるさと》の路に似たる哉」（「かの東皐《とうこう》にのぼれば」）、「路絶《たえ》て香にせまり咲茨《さくいばら》かな」（與謝蕪村）。

第十連は、なおも桃源の里が「たしかにこの辺にあったはず」と思いながら、その昔日の男女幼童入りみだれての遊びのたのしさを思い起さずにいられない。ここには陶淵明原作の「並《とも》に怡然《いぜん》として（「生計《いたつき》に心憂きこともなくて、終日《ひねもす》……」）自《み》ずから楽しめり」の詩句がほとんどそのまま映像化される。ただし「終日／ゆるき莨《たばこ》の煙」とは、不意に奇妙な一句。寄宿寮内の安たばこの匂いか。しかし「しづ心なき花ちる郷」は、原詩の「芳草鮮美／落英繽紛」を王朝のやまと言葉に移して巧みだ。——だが、それらは往年の夢のごとき光景。いま眼前の荒野には風に舞い水に流れる花びら一片とて見当らないのだ。

（十一）

年經りぬれば我が桃源は失せたるか。
虚《むな》しき風、響かざる松風《まつかぜ》の音のうそ寒さよ。
いかにせむ、立ちて呼ばむか。——「我が父よ、我が母よ、
乙女子が歌ひ聲のどかなりし彼の桃源はいづこぞや。」

（十二）

ああ　此所にばうばうたる朔風のみ。寂《せき》として萬象は死に絶えたり。

見よ、はるかにして草原は只管《ひたすら》に亂れたり。

「我が幼き日の桃源、いづこぞや。」

ただ此の茫昧《ぼうまい》、白雲悠悠として渡るあるのみ……。

この最終二連はまさに桃源喪失、桃源への不可逆の悲嘆の歌だ。陶淵明「桃花源記」でも、漁夫は人を連れて桃源への再遡行を試みても「遂に迷いて復《ま》た路《みち》を得ず」で終った。その後も「遂《か》くて津《しん》を問う者も無し（ついには桃源への渡し場を尋ねる者さえいなくなった）」で溶闇した。「ばうばうたる朔風（北風）」、「ただ此の茫昧（見きわめもつかぬ暗さのひろがり）」の語彙はさすがに痛切である。「我が幼き日の桃源、いづこぞや」と、もう一度声に出して問うてみても、「寂《せき》として万象は死に絶えた」草原の上をただ白い雲が渡ってゆくばかりであった。

陶淵明以来、かの桃源をいくら憧憬してもそこへの再訪をかなええた詩人は今日に至るまで一人もなく、ただ幾人かの画家たちが絵空ごととして美しく画中に描きえたのみだった。昭和十二年（一九三七）の旧制高校生徒にとって、あの無邪気な幼童の楽園への帰還は、もちろんかなうはずもなく、前途にはただ「茫昧」のあるのみだったのである。それは桃源郷の古典的トポスの、昭和日本における当然の成りゆきでもあった。

（4）「十五歳の桃源郷」、そして再訪——多田智満子の「片足で立ちあがる虹」

福永武彦が大正七年三月生まれの大正人であったとは、年譜によってはじめて知った（一九一八〜一九七九）。なぜか私は福永氏は自分よりもさして年長ではない仏文系の文学青年と思いこんでいたのである。立原道造（一九一四〜一九三九）となれば福永よりさらに四年年長で旧制一高でも彼の四年先輩であった人なのに、私は彼をずっと年若いすぐ上の先輩ぐらいに感じていた。敗戦後間もないころ、私は駒場の「一高前」（現東大前）の駅下の本屋で、ちょうど出はじめていた角川書店版の

『立原道造全集』（全三巻）を見つけ、まずその薄茶の函入りの、角張った薄茶の麻布製の装丁と題字その他の活字の美しさに惹かれて、中味もよく知らずにこれを買い求めた。『萱草《わすれ》に寄す』『暁と夕の詩』『優しき歌』と全三巻を繰返し読みつづけるうちに、私はいよいよこの立原を自分の五歳ぐらい年上のなつかしい兄貴のように思いはじめていたのである。

友人や好きな女のひとたちへの手紙やはがきも立原調の甘い lento の言葉で書いた。堀辰雄や浅間山高原や信越線信濃追分の秋草の花咲く駅舎まで好きになって、友人たちとなんども出かけたのも、二十歳前後の私たちへの立原の感化であった。実はリルケやシュトルムばかりでなく、少し後に日本古典の式子内親王の和歌や與謝蕪村の俳句に惚れこむようになったのも、彼らの歌や句をよく題詞として使った立原道造の手引きによる。その延長線上に、ノヴァリスやメーリケ、ホーフマンスタールやトラークルなどのドイツ詩があり、駒場の教養学科フランス分科に進学してはじめてボードレールの「秋の歌」をフランス語で読んだときには、藤原定家のみならずゲーテやトラークルの秋思の詩とのあまりの違いに衝撃を受け、私は学科の選択を誤まったかとさえ思い、しばし懊悩したほどであった。

詩人多田智満子さん（一九三〇～二〇〇三）は、福永や立原のような大正生まれの古手とは違って、昭和生まれ、それも昭和五年四月の生まれというから、私の一つ年上の姉上である。福永武彦と同じ九州福岡市出身で東京で育ったという。これも福永と同じく父は銀行員という当時の知的ブルジョアの家庭に育ち、母上は上質の巻紙を左手にもち右手の筆でのびのびとした字で手紙を書いてゆくというような、滋賀県湖東の旧家出の、おっとりとしていて親分肌の女性であった。

この夫婦の娘の智満子は、その家にすでにあったという手動の蓄音器でレコードの童謡、なかでも「かもめの水兵さん」が大好きで、父が当時としては珍しい半年あまりの世界漫遊から帰国して、自宅で近所の青年たちが歓迎会を催してくれたとき、彼女はその歌を唄い踊るべく、上下とも水兵服に着換え挙手の礼をしつつ座の真中に登場したのに、突然どうしたらいいのか分らなくなり、大泣きに泣いて、楽屋つまり隣の部屋に担ぎこまれたという。

正月のかるた会では（誰にもあったことだが）、百人一首の「筑波嶺のみねよりおつる男女《みなの》川《がわ》こひぞつもりてふちとなりぬる」を、当時大相撲の横綱だった長身魁偉の男女川と思いこみ、やがてそれが川の名だと見当がついてもその谷間を鯉の大群が埋めつくす様《さま》しか思い浮かばなかったという。東京水道橋の桜蔭女学校の初年生のころか、ウェーバー作曲の讃美歌風の歌「天地（人智？）は果なし無窮の遠《をち》に／いざ棹させよや窮理の舟に」を、どうしても「胡瓜《きゅうり》の舟」としか思い浮かべられなかったともいう。福沢諭吉の啓蒙書『窮理図《づ》解《かい》』（一八六八）を、すぐに『胡瓜遣ひ』とパロディにした仮名垣魯文と同じことを少女多田智満子は実践していたのである。

同じころに彼女は「空間の無限という想念で頭がおかしくなりそう」になっていたともいう。パスカルの『パンセ』の一節、「この無限の空間の永遠の沈黙は、私を畏怖させる」とまったく同じような怖れの感情にとらわれていたのである。そんなことをいつも考えていたから、彼女はまわりの学友たちとしばしば調子が合わず、「スローモーで、間が抜けている」との意味で、「悠長尼《に》」という渾名をつけられてしまった。

はるか後年、智満子はデトロイト郊外のミシガン州オークランド大学に、大岡信や佐々木幹郎につづく日本人の「ポエット・イン・レジデンス」（招聘詩人）として招かれ、冬から春の数ヶ月を過したことがあった。だが彼女はここでも週一回の授業に最初から教科書を忘れて行ったり、小切手の換金が危っかしかったり、忘れ物・失くし物の常習犯だったりして、学部中に「ボンヤリ日本人」「ウッカリ先生」として知れわたってしまったという。

ところが、この女性詩人の書く文章は、悠長尼とかウッカリ先生と自分で自分を面白がってみせながらも、実はその形容とはまったく反対の、まことに俊敏、いきいきと脈打つ血管が透けて見えてきそうなほどの感性とエスプリの働きに富んだ散文であった。彼女は詩人渋沢龍彦を「中年すぎても美少年風」などと呼んで、親しく長いつきあいをしたようだが、彼の作品については「高度な内容でわかりやすい文章を書くにはまず頭が明晰でなければならないが、その上にこれをおもしろい読みものにするには、人間的魅力をもひっくるめたよほどの才を必要とするであろう」（「ユートピアとしての澁澤龍彦」）と書いて讃えた。多田智満子のエッセイもまさにそのような才色兼備の魅力を溢れさせていた。

身近な犬や猫の生態と表情を語っても、思わず読者の微笑を誘わずにはいないが、またそこには古代エジプトやギリシャの神話や寓話があたり前のことのように出てきて話を一次元深くする。慶應英文科で学んだ詩人教授西脇順三郎（「脳南下症の旅人」）のことや、愛読した『ヴェネツィアの宿』の須賀敦子とアスフォデロスの花のことでも、ましてみずから翻訳した『ハドリアヌス帝の回想』（白水社）やその作者マルグリット・ユルスナールのこととくもなれば、多田氏の筆は敬愛するその詩人・作家たちへの深い思いを湛え、ギリシャ語もラテン語も原文で読んだらしい学識を品よく盛って、私たちを魅了する。まことに「地中海的知性」（高橋睦郎の評）をいきいきと備えた文人であった。
この人の作品には、詩集が十四、五冊、右のユルスナールの『ハドリアヌス帝の回想』や『東方綺譚』、マルセル・シュウォッブの『少年十字軍』など、私もフランス語の教科書として使ったことのある現代フランス作家の翻訳が七冊ほど、さらに七冊あまりの評論・エッセイの集があるらしい。さらにそれらの後にまとめられたエッセイ集『十五歳の桃源郷』（人文書院、二〇〇〇年）があり、前に挙げた彼女の生涯のいくつかのエピソードは、この本から引いた。さらに晩年の詩集として『川のほとりに』（書肆山田、一九九八年）がある。

私はこの美しい詩集とエッセイ集を、当時まったく面識もなかった作者から寄贈を受けた。この詩集には「桃源再訪」という一篇があり、多田さんはどこかで私が「桃花源の詩并びに記」を論じていることを知って、贈って下さったのであったかもしれない。『十五歳の桃源郷』のほうもその後、この桃源少女が贈って下さった。

詩篇も桃源回想のエッセイも私を心《しん》からよろこばせてくれた。ここにもう一人、桃源のよろこびを知り、その喪失を悲しむ人がいたことを教えられて、私は深く安堵した。戦前そして戦後もしばらくの間は、日本列島のあちこちにまだ桃源の里が残っていたはずだとの私の思いを、智満子さんはうれしくも確かめてくれたのである。

さきにちょっと触れたように、智満子さんの母上は琵琶湖湖東の愛知《えち》川のかなり上流の町か村かの出身であった。エッセイ「十五歳の桃源郷」（初出、『ＦＲＯＮＴ』一九九〇・一）には、古刹永源寺の名や、極上の茶の産地政所《まんどころ》の地名まで出てくるから、上流といっても相当に奥の方である。愛知川は、三重県との県境をなして南北に長く伸びる鈴鹿山脈の西側山中に源を発して、途中幾つもの川を合わせて西行し、近江八幡の北十キロのあたりで琵琶湖に注ぐ。その愛知川がいまの永源寺ダムを抜けて平地に出るあたりに、智満子母上の実家はあったのだろうか。

智満子は幼い頃から、夏休みになると姉といっしょに母に連れられてこの愛知川のほとりの祖父母の家に里帰りしていたという。すると楽隠居の祖父がひと夏に二度か三度、夜ふけの川に篝火を焚いて投網を打ち、一回に数十四もの鮎をとってきておいて、それを塩焼きや山椒の実を加えた佃煮風の煮付けにして、毎日のように御馳走してくれた。祖母は祖母で琵琶湖特産の源五郎鮒をたくさん買いこんで、それを鮒ずしに漬けこんでおいて、孫たちの夏休みを待っていたという。孫娘たちはこの桃源の川のほとりの村里で、いま思えばずいぶん贅沢な夏の日々を楽しんでいたのである。

智満子がこの村でほんとうの桃源生活を経験したのは、さらに第二次大戦末期、昭和二十年の春から敗戦直後の秋までの半年間、女学校三年の、満十五歳のときであったという。母と二人だけで、愛知川上流のこの亡き祖父母の村に疎開したのである。村長さんの家の二階建ての離れ屋を借りて住み、その広い二階の納戸のような、眺望絶佳の大きな部屋を智満子は自分一人の勉強部屋にしていた。ちょうど同じ時期、昭和二十年の五月から翌年の三月まで、智満子より一学年下、中学二年の十四歳の私は妹と二人で山形市のはずれの母方の祖父母の家に疎開していた。そのことも私に智満子さんへの親近感を与えてくれる。

ただ彼女のほうは近くの女学校が軍需工場と化し、その上に自分は休学中の身分だったから、学校には縁がなく、話し相手もなく、二階の自室で本ばかり読んでいたというから、私などよりもっとはるかに桃源っ児であった。私の祖父母の屋敷は果樹と四季の花々の私設農事試験場のようで恵まれてはいたが、米は配給制で、叔父・叔母、いとこ多数の大家族だから、東京よりはましだといっても十四歳の少年はいつも腹を空かしていた。大学助手の父は三十代末で再度召集されて、陸軍一等兵に昇格して山形県内の小さな中隊に配属されており、敗戦まで一、二回は汗臭い虱だらけのシャツに軍服でこの山形市の妻の実家に立ち寄った。東京の小学校教師であった母は、自分の担任の学年の生徒たちにつきそって宮城県の温泉宿に集団疎開していた。

山形市内の中学二年の私は軍国主義の校長のもと、月に一、二回は鍬をかついで蔵王山中に登り、硫黄鉱山に同学年生と一週間ほど合宿し、坊平高原で空しい開墾に従事させられた。それでも学校の授業のある週は、学校から帰宅するとすぐ祖父の古い作業衣に着更え、屋敷を囲む桑の木のくねで桑の葉摘みをして山羊の餌とした。二、三百羽いた鶏の小屋に重いバケツ入りの餌運びの手伝いもしたし、豚にじゃが芋の餌をやった後、竹箒の柄のほうでその背中をこすってやると、彼は気持よいのか、すぐにごろりとその巨体を泥の床に横たえた。伯母を手伝って便所の汲取りもして、びちゃびちゃとはねるその重い肥《こえ》桶を伯母とともに天秤棒で屋敷の奥まで運んで野菜畑にまいたりした。疎開とはいえ、妹と二人、またも祖父母・叔父叔母の家にただで世話になっている、という一種の義理の感覚が中二の私のなかにはすでにあったのである。

これにくらべると、近江の国湖東の在の疎開少女智満子は、毎日が日曜日の、まさに「怡然《いぜん》として自ずから楽しめり」の半年を送っていたのである。その回想のエッセイ「十五歳の桃源郷」をはじめて読んで、私は心底からその幸福がうらやましく、その日々をすでに当時から「桃源」の暮しと自覚していたかにさえ見える若い才女に憧れを覚えもしたのであった。

彼女らの住む村長の家のすぐ近くには、嶋屋という料亭旅館があり、当主が母の親戚でもあった。その家の一人息子の彰ちゃんは智満子とほぼ同い歳で、汽車の時刻表などが好きという少年だった。この彰ちゃんがときどき智満子を誘って、愛知川上流の禅寺永源寺の寺域内で早瀬となり淵となるあたりまで鮎釣りに連れていってくれた。二人して岸辺の岩の上に坐って、ただの毛針をつけた釣糸を垂らしたというのである。するとやせっぽちの二人の竿に次々に小鮎がかかり、生まれて初めての智満子の分も含めて小一時間に七、八十四もとれた。それを大自慢で嶋屋に持ち帰ると、彰ちゃんはすぐにみずから天ぷらに揚げてくれていっしょに食べた。——この後に来るエッセイの末尾の部分は、少々長いが全文をここに引用しておこう。


今にして思えば、一九四五年の春から秋まで、愛知川のほとりで暮した私は、一種の桃源郷を体験したのである。大都会が次々と焼土と化し、国の内外で何万、何十万、何百万もの人々がむごたらしく死んでいったあの時期に、私ひとり東京の町をのがれて、美しい風光のなかでのんびりと暮していたのである。大人であれば、たとえば私とともに田舎暮らしをした母にしても、それなりの心労があったと思うが、私は幸い思春期の子供であって——しかも私はおくてのほうだった——、まったく生活に責任のない立場であった。

学校へ行く必要もなく、井戸の水汲みといった単純な日常の仕事のほかには、これといってしなければならない月事もなく、青田に風が渡るのを眺め、蛙が鳴きしきるのを聴き、散歩に出ては林のなかにしゃがみこんで、茸《きのこ》が茶色の帽子をもちあげるのを眺めていればよかった。時間はゆるやかに流れ、せわしく秒を刻む時計の音はきこえてこなかった。修羅道と餓鬼道を現出させていた戦争末期の世相をよそに、片田舎に仮寓した私はいわばエアポケットのなかにいたのである。これは少なからずうしろめたいことだとしても、しかし私にとっては稀なる幸せというべきであった。

周知のように陶淵明《とうえんめい》の描いた桃源郷は、谷川の洞窟をくぐってさかのぼったところに発見されたのどかな山里である。桃が咲き、犬が吠えている素朴な農村。これが他の農村とちがうところは、領主や国王に存在を知られていない隠れ里で、したがって税の苛斂誅求《かれんちゅうきゅう》をまったく免れているという点にある。つまり俗界を支配している権力機構の枠組にはめこまれていない、自由自然の村落であるという点に「桃源郷」の至福は存在した。

私はこの時期、戦時下の体勢から脱落し、この世のあらゆる義務を免れ、美しい自然のなかで、質素なつつましい生活を楽しむことができた。これが桃源郷といわずして何であろうか。

役人を案内して桃源郷を再び訪ねようとした男は、いくら谷をさかのぼっても、二度と再びあの隠れ里を発見することができなかった。戦後三十年も経って、ある夏、家族とともに永源寺の里を再訪した私もまた、時間の復讐を受けねばならなかった。この辺りが紅葉の観光名所になり、いささか俗化したのは我慢するとしても、嶋屋で、今は恰幅《かっぷく》のよい亭主になっている彰ちゃんが腕をふるってくれた料理の鮎が養殖物であったのには、憮然《ぶぜん》としないわけにいかなかった。上流にダムができ、環境が悪くなったので鮎がとれなくなった、というのである。

やはりこの地は、永久に失われた私の十五歳の桃源郷なのであった。いつかの夢でみたように、その里へ渡る橋は途中で切れていたのである。

（『十五歳の桃源郷』）

右の文章の最後に言う、戦後三十年経ってこの湖東の村を再訪したときの失望、幻滅の思い、「永久に失われた私の十五歳の桃源郷」への断念の痛切さは、その三年後に書かれた詩一篇（初出『心粧』一九九三年春）に強い露骨な言葉で洩らされている。

桃源再訪

あの谷川をさかのぼり
暗い洞穴を通りぬけて
古びた記憶を訪ねてみれば
桃源の郷《さと》はすでに墓原
痩せた野犬のうろつく
石の村　骨の森
ただ一本　桃の大木が
淡い忘却の霞のなかに枝をひろげている
われらふたたび洞穴をくぐって

現《うつ》し世にもどるべきか
あるいは
今しもとぼけた音立てて川に落ち
どんぶらこっこと昔話の里へ流れてゆく
あの巨大な桃の実の行方を追うべきか
ふりむけば　墓原に
片足で立ちあがる虹

まるで、あの晩唐の詩人韓偓《かんあく》が戦乱によって荒廃した閩《びん》の国（福建省）の村々を旅したときの感懐の一篇のようではないか。「尽《ことごと》く鶏犬無くして鳴鴉《めいあ》あり／千村万落寒食《かんしょく》の如し／人煙を見ずして空しく花を見る」と。——だがここの多田智満子の詩で、遠い昔の桃源の郷《さと》を「すでに墓原」と化させていたのは、むしろあの惨胆たる大戦ではなくて、その戦乱の後のあまりにも急速で強引な「国土再開発」事業であったようだ。福永武彦の鋭く感受していた世界大戦開始への暗澹たる圧力への危惧以上に露骨な、日本人自身による列島環境の破壊の現実であった。だが詩人は、その現実をすべて他人のせいに転嫁して、自分は「どんぶらこっこ」と昔話の里に流れてゆくこともできない。「十五歳の桃源郷」体験からいまはすでに五十年近くも経っている。ただ夢見心地でいられた少女時代、あの桃源の時代からすでに長く生きてきて、もはや老いに近い自分はあの楽園にもどることはできない。その自覚と自責ばかりが彼女のなかには強く残っている。だからこそ、最後の二行——

ふりむけば　墓原に
片足で立ちあがる虹

の映像は痛切で、私たちの身にまで喰い入ってくる。

（5）茜さす桃源――洋画家野口謙蔵の蒲生野の子ら

多田智満子がまだ幼くて学校の夏休みに母に連れられて愛知《えち》川上流の祖父母の家に遊びに来ていた頃、同じ川の下流の五箇荘《ごかしょう》町（現東近江市）には、彼女より十歳年長の歌人塚本邦雄（一九二〇～二〇〇五）がまだ生意気な文学好きの中学生として暮していたのだろう。いま人気の高い歌人河野裕子《かわのゆうこ》（一九四六～二〇一〇）が、呉服行商を営む父母とともに、熊本県の益城町、そして京都から、同じ湖東の甲賀郡石部《いしべ》町に引越して来たのは昭和二十六年（一九五一）のことである。石部町は、これも鈴鹿山脈から流れ出て琵琶湖に注ぐ野洲《やす》川中流に面する旧東海道の宿場町である。河野裕子は石部小学校、甲西《こうせい》中学校を経て京都女子高、同女子大を卒業、日野町の中学校国語教師となるまでずっと石部町に住んで、汽車通学・通勤をしていたという。多田智満子とは年齢も育った環境も文学上の仕事の分野も互いに距りがありすぎて、生前に知り合うということはなかったと思われる。

それでもこの三人の名前を挙げてみただけでも、鈴鹿の山なみと琵琶湖とに東西から抱かれたこの近江盆地とは、水の美しさと歴史の豊かさに恵まれているのみならず、現代においてもなお詩歌の泉の噴きつづける土地なのだと思わずにはいられない。何十年か前、ＮＨＫのテレビで見た湖東の村や町で、家々の前を流れるきれいな、魚の棲む小川の水を家の中に引いて家事に使う人々の暮しを知って、まことに羨しく思ったことがあった。湖北の高月町に儒者雨森芳洲の旧宅や十一面観音の渡岸寺を訪ねたときも、村内を行く水の美しさと村の向こうの山々の親しみ深さに心惹かれて、暗くなるまでその地を去ることができなかった。

万葉集の柿本人麻呂が――

淡海《あふみ》の海夕波千鳥汝《な》が鳴けば情《こころ》もしのにいにしへ思ほゆ　（巻三・二六六）

と、水辺に立って往年の王朝を偲んでは心も萎《な》える思いをし、額田王《ぬかだのおおきみ》は――

あかねさす紫野行き標野《しめの》行き野守《のもり》は見ずや君が袖振る　（巻一・二〇）

と紫草《むらさき》の群れ生えるこの美しい御料地の野に立って大海人皇子と相聞の歌を交わした。それから千数百年後、河野裕子が――

たつぷりと真水を抱きてしづもれる昏《くら》き器《うつわ》を近江と言へり　（『櫻森』一九八〇）

帰り来し近江国原はろばろとみづの母郷に動きゆくみづ　（『はやりを』一九八四）

と詠んで、「あの近江の深いしずけさ、真夏でさえどこか暗かった空合いのようす。ああ、あれは琵琶湖という大きな水を抱きかかえた近江という器のせいだったのだ」とみずから納得する（河野裕子・永田和宏『京都うた紀行』文春文庫、二〇一六）山々と水とゆたかな田園の桃源郷。

その湖東の盆地のひなびたなつかしい美しさを、描きつづけたもう一人の詩画の人が、この地にはいた。多田智満子や塚本邦雄の北の愛知郡と、河野裕子の南の甲賀郡との間に広がる蒲生《がもう》郡の桜川村大字綺田《かばた》に生まれ、育ち、一生その地の風景を描いた洋画家野口謙蔵（一九〇一～一九四四）である。【註】

私はこの画家のことを長い間知らないでいた。いまから二十年ほども前であったろうか、大津の滋賀県立近代美術館を訪ねたときはじめてその作品を見て、一ぺんに心を奪われたのである。――あのときも、同美術館はアメリカの抽象画家サム・フランシス（Sam Francis, 1923–1994）の初期の秀作をもっていると聞いて、それを見に行ったのである。サムは一九五二年からパリに留学していて、三年後に留学した私は同じメゾン・デュ・ジャポンに住む若いアンフォルメル画家たち、今井俊満や堂本尚郎とともに彼を知り、以来彼の青や橙や白の「雲」の無数に重なりあう非定形作品に惚れこんで、帰国後もしばしば訪日する彼と親交をつづけた。

出光美術館がサムとの特別の縁で所蔵する一九五〇年代の彼の大作数点は壮観である。大津の県立美術館のサム・フランシスも、幾層もの雲状のブルーのたらしこみが黄や橙をにじませて画面一杯に重なりあい、いつのまにか見る者の存在をくるみこみ、吸いこんでしまうような美しさだった。

満ち足りた思いで別な展示室に入ると、そこに野口謙蔵の油彩の風景大作が並んでいた。そしてこれが私の心身を、サムの絵とはまったく違う方向に引張ってゆき、それまで忘れていた痛いほどに切ない郷愁のなかに私を放ったのである。サムも謙蔵も、私たちの今・ここの現実のなかのケチな、小さな自我の意識から私たちを解き放ってくれる点では、同じほどの力の働きをもっていたのである。

十年余り後、愛知県岡崎の美術博物館で前述の「桃源万歳！」展を催したとき、私はどうしてもこの野口謙蔵の湖東田園風景の絵が忘れられず、滋賀県近美から彼の後半生の油彩三点を借用して、これを同展第三部の「近代における桃源郷的世界——田園、島、故郷」の最終部に展示した。そこに集められたのは、前にふれた小川芋銭や小杉放庵の山村・水村風景のみならず、彼らともさまざまなつながりのあった森田恒友、小川千甕《せんよう》、清水登之《とし》、芋銭との親交があった会津喜多方の農村画家酒井三《さん》良《りょう》、瀬戸内の春の農村を南画風に描いた小野竹喬、そして秋田の山菜売りの親子や屋内の馬小屋の前で幼な児に乳を吸わせる『秋田のマリヤ』の秋田画人福田豊四郎など、日本画・洋画を問わず、大正から戦前昭和にかけて、日本列島の農民たちの、自然のうつろいに従って勤勉な、つつましやかな桃源的幸福を、共感をもって描きつづけた画家たちである。

そしてそれらの興味深い新鮮な田園風景のなかでも、とくに強烈に私たちの心を打ったのが、野口謙蔵のカンヴァスに油彩の力作群であった。『冬日』と題された一点、昭和十二年（一九三七）の縦長（一三〇・三×八〇・三cm、本書口絵4）の作は、思い切って太い濃いグレーの曲線で画面を上から強引に区分けして、真青な冬空と、大きな山の重なりと、その麓の小さな集落と、刈りとられたままでいま茜色に反射する田圃《たんぼ》と、さらに手前の空《から》の田圃に野菜を干したり、小川で洗濯をする女たちを、小さく、上から俯瞰するように描いた画面である。野口は東京美術学校時代に和田英作について学び、以後、秋田角館の歌人画家平福百穂とも、洋画の先輩の小絲源太郎や曽宮一念とも親しくつきあって多くを学んだようだが、とくに好きだったのは西洋近代ではゴッホ、日本では村山槐多などであったらしい。

だがそのゴッホや槐多よりもこの『冬日』の謙蔵の筆遣いは太く大胆で荒々しく、この盆地の地勢を力強く把えている。真正面に高く聳える山塊は、私ははじめ私の好きな伊吹山と思いこんでいたが、謙蔵の蒲生町から東に目の前に見えているのだからやはり鈴鹿山脈の御在所山か雨乞岳（一二三〇m）なのだろう。その山々の量感がずっしりと重く大きいから、その手前の集落の屋根も林も、たんぼのなかの夕日射す野道を行く荷車一台も、その先の小さな小さな地蔵堂も、みないじましいほどに小さくいとおしい。それらに比べれば遠近法を無視したように大き目の、干し物を棒で叩く女も、冷たい川での洗濯女たちも、茜色のひろがるなかでまめにせわしく一日の仕事を終えようとしている。そして画面左下方の火を焚くあたりには、もう濃い夕闇が広がっている。太古からの変らぬ自然の季節と時間のうつろいのなかで、昔からの変らぬ秩序と手順を守って働く男女の村民たちの、いそいそとつつましい生活の姿である。

桜川村大字綺田の佐久良《さくら》川の清流を抱《かか》えるこのあたりの土地は、見わたす限りほとんどみな野口家のものだったと言われるほど、同家は昔からの大地主で、謙蔵の祖父も父も区長・村長や県議会議長を務めた名士であり、祖父は幕末の尊王派の詩人たちと、父は富岡鉄斎らの文人・学者らと親交をもった知識人でもあったという。綺田集落のすぐ北側には、朝鮮風の三重の石塔「阿育《アショカ》王塔」がある石塔寺《いしどうじ》があり、その近くには極楽寺という別な寺もあり、ここの住職が米田雄郎《ゆうろう》という面白い文学好きの僧だったという。短歌の前田夕暮や自由律俳句の禅僧種田山頭火と親しくし、野口家にもよく連れて来て、この名望家の長男謙蔵を感化したらしい。
これら野口謙蔵の生涯の事柄をまとめて「蒲生野夕照——孤高の洋画家野口謙蔵」という一章にした地元の作家角省三《すみ》氏の著『近江の埋もれ人』(サンライズ出版、二〇一七)には、謙蔵の自由律の歌も数首引かれている。その遺歌集『凍雪』には、「山頭火翁の死」と題して——

ころりと眠つたやうに死んだであらう、秋草花を部屋に飾つて

と詠み、ゴッホについては——

いのちかけたゴツホの畫を見て泣ける。少し疲れてゐる、夜

とつぶやき、一生好きだったらしいこの蒲生野の夕空に向かっては——

あかあかと落ちる夕日に向かつて描く私も夕日になる
こんな美しい夕空にゐてかなしいことなんかあるものか

と詠んだ。
これらの夕日の歌は、そのまま昭和十二年のあの『冬日』にも、その二年後昭和十四年(一九三

九）の『冬田と子供』（一三〇・〇×一九三・四cm）にも、題辞となるのではなかろうか。後者は『冬日』と反対に、西の日の落ちる方角を眺めているらしい。最後の夕日を浴びて赤く反射する田圃や畑が幾つも幾つも連なって、その向こうには「昏《くら》き器《うつわ》」の琵琶湖が横に長くうっすらと広がっているようだ。紅い残光のなかに浮かぶのは右手に近江八幡のあの長命寺のある丘陵か。さらに遠く茜色の夕雲

30 野口謙蔵『冬田と子供』1939 年

の上に薄黒く見えるのが湖西の比良山や比叡山の連なりであろうか。その湖の上空に点々と群れ飛ぶのが渡り鳥の一群だろう。そして一番手前の蒿塚のある空《から》のたんぼに、着物姿の女の子二人と犬一匹、折紙の兜をかぶって玩具のサーベルを構えたり、ただの棒を構えたりした兵隊さんごっこの少年三人と、彼らの隊長らしいしゃれた軍服姿の男の子がもう一人。かたわらを行く川はもう寒々と青いのに、この少年たち四人は、女の子が側で見ているからもあってか、まだまだまじめに直立して兵隊遊びに一生懸命である。もうすぐ暗くなるというのに——。

この少年たちのなかの一人、しゃれた金ボタンつきの軍服の隊長役は、おそらく野口謙蔵の一人息子で長男、この年七歳の彰一なのではないか。そして黒い学校制服のままの坊主頭に、絵を眺めているうちにこの私自身であったよ

うな気がしてくる。もう「日支事変」は三年目だが、「大東亜戦争」はまだ二年先の頃の、東北の父方の田舎のたんぼで従兄弟《いとこ》たちと、冬休みでも夏休みでも同じように遊び暮していた小学生の私がここにいる！

31 野口謙蔵『梅干』1929 年

そしてもう一点、昭和四年（一九二九）作という『梅干』（一六〇・〇×一二九・〇 cm）の油絵も、私の母方の田舎で夏場には屋敷の一隅でいつも見ていた風景だ。白い明るい雲を浮かべた真青な空、そこからカッと照りつける真昼の夏の日差しのなかに、梅干の笊を横に抱えた、しゃれた青い洋服姿の女の子と、彼女のところに遊びに来たのか、腰のところを揚《あ》げにした可愛い着物姿の友達二人。黄色い麦藁帽子も、「どう？」と首を傾げた仕種も、みなしゃれている。一番手前の四角い囲いのなかの冷たい泉に挿した野の花も西瓜か真桑瓜もこの夏の日にふさわしく、二人の友達が入ってきた門構えも、向う側の高い屋根も、しっかりした立派な造りで、この浦生野の人々の暮しの安定と豊かさをそれとなく伝えている。私の妹などは梅干しの莚を見ると、すぐにしゃがんであの酸っぱい実を一つしゃぶり、さらに赤い紫蘇の葉まで口に入れていたものだった……。

このように、自分自身の少年時代の田園風景をたえず思い起こし、限りない懐かしさに、郷愁に駆られながら、これらの野口謙蔵の油彩画を見つめつづけていると、これこそ今は帰りようもない、「失われた幼少の日々の緑なす桃花源」であったと感じざるをえない。

福永武彦や多田智満子ら詩人たちは、その桃花源の安らぎと「怡然」たる平和を再び追い求めようとして、茫々たる枯野に「片足で立ちあがる虹」だけを見つけて、項垂《うなだ》れて今のここに帰ってきた。大正・昭和の画家たちは、「桃花図」と名乗らなくても、同時代の日本の田園のどこか片隅に、なお桃源的平安の里を見つけて、あるいは思い描いて、「ユートピア」などには決して得られない人間生活の幸福をそこに求め、描きつづけてきたのである。野口謙蔵の油彩画数点では、とくにその夢の喚起力が強く、色濃くなまなましくて、私はいつまでもその感化の圏を離れたくなかったのである。

戦後の日本列島でも、国土再開発と経済の急成長以前までは、まだあちこちの町や村に桃源的生活の面影が残っていた。山形県の最上郡の奥羽山脈山麓の金山町や福井県の九頭竜川上流の越前大野でも、島根県の石見の国、西周や森鷗外のふるさとの津和野でも、あるいは或る中国文学者の故郷という岡山県の備中高梁《たかはし》でも、たまたま立ち寄ってみればたしかに山々に囲まれ美しい川を走らせて、桃源郷のなつかしさがそこにはなお宿されていた。そしていまもう一つ、多田智満子や河野裕子や野口謙蔵の、この琵琶湖を西に控え、鈴鹿、伊吹の山々を背にした水の流れの美しく豊かな湖東の国——これらの里や町をいまから再び訪れてみても、もうただ暗澹として「涙さしぐみ帰り来ぬ」となるのではないか。桃源遡行の旅はもうやめて、老いの籠り居にもどるのが賢い路であるらしい。

【註】つい最近、私ははじめてこの野口家の集落の名前「桜川村大字綺田《かばた》」の「綺田」の意味を知った。それは、こんこんと清水が湧き出て流れる川の「川端」のことだという。琵琶湖の北西岸の針江村などでも、清流を引いて水仕事するところを今も「カバタ」と呼んで使っているという（『水の文化』No.60、ミツカン水の文化センター機関誌、二〇一八・一一）。その川端に、東岸の桜川村では「綺麗な田んぼ」の意味で「綺田」の字を当てたのだろうか。

参考文献

＊各著・論の刊行年、発表年の表示は、原則としてそれぞれの著・論の表記に従う。

Ⅰ　桃源郷の詩的空間

一海知義註『陶淵明』中国詩人選集4、岩波書店、昭和33
漆山又四郎訳註・幸田露伴校閲『訳註陶淵明集』岩波文庫、昭和3
松枝茂夫・和田武司訳註『陶淵明全集』上・下、岩波文庫、一九九〇
一海知義訳『陶淵明』世界古典文学全集25、筑摩書房、昭和43
前野直彬編訳『六朝・唐・宋小説選』中国古典文学大系24、平凡社、昭和43
鈴木虎雄訳註『陶淵明詩解』（小川環樹解題）東洋文庫529、平凡社、一九九一
前野直彬・尾上兼英訳『幽明録・遊仙窟』東洋文庫43、平凡社、昭和40
竹田晃訳『捜神記』東洋文庫10、平凡社、昭和39
狩野直喜『魏晋学術考』（吉川幸次郎編）筑摩書房、一九六八
吉川幸次郎『陶淵明伝』新潮文庫、昭和31（『吉川幸次郎全集』7、筑摩書房）
李長之『陶淵明』（松枝茂夫・和田武司訳）筑摩叢書、一九六六
大矢根文次郎『陶淵明研究』早稲田大学出版部、一九六七
一海知義『陶淵明――虚構の詩人』岩波新書、一九九七
都留春雄『陶淵明』中国詩文選11、筑摩書房、昭和49
岡村繁『陶淵明――世俗と超俗』ＮＨＫブックス、昭49
高橋徹『陶淵明ノート――帰去来の思想』国文社、昭和56
James R. Hightower (tr.), *The Poetry of Tao Ch'ien*, Clarendon Press, Oxford, 1970

Herbert A. Giles, *Gems of Chinese Literature*, Pargon Books Reprint, New York, 1965
福永光司『老子』中国古典選6、朝日新聞社、一九六八
金谷治『老子――無知無欲のすすめ』講談社学術文庫、一九九七
蜂屋邦夫訳注『老子』岩波文庫、二〇〇八
許逸民校輯『陶淵明年譜』(年譜叢刊)、中華書局、一九八六
謝群編『歴代詩人詠桃源』桃源県詩詞学会、桃花源詩社、一九九三
刘祖榮編『桃花源新増楹聯石刻輯覽』湖南省桃花源風景名勝管理処、一九九〇
王耀庭主編『淵明逸致特展図録』国立故宮博物院、中華民国77(一九八八)(彩色図版―宋・院本画『桃花源図』、元王蒙『桃源春晩図』他九点。黒白図版―宋・馬和之『桃源図』一点、他参考図版を収める)
Richard M. Barnhart, *Peach Blossom Spring, Gardens and Flowers in Chinese Painting*, The Metropolitan Museum of Art, New York, 1985(「桃源画」と題するが、掲載画像はほとんどすべて南宋以後の山水画と花鳥画。「桃源図」は清の袁江の掛幅十二幅連作(一七一九)の一点のみ)
Susan E. Nelson, "On through to the beyond : The Peach Blossom Spring as Paradise," *Archives of Asian Art* 39, 1986
宣承慧《ソンスンヘ》『東アジア絵画における陶淵明像――韓国と日本の近世を中心に』東京大学大学院美術史学専攻博士学位論文(二〇一〇)、未刊
小川裕充『臥遊――中国山水画、その世界』中央公論美術出版、二〇〇八(安堅、査士標等)
奚淞(文・図)『桃花源』信誼基金出版社(台北)、中華民国68(一九七九)
松居直(文)・蔡皐(画)『桃源郷ものがたり』福音館書店、二〇〇二
芳賀徹他編著『桃源万歳!――東アジア理想郷の系譜』展図録、岡崎市美術博物館、二〇一一
小針由紀隆『クロード・ロラン――一七世紀ローマと理想風景画』論創社、二〇一八(「クロードと〈ロクス・アモエヌス〉」の一篇を収め、十七・八世紀ヨーロッパ絵画における「心地よい風景」(アルカディア)表象を論ずる)
川合康三『桃源郷――中国の楽園思想』講談社選書メチエ、二〇一三
白川静『中国の古代文学(二)――史記から陶淵明へ』中央公論社、一九七六
前野直彬『風月無尽――中国の古典と自然』UP選書、東京大学出版会、一九七二

伊藤清司『かぐや姫の誕生――古代説話の起源』講談社現代新書、一九七三
前川文夫『日本人と植物』岩波新書、一九七三
木原均他『黎明期日本の生物史』養賢堂、一九七二
E・R・クルティウス『ヨーロッパ文学とラテン中世』(南大路振一他訳) みすず書房、一九七一
Virgil, *The Eclogue, Georgics*..., tr. by Day Lewis, Oxford Paperbacks, 1966
藤縄謙三『ギリシア文化と日本文化――神話・歴史・風土』平凡社、一九七四
ウェルギリウス『牧歌/農耕詩』(小川正廣訳) 西洋古典叢書、京都大学学術出版会、二〇一〇
呉茂一訳『オデュッセイア』上、岩波文庫、一九七一
出石誠彦『支那神話伝説の研究』中央公論社、一九四三
小尾郊一『中国文学に現われた自然と自然観――中世文学を中心として』岩波書店、一九六三
Gaston Bachelard, *La Terre et les Rêveries du Repos*, José Corti, 1942 (G・バシュラール『大地と休息の夢』)
Gaston Bachelard, *La Poétique de l'Espace*, Presses Universitaires de France, 1972 (バシュラール『空間の詩学』)

II　桃源郷の系譜

＊陶淵明およびその「桃花源記」に直接間接にかかわる論攷は、第I部の「参考文献」にまかせ、ここには再掲しない。

武部利男註『李白』上、中国詩人選集7、岩波書店、一九五七
松浦友久編訳『李白詩選』岩波文庫、一九九七
金素雲訳編『朝鮮詩集』岩波文庫、一九五四
蘅塘退士編・目加田誠訳註『唐詩三百首』I、東洋文庫239、平凡社、一九七三
石川忠久他編『漢詩』漢詩・漢文解釈講座IV、昌平社、一九九五
芳賀徹『渡辺崋山――優しい旅びと』朝日選書、一九八六
久保天随訳解『続国訳漢文大成　蘇東坡詩集』第六巻、国民文庫、一九三一
『漢詩大観』下、蘇東坡集巻43、鳳出版、一九七四(復刊)
都留春雄註『王維』中国詩人選集6、岩波書店、一九五八

小川環樹・都留春雄・入谷仙介選訳『王維詩集』岩波文庫、昭和47
清水茂註『王安石』中国詩人選集二集4、岩波書店、一九六二
小川環樹註『蘇軾（蘇東坡）』上・下、中国詩人選集二集5・6、岩波書店、昭和37
小川環樹・山本和義選訳『蘇東坡詩選』岩波文庫、昭和50
一海知義註『陸游（陸放翁）』中国詩人選集二集8、岩波書店、一九六二
一海知義編『陸游詩選』岩波文庫、二〇〇七
前野直彬編『宋詩鑑賞辞典』東京堂出版、一九七七（范成大）
入矢義高註『袁宏道（袁中郎）』中国詩人選集二集11、岩波書店、一九六三
池澤一郎『江戸時代　田園漢詩選』人間選書246、農山漁村文化協会、二〇〇二
中田勇次郎註解『與謝蕪村』文人画粋編13、中央公論社、昭和49
芳賀徹『與謝蕪村の小さな世界』中央公論社、昭和61（中公文庫版、一九八八）
佐々木丞平編『與謝蕪村』日本の美術109、至文堂、昭和50
山本健吉・早川聞多『蕪村画譜』毎日新聞社、昭和59
『逸翁美術館名品展――蕪村と呉春』図録、サントリー美術館、昭和56
『没後二百年　与謝蕪村展』図録、日本経済新聞社、昭和58
小島憲之校註『懐風藻　文華秀麗集他』日本古典文学大系69、岩波書店、一九六四
玉村竹二編『五山文学新集』別巻二（「翰林五鳳集」）東京大学出版会、一九八一
上村観光編『五山文学全集』第三巻（「不二遺稿」）、思文閣出版（復刻）、一九七三
『新井白石集』有朋堂文庫
富士川英郎・松下忠・佐野正巳編『詩集日本漢詩』第三巻「徂徠集」巻之二、汲古書院、一九八六
萩原恭男校註『芭蕉　おくのほそ道』岩波文庫、一九七九
尾形仂校註『蕪村俳句集』岩波文庫、一九八九
藤田真一・清登典子編『蕪村全句集』おうふう、平成12
阿部喜三男・麻生磯次校註『近世俳句俳文集』日本古典文学大系92、岩波書店、昭和39

富士川英郎『江戸後期の詩人たち』筑摩書房、一九七三（後に平凡社、東洋文庫）
津田青楓・夏目純一監修『夏目漱石遺墨集』全六巻、別冊一冊、求龍堂、昭和54〜55（第三・四巻絵画篇、芳賀・紅野敏郎解説）
吉川幸次郎『漱石詩注』岩波新書、一九六七

III　桃花源回廊

〈一　悲劇の桃源画巻、二　春風駘蕩の田園風景〉

安輝濬・李炳漢『夢遊桃源図』ソウル、藝耕産業社、一九八七（安堅作『夢遊桃源図』の別刷原寸大原色写真版と、同図細部の原色拡大図版、さらに安輝濬氏による詳細な研究論文、また安平大君自筆の「序詩」「跋文」のほか申叔舟以下二十一名の廷臣の賛詩写真版とその読み（漢字・ハングル）をそえる。豪華版）
内藤湖南「朝鮮安堅の夢遊桃源図」、『東洋美術』昭和4年4月号。（後に『支那絵画史』昭和13に再録）
『秘籍図録』天理図書館、一九七二
安輝濬『韓国絵画史』（藤本幸夫・吉田宏志訳）吉川弘文館、一九八七
鈴木治「本館収蔵・安堅『夢遊桃源図』について」（一）、天理図書館報『ビブリア』No.65号、昭和52年3月
鈴木治「本館収蔵・安堅『夢遊桃源図』について」（二）、『ビブリア』No.67、昭和52年10月
金東旭『朝鮮文学史』日本放送出版協会、一九七四
『李朝絵画——隣国の明澄な美の世界』大和文華館、平成8（伝安堅の「瀟湘八景図」中、「煙寺暮鍾」「平沙落雁」「漁村夕照」の三点図版を収録）
マイケル・サリバン、『中国美術史』（新藤武弘訳）新潮選書、昭和48

〈三　泉湧くほとりの不思議〉

藤井乙男編『秋成遺文』修文館、大正8（一九一九）（「背振翁伝」収録）
『上田秋成全集』第一・第二、国書刊行会（復刻）、昭和44（一九六九）（第一巻に「背振翁物語」収録）
佐藤春夫『上田秋成』桃源社、昭和39
『上田秋成　怪異雄勁の文学』別冊現代詩手帖、第一巻三、思潮社、一九七二・一〇（寺田透、川村二郎、種村季弘、

松田修、他に山口剛、佐藤春夫、石川淳、三島由紀夫、佐伯彰一らの秋成論を収め、興味津々）
Edgar Alan, Poe, *The Complete Tales and Poems of Edgar Alan Poe*, ed. by Harvey Allen, The Modern Library, New York, 1938

〈四　桃源小説としての『草枕』〉

夏目漱石『草枕』漱石全集（新書版）第四巻、岩波書店、一九五六（岩波文庫他多種の文庫版あり）
川口久雄『漱石世界と草枕絵』岩波書店、昭和62
芳賀徹『絵画の領分——近代日本比較文化史研究』朝日新聞社、一九八四
古田亮・芳賀徹編『夏目漱石の美術世界』広島県立美術館、静岡県立美術館、東京藝術大学美術館、二〇一三
前田愛『都市空間のなかの文学』筑摩書房、昭和57
尹相仁『世紀末と漱石』岩波書店、一九九四
池田美紀子『夏目漱石——眼は識る東西の字』国書刊行会、二〇一三
古田亮『特講・漱石の美術世界』岩波現代全書、二〇一四

〈五　「向う側」の夢想譚〉

『佐藤春夫全集』第二、六巻（牛山百合子校訂）講談社、昭和41～42
『佐藤春夫全集』全三巻、改造社、昭和6
佐藤春夫『お絹とその兄弟・他五篇』（解説吉田精一）角川文庫、昭和30
佐藤春夫『田園の憂鬱』（解説島田謹二）角川文庫、昭和31
『佐藤春夫　一八九二～一九六四』ちくま日本文学全集013、（解説川本三郎）筑摩書房、一九九一
佐藤春夫『美しき町・西班牙犬の家、他六篇』（池内紀編・解説）岩波文庫、一九九二
島田謹二「『田園憂鬱』考」、『日本における外国文学——比較文学研究』上、朝日新聞社、昭和50
芳賀徹「ルソーの桃源郷——サン・ピエール島の〈間適〉」、『学燈』（丸善）、一九七五年六月号（後に芳賀『みだれ髪の系譜』講談社学術文庫、一九八八に収録）
堀口捨己『堀口捨己作品・家と庭の空間構成』鹿島研究所出版会、昭和53
磯田光一「『田園の憂鬱』の周辺」、『鹿鳴館の系譜——近代日本文芸史誌』文藝春秋、昭和58
奥本大三郎『本を枕に』集英社、昭和60

（なお本章論攷の初出本『文学における「向う側」』国文学研究資料館編、明治書院、昭和60には、他にこの研究会の座長鶴田欣也による「〈向う側〉の文学」や「西洋文学の〈向う側〉」の他、徳江元正「説話からみた他界」、平川祐弘「東と西の桃源郷――ハーンの中国霊異譚の再話〈孟沂の話〉を手掛りとして」等々の好論も収められている）。

〈六　「新しき村」から周作人、そして毛沢東へ〉

『武者小路実篤集』現代日本文学全集19、筑摩書房、一九五五（「新しき村に就ての対話」一九一八収録）
『武者小路実篤集（二）』現代日本文学全集72、筑摩書房、一九五七（「土地」一九一八、「桃源にて」一九二三など収録）
伊藤信吉『ユートピア紀行――有島武郎・宮沢賢治・武者小路実篤』講談社、一九七三、講談社文芸文庫、一九九七
武者小路実篤『新しき村の創造』（大津山国夫編）、富山房百科文庫6、一九七七（「新しき村」に関する武者小路の主要論稿、エッセイ、日記、回想等を網羅）
周作人『日本談義集』（木山英雄編訳）、東洋文庫、平凡社、二〇〇二（「新しき村訪問記」等収録）
方紀生編『周作人先生のこと』光風館、一九四四、同復刻版「伝記叢書」187、大空社、一九九五
干燿明『周作人と日本近代文学』翰林書房、二〇〇一
董炳月『新しき村から〈大東亜戦争〉へ――周作人と武者小路実篤との比較研究』東京大学大学院人文社会系研究科博士学位論文（一九九八）、未刊
劉岸偉『周作人伝――ある知日派文人の精神史』ミネルヴァ書房、二〇一一
劉岸偉『東洋人の悲哀――周作人と日本』河出書房新社、一九九一
竹内実編訳『毛沢東初期詞文集――中国はどこへ行くのか』岩波現代文庫28、二〇〇〇（『毛沢東早期文稿、一九一二・六―一九二〇・一一』（徐日暉責任編集）湖南出版社、一九九〇、の編訳。「学生之工作」一九一九・一二・二八、「湖南建設問題的根本問題――湖南共和国」一九二〇・九・三等々収録）
Yiu, Angela “‘Atarashikimura’: The Intellectual and Literary Contexts of Taisho Utopian Village”, *Japan Review* 20, 2008

〈七　小川芋銭「桃源万歳！」〉

小川芋銭『草汁漫画』（明治41年刊、複製版、宮川寅雄解題）造形社、昭和51
斎藤隆三編『芋銭子文翰全集』上・下、中央公論社、昭和14～15

斎藤隆三『大痴芋銭』創元社、昭和16
小川芋銭『さしえ名作選』（解題平輪光三）岩崎美術社、一九六九
中島英敏（代表）編『小川芋銭――聞き歩き逸話集』牛久町立図書館、一九八三
『小川芋銭展――仙境の画人：沼と野と河童たち』図録、神奈川県立近代美術館、一九八一
芳賀徹・清水勲編『日露戦争期の漫画　浅井忠・小杉未醒』近代漫画IV、筑摩書房、昭和60
東京国立近代美術館編『小川芋銭展』図録、日本経済新聞社、一九九三
村山鎮雄『福島の近代美術』三好企画、一九九二
『小川芋銭』アサヒグラフ別冊美術特集日本編48、朝日新聞社、一九八七
『小川芋銭と珊瑚会の画家たち展』図録、愛知県立美術館、日本経済新聞社、二〇一〇

〈八　小杉放庵〉

小杉放庵『放庵画談』（小杉一雄編）中央公論美術出版、昭和55
野中退蔵『小杉放菴――生涯と芸術』未来社、一九七九
『開館記念　小杉放菴展』図録、小杉放菴記念日光美術館、一九九七
『歿後五〇年　小杉放菴――〈東洋〉への愛』図録、出光美術館、平成27

〈九　辻原登〉

辻原登「村の名前」、『文学界』一九九〇年六月号
同右、『文藝春秋』一九九〇年九月号
同右単行本、文藝春秋社、一九九〇、文春文庫版一九九三

〈十　桃花源余瀝〉

（1）『ユートピア』と『太陽の都』

Thomas More, *Utopia*, (tr.) Paul Turner, Penguin Classics, 1965
トマス・モア『ユートピア』（平井正穂訳）岩波文庫、昭和32
トマス・モア『ユートピア』（沢田昭夫訳）中公文庫、一九七八
カムパネルラ『太陽の都』（大岩誠訳）岩波文庫、昭和25

カンパネッラ『太陽の都』（近藤恒一訳）岩波文庫、一九九二
カンパネッラ『太陽の都・詩篇』（坂本鉄男訳）古典文庫11、現代思潮社、一九六七
ウィリアム・モリス『ユートピアだより』（松村道雄訳）岩波文庫、昭和43
ウィリアム・モリス『ユートピアだより』（川端康雄訳）岩波文庫、二〇一三
川端香男里『ユートピアの幻想』潮出版社、一九七一、講談社学術文庫版、一九九三
高橋俊一『ユートピア学事始め』福武書店、一九八三（近代ヨーロッパにおけるユートピア論、またユートピア思想史については、私の書棚にだけでも十数冊ある。それらの書誌、紹介は、右の日本語二著の周到にして要を得た記述にゆだねることとする）
久米邦武編述『特命全権大使米欧回覧実記』明治11。岩波文庫版（田中彰校注）第二巻・英国篇、第三巻・仏国他篇、一九七八

（2）漫画と歌謡

諸星大二郎『地獄の戦士』集英社、ヤングジャンプ・コミックス、一九八一（「桃源記」を収録）
さだまさし『さだまさし中国写真集　長江・夢紀行』下、集英社文庫、一九八三

（3）「我が幼き日の桃源、いづこぞや」

『福永武彦詩集』（菅野昭正解説）岩波書店、一九八四
『福永武彦　一九一八～一九七九』ちくま日本文学全集016（菅野昭正解説）、筑摩書房、一九九一
『校友会雑誌』（第一高等学校校友会文藝部）三五八号、昭和12年2月
『向陵時報』（第一高等学校寄宿寮）（両誌紙とも東大教養学部図書館蔵）
『向陵　一高百三十年記念』一高同窓会、第四六巻一～二号、二〇〇四
稲垣眞美『旧制一高の文学　上田敏・谷崎潤一郎・川端康成……立原道造らの系譜』国書刊行会、二〇〇六
西岡亜紀『福永武彦論　「純粋記憶」の生成とボードレール』東信堂、二〇〇八

（4）多田智満子の「片足で立ちあがる虹」

多田智満子『川のほとりに』書肆山田、一九九八
多田智満子『十五歳の桃源郷』人文書院、二〇〇〇

（5）茜さす桃源
河野裕子・永田和宏『京都うた紀行――歌人夫婦、最後の旅』文春文庫（芳賀徹解説）、二〇一六
永田淳『評伝・河野裕子――たっぷりと真水を抱きて』白水社、二〇一五
角《すみ》省三『近江の埋もれ人――中川禄朗・河野李由・野口謙蔵』サンライズ出版、二〇一七（河野裕子や白洲正子についてのエッセイをも収録する）
白洲正子『かくれ里』新潮社、昭和46
白洲正子『近江山河抄』駿々堂出版、一九七四、講談社文芸文庫、一九九四

あとがき——本書各部各章の「初出」に触れて

長年の研究テーマの一つであった「桃源郷」の比較詩画史を、ようやくここにまとめ終えることができて、さすがにほっとしている。

本書の第I部とした「桃源郷の詩的空間」の論を東大比較文学会の機関誌『比較文学研究』第三二号に載せたのは、一九七七年（昭和52）十一月のことであった。あれからいま二〇一八年の十二月まで、なんと四十一年が経ってしまったことになる。右論文の末尾には「以下次号」などと、書かなくてもいいことを書き添えたものだから、後々まで「あのつづきは出たのですか」と好意からか、からかうためか、訊かれることもなんどかあった。そのたびに私は笑いながら「なにしろ書くべきことが多すぎて」などと言いわけをする以外になかった。

当時四十代後半に入ったばかりの私は二回目のアメリカ留学、ワシントンD・Cのウッドロー・ウィルソン記念国際学術研究センターから帰国して駒場に戻って程なく、まだまだ元気で、意気軒昂でもあったようだ。その前後の自分の執筆記録を見ると、高階秀爾とともにゲスト一人を迎えての「芸術の精神史——蕪村から藤島武二へ」の鼎談を毎月雑誌『淡交』に連載していた。他方、蕪村と若冲の比較論を書き、漱石と絵画のかかわりをはじめて論じ、加舎《かや》白雄の俳句を面白がり、北斎や平賀源内や髙橋由一をまた新しく取りあげたりもしていた。書評やエッセイもいろいろ書いていて、それらの合間に、この陶淵明作「桃花源の詩并びに記」を「空間の詩学」の観点から分析してみる論文を書いたのである。

本書のなかでも触れたように、私が陶淵明に興味をもちはじめたのは、右論文よりもさらに十数年前、フランス留学から帰国して再び大学院比較文学比較文化の主任教授島田謹二先生の佐藤春夫初期作品研究の演習に出るようになってからだった。本書中に取りあげた彼の「西班牙犬の家」や「美しき町」のエクスプリカシオン・ド・テクスト（explication de texte）を私が担当し、後者に出てくるウィリアム・モリスの『ユートピアだより』などを面白がって読むうちに、東アジアにおける理想郷・夢想郷の大源流としての「桃花源記」にも当然のごとく興味が向かった。

このような横方向や縦方向に働く「連想」の作用を自分で面白がり、むしろ歓迎し促進するのが、比較文学研究の一つの得意業《わざ》なのだが、ときにはその連想相手の作品や思想の方がいつのまにかいっそう大きな主題となってゆくことがある。桃源郷はやがて私にとってまさにそのような興尽きることのない研究対象となっていった。それが近代ヨーロッパのユートピア文学とはまったく異質な、むしろまったく反対向きの理想郷の物語、夢想の詩篇であるらしいことに気がつくと、私はいよいよ桃花源に深入りしていった。

深入りとはいっても、本来漢文学者でも中国文学者でもない私は、陶淵明の原作を、狩野直喜氏や吉川幸次郎氏や一海知義氏ら先達の註解書や評伝を頼りに読み返し、その語句や修辞法や喚起される情景やそれらの文化史的背景を自分なりに「腑分《ふわ》け」して（私はエクスプリカシオンを「分析」とか

「読解」と呼ぶと固すぎたり浅薄になったりする気がして、いつからか杉田玄白の『蘭学事始』に倣っていつもこのように訳している）読みとってゆく以外になかった。ただそのとき私を随所に励まし、よき示唆をいくつも与えてくれたのが、中国文学とはまったくかかわりのないフランスの科学哲学者ガストン・バシュラール（Gaston Bachelard, 1884–1962）の、主として地水火風をめぐる詩的想像力の現象学的分析の書物の数々であった。

バシュラールはもと自分の田舎で郵便局勤務をしていたのが、いつからか物理学や科学史、哲学に興味を向け、自学して後にパリ大学の教授となったというフランスではとくに珍しい履歴の持主である。『火の精神分析』（*La Psychanalyse du feu*, 1938）、『水と夢』（*L'Eau et les rêves*, 1942）、『大地と休息の夢想』（*La Terre et les rêveries du repos*, 1948）、『空間の詩学』（*La Poétique de l'espace*, 1958）など、仏独米英の近代詩人の作品を自由自在に引用し、そこに働く四大要素の作用を手並みあざやかに分析し語ってゆくという実に面白い本だった。

私はパリ留学中にソルボンヌのすぐ近く、リュクサンブール公園のメディシスの泉に面した古風な書店、ジョゼ・コルティ（José Corti）によく立ち寄ったが、その書店が当時バシュラールの著作の主な発行所であり、そこの黒服の主《あるじ》、老翁ムッシュウ・コルティに薦められてその何冊かを買い求めたのである。後に『空間の詩学』がフランス大学出版会から出たときには、その数章を駒場の教養学科（三、四年生）のフランス語の教科書として二年にわたって読んだこともあった。

これらの詩学の著作はまことに魅力に富み、武陵の漁夫の桃の花咲く谷川の遡行の読みにも、洞窟の「髣髴として光あるが若《ごと》し」の分析にも、「鶏犬のこえ相い聞こゆ」の解釈にさえも、大いに役に立った、というよりは幾多のヒントを与えてくれた。後にはもしバシュラール先生がこの「桃花源記」を知っていたならばどんなにか面白がったろう、とさえ思うようになった。さらに後に「詩のなかの棲みか・絵のなかの家」という論文を書いて、枕草子、徒然草から宗達、芭蕉、蕪村、崋山などの詩画における日本人の「住まい」とその「親密感」(intimité)への想像力の表象を論じたときには(『新潮』一九八五年三月)、さらにあからさまに、バシュラールがこの芭蕉や蕪村の俳句を知らなかったのは彼のために気の毒だった、とまで書いた(拙著『藝術の国日本　画文交響』角川学芸出版、平成22、所収)。

ちょうどこの桃源論を考えはじめていたころに、もう一つ、抜群のヨーロッパ文学史論が翻訳出版された。エルンスト・ローベルト・クルティウスの『ヨーロッパ文学とラテン的中世』という大冊である(南大路振一他訳、みすず書房、一九七一)。クルティウスといえば、私たちが教養学科学生だったころから、その『フランス文化論』(大野俊一訳、創元選書、昭和17)は最良のフランス文明入門書として評判高く、繰返しひもといた本の著者である。その比較文化史家が、ラテン語を共通言語とした中世ヨーロッパ文学のなかに、いかに広く豊かにギリシャ・ローマの詩や物語が遺産を残したかを、具体例を次々に挙げながら論じてみせた大著である。

ことに著者は「トポス」という基本概念を、文章記述上の定形的修辞として説明した上で、とくにlocus amoenus(ロクス・アメーヌス)「心地よい場所」「理想の景観」「愛すべき場所」という一つのトポス、つまりa configuration of motifs(「一群の詩的モチーフの安定した布置」)が、ギリシャのホメーロスやテオクリトスの作品からローマのウェルギリウスなどの農耕詩・牧歌を経て、中世とルネサンス、さらに十八世紀の文学（絵画）にまで、いかに伝わり、広まり、時代が下るほど繁縟になっていったかを、実に周到にそして明快に語った。こういう本を駒場の教養学科図書室（これを私たちは自分の書斎のようにしていた）の開架の書棚に見つけるのは実に嬉しい。私は「桃花源」こそ東アジア文学における「心地よい場所」という重要なトポスの一つだと、クルティウスによって示唆され、大いに勇気づけられて、陶淵明に向かったのであった。

これは後日の余談となるが、いまから四代か五代前の山形県知事A氏のときの笑い話だ。知事は明治十一年（一八七八）に来日したイギリスの女性旅行家イザベラ・バードが、その夏、関東・東北を縦断し、北海道までの冒険的な馬上の一人旅をしたことを知っていた。彼女は、会津の山奥の峠を越えて米沢の盆地に下りて行ったとき、眼前の農村の光景があまりにも美しく、豊かな田畑と果樹と花々に恵まれているのを眺めて、ここここそ日本のアルカディアだと感嘆した、とその『日本奥地紀行』に書いた。そのことをA知事は人から聞くか、自分で読むかして知ったのであろう。なにごとにつけ地味で口ごもる山形県民のために、米沢から山形につづくこの村山盆地を、これから「アルカディア」と呼んで大いに景気づけよう、と知事は考えた。そしてその命名のための委員会を東京で設け、私もその委員に依嘱された。私はその米沢の「アルカディア」が平凡社東洋文庫の高梨健吉氏の訳ではたしか「アジアのアルカデア（桃源郷）」となっていたことも思いおこして、一人反論した。「アルカディア」などと言ってみたって、地元の爺さん婆さんたちには通じるはずもない。「アルカデアとかはどこさあるかであ」と言って終りだろう、と。すると他の委員の一人は私に答えて言った。「桃源郷」なんていうのは、地元のおっちゃんたちはみな中華屋《ラーメン》か麻雀荘だと思っている、と。

その後A知事は数人の部下を引き連れて、実際にギリシャのアルカディア地方にまで出張旅行をしたそうである。彼らはペロポネソス半島でその荒涼たる石山の風景だけを見て、落胆して帰郷したのだろう。その後アルカディア呼ばわりは音沙汰もなく消えてしまった。テオクリトス以来の「アルカディア」牧歌の、現代日本における哀れな末路であった。

第II部「桃源郷の系譜」は、全篇、岡崎市美術博物館での企画展「桃源万歳! 東アジア理想郷の系譜」(二〇一一年四月九日~五月二十二日)の図録からの再録である。第I部「桃源郷の詩的空間」は前述のように旧稿の復活であったが、こちらは岡崎展のために夜を日に継いで書きあげた。漢文や国文の専門家から見れば、まだまだ挙げるべき詩人や文人や画家は多々あったろう。だがこれは網羅を試みたものではない。時代や国ごと、また文人・画家ごとに、桃源詩がきびしく道学的になったりゆるやかに田園詩となったりする様を、そのいくつかの代表例によって面白がってたどってみたまでである。

この論の執筆の前に私は、同じく「桃源郷の系譜」と題して放送大学で講義し、それを同大学から辻瑆氏との共著というかたちで『文学の東西』として刊行した(一九八八)。また蕪村の桃源郷追慕の数々の詩画作品については、私の『與謝蕪村の小さな世界』(中央公論社、一九八六、同文庫版一九八八)の随所に繰返し論じている。

岡崎での桃源展は、別のところでも触れたように、私が岡崎の館長に任じられた当初から「いつか実現しよう」と唱えていたものだった。それが就任から十五年目にしてようやく現実となったのであった。私はこれは陶淵明の歿年（西暦四二七年）以来一五八〇年余り、中国大陸でも台湾でも、韓国でも日本でも、アメリカやヨーロッパでも、まだ一度も企てられたことのない大事な学術的展覧会だと鼓吹しつづけた。そのせいか、館員は荒井信貴副館長から財務担当の代々の課長・全学藝員にいたるまで、とくに準備の最終年には実によく働き、動きまわってくれた。

私自身も本展の主担当の学藝員であった千葉真智子さんや杉山明美さんなどとともに、作品の貸し出しを願うために秋田県横手の県立美術館にも、京都の国立博物館にも、日光の小杉放庵美術館にも、茨城県美にも出光《いでみつ》にも、画商の薮本氏のお宅にも出かけた。アメリカへの出張があったときにはプリンストン大学美術館にも立ち寄った。すべて私にとって初めての経験だったが、どこの館も個人所蔵者もまことに驚くほどに親切で、お茶や菓子まで出して応対してくれた上に、ほとんどみな、貴重な作品の貸出しを快諾してくれた。桃源郷展なら当方にはこのようないい作品もあるよ、とあらかじめそれを壁に掛けておいて見せてくれるところもあった。或る個人の方は蕪村の名作、桃源図の対幅をそのまま岡崎美術博物館寄託にして下さったりもした。

こうして、図録にすべて掲載されているように、六点の陶淵明図像の他に、明朝中国の仇英や董其昌から大正・昭和の日本の小杉放庵、小川芋銭、小野竹喬に至るまでの桃源図約四十五点、さらに今村紫紅や野口謙蔵、福田豊四郎に至る主として大正・昭和の桃源的農村労働礼讃の絵約三十点、その上に日本の若い現代作家六名に特別に制作を依頼した作品二十点——計百二十六点の中・韓・日の墨彩・淡彩・油彩の大小の絵画作品が展示空間を埋めつくした。しかもこれらに加えて、辻原登、多田智満子、福永武彦、村田喜代子、武者小路実篤、佐藤春夫、江渡狄嶺、萩原朔太郎、宮沢賢治、等々の桃源郷的、ないしユートピア的文学作品の初版本、それにトマス・モアの古版やウィリアム・モリス『ユートピアだより』の堺枯川（利彦）抄訳本（明治27）まで、千葉真智子さんはどこかで見つけて借りたり購入してきて、通路にまでケースを置いて展示したのである。

陶淵明歿後一六〇〇年近くを経て世界最初の桃源展、と豪語しただけのことはあったろう。さらに補えば限りないのだが、これだけでもすでにたしかに壮観であった。千葉女史は右の作品群を準備した上に、いつのまにかすっかり桃源郷・ユートピア論の専門家なみになって、図録に「桃源郷とユートピアの交錯――田園に見出された桃源郷のトポス」とさっそく「トポス」の語も使って、歴史と個々の作品によく眼のゆきとどいた長篇の論文を寄稿した。

その上に、「桃源万歳！」と私が命名したこの図録を今後の桃源郷研究に不可欠の一文献としているのは、外部の作家・研究者にお願いして書いてもらった次ぎのようなエッセイの九篇である。ここにやや詳しく紹介しておこう。

一、辻原登氏は、本書第III部「桃源回廊」で私が論じた小説「村の名前」（一九九〇）の作者。現代の中国共産党の「改革開放」政策（一種のユートピア化政策）の下に隠され圧殺されかけた古代桃源の村民の生態を、藺草買い付けに訪ねた日本人の商社員が感知し、ひそかに救済するという、スリルに富んで辛辣なこの作で、一九九一年前期の芥川賞を得た。辻原氏はその頃からの私の桃源仲間で、私たちの図録には「私たちはそれがあることを知っている」とのさすが巧妙な一篇を寄せてくれた。西洋近代絵画の一定点集中（＝「一神支配」）の線的遠近法による「リアル」の把握に対して、東アジアの伝統的山水画では、見る者はいつも岩山と森と滝という「風と景《ひかり》の奥行きの最深部に、無意識裡に桃源郷への入口をさぐって」いて、「それがあることを確実に知っている、それはなつかしい過去にあるのだ」と書いた。私自身、本書中に「桃源郷に対しては私たちはいつも郷愁を覚える」と述べたが、まさにわが意を得た一文であった。

二、小川裕充氏は東大の東洋文化研究所教授（当時、以下同）の東アジア美術史の専門家（私はその昔、彼の明治美術に関する卒論の審査員をしたことがあった）。小川氏は「中国・朝鮮の桃源図」と題した一篇で、私が本書各論で取上げた李朝の安堅と清朝の査士標の二作を、それぞれの国の美術史・桃源画史と技法史のなかにしっかりと位置づけてくれた。私の渇望をみごとに癒してくれた一篇である。私は小川氏の、中国・朝鮮美術史を各時代各流派の代表的名品一三五点（なんと最後は戦後アメリカのジャクソン・ボロックの抽象作品！）の読解によって説いた大著『臥遊』（中公美術出版）を、いつも机の側に備えている（机上には大きすぎ重すぎて置けない）。その各章の身を切るように凝縮した簡潔な解説は、名文と評してよいものだろう。

三、宮崎法子氏はやはり中国美術史を専門とする学究で、実践女子大文学部教授。岡崎市美術博物館では、桃源展開催中にこの方にも来て頂いて、「桃源郷と中国絵画」と題する公開講演会を催した（他にもいくつか関連の講演会やシンポジウムを催し、いつも熱心な市民で満席であった）。図録掲載の論文はその講演のいわば下書きである。宮崎女史は周到なレジュメと映像を準備して来て、隋唐時代から清末までの、私たちの知らなかった、あるいは知っていても借用に致らなかった名品を二十点近く挙げて、その細部にまで立ち入って桃源画史の変容を実に興味深く語ってくれた。

同氏はその単著『花鳥・山水画を読み解く——中国絵画の意味』（角川叢書24、二〇〇三）によって

第21回サントリー学芸賞（芸術文学部門）を受賞した人で、たしか私も同書を推薦した一人であった。この本は、例えば中国山水画によく描きこまれた漁師の姿は、たとえそれが時には野卑に表現されていたとしても、いつも「文人的な香りを帯びた正統な画題であると認められ」、その存在によって山水を「単なる風景に終らせず、伝統に支えられた文雅な世界として完成させるための鍵であり、必須のイコンであった」と論じ、「桃花源記」の主人公がなぜ漁夫であるかとの私の設問にも、部分的ではありながら答えてくれていたのである。

四、韓国の若い才媛宣承慧《ソンスンへ》さんは、当時東大美術史の大学院博士課程の留学生で、河野元昭教授の下でまさに陶淵明の詩篇を画題とした中韓日美術史の大論文を完成したか、完成直前かであったはずである。十五世紀朝鮮宮廷の代表的な画員であった安堅の名作について、圧倒的な最新知識をその寄稿「朝鮮王朝の桃源図」に披瀝してくれた。彼女は私の自宅にも何回か訪ねて来てくれて、共に「桃源」を語る愉快を分ちあった。また岡崎では桃源展準備のごく早い段階で来館して貰って、学藝員全員に中・韓・日の桃源画研究の現状をつぶさに語って貰ったこともあった。大作の博士論文で学位取得後、ソウルの国立中央博物館に勤務し、やがてアメリカのクリーヴランド美術館の学藝員募集に応募して成功し、同館に転じて韓日美術専門担当となった。だがその後の身辺のニュースを聞いていない。どうしているのだろう。

五〜七、宣承慧さんのあとに並ぶ河野元昭氏（秋田県立美術館館長）の「江戸期文人画家の桃源世界」、高橋博巳氏（金城学院大教授）の「江戸文人の桃源郷」、揖斐高氏（成蹊大教授）の「江戸期の桃源詩」の三篇は、いずれも私たちの桃源詩画史の知識を支え直し確実にしてくれる好論文。三氏ともしばらく前から私の「徳川の平和」（パクス・トクガワーナ）研究の同志にして盟友、と私は信頼していた。いわば徳川詩画共和国の仲間であって、私はなにか研究上の疑問があればすぐに彼ら三氏の誰かに電話して問うていた。三氏とも、私のリルケと江戸漢詩の恩師富士川英郎氏の面影を偲ばせる、どこか飄々とした風姿をいまだに伝える文人学者である。

八、小針由紀隆氏の「アルカディア考――牧人生活をめぐる文学と絵画」。氏は当時、静岡県立美術館の学藝部長で、十七・八世紀のイタリア・フランス美術史の専門家であり、すでにいくつもの展覧会を主催し、著書・論文も発表していた。私は岡崎の桃源展の前年、二〇一〇年の春からすでにその静岡の館長も兼任していて、氏の学殖を知っていた。ニコラ・プッサンの『アルカディアの羊飼い（われもまたアルカディアにありき）』やクロード・ロランの田園牧歌的風景画については、おそらく日本一詳しい。私はさっそく桃源画展に寄稿を依頼したら、私と同じくクルティウスの論を援用して、ヨーロッパ詩画におけるアルカディア表象の系譜をみごとに簡潔に書きおろしてくれた。いま小針氏は浜松の静岡県立文化藝術大学の西洋美術史教授に転じて活躍している。

九、上薗四郎氏（笠岡市立竹喬美術館館長）の「理想郷としての瀬戸内――小野竹喬を中心に」。私は桃源展の主催者として、近代日本の桃源（的）画史のなかでは、関東出身の小川芋銭や小杉放庵、会津の酒井三良や秋田の福田豊四郎など、どちらかといえば作中に画家の思想や主張をひそませたものを偏愛していた。それらの作に比べると、小野竹喬の大作『武陵桃源』の六曲一双屏風は、茨城県立美術館から借りて岡崎に展示してみても、始めからあまりにからりと明るく開放的で、これが洞窟のかなたの「豁然開朗」かと私をたじろがせていた。笠岡の近辺や瀬戸内の島々の、四季の農村風景の軸物小品は、いかにも美しく好ましく思われたが、これまたあまりにも温暖で幸福そうで、かえって物足りなさを感じていた。だがこのような反応は、上薗氏の論によれば、まさに佐渡出身の土田麦僊が小野竹喬の牧歌的桃源風景に対して抱いたのと同じような、東北山形こそわが幼少の日の桃源郷とする私の偏見であり、ひがみであるらしいことに気がついた。小野竹喬はおそらく日本一恵まれた土地に、恵まれた家族の一員として生まれ育った画家であったことを、上薗氏のこのエッセイは納得させてくれたのである（それでも竹喬の、人物が一人も登場しない「奥の細道」図譜は、與謝蕪村や小杉放庵の同主題の連作に比べれば、あっけらかんとして物足りないことには変りない）。

これらの論文・エッセイをも収めた「桃源万歳！」展の図録は、二七〇頁と分厚くて、大変重い。図録の最後の増補と校正の数日は、夜中近くまで学藝員の大半と私が館に残って、黙々として仕上げに励んだ。あのときの緊張した静寂が、いまはむしろなつかしく思いおこされる。

追記すれば、現代日本画家としてこの展覧会の第四部「現代の桃源郷」に参加してくれた一人、奥村美佳さんは、私の京都造形芸術大学学長時代に、私の桃源郷セミナーに参加して、これを楽しんだ博士課程学生の一人であった。岡崎の展覧会には、私がとくに願って彼女にも制作を依頼した。まことに美しくて面白い桃源図三面連作を出品してくれた。私はこれを岡崎で買いとることを約束していたのだが、いよいよ展覧会が始まったころには、予算はすでにゼロないしマイナスになっていた。館長のしたい放題の所業のせいである。しかしこの秀作は、桃源展後、若干の遍歴の後にいまは倉敷の大原美術館に収められているという。

そして今回、その三幅対はこの私の著『桃源の水脈』の装幀を飾ってくれることとなった。有難いめぐりあわせである。美佳さんによると、この絵の第三画面（本書の扉の図）の小さな竹藪の一隅に「先生がいる」のだそうだ。皆さんには、それがどこにいるどの男であるか、お分りになるであろうか？

第III部の諸章については、数多いゆえに、以下に主としてその初出の場のみを記しておく。

一、悲劇の桃源画巻——李朝安堅作『夢遊桃源図』（本書のために書きおろし）
二、春風駘蕩の田園風景——清朝査士標の名品（同右）
三、泉湧くほとりの不思議——上田秋成のメルヘン『背振翁伝』（『比較文学研究』東大比較文学会、No. 23、一九七三春。ほぼ同じ内容を『森銑三著作集』第二巻、月報、一九七一に寄稿したこともあった）
四、桃源小説としての『草枕』——松岡映丘一門によるその解釈（『虞美人草』京都漱石の会会報No. 20、二〇一七・一〇）
五、「向う側」への夢想譚——佐藤春夫作『西班牙犬の家』（『文学における「向う側」』国文学研究資料館共同研究報告No. 4、明治書院、一九八五）
六、東アジアにおける「新しき村」運動——武者小路実篤から周作人、そして毛沢東へ（*Asiatic Vagabondage and New Utopian Projects, Transnational Poïetic Experiences in East-Asian Modernity* （*1905–1960*）, Selected Papers from the XIXth Congress of the International Comparative Literature Association, Seoul

2010, Edited by Shigemi Inaga, March 2011 に所載の英文発表を今回私自身が日本語に訳し、武者小路実篤について、また劉岸偉氏の『周作人伝』（ミネルヴァ書房、二〇一一）等によって周作人とその周辺について、大幅に加筆した）

七、「桃源万歳！」――小川芋銭の農本主義的理想郷　（書きおろし）

八、桃源喪失の悲嘆――小杉放庵の『桃源漁郎絵巻』（同右）

九、末期の桃源郷――辻原登の小説『村の名前』について　（同右）

十、桃花源余瀝

1　『ユートピア』と『太陽の都』――合理・管理・統制の石造都市

2　漫画と歌謡――諸星大二郎とさだまさしの桃花源

3　「我が幼き日の桃源、いづこぞや」――昭和十二年の一高生徒福永武彦

4　「十五歳の桃源郷」、そして再訪――多田智満子の「片足で立ちあがる虹」

5　茜さす桃源――洋画家野口謙蔵の蒲生野の子ら　（右五篇いずれも今回書きおろし）

以上の旧稿新稿をまとめて一冊の書にすることを私に提案してくれたのは、橘宗吾氏であった。名古屋大学出版会の橘氏といえば人文系学界の目利き・名編集者として著名で、彼の制作した若手研究者の学術書が毎年のようにサントリー学芸賞の諸分野に候補として挙がり、もっとも頻繁に受賞にもいたることを私は同賞の文学芸術部門の長年の審査員の一人としてよく知っていた。やがて顔見知りともなった。

その橘氏が二〇一一年春の岡崎の「桃源万歳!」展を見に来てくれ、やがてしばらくして同展図録に収めた私の旧稿新稿の桃源郷論を中心として一冊の本にしないか、との手紙をくれたのである。昔、わが師寺田透氏は『文学その内面と外界』(弘文堂)や『繪畫とその周邊』(同)などの評論集を相ついでまとめて出したとき、弘文堂編集部に入社したばかりの私の同窓同期生小野二郎のことを指して、天井からのぞいていたかのようにわが心を察してくれた、とそれらの本の「あとがき」によく書いていたものである。私は橘さんの申し出にすぐこの寺田先生のちょっと古風な言葉を思い出したのであった。

しかし、その話からすでに五年余りも経ったろうか。私は小川芋銭や小杉放庵の桃源図についてはぜひ書きたい、漱石の『草枕』についても昔からの構想をまとめなければならない——などと絶えず思い焦りながらも、例のごとく目の前の瑣事の多忙に明け暮れていた。辻原さんの『村の名前』について書いたのも、ようやく今から二、三年前のことだった。だが、二〇一七年春、静岡県立美術館の館長の職を終え、何十年ぶりかに一切の公務というものから自由になると、身体はくたびれているのに急に心がいきいきとしてきた。

齢もすでに八十代の後半に入ったが、わが桃源郷を語り終えずに死ぬわけにはいかない、との思いである。同じ思いから昨年は『文明としての徳川日本』(筑摩書房)を仕上げて、名誉の賞も頂いた。同じ焦燥のうちに私の長年の悪弊の昼夜逆転の日常が再開し、深夜から夜明けにかけて執筆にいそしんだ。芋銭や放庵についてはもちろんのこと、福永武彦や多田智満子、また画家野口謙蔵についても、はじめは作品名を挙げるだけのつもりだったのに、いつのまにか小エッセイとなってしまった。

彼らの作品を見つめ直し、そこに私自身の幼少の日の桃源への郷愁をも託して書き、寝る前に一度読み返す。それからウイスキーの水割りを一杯飲んで、朝刊二紙に眼をとおしながら眠りこむ。曙紅斎の老書生の独り暮しに許されたこの得手勝手がうれしかったのである。

だが私にはまだ他にも長年来の約束の仕事もある。そうあっさりと彼岸に参上してしまうわけにはいかない。思い返してみれば、私の亡父芳賀幸四郎は一九九六年（平成8）に米寿を迎えて祝いの会も催したが、その会の前後に相ついで三冊の大著（『五燈会元《ごとうえげん》鈔《しょう》講話』『新版一行物――禅語の茶掛』上・下改訂版いずれも淡交社）と随想集の一冊『禅の心・茶の心』（たちばな出版）を出した。それらを遺して二ヶ月ほど後の同年八月に、あまりまわりに迷惑をかけることもなく大往生して、自分で造っておいた墓に自作自筆の戒名を彫らせて入っていった。昭和初年の左傾学生、それゆえの子連れ浪人、元日本陸軍の二等兵、敗戦の年に再召集された同一等兵、その間《かん》一貫して在家の禅者にして日本中世文化史家であった人の声や姿はいまもときおり髣髴とする。私を最上川支流の桃花源と結びつけてくれたのもこの父であったことを思い、私は本書を今回はじめて如々庵太虚洞然《にょにょあんたいきょとうねん》老居士の霊に献げることとする。

それにしても橘宗吾さん、有難うございました。

二〇一八年（平成三十）十二月二十二日

東京駒込　曙紅斎　芳賀　徹

《著者紹介》

芳賀《はが》　徹《とおる》

1931 年生まれ　文学博士

東京大学・国際日本文化研究センター名誉教授，京都造形芸術大学名誉学長，元岡崎市美術博物館・静岡県立美術館館長，日本藝術院会員

著　書　『平賀源内』（朝日新聞社，1981 年，サントリー学芸賞）

『絵画の領分』（朝日新聞社，1984 年，大佛次郎賞）

『與謝蕪村の小さな世界』（中央公論社，1986 年）

『藝術の国日本　画文交響』（角川学芸出版，2010 年，蓮如賞）

『文明としての徳川日本』（筑摩書房，2017 年，恩賜賞，日本藝術院賞）ほか多数

桃源の水脈

2019 年 5 月 30 日　初版第 1 刷発行

定価はカバーに
表示しています

著　者　芳　賀　　徹

発行者　金　山　弥　平

発行所　一般財団法人　名古屋大学出版会

〒 464-0814　名古屋市千種区不老町 1 名古屋大学構内

電話(052)781-5027 / FAX(052)781-0697

印刷・製本　亜細亜印刷㈱　ISBN978-4-8158-0946-1

乱丁・落丁はお取替えいたします。

索　引

か　行

た　行

ま　行

や　行

ら　行

わ　行

図版出典一覧

口絵 1　安堅『夢遊桃源図』（部分）1447 年，38.6 × 106.0 cm，天理大学附属天理図書館蔵（『秘籍図録』天理図書館，1972 年）
口絵 2　岡本万次郎「蜜柑山の見晴らし」（『草枕絵巻』III–24）1926 年，26.5 × 49.4 cm，奈良国立博物館蔵（川口久雄『漱石世界と草枕絵』岩波書店，1987 年）
口絵 3　小川芋銭『桃花源』（部分）1932 年，135.0 × 302.5 cm，茨城県近代美術館蔵（芳賀徹監修『桃源万歳！――東アジア理想郷の系譜展図録』岡崎市美術博物館，2011 年）
口絵 4　野口謙蔵『冬日』1937 年，130.3 × 80.3 cm，滋賀県立近代美術館蔵（同上）

1　池大雅『武陵桃源図』110.7 × 44.6 cm（鈴木進・佐々木丞平『日本美術絵画全集　第 18 巻　池大雅』集英社，1979 年）……31
2　富岡鉄斎『武陵桃源図』1904 年，178.0 × 365.0 cm，京都国立博物館蔵（『桃源万歳！展図録』）……32
3　石濤『桃源図巻』（部分）1705 年，25.0 × 157.8 cm，フリーア・ギャラリー蔵（『石濤書画集』第 1 巻，東京堂出版，1977 年）……52
4　與謝蕪村『武陵桃源図』1781 年，各 137.8 × 58.2 cm（『桃源万歳！展図録』）……98
5　伝仇英『桃花源図巻』（部分）17 世紀，34.3 × 332.7 cm，セントルイス美術館蔵（同上）……99
6　呉春『武陵桃源図』（部分）18 世紀，36.1 × 617.8 cm，遠山記念館蔵（同上）……100
7　與謝蕪村「宜晴」（『十宜図画帖』）1771 年，17.9 × 17.9 cm，川端康成記念館蔵（小林忠・河野元昭『江戸名作画帖全集 1　文人画（1）大雅・蕪村・木米』駸々堂出版，1992 年）……117
8　與謝蕪村『四季山水図（冬）』1772 年，23.7 × 37.2 cm（山本健吉・早川聞多『蕪村画譜』毎日新聞社，1984 年）……118
9　夏目漱石『青嶂紅花図』1915 年，121.0 × 33.5 cm（津田青楓・夏目純一監修『夏目漱石遺墨集』第 3 巻，求龍堂，1979 年）……127
10　安堅『夢遊桃源図』1447 年，38.6 × 106.0 cm，天理大学附属天理図書館蔵（『秘籍図録』天理図書館，1972 年）……137

11 査士標『桃源図巻』1665 年，35.23×312.75 cm，ネルソン＝アトキンズ美術館蔵（『桃源万歳！展図録』）…… 150-151
12 狩野光雅「春の山路（一）」（『草枕絵巻』I-序）26.5×128.1 cm，奈良国立博物館蔵（川口『漱石世界と草枕絵』）…… 167
13 山口蓬春「那古井の温泉場」（同上，I-7）26.5×69.0 cm，同上蔵（同上）…… 167
14 永井武雄「那古井の浜」（同上，II-11）26.5×34.3 cm，同上蔵（同上）…… 168
15 服部有恒「馬上の花嫁」（同上，I-5）26.5×32.4 cm，同上蔵（同上）…… 173
16 松岡映丘「湯煙りの女」（同上，II-15）26.5×39.5 cm，同上蔵（同上）…… 174
17 小村雪岱「出征青年を見送る川舟」（同上，III-25）26.5×39.8 cm，同上蔵（同上）…… 175
18 山田義夫「水の上に響く機織り歌」（同上，III-26）26.5×52.8 cm，同上蔵（同上）…… 176
19 石井新一郎「見送りの吉田の停車場」（同上，III-27）26.5×55.0 cm，同上蔵（同上）…… 179
20 堀口捨己「紫烟荘」（堀口捨己『堀口捨己作品・家と庭の空間構成　縮刷版』鹿島研究所出版会，1978 年）…… 196
21 小川芋銭「渡辺崋山閉門中のホーム」1904 年（『小川芋銭　さしえ名作選』岩崎美術社，1969 年）…… 239
22 小川芋銭『五柳先生』1919 年，127.5×41.0 cm（『桃源万歳！展図録』）…… 248
23 小川芋銭『春日遅々（魚鳥と童子）』1934 年，48.5×68.3 cm，茨城県近代美術館蔵（同上）…… 250
24 小川芋銭『小六月』1937 年，55.8×59.5 cm，同上蔵（同上）…… 251
25 小川芋銭『桃花源』1932 年，各 135.0×302.5 cm，同上蔵（同上）…… 252
26 小川芋銭『桃花源』1936 年，各 168.0×177.0 cm（東京国立近代美術館他編『小川芋銭展図録』日本経済新聞社，1993 年）…… 254
27 小川芋銭・小杉放庵ほか記念写真，1908 年（『アサヒグラフ別冊　日本編 48　美術特集　小川芋銭』朝日新聞社，1987 年）…… 262
28 小杉放庵『牛久沼』1923 年，18.0×23.3 cm，出光美術館蔵（出光美術館編『没後 50 年　小杉放菴　〈東洋〉への愛』出光美術館，2015 年）…… 264
29 小杉放庵『桃源漁郎絵巻』（『桃源郷行』）1916 年，24.3×608.0 cm，小杉放菴記念日光美術館蔵（『桃源万歳！展図録』）…… 270-271
30 野口謙蔵『冬田と子供』1939 年，130.0×193.4 cm，滋賀県立近代美術館蔵（同上）…… 329
31 野口謙蔵『梅干』1929 年，160.0×129.0 cm，同上蔵（同上）…… 330